中村光夫とフロベール

―ロマン主義のあとさき―

浜田　泉［著］

成　文　堂

刊行に際して

本年は、昭和が終わって、丁度三十年たつ。本書は、その時代を一身に体現した文学者、中村光夫を今一度、現代に甦らせることを主眼とする。まず、戦前の文壇デビュー時からフランス留学期を経た、戦後の批評家としての栄光期の始まりまでを対象とした。次に、そこを通過した後の老年期の心境を表す作品を丁寧に辿り直していく。

それと並行しつつ、フランス革命期頃に、ルソーを源として発展した近代ロマン主義文学―今日の私たちの感情を今なお支配している―以後の動向を見極める。それを批判的に継承しながら、近・現代文学に新たな道を切り開いたG・フロベールと、近代日本文学に彼を移植した中村光夫を二十一世紀に於いて再検討してみた。

青春の熱情と憂悶、老年の知恵と哀しみを表示する、この東西の両文学者に光を当てる。そして、ロマン主義が今世紀に連なっていく象徴的な存在として、他の四人のフランス近・現代作家たちを取り上げ、現代人の魂の在り処を尋ねていきたい。

目次

刊行に際して
序にかえて …… 1
第一部　中村光夫――昭和の文芸批評家の位置――
一　フロベール、二葉亭と中村光夫――ロマン主義以後の日仏近代文化―― …… 5
二　中村光夫とフロベール …… 24
三　中村光夫の青春とフランス体験――一九三〇年代から『戦争まで』及び一九四〇年代へ―― …… 45
四　パリ万国博と日本使節団――中村光夫の戯曲『雲をたがやす男』を巡って―― …… 67
五　中村光夫と吉田健一 …… 85
（1）『ヨオロッパの世紀末』（85）　（2）『戦争まで』と『平和の死』（90）　（3）結びとつなぎ（93）
第二部　フロベールの世界――ロマン主義の逆光に浮かぶ作家――
はじめに …… 99

一 『ボヴァリー夫人』の成立――「田園風俗」の内部―― 100
二 ロマン主義批判／「感情」の歴史背景 117
三 「没個性」の構造と肉体意識 138
四 フロベール『ブルターニュ紀行』随行記 170
五 「窒息した神秘家」／M・トゥルニエの見解 197

第三部 ロマン主義のあとさき――ルソーからル・クレジオまで――

はじめに 205
一 『エミール』への旅――ルソーの夢想世界―― 208
二 『東方紀行』素描 246
（1）ネルヴァルの夢と旅（246） （2）ネルヴァルとコンスタンチノープル（265）
三 M・デュラス小説のモデル成立を巡って――『愛人《ラマン》』から『エミリー・L』へ―― 271
四 ケルト・ブルターニュからインディオ世界へ――ル・クレジオ作品巡礼―― 290

結びとして 321
後記 323

写真出所一覧（掲載順）

1. 中村光夫全集見本用、筑摩書房。
2. 二葉亭四迷全集、岩波書店。
3. フロベールアルバム、プレイアッド叢書、ガルニエ書店。
4. 同。
5. 同。
6. 中村全集。
7. 現地観光協会。
8. 出所不明（確認中）
9. 「渋沢栄一、パリ万国博へ行く」、渋沢資料館展示図録。
10. 同。
11. 同。
12. 同。
13. 各版本より。
14. 「ブルターニュ紀行―G・フロベール」、新評論。
15. フロベール・アルバムより。
16. 「はじめて学ぶフランス文学史」、ミネルヴァ書房。
17. ルソー全集、白水社。
18. 「永遠の作家叢書」、人文書院。
19. 「東方紀行」、筑摩書房。
20. 「戦争ノート」、P.O.L/Imec
21. “Marguerite Duras de Trouville” Les Editions de Minuit
22. “Ailleurs” arléa

序にかえて

現代にかつての人文的文芸の伝統は消えかかっている。

文学批評においても然り、かつて、小林秀雄や中村光夫らが先導した、全体的人間追求としての文学は、今や、見失われ、徒に煩瑣な、部分的一領域研究がまかり通っている。文学といえども、科学技術の様な専門語が駆使され、狭い世界で、言語ゲームのやり取りをしているかに見える。正確に書くことが最優先され、合理性の名のもとに、文芸批評は窒息している。私見では、現代の文学批評家の多くは、巨大なロマン主義の枠内になお自らは生息していながら、それを彼らは自覚できず、今や乗り越えて、次のステップにいると錯覚している。本稿では、第一部、第二部で、近代ロマン主義の養分を充分取りながらその仮借ない批判者でもあった、フランス本国文学者たちの始祖に当たるギュスターヴ・フロベールと、日本文学にそれを導入した中村光夫の業績や使命をまず中心に論じている。続いて、第三部では、近代ロマン主義の源流ルソーを始めに取り上げ、その影響を現代の視点で測定する。ロマン主義盛時の作家ユゴー、バルザック、スタンダールらは、すでに別著でも論じたし、ロマン派詩人たちとともに、ここでは直接、扱ってはいない。また、そのロマン主義から派生した写実主義以降の自然主義者、ゾラ、モーパッサンたちや、象徴主義者、マラルメ、ランボー、ヴェルレーヌらも同様である。彼らは、日本でも、実態がある程度、過不足なく知られ、評価が定まっていよう。この書では、フロベールや中村が提出した、フランスと日本近代への疑問、及び、彼らが、ロマン主義本体に密着して直に接触した生々しい近代という名のそれぞれの時代が追及されている。二十世紀に入り、プルーストやジッド、シュールレアリスムを通り、サルトル、カミユを経てなお続くロマン主義の流れの中で、ヌーボー・ロマンを脱し、特異な形成を成し遂げた現代作家、トゥルニエ、デュラス、ル・クレジオらに対して、著者の近年の感興は向っている。ここに収録した次第である。フロベールをロマン主義のすぐ「あと」とするなら、この四人は「最後尾」に近い。フランス革命と切り離せないルソーは「さき」である。ロマン主義盛期の中では、真価が二十世紀に遅れて認められた単独放浪者ネルヴァルだけを第三部にいれた。しかし、ロマン主義の「父」シャトーブリアンはフロベールを扱った小論「ブルターニュ紀行」の中に登場するし、盛期の作家や詩人たちもフロベールと同時代人ボードレール始め、第二部のフロベール論の中に登場している。従って、副題をロマン主義自体も含めて、『ロマン主義のあとさき』とした訳であった。人間・人性の問題に関わることを、文芸上、総合的に取り上げ、フランスでは古代ガリア・ケルトから連なるロマン主義の形跡を追及した。近代の大きな曲がり角にある現代という危うい時代に一石を投じたい。こうした著者の意図が近・現代文芸の案内書として読まれるように願っている。

第一部　中村光夫

――昭和の文芸批評家の位置――

第一章　フロベール、二葉亭と中村光夫
――ロマン主義以後の日仏近代文化――

一　中村光夫概観

文化の基層を考察するにあたり、西欧と日本の近代を今一度問い直したい。その問題を生きた文学者・中村光夫の歩みをふり返る。

日本文学史上、昭和期全般を代表する文芸批評家として、独自な光芒を放って生きた中村光夫の存在は欠かせない。中村の二十代は頂度一九三一年（昭和六年）から始まる。満州事変から、一九四一年の日米開戦へ進んで行く不安定な時代をその背景として持っている。まず、旧制一高以来の友人間の同人誌『銃架』に評論「モウパッサンの道」を、さらに大学在学中、高見順らが後援する有力な同人誌『集団』に「鉄兜」（小説）を発表、次いで「プロレタリア文学当面の諸問題」を掲載する。後者二篇はプロレタリア文学流行の渦中にあって、当時マルクス主義の影響を受けていた青年学生たちの関心の在りかを如実に現代に伝えている。いかにも観念的、感傷的で、今日では歴史的興味を除いては、説得性に欠け、余り顧られないであろう。だが、素朴な社会正義感に溢れており、かつ、後年にまで伝わる反抗心や批評眼の兆しが早くも見られる。この間、小林秀雄や林房雄の知遇を得た後、『文学界』昭和八―九年に、「ギイ・ド・モウパッサン」を連載し、二十二―三歳で有力文芸誌デビューを果たす。その後、昭和十年から一年間、同誌に文芸時評を連載、当時の文学潮流を対象に論じ、新進批評家となる。批評家として

中村光夫

拠って立つ、自己の基盤確定のためか、「二葉亭四迷論」を三回にわたり発表（昭和十一年）、同様に、フランス文学から、「ギュスタフ・フロオベル」（昭和十二―十三年）が掲載された。その前、昭和十年、『ジョルジュ・サンドへの書簡』（フロベール）、同十一年『ベラミ』（モーパッサン）と翻訳刊行も成し遂げた。そして、同十三年（一九三八年）十月に、仏政府招聘留学生として渡仏する。この間の様子は『戦争まで』（一九四二年）に結晶する。だが、一九三九年九月、独仏間の戦争宣言をうけて帰国の途につくことになる。帰国した翌年、中村は二十代の終わりにいた。

　後年の回想録『今はむかし』（一九七〇年）には、渡仏前までの青春の好学的な気宇壮大さと野心に並んで、若さの持つ躊躇《ためら》いや弱さが哀歓こめた共感誘う筆致で描かれている。すでに、生活面や文筆世界で、小林秀雄グループの一員に加われたことは、大きな指針となっていた。特筆すべきことは、前述したように、日本文学では、長年忘却されていた二葉亭四迷に打ちこみ、論じたことと、大学で専攻したフランス文学では、すでに流行期を去っていたモーパッサンからフロベールへと近代の根幹に読書範囲を拡げ、深まりを見せ、精緻に論及したことである。ここでは、中村光夫の青春における二葉亭とフロベールの共存を取り上げるが、まず、フロベールから見てみよう。特徴的なことは、中村が強く惹かれたのは、フロベールの書簡集と生前未発表の初期作品群であった。

『ボヴァリー夫人』や『感情教育』などは、無論、フロベールの代表作であり、本丸であるのは承知の上で、それらを直接論じるのではない。（中村は当時二十六―七歳である。）書簡集ではフロベール文学のいわば楽屋裏（作家の内面心理、小説の原像、実生活の様相等）に直接触れた。また、大作家になるまでの十代の自己形成期間が、生き生きと表われた未発表作品を通して、その文学の根幹を探ろうと企てた。

フロベールの初期、二十歳くらいまでと、四十代盛期から晩年近くまでを対比してみる。そこには、人生開始の早熟な意気軒昂さともいうべき熱情的厭世感《ペシミスム》と完成期の諦念のそれぞれが、響きあい、相方と照応しあっている。どちらか一方の時期の文献だけでは足りない。一方だけでは、不安定で性急ながら求心力が強く「その癖焦立たしい」青年期を――フロベールと時代・還境も異なる異邦で――おくる若者（中村）には、精神の釣り合いに欠け、実りある読書体験とはならなかったことであろう。フロベールの青少年期と老年期（少くともサンドとの交友時期）の両者だけが、これほどの親しさで、しかもまことの異国の友になる要因を成すとは不思議な巡り合わせといえばいえよう。しかし、これは中村の一生を通じた傾向でもある。青年なるものに関心と愛情を寄せながら、一面嫌悪し、滑稽さを指摘し、批判する皮肉な視点は中村の作品にも反映されている。他方、当時の中村の現実の生活は、内面の鬱屈《うっくつ》をかかえながら、文学上の交流を中心にした、若さの持つ賑やかさと意欲と華やぎに充ちていた。一九三十年代をこのように充実し豊かに過ごした青年は、同時代で他に余り類を見ないだろう。

この小論では、フロベールや二葉亭が混在して論じられている。頂度、中村の青春の関心の主要部分がそうであったように。

中村光夫の生涯を俯瞰してみると、フランスではほぼ同時代人のＪ・Ｐ・サルトルの晩年期に類推が及んでくる。ここではサルトルを、プルーストとシュール・レアリスムの影響を受けて文学的出発をした広義の脱ロマン派と見ている。批評において、マルクス主義を経ながら、一方は現象論哲学、こちらは実証主義的手法によりながら、精緻、時に苛烈な認識の長い旅の果てに辿り着いた晩年期の境地が近いもののように思われる。ただ、前者（一九八十年没）の晩期には、共産主義（ソ連）への幻滅が色濃く窺えるようだ。

中村は、文芸生活で多く影響を受けた小林秀雄との長い交友の間に、プロレタリア文学に端を発した共産主義への傾注から離れて行った。小林に対しては、次第に神秘家としてのその背面を見つめるに至った。老境の小林は『本居宣長』執筆に没入し、後半では古事記の世界に浸っていた。古色蒼然とした古典を扱うのではないロマン的なものを中村は小林の精神に見ていた。又、中村自身、ロマン主義的情念をフロベールや四迷同様、自身の作品の中では制御していたが、心情面ではやはり両人にならい、ロマン的熱情に富む人柄である。日本の自然主義文学、私小説の流れを、作者が自己を客体化できない、亜ロマン主義として、一貫して否定、批判してきた。中村によると、それまで明治の日本文学は、西欧のように十全なロマン主義の開花を経なかったために、本家の西欧で後発の自然主義が日本に導入され流行するとその形式だけ借りて、作家自身の自我や心情はこれを点検しないまま温存され、無自覚、無批判に作中に綿々と綴られたものに過ぎないとされた。

中村は西欧に照らして、旧習・封建性に染まる日本の近・現代文学を徹底して敲《たた》いたが、西欧の自然科学を基盤に据えた進歩主義なるものに心寄せた訳ではなかった。そこはフロベールの徒である。ブルジョワ精神を排撃しつつ、悪しき日本的なるものとの戦いも終生続いていた。結局、この二項対立の間を生涯誠実に批評していったといえよう。さて、興深いことに、晩年近くから、中村は独自の私小説領域に重なる虚構の小説世界にはいりこんだ。『ある女』、『グロテスク』、『時の壁』等々であるが、そこにはある「異様なみずみずしさ」（河野多恵子）が表われる。この頃は文壇の中心からは離脱が見られよう。徹底した論戦、批評の終着点近くだが、すでにそれまでに、中年期以降、劇作──『パリ繁昌記』、『汽笛一声』など──また、小説にも、『贋の偶像』、『虚実』（短篇集）、『平和の死』、『ある愛』など、多彩な長・中編作で充実した成果を収めていた。最晩年の「荒武者の孤独」（高橋英夫）には極めてユニークな風格が漂っていた。

　さて、中村没後（一九八八年）、三十年近くたった現代の日本では、特に東日本大震災以来、これからの行く末が案じられているが、フランスでも大地震に関し、似たような言論論争があった。但し、十八世紀のリスボン大地震を巡っての話である。当時、論敵であった二人――ルソーとヴォルテール――の取った態度が際立っている。話を一寸前に戻すと、サルトルはヴォルテール的であり、小林や中村はルソー的であるのかもしれない。ヴォルテールは啓蒙主義、合理主義の哲学者だが、大地震の惨状に際し、人間の将来に悲観主義《ペシミスティック》的な見方をあらわにした。ルソーはこの時期に関しては楽観主義《オプティミスティック》的である。ルソーには宗教的な要素がより強かったせいかもしれないが、「祈りと再生」に、そもそもキリスト教とロマン主義は深く関わっているようなのだ。啓蒙主義、理神論者でありながら、人間精神の進歩には懐疑的なヴォルテールの、大災害と人間世界に対する絶望論調と、カトリックの原罪説を認めず、新教のカルヴィニスムにも近い独自の有神論者ルソーの向日性、理想社会再建への夢想（現実には最晩年では諦念に至るが）の対立は印象的である。どの時代の公論、世人の意識も大体、この二種に分けられるようである。

　なお、ルソーは、フロベールが十代当時（十九世紀前半）、ユゴーを始めとするフランスロマン主義風潮にどっぷりつかっていた中で、イギリスのバイロンと共に愛読・熱中された作家であった。特に『狂人の手記』を書いた頃、ルソーの『告白』を念頭に置き模していた。ヴォルテールに対しては、後年、ルソーよりも、仏革命に至る思想道程の中では共感を示している。フロベールの徒でもある中村は、大震災に対してルソーの立場をどうとらえるだろうか。

二　二葉亭四迷の意義

ここで、近代日本の明治期に目を転じてみよう。中村光夫の文学上の核心に終始居続けた二葉亭四迷の未完小説、『浮雲』の意義を再認したい。『浮雲』には、明治二十年頃の青年（四迷・二十三歳）の切実な心理造型が表わされている。四迷の卓抜な人間観察の技力により、江戸封建の世を脱して二十年後の都市市民生活が、四迷が逸早く取り入れた（彼は創成期東京外語大露語出身である）、そもそもはフロベールに由来する西欧の写実の手法――四迷の言では「実（現実）を借りて、虚（本質）を写し出す」――を通して、如実に描出されている。

『浮雲』は、主人公の誠実、優秀だが優柔不断な失職中の青年である内海文三を巡る人間悲喜劇である。彼の成れの果てが、二十年後、二葉亭が自嘲気味に造型した悩める大学教授、『其面影』の小野哲也となった。これらの人物像には、四迷こと長谷川辰之助の内にも幼年時代存在した江戸期の侍スピリットとでもいうべきものは、いったいどこに行ってしまったのか、まるで見当たらない。維新後、たった二十年で消滅したのかと見まごうばかりに頼りない主人公たちである。明治新時代に合わせて、女性を崇敬する近代西欧流儀に頭脳はがんじ搦《がら》めになっているが、心身は付いていけない。『浮雲』から二十年後の明治四十年代に漱石がやったことを、四迷は早くも『浮雲』で着手していた。

二葉亭は、北村透谷同様、先駆者の手痛い挫折をこうむって、この未完成作以後、二十年間、翻訳を除いては小説の筆を執らなかった。文三は、我が儘な新時代風小娘のお勢や打算的で旧弊なその母お政の面詰や嫌がらせを打破できない、日本文芸史上、初の知識人青年である。未だ半分は儒教道徳が沁みこんでいるが、残り半分は西欧文化に感化されて分裂気味である。それでも、良心を持ち、文明開化の功利主義的面には反抗している。中江兆民がいみじくも『非開化論』の題名で翻訳した、ルソーの『学問芸術論』の世界の如くである。文三は偽善、おべっか、堕落を憎むが、これはどの時代にも共通する青年の一典型であろう。対極にいるのは、同僚の役人本田昇のような立身出世――これは明治期の標語のようなものである――、欲望充足型の俗物である。しかし、後者が往々にして前者の頭を押さえ、世間もそれを許す。文三は昇と辛うじて対決するのであるが、いかにも心もとない。理想と現実を一致できない言行不一致の文三には、読んでいて苛々させられるほどだ。だが、それ位、二葉亭自身の内部から抉り出されたこの人間の型はリアルなのであり、漱石の曰く、「外発的」である開国後の日本近代文化の矛盾を浮き彫りにしている。

二葉亭四迷

　他方、昇やお勢やお政は、生みの親の作者から完全に独立している別人格であり、フロベールが『ボヴァリー夫人』で造出したロドルフやレオンのように、どこにでもいそうな典型であった。夙に中村光夫が盾破したように、作者と登場人物のヘソの緒が切れている点で、日本の自然主義小説やそこから派生した私小説類とは異なり、近代小説として『浮雲』は本格的なのである。ただ、エンマ・ボヴァリーと同様、主人公文三が作者の血を分けていることは強調しておきたい。（女主人公エンマにフロベールは自らが若い日々没入した夢想的ロマン主義世界を体現させ、現実との軋轢《あつれき》の中で破滅させた。作家として前進するには必要不可欠な道であった。彼自身はロマン主義以後の近代社会の空漠さの中を修道士のような隠者・芸術家として文体探求の生涯を送った。）文三は恋情を抱く相手のお勢からは「何て不活発なんだろう」と嘆じられる。その不器用さ、生一本さはお政や昇からはイジメの対象になり、二人は嗜虐的快味を覚えるほどである。彼らは自らの世俗性を持たない文三を憎んでいる如くである。『狂人の手記』において、フロベール少年が級友たちから受ける嘲笑と同様であろう。

二葉亭が『浮雲』を未完とせざるを得ない理由は中村によれば以下の通りである。まず、文学への不信。二葉亭はその気質から、どうしても天下国家の方へ目が向いてしまう。次に天才と雖《いえど》も免れない自らの才能への疑い。そして、当時、明治二十年頃の日本社会が、近代というべき成熟した形をとっていなかったため、小説と社会が釣りあわず、未熟な観念小説に終わってしまうという恐れに促えられた。（これは『其面影』でも同様で、女性の真の自由を謳う戦争未亡人問題が、日露戦争後の社会状況と抵触するため、主題を変更せざるを得なかった。）フロベールの『ボヴァリー夫人』が描出する世界とフランス社会は完全な相似形を成していた。しかし、様々な欠陥にも関わらず、『浮雲』における鋭い観察に基づいた人物造型力と描写は時代を超えて非凡すぎるくらいである。雅俗混合文や西欧のエスプリが文脈に加わり、文語と口語が折り重なり、精妙なテンポが生じている。構成や人物配置も、ツルゲーネフなどロシア文学を充分に吸収しており、維新後二十年、未だ日本語の文体が定まらぬ中で、独自な言文一致体を実現した。これは中村の中で、後年、決定的な批評言語創出への暗黙の鍵となることであろう。

中村はまずフロベールの書簡文と初期作品、それと二葉亭四迷の諸作から、近代のエスキスとジレンマを感得した。彼らのくだけた豁達な語り口は、苦いペシミスティックな内容を含みながら、若き中村の心奥や作術法に深い影響を与えずにおかなかった。前述した通り、後年の「言文一致の独自な文体による批評」への指標となった訳である。

中村光夫の文学的出発はプロレタリア文学であった。ルソーのまっとうな「気分《エモーション》」（『人間不平等起源論』）を、若々しい社会正義感により、時代の多くの若者と共有し、マルクス主義でお手本通り、「理論」武装している。しかし、これまで述べた深甚な読書体験や文学生活で小林秀雄らの影響のもと、次第にプロレタリア文学から離れ、

二十四、五歳で独自の文学形成を遂げていった。小林から、「マルクス主義に一通り通じており、左翼に対して対抗し論破できる」批評家として、日本の当代作家相手の文芸時評を一年間、「文学界」に連載するべく起用された。間をおかず翌昭和十一年（一九三六年）には、二葉亭論を連載、続いて、昭和十二・三年にかけて、フロベール論を連載した。当時、大岡昇平をして、「強力な新人の出現」に恐れを抱かせたことは、昭和前半の文学史の一駒であろう。文芸時評では、中野重治や横光利一などの大御所を相手に挑む、若武者の颯爽とした奮戦ぶりも鮮かである。プロレタリア文学や新感覚派の代表者に対し、思想の不徹底さを批判し、主題はスケールが大きいのに、描写主法が、相変わらず従来の私小説の残滓《すい》を引きずっていると難じている。当代の日本文学に時代の危機からくる不安と不満を覚える中、青春は慌《あわただ》しく過ぎ、やがて中村は渡仏の挙につく。向う所のそこは「近代」の本場であり、古代、中世、ルネサンスと西欧基層文化の巨大な推積する場であった。

三　フロベールを巡って——サンドとの書簡——

中村光夫の文学上の指標であったフロベールに戻り、フロベールとジョルジュ・サンドの往復書簡より引用してみよう。主としてフロベールの何が中村に訴えかけてきたのか？（中村の翻訳はフロベールのみ百十八通である）。フロベールの書簡集に親しむ者は、人間や人生、自己自身に対し、挫折体験を持っているようである。だが、文学に対してではない。（例えば後代ではA・ジッドらがいる。）一方、出発当初から、文学や小説家の存在そのものを否定する二葉亭のような者もいる。人生や人間存在に少年時する絶望するフロベールは、人間の本来持つ愚劣さ自体が耐え難い。殆ど肉体的嫌悪の念が、近代では特にブルジョワに対して燃えさかるのは周知のことだ。他方、サンドは、前代のロマン派として熱情こめて生き、人間や社会に裏切られても、なお人生を肯定する向日的な存在である。そのようなサンドから、フロベールの境地は真剣にたしなめられるほどである。フロベールは少年時代から、父親がルーアンの病院長である恵まれた生活の中で、友人たちや妹らと行う芝居に熱中し、奇怪な「ガルソン」に扮し、ブルジョワたちを哄笑し度肝を抜く役で登場したりした。彼は仏大革命後に出現した近代フランス社会の単調、凡庸な閉塞状態を窒息せんまでに厭う。色褪せた自由、平等、友愛のお題目のもと、高貴さを失ったブルジョワ精神が跋扈《ばっこ》する近代社会の卑俗性、紋切型の欺瞞《ぎまん》を指弾し続けた。一方で、アフリカのエジプトやチュニジア、中近東、インドあたりまで東洋へ傾倒する心情は生涯彼に付きまとう。これは、ボードレール、ネルヴァル、ユゴーらと、又、後世代のモーパッサンからランボーたちに至るまで続く、十九世紀の主要情熱の一つである。近代西欧文化と批判的に相対する精神の存在証明の如くであった。

フロベール・サンド往復書簡は一八六六年頃よりサンドの死の一八七六年まで十年に及ぶが、二人とも老境が進むにつれ、彼らの周辺を中心に死の影が身近に迫ってくる。文面は次第に哀切な情調を帯びてくる。特に、フロベールは日々見舞われる小説構築上の文体探求における、精錬の忍苦や呻吟を訴え、サンドを母や姉に見立て、時おり甘えているかのような有様も見せている。死を控えたサンドの最後の頃の手紙はフロベールの文学傾向や人生に処する態度を理解し、彼を自分より一段上の大作家だと認めつつ、その上でなお批判して、フロベールの今後の身を案じている。なるほど、実際、往復書簡は両方とも読まなくては、細やかなニュアンスが失われるようでもある。しかし、無論、若冠二十四歳であった中村のフロベール書簡のみの訳業からも、フロベールの真意と両作家の緊迫した精神の交差は十分窺《うかが》い知れるはずである。フロベールにおけるロマン主義は、夕暮れの逆光を浴びてその一身に浮き出ているような按配である。翻って、西欧の影響をうけた日本の明治二十年代の近代ロマン主義時代は短く不充分であった。四迷はロシア文学にその香りをかいだが、その時分同時代であったフランス写実主義《レアリスム》や自然主義《ナチュラリスム》の洗礼を受け、引張られ、四迷は『浮雲』を書いた。しかし、『あひびき』、『めぐりあひ』、『片恋』などの画期的翻訳文調はみずみずしいロマン主義の情感を、ブキッシュながら野趣に富む抒情ゆえに、かえって良く伝えている。

フロベールとサンドは晩年になるに従って、文学上の相違を際立たせていく。サンドはフロベールの文学信条へこう反論している。

〈あなたが、文学の中に個人的見解を介入させることを非難しているのを私は知っています。あなたの言う通りでしょうか？　審美観の信条というよりむしろ確信の欠如ではありませんか？　心の中に哲学を持ちながら、それが表面に出ないなどとはありえません。……ただ彼らには（ゴンクール兄弟などや、そしてとりわけ、あなたには）人生に対する確固とした応汎な視野が欠けているように思われます〔……〕そこに『感情教育』の欠陥がありました。かくも見事に作られ、かくも堅固な作品に対してなぜあれほどの批評が出たのか自問して以来、私はこの小説について熟考しました。欠陥は、登場人物の自分自身に対する働きかけの欠如でした。彼らはできごとを甘受し、決してとらえませんでした。ところで、物語の主要な興味は、まさにあなたがしようとしなかったことにあると私は思います。〉（一八七五年十二月十八〜九日）

この書信はロマン主義作家としてのサンドの資質とその限界がよく出ている。即ち、フロベールが道を開いた近代レアリスム――自由間接話法による客観描写を創出し、適用する――の前の世代の発言であり、新時代の子をたしなめる母親の物言いである。フロベールの有名な返信が答えている。

〈「私の確信の欠如」ですが、ああ！　確信が私を窒息させています。私は抑えた怒りや憤怒にはちきれそうです。しかし、私が「芸術」に抱いている理想から、自分の怒りをいささかも見せるべきではないと、「芸術家」はその中に、神が自然における以上に現われるべきではないと思います。人間はなんでもありません。作品がすべてです。誤った観点に基づいているかもしれませんが、この規律を遵守するのは容易ではありません。私にとっては、少くとも、それは「粋《ボン・グー》」に対する、絶え間ない犠牲のようなものです。私の考えていることを言い、言葉によってギュスターヴ・フロベール氏の心を和らげれば、私にとって非常に心地よいことでしょう。しかし、このフロベール氏にどんな重要性がありましょう。〉（一八七五年十二月三十一日）

ギュスターヴ・フロベール

この最後の言葉は近代日本初期において、最初に二葉亭が発した文句――文学の作者に価値を認めない――と意味する所が微妙に交叉してはいないだろうか。こうなると、中村光夫の両作家に対する、若き日の時を同じくした傾倒の実体が見えてこよう。作を成す作家自体の否定。四迷の場合は、それが早くも文学への疑惑から晩年の『平凡』では否定（まだ『浮雲』執筆時には他の作品を生み出していないのだが）まで行ってしまった。彼は自由民権運動衰退後の時代の気運や性分として、「維新の志士肌」を引き継ぎ、「果し眼《まなこ》」で文学に取り組んだ。しかし、天下国家を論じ、国事に関わることこそ男子の大望であるという考えが抜けきらず、実際、その後、それを実行しようとしたが、ことごとく失敗した。（フロベールにはこの要素はない。）そもそもロシア語習得でさえ、国防上、最大の脅威と考えたロシアの実体をつきとめるためであった。ただ皮肉なことに外語の原書講読で、ロシア人教師グレーの巧みな一人芝居のようなロシア語小説朗読に心惹かれ、ツルゲーネフやゴーゴリのとりことなったのであった。木乃伊《ミイラ》取りが木乃伊になったような按配である。彼が小説を書き出したのは、外語を退学して、生活困難に加えて、青年期特有の自己の資質表示欲動にかられ、当時、新文学の旗手として世に現われた坪内逍遙を尋ねたことからである。その評判作に疑義を呈し、自分の文学観との相違を明らかにすべく面談を重ねたのであった。

フロベールは無論、四迷とは異なり、文学が全てであり、自己の作品には絶大な信頼と自信を持っていた。シェイクスピアやセルヴァンテス、ラブレーやモンテーニュら敬愛する先達と自らを比較し、時に激しく失望したりはするが。ただ、それを作り出す苦行や自分の主題である「人間の愚劣さ」を構築するのに、「嫌でたまらない」登場人物たちを描写したり、背景の膨大な調査を行うのに、吐き気をもよおし、その無意味と思える文体探索の労働に、「こんなことをして何になる」と呪うのである。しかし、フロベールは文学を捨てることはない。それが彼自身であり、それをかかえて生きるのが彼の宿命だからである。天才や偉大な作家は皆そうした嘆きや悲鳴をあげるのであろうが。それにしても文学者として出発当初に、この東西の二作家にしっかりととらえられた中村光夫もまた特異な資質の青年であった。批評家として生きるべく宿命づけられていたといえよう。

フロベールはといえば、人間の愚劣さを描くのに精魂傾けた結果であるから、自業自得なのであるが、「凡庸の叙事詩」（『感情教育』）から、ともかく果てまで――愚劣の一大パノラマとでも言える――『ブヴァールとペキュシェ』の世界まで行った。サンドに戻れば、彼女は善と悪を巧みにブレンドしながら、作者が善の味方であると読者に感じさせる――老いても変わらぬ旧派のロマン主義者であった。また事実、いくら手痛い挫折を経てもなお、そうして力強く立ち直る女性なのだったが。死後、百余篇に上るその作品の多くは忘却された。フロベール流に言えば、文体を持たない、L・ハーンによれば、再読に耐えない作品が多い――もっともこれは同じことである。しかし、幾扁かの代表作と共に、ロマン主義時代を画する人間として、「人間の高さ」を持つ女性として、フロベールの予言通り、歴史上の人物となった。一八四八年、二月革命頃の著作活動や十九世紀全般を写し出す膨大な書簡集の多彩な世界など、フランスでは近年再評価の気運が高まっているようだ。

溢れる才能に恵まれながら、自分の存在を無意味に感じる――時に、自己の文学や人生にも疑問を抱く――のは、四迷、フロベールに共通するが、中村光夫の後年の言文一致の「です・ます」調の批評文体の無機質性や無私性につながっていないか。これは一面で、自己を抑制する意志の表われであり、自己を白紙にして、――目線を下げ、肩の力を抜くことになる――対象を精確にとらえ、分析するのに適合した装置となった。仮面が肉面と化すかのような作用もある。しかし、フロベールは、書簡に見られる如く、友情を重んじ、情宜に厚い面が山ほどあり、社交性は狭く限られるにせよ、たんなる人間嫌いではない。本人は直弟子モーパッサンも見るように、ラテン気質に溢れた、鷹揚な――ゴーロワ（ケルト）的とも換言できようか――ノルマンディー出身の偉丈夫である。

二葉亭四迷にもそういった快男児の趣きがある。気鬱性ではあり、奇行癖もあるが気骨ある明治人として、未完成のまま、ロシアからの帰路、船上で客死した。友人に恵まれ、明治時代の特色か、先述したように、政治、経済、外交、軍事に興味を示し、一生、支那大陸やことにロシアに深く関わっていた。ただの旧尾張藩没落士族出身の不平分子ではなかった。しかし一方で、社会の不平等には敏感で、ロシア経由の社会主義に、ロシア革命以前の時期のことだが、関心を示し続けていた。中村光夫にもこの東西両者の資質の奥深い結合が見られよう。

フロベール書簡に今一度戻ろう。前に引いた一文の先で彼はこう書いている。

〈私には「人生に確固とした広汎な視野が欠けて」います。全くお言葉の通りです！　しかし、そうでないための方法は？　あなたにお尋ねします。あなたは「形而上学」で私の闇も他の人々の闇も照らすことはできません。一方で

「宗教」や「カトリック教」ということば、他方で、「進歩」、「友愛」、「民主主義」ということばも現在の精神的要求に答えはしません。「急進主義」が称揚する「平等」というまったく新しい教義は「生理学」と「歴史」により実験的に否定されています。今日、新しい「原則」を確立する方法も、古い原則を尊重する方法も私には見当りません。従って、私はほかのすべてがそれに由来すべき「思想」を空しく、探し求めているのです。今の所、リトレ翁がいつか私に言ったことば、「ああ君、『人間』は不安定な化合物であり、地球は非常に劣った惑星だよ。」を繰り返しています。近い将来、この惑星を離れはするけれども、ここよりもっと悪いものでもありうる、別の惑星には行かないという希望ほど、私の支えになっているものはありません。「私は死にたくない」とマラーが言いました。ああ！　ちがいます。十分です！　疲労はもう十分です！

今、ささやかなものを書いています。母が娘に読むことを許すほどのものです。全部で三十ページばかりになるでしょう。まだ二ヶ月はかかります。これが私の「霊感」です！　出たらすぐにお送りします。（霊感ではなく、小説です。）〉

手紙後半の〈地球は劣った惑星云々〉のペシミスティックな語調にもかかわらず、フロベールが人生を全力で生きたことに矛盾はないのである。ただここには老齢の諦念――生涯を通じて一貫し、強化された――も色濃く表れている。

最後にフロベールが触れている小品が、『トロワ・コント』の「純な心」である。この小説はサンドに感銘を与えたことだろう。この傑作の誕生を待たず、病身のサンドは翌年六月八日に亡くなった。傷心のフロベールは、せめてものことにこの小説をサンドへの献辞を添えて出版した。しかし、この手紙をうけて、生前サンドは長文の書簡を、一八七六年一月十二日に認めていた。主題が二人にとって、特に最後の時が次第に近づくサンドにとって、人生を決定ずける切実なものだったからであろう。

ジョルジュ・サンド

〈可能な限り遠くに、そばに、周囲に、あちらに、至る所に、善、悪を見ること。触知できると否とにかかわらず、あらゆる事物が、善、真、美の必然性の方へ絶え間なく引き寄せられることに気づくこと。〉

これは近代ロマン主義の開祖ルソー伝来の精神を継承している。元来はプラトンに発していよう。サンドはなお続ける。

〈……あなたは形式を目的と考えておられますが、効果にすぎません。巧みな表明は感動からのみ生じ、感動は確信からのみ生じます。熱烈に信じていないようなものに人は決して感動しないものです。〉

そして『感情教育』にもし著者名が無かったら、「見事ではあるけれども奇妙なもの」と思い、「作者が背徳者、不信心者、無信仰者あるいは悲嘆に暮れた人間なのかと自問したことだろう。」と書いている。一般的不評の原因は、「登場人物は皆、意志薄弱で、天性邪悪な人間を除いて、破綻し、」「気高い努力を台無しにする嘆かわしい社会を（フロベールが）まさに描き出そうとしたこと」であり、「読者に理解されなかったから」だとしている。サンドは、『ボヴァリー夫人』は成功作としつつも、作者の道徳的教訓をもっと強調したらなおよかったろうとも付言している。

サンドの誤読はやはりフロベールの本質を理解できないことからきていよう。結局、サンドの持つ近代的装いを施した道徳臭、説教の煩しさが、真率な友情の中から多少とも垣間見えてしまう。信仰まで持ち出しているが、カトリックというより新教的なスタンスかもしれない。これもルソー的である。政治上から見ると、革命後の共和国幻想を傷つきながらも信じる平均的進歩的フランス人の感情なのだ。同時代の巨人、ユゴーが生きたように、偽善と紙一重であるが。フロベールの認めない『レ・ミゼラブル』がやはり別種の傑作であることも確かだから、これはやはり資質の相違でもあろう。フロベールの盟友ともいうべきボードレールが、往年のサンドの色恋沙汰の奔放さや乱脈と共に、激しく非難し、厭悪したのにもこの要素——進歩、友愛——が大きかったと見られる。フロベールとサンドの深い溝も明らかである。これは性分の差であると同時に、時代（世代）の差——自然科学が進展し、ロマン主義から写実主義へ向う——であった。

しかし、流派の祖と祭り上げられるのを嫌うのは、本物の独創的な作家には皆特有の事態である。フロベールは「写実派」はもとより、才能は認めながら、それに続くゾラらの「自然主義」の先行者と言われることも好まなかった。個人的に因縁もあり、深く愛したモーパッサンが唯一の弟子であった。ロマン派を始め、大作家は厳密に言えば、一代で完結している。バルザック、ネルヴァル、スタンダールなど曲型である。ほぼ、一世紀後、二十世紀のサルトルでさえ、世の「実存主義」など自分と何の関わりないと境界線を引いたものだ。翻って二葉亭も、日本の自然主義の先導者と称揚され、敬慕されるのは孤独ともいえる晩年近く、満更ではなかったようだが、本意は別の所にあろう。

そして、中村は、無論、四迷の挫折した本格的近代小説への試みは、日本の自然主義作家や私小説作家、及び谷崎、志賀、佐藤、さらに戦後の作家たちでは、十全に果たされていないと考えていた。フロベールの切り開いた金字塔『ボヴァリー夫人』からも、日本では真の影響を受けた作家は出ていないと見ている。表面の模倣に終始した事例にはこと欠かないのだが。つまり、日本に、真の近代は存在しなかった、と、亜・近代自我の甘えた拡張を糾弾した。批評家として、この東西両作家の内面の葛藤を深切に辿り、十分視野にいれた時、中村光夫には、日本文学界に発言すべき広範なそして根元的位置が与えられたのであった。

戦前の論文で、中村がしきりに強調していた「自我」とか、「実生活」、「芸術家」という観念は、やはり巨大なロマン主義の枠内にはいる。そして日本の一九三十年代は、この葛藤がしきりに論じられた時期である。（「思想と実生活論争」――小林秀雄、正宗白鳥、「純粋小説論」――横光利一、「私小説論」――小林等々）フロベールの時代より遅れること七十～八十年である。（中村も「文学界」の文芸時評《昭和十年》でこの主題を軸に論陣を張っていた。）日本の開国・維新が仏大革命時一七八九年より遅れている時差とほぼ一致する。アジアで唯一、西欧型近代を目指した日本の宿命であろうか。対欧米戦争は、この近代化の遅れから生じた諸々の歪みや抑圧を一挙に反転しようとしたことにも、日本と世界に与えた最大の悲劇があったことを着目すべきであろう。戦後から七十年たって、果たして、今度は西欧規範に追いついているのだろうか。それとも、このような問い自体がもはや意味を成さない、混沌の時代にはいっているというべきだろうか。

十九世紀近代爛熟期に生きたフロベールは『ボヴァリー夫人』の後、『サランボー』で古代カルタゴの異教のタニット神にまつわる情動世界に没入した。『感情教育』の後では『聖アントワーヌの誘惑』で中世キリスト教劇を砂漠を背景に生々しく展開した。『ブヴァールとペキュシェ』執筆の苦業の途中で『トロワ・コント』を著わし、カトリシスムの恩寵を印す二作（近代と中世）と、古代地中海世界を巡る史話を一作描いた。近代社会と基層文化が交互に表われることで精神の衛生学とした。

西欧の近代精神に立脚しつつ、中村光夫は日本近代の迷妄を撃ち進んだが、やはりフロベール同様、西欧の基層文化の存在を尋ね、それを確信していた。近代を凝視しないと基層も見えてこないこと、その逆も真であることも知っていた。古代ギリシャ文化、中世のキリスト教信仰と芸術。関心はビザンチンにも及び、ルネサンスの実体も知る。一方、日本古来の雅楽、能楽、江戸情緒への好みもある。江戸文化は二葉亭も偏愛したが、そもそも二葉亭には生涯にわたり、儒学から仏教への関心も強かった。中村は二葉亭が発した日本の前近代性（封建性）――自己と社会が対抗する際の不徹底さ――批判と、フロベールによる西欧近代性（進歩主義）批判を、日本社会や文学に引き換えて同時に行った。明治以降の過渡期におけるこの力業によって中村の業績は記憶されるべきだろう。

第二次大戦後、焼土から復興していく日本と歩調を合わせるかのように轟いた、中村光夫の言文一致の批評文体は、『風俗小説論』で確立され、昭和三十年代の高度成長期を照らし、昭和四十年代後半からの曲り角にあって、その謦咳に接し得た者の病んだ青春に活を入れ、蘇生させ導く松明のようなものになった。没後、三十年近くなるが、現在の混迷する日本の中で再度甦り、文芸の新たな光源となることを疑わない。

書　誌

中村光夫全集・筑摩書房。

二葉亭四迷全集・岩波書店。

Gustave Flaubert: *Oeuvres complètes, Correspondance*, Bibliothèque de la Pléiade.

フロベール全集・筑摩書房。

ジョルジュ・サンドへの書簡、フロオベル／中村光夫訳、文圃堂書店。

サンド＝フロベール往復書簡、持田明子訳、藤原書店。（引用の際、訳語を一部変更した。）

サルトル伝、A・コーエン＝ソラル著、石崎晴己訳、藤原書店。

第二章　中村光夫とフロベール

一

フロベールのG・サンド宛書簡（一八六六―一八七七年）に溢れる、十九世紀後半のフランス社会やサロン・文芸の香りに対し、一九三〇年代の日本に暮らしていた中村光夫の渇望は如何ばかりであったか。それは、あたかも、それより半世紀前に、二葉亭四迷が、ロシア文学、就中、ツルゲーネフ作品に抱いていた熱情こもる憧憬と近似していよう。そこではロシアの自然と若い男女の間柄の情調が異国の香りを放ちながら、細やかに描き出されていた。四迷が渾身に訳出したその小説を読んだ、明治二十年代の青年たちの感動や衝撃は日本の西欧文学への扉を開くものであった。中村は四迷自身の晩年の小説『平凡』にまず惹かれ、『浮雲』から始まる全作を読んで、その作家の全貌に深くとらえられた。時代を越えるその力と、当時とさして変わらぬ日本近代の問題を身につまされながら。時に飽きるとフロベール作品に目を転じた。学生時代、下宿した湘南の葉山でのそうした様子は『今はむかし』（一九七〇年）で語られている。不安定な世相と時代の動き、そのためか、日本の知識階級が、この時ほど西欧文化に真剣に、一対一の関心と意気込みで向いあった時代は無かったとも述べられる。

中村はルーアンでフロベールが十代を生きた環境を追想する。その街並を、また、ナポレオンに認められる秀でた外科医の父親アシル・クレオファァス、孤児で育った優しい母親、美貌で聡明な妹カロリーヌ、秀才の兄等々がいたブルジョワ家庭を描出した。さらには一八二〇〜三〇年代のフランス社会を。フランスは当時、王政復古期から七月王政期を迎えていた。中村はデュシャルムやデムニールによるフロベールの伝記や初期作品を基にして、それらを生き生きと再現した。日本とフランスの時間や空間の距離も忘れているかのように。

同じく、四迷の生きた明治期、近代文学の兆しを見せた明治二十年代頃を平行して考察していた。日本の一八八〇年後半から九〇年代後半期が、フランスの一八二〇〜三〇年代に相当するのであろうか。フランス大革命と明治維新のタイムラグを約七十年間とすると大体一致しよう。

中村は、先述したようなフロベール書簡に、学生時代、精神の復活と生きる上での励ましを得た。初期作品からは人間精神のロマン派風の生々しい混乱というべきものを見てとった。その初期作品（十〜二十代前半）を中村は二十六、七歳で論じた。少年フロベールのペシミスムと幼稚ともいえる自己撞着、論理の飛躍や矛盾にも関わらず、その激しい熱情に、年の差や環境の別を越えて引きこまれた。まだ未熟ともいえる若者が展開する百年前のフランスにおける、近代への不安及び徹底した近代ブルジョワへの嫌悪が、プロレタリア文学をくぐり抜けた後、人間のより根元的な問題に直面した青年中村光夫の心中に反響を呼び起こしたのであった。また一方、すでに、十七歳の『狂人の手記』の中で、フロベールは、目前で生起する現実の諸相よりも、追想で表われる世界の優位性を、さながら、ルソーを継ぎ、プルーストを予告する視点で描いている。この世界、宇宙とは何か？如何にその中で生きるか？にフロベールの二つの時期——後半期の書簡と初期作品——が懇切こめて訴え、語りかけてきた。磨かれぬ原石のような

フロベール

率直、性急な問いかけに加えて、未完成の未だ確固とした表現や文体を持たない青少年期の初期の作品群。もう一方で、すでに表現・文体を獲得した四十～五十代の作家が、発表を予期せず、心情が流露するに任せて書き綴った書簡集。両方とも、『ボヴァリー夫人』を始め、小説の中では、直接、自己を語らず、三人称の客観描写に終始したフロベールが、生の自分の思いを直截に伝えている貴重なものである。初期作品の中では、熱狂的、かつ支離滅裂な所感までもがそのまま表われている『狂人の手記』や、やや大人びた静謐さも漂わす『十一月』に中村は特に引きこまれた。もっともフロベールのこの要素は、すでに代表作を書き、円熟し、ブレない作家となってからも、書簡の中で時に応じ、内心の迸りとなって表出される。特にサンドとの書簡は、文通に人を得たせいか、一瀉千里の趣きがあった。この楽屋内の作家の本心告白なしには、フロベールの他の大作群――『聖アントワーヌの誘惑』や『ブヴァールとペキュシェ』などの、真意が容易に辿りがたく分厚い異境の壁のような小説群――にはね返され、フロベール世界に没入することは不可能であったろう。後年、中村自身もそう記している。他方、初期作品に対する中村の論自体も、未だ蛹状態を思わせる面もあるが、外と内に向って激しく発信しているようである。「フロベール論」あとがきに、当時、河上徹太郎から、「今まで君は人に向って（批評や論争を）書いていたが、これは神に向って書いている。」と言われ、本人も「これくらい、読者を無視して書いたものはない。」と述懐している。後年の「です、ます」調の余裕ある批評文や時にくだけた諧謔の姿勢はない。あたかも、フロベールの初期作品におけるが如くである。では、その『フロオベルとモオパッサン』の世界にはいってみよう。

中村はフロベール論の中で、A・チボーデ（一八七四～一九三六）を批評文の道標としている。

〈チボーデは「狂人の手記」をそのお手本となったルソーの『告白』と比較して、両者の類似性を指摘した後、つぎのようにいう。「しかし、ルソーがその不幸と挫折から、愛と再建の夢を引き出したに反し、青年フロベールの呪詛の呼び声は、ただ壊滅と、あらゆるものの崩壊をもたらすだけであった」と。〔……〕『告白』と「狂人の思い出（手記）」をはさむ四十年の歳月の流れは、もはやルソーを駆った社会生活への性急な懐疑を、愛と再建の詩の源泉とすることを許さなかった。フロベールの懐疑はルソーに比較して幼稚であるにせよ、さらに素朴で普遍的な性格をおびていた。しかも彼はこの懐疑を「魂にとっては死であり、疲弊した種族をおそう癲であり、学問から生じて狂気に至る疾病」と意識することを強いられていた。〉

そもそもルソーは少年時代、フロベールと違い、貧しい孤児として生い立ち、豊かで安定した家庭に恵まれていなかった。十六歳で貴族のヴァラン夫人と相遇し生活を共にした後、生涯定着と放浪を繰り返す。困窮や迫害を受け逆境のさ中にあっても、自動器械の如く、ごく自然に、その性来のやや陰険、猜疑心の強い性格を振り払うかのように、向日的な楽観主義となって甦ってしまうのである。彼は野生的でスケールの大きいロマン主義祖型の魂の持主であった。ルソーは実際の世間や社会に揉まれぬきながら、固有の観念、理想を抱いてしたたかに生きた実行家である。フロベールには、恵まれた環境から由来する書斎派の暗鬱といった面はどうしても残る。確かに、青年期二十二歳の大病――脳充血から癲癇症状を伴う神経症の一種――が決定的に起因となって、クロワッセに隠棲を余儀なくされたのは事実であるがしかし、回復後、大掛かりな東方旅行を達成したりもした。奇しくも、一時発狂後、ネルヴァルが取った行動と同様である。だが、ここでは、表面上波風立たないとしても、心中では十代の頃から固有に主題と格闘し、激しい嵐に見舞われていた、孤独な内省家の姿を想像すれば十分であろう。それは社交家失格でありながら、人間への愛と執着を断ち切れなかった、ルソーの果敢な実行家精神に、近代で充分対峙するに足りるものであった。だが、年若きフロベールはすでに自身の中に、「癲」であり「狂気」に至る危険要素を確実に含んでいた。

〈「狂人の手記」は〔……〕不器用なできである。ただここで〔問題となるのは〕あくまで自己を語りきろうとしたフロベールの熱意である。ルソーの『告白』に感動した彼は、まず自己について真実と信じうるものをことごとにさらけ出してみた。〔……〕この誠実の力技に、時の力はやがて独自の芸術的完成を与えたのだ。〉（〔〕内・省略と浜田注）

そして、この作に至る少年フロベールの生い立ちを、中村は、まだ見ぬルーアンを作品の中から想像して、次のように記す。

〈フロベールはルーアンのオテル・ド・デューで生まれた。彼の父はこの病院の外科部長であった。そして彼は、二十六歳の時父の死にあい、（近郊の）クロワッセに移るまでこの病院で暮した。〉

この環境の影響の大きさは決定的であった。

〈「子供の小さな脳髄をはっきりと読むことは、人間の根を、神の起源を、後に行為を生む精気などをとらえることになろう」とは彼（フロベール）のことばである。〉

さらに幼年時の「死体」体験がある。

〈彼の病者の苦痛を見る眼はつねに父の解剖刀を離れなかった。〔……〕彼の「肉体的同情心」は父親の職業的冷酷の正しさを感ぜざるを得なかった筈である。父親の職業は彼に人間の生死に触れるとともに、これを冷静に自然現象として見ることを教えた。むろんこのことが彼の「同情心」を弱めたわけではない。むしろこの正確な観察はそれを強めたものであろう。だがこのとき、彼は自己の「肉体的同情心」をも一つの現象として冷酷に計算することを強いられた筈である。おそらくこのとき彼にもっとも苦しかったのは、この自然の運行を前にして、その同情心などがいかに取るに足らぬ感傷かという自覚であったであろう。

「幾度となく、僕は妹と一緒に、垣根によじ登って、葡萄の蔓のあいだから、好奇心に駆られて、並んでいる死骸を覗き込んだ。日が照っていて、僕等の頭の上や花壇のまわりを飛んでいる蠅が、群をなしてそこにとまったり、また帰って来たりして、唸っていた。解剖台にかがんでいる父が頭をあげて僕等を追い払ったのがまだ眼に見えるようだ。」（ルイズ・コレ宛書簡）〉

〈この蠅の眼はやがて彼に固着した。そして彼は生涯この冷酷な分身の唸り声を耳許に聞いて居た。生涯を激しい夢に生きながら、彼が自己については、何等の幻想を持たなかったのもこの故である。いわばこの画面は、終生彼の感受性、肉体の制約として作用した。〉

〈「僕はすぐ将来を見透かしてしまう。いつも眼のまえに反対の物が浮かんでくる。子供を見るたびに老人になることを考えるし、揺籃を見ると墓のことを考える。女の裸体を眺めているうちに、その骸骨を連想する。楽しいものを見ていると悲しくなるし、悲しいものを見ても何も感じない。あまり心の中で泣いたので、外に涙を流すことができない」と彼はルイズ・コレに宛てて書いている。この彼の言葉にはいささかも浪漫派の気取りはない。この生活を破壊された少年の叫喚の背後に光るものは、彼が少年時代に発見した蠅の眼であった。〉

中村の後年の論理的舌鋒の鋭さの奥に潜む不退転な覚悟を早くも窺わせている文章だが、フロベールの写実派としての資性とロマン派との距離が的確にとらえられている。しかし、一方で、少年フロベールが人間の生命や歴史の不可思議さと多様性に十分触れていたことも、見逃がされてはいない。子供の時以来、素朴な下婢のジュリィが惜しげもなく話して聞かせた伝説の魅力にフロベールは惹きつけられ、「自然の叡知」に「民衆の権化」を見た。

「ジュリィは伝説に富む故郷ノルマンディー地方に伝えられたさまざまの恋物語や幽霊の話を聞かせてやった。〔……〕子供はよく〔……〕一日中飽きずに聞きほれていた。」（モーパッサンの回想記）

これは日本で一八九〇年代、モーパッサンと同年生まれのラフカディオ・ハーンが小泉セツ夫人から、聞かされた出雲に伝わるゴースト・ストーリー（怪談）の話を想起させる。

「豊かなノルマンの伝説」がフロベール少年にもたらされた。〈民衆は常に歴史を引きずっては伝説に生きる。すべての伝説のもつ素朴な人間的真実性はそれが時間の厚味に純化された、彼らの憧れのもっとも現実的表現に由来するといえよう。〉と中村は述べている。後年、空しい近代主義者のレッテルを一部で貼られたこの批評家に従来からこの要素があることは知っておくべきである。フロベールの晩年の『トロワ・コント』の中の一作、「修道士聖ジュリアンの伝説」の中に、その精華が鮮かに表れた。ルーアンの教会の豊饒なステンド・グラス群に、ジュリアンの一生が描かれており、往時、少年は熟視した。そしてもう一作「純な心」の善良かつまごころ溢れる下婢フェリシテはジュリィの面影をよく伝えているのだろう。因みにこの作は、文学史上稀な、文通を主として深い友情で結ばれた、死後まもないジョルジュ・サンドに捧げられている。彼女らとの書簡集が中村に大きな影響を与えたことは前述した如くである。

中村は当時、自己の背後に、未来の確かな何物も持たず、現実のいっさいを賭して、ルーアンのフロベールを注視した。しかし、その彼我の隔たりに疲れを覚えると、今度は、二葉亭の作品や人生と明治日本の中に身を置いた。昭和十年頃とは、太宰治が『晩年』の数篇を船橋の下宿等で書き、川端康成が『雪国』の冒頭を「文学界」に載せた頃である。横光利一の『旅愁』も間近い。同じ時代のフランスでは、殆ど無名のサルトルがノルマンディーのル・アーヴルでの体験をもとに『嘔吐』を書いている頃である。プルースト既に亡く、ジッド、ヴァレリーが老大家として、N.R.F.中心に活動していた。小林秀雄始め、中村たちも、後者の作品に強く牽引されていた。フロベールはといえば、この時代より百年前の少年時、『ドン・キホーテ』に夢中になった。セルヴァンテスはシェイクスピアと共に、彼の終生続いた愛読書であった。ここに「己れの資質の夢を見出した」少年は、その「笑い」を後年、『ブヴァールとペキュシェ』の中で独自に変貌させていく。このグロテスクで哀切な笑いの世界――「悲しいグロテスク」は、フロベールの作品中、随所に表れる。そもそも、少年時代、病院内の自邸の「玉突き場」で、友人たちとの演劇にも――奇怪な「ガルソン」なる人物の哄笑が、そこではブルジョワたちに浴びせかけられる――フロベールは熱中していた。

フロベールは十二歳で中学にはいり、寄宿生として学校生活の荒波に揉まれた。八年後に卒業、やる気のないパリ大学法科生となるが、先述の通り、二十二歳で神経症の重大な発作に襲われ、生死の境をくぐって、廃学、クロワッセにこもる。そこに至るまで、この青春期間は作品の試作期間でもあり、十六歳で、エリザ・フーコーとの一夏の出会いを含め、大きな影響を後々までもたらした。背景の地、ルーアンについて、中村は考察を続ける。

〈「人々が夢見るのは歴史のある場所においてだ。」とフロベールは言う。ルーアンは彼のこうした嗜好を充分満たすに足る古い街であった。交通の要衝としてローマ時代からの長い歴史を持つ、この活発な商港は、中世紀に北海を渡ってフランス王国に侵入したノルマン人がセーヌ河口の地域を確保した時はノルマンディー公国の首都であった。この街を策源地としてこの剽悍な移住者〔ヴァイキングとも呼ばれる〕は、フランス国王との間に幾度となく血なまぐさい戦いを繰り返した。くだって百年戦争時には英軍の手に占領されたこの街の広場（ヴュー・マルシェ）でジャンヌ・ダルクの火刑が行なわれた。〉

ここが、十六歳のフロベールの手になると以下のようになり、中村は引用する。

「君はノルマンディーを知っているか?この中世紀の古い土地、至る所の野に戦いが行なわれ、一木一草も由緒をもち、思い出を語っている。その首府のルーアンは数々の攻略、戦争、飢饉を経験した。城壁の下では勇士が剣をふるい、馬の蹄が河岸の敷石に火花を散らして、往来にはまだなま暖い、イギリス人の血が流れていた。」(「十世紀ノルマンディー年時記」)

このいかにもロマン的な文章を受けて、中村も続けている。

〈(そこはフロベールにとって)歴史に人間を夢見る最初の現実的素材であった。当時の新興ブルジョワにとって、たんに過去の悪夢の象徴にすぎなかったゴシック建築の群れは彼にとっては、そこに過ぎ去った数々の事件を組み立てた無数の人間情熱の記号であった。〔……〕歴史を身に感じ、これに同化して生きること、これこそ、彼の精神を強く支えた自信の根源であった。〉

ルーアンの街は、フロベールが記した百年後に中村が執筆した頃でも、そして二十一世紀の今日でも、遺跡は大した変化はない。歴史より現実主義で生きている点でも、そこに住むブルジョワの人々も今も大して変わってはいない。ただ一八三〇年代は、産業革命を受けて工場が立ち並び、どぎつい近代当初の景観があったのだろう。フロベールは近代に新たに出現したブルジョワを嫌厭する文学者として、ルーアンが商工業都市へと変貌していく姿に幻滅し、夢の消滅による失意の念を味わわざるをえなかった。「ルーアンではすべての詩、すべてのものは葬むられる。ただ下卑たバカ騒ぎだけが成功する。」と後年、愛人となったルイーズ・コレに述べている。こうして「自分の個性に深く根を下した確信」を持つに至った。

〈〔……〕これらの「同郷人」と〔学生時代〕机を並べて生活することが彼にとって如何なる苦痛であったかは想像するにかたくない。〉

中村はさらに初期作品に「若々しい熱情的な叫喚と冷静な人間嫌悪とが奇怪な混淆を成している」様子をかぎ取っている。これは、確かに、遅れてやってきた地方出身者によるロマン派末期の一症例と見なすこともできよう。同時にフロベールには、性来の観念傾向に加えて、幼少から近代当初の外科医院の暮らしの中で、自然と養われてきた科学的、実証的な目も備わらざるをえない。「最初から観察者たるほかはない孤独を強いられて生きたのだ。」と中村は結論する。

この孤独自体、明治二十年代の日本の近代化、換言すれば功利主義の世相の中で、二葉亭四迷が『浮雲』の文三のように苛立っていたのと同様な結果を生んだ。ただ、その心理背景を半世紀前にフロベールは、近代化を生んだ西欧の御本家フランスで、少年時代からより精密に味わったのだ。青年時代、自分自身の孤独状態に直面し、自己形成に呻吟していた中村が、両者に見出したものは、社会の中で安易に群れ成す同調を厭う点で同種のものであった。

初期作品「商業か芸術か」で少年フロベールが追いつめられていく心境を中村はこう分析した。

〈彼の夢は「社会的地位」のため「富を積む」ために、無意味に勉学にいそしむ級友を充分軽蔑することはできた。だが、彼らの生活を否定することはできなかった。逆に少くとも社会の額縁にはまって現実的内容を持つ彼らの生活を彼の知る唯一の人生の様式として理解せざるをえなかった。このことは彼を「理解できぬ」級友たちが、その生活の現実性をたのんで彼を軽蔑することをさまたげなかった。〉

また、中村は述べている。

〈〔孤独とロマン派亜流の身を滅ぼす退屈や〕愚劣から〔フロベールを〕救ったものは、この滑稽感である。〔……〕彼の陶酔は常に醒めていた。絶えず強烈な夢に生きながら、同時にこの夢の生理を意識することを強いられていた。〔……それは〕自己の心の貧しさを彼自身に明かすものであった。観念と現実の背離、〔……シャトーブリアンの〕『ルネ』はこの深淵をめぐって築かれた美しい抒情である。〔……〕フロベールは歌うすべを禁じられていた。「我々の歓喜が必ずしも唯一の正当な歓喜であろうか、我々の愛が唯一の真実の愛といえるのか。我々の苦痛すら唯一の同情に値する苦痛といえようか?」（「狂人の手記」）確かにポール・ブールジュも言っている。「環境と彼自身の夢との間のこれほどの不調和」は〔他の作家や人間には〕稀有なことであった。〉（〔〕内、浜田・注）

この「不調和」の底流には、古代から近代まで、人間そのものが抱き続ける解けぬ疑問や謎があった。『狂人の手記』では、他所でさらに追及されている。

〈生とは何か、死とは何か、と考えずに、生きることも死ぬこともできる……この木の葉はどうしたのだ?なぜ、水は流れるのだ?なぜ、人生が死の大洋に消えていく流れなのか?……なぜ、空はあんなに澄んで、地上はこんなに汚れているのか?こういう疑問は、人を出口のない暗黒のうちに導いていく。〔……〕人間の周囲はすべて暗黒あるのみだ。一切が空だ。そして、人間は何かしら固定したものを欲するのだが、とどめようとする広漠たる無限の中を、自分自身が転々し、あらゆるものに縋りつくが、どれもみな逸してしまう。祖国、自由、信仰、神、道徳、といったものを人間はいずれも手中にしたが、どれもみな手から落してしまった。ちょうど、狂人がガラス瓶を落しては、自分で壊した破片を笑うようなものだ。しかし、人間は、神の姿になぞらえて作られた不滅の魂を持っている。二つの観念のために人間は血を流してきた。人間が理解してない二つの観念、すなわち、魂と神を、それでも人間は固く信じている。〉

こうした主題を発展させ、二十一歳の時初めて、まとまった中篇小説として、『十一月』が書かれた。この一編をフロベールは愛着し、後に作家として名を成してから親交を結ぶ、ボードレールの前で朗読したりもした。

〈それは、ルネのような悩みでもなければ、大空のごとく果てもない彼の哀愁――月の光にもまして美しく、銀色に冴える哀愁とも違うものだった。僕はヴェルテルのように純潔ではなかったが、さりとて、ドン・ファンのように放埒でもなかった。どのみち、さほど純真でもなければ、さほどたくましくもなかった。〉（『十一月』）

初恋の女性エリザとの出会いの後、『十一月』で新味を添えて表われる、若い娼婦マリーとの交渉は、十九歳の時、南仏旅行中に関係をもったユーラリー・フーコー夫人との、場を変えた思い出の描出だろう。肉体から精神に及ぼされた影響を主にして、入念に、しかしみずみずしい視覚描写のうちに転開されていく。確かに、『狂人の手記』ではマリア（エリザ）は実体を突き抜けた強烈な観念の陶酔対象だったが、『十一月』でのマリーは肉体を備えて眼前に存在している。具体的現実を前に、フロベールの観念世界は突破口を見出せたのか。この小説のどこかしらすわりの良さは、フロベールの成長と新境地を感じさせる。だが、それも根源的なものではない。終章近く、またしても主人公の胸に、海辺を前に、絶望を誘う、深淵からの声が去来する。『狂人の手記』以後、四年間、やはり、フロベールの青少年時の本質は変わっていない。

〈一瞬、彼は、いよいよ生涯の決着をつけるべきではないかと考えた。今なら、誰からも見られないだろうし、助けられることは、まずあるまい。三分間で死ねるだろう。だが、そうした瞬間にはよく起りがちな正反対の気持から、急に生存が楽しく想われだし、パリでの生活が、魅力に富み、前途有望に見えてきた。〔……〕だが、その間も、深淵からの声が、彼を呼んでいたのだ。海が、墓穴のように口を開いて、すぐにも彼を閉じこめ、波間に巻きこもうとしているのだった……〉

結局、フロベールの青少年期を色どった二種の愛――霊的愛と肉体的愛――のうち、十五歳の時、ノルマンディー、トゥルーヴィル海岸で出会った、エリザ・フーコーへの愛が生涯を通じ、最大のものとして残され、『感情教育』のアルヌー夫人へと具現化された。その痛切な思いを中村は分析する。

〈この時、フロベールの感受性の強いられた位置は、『オーレリア』を描いたネルヴァルと遠く隔たったものではない。ネルヴァルもフロベールと同じく、多くのロマン派作家の弱点を成した社会的虚栄心をまったく持たぬ作家であった。彼らの強烈な夢の真摯性そのものが、その現実世界における実現を妨げた。しかも『夢と生』〔『オーレリア』〕にせよ、『狂人の手記』にせよ、今日なお光を失われぬ由以は〔……〕そこに堅く貫いた自己の感受性の動きに対する絶対の誠実である。〉

帝大仏文の先輩、佐藤正彰による難解な『オーレリア』翻訳刊行は、昭和十二年であった。中村も当然、この時空間を越える哀切な霊的小説に心惹かれたであろう。だが、フロベール自体には、ルソー、『告白』の影響が依前として著しい。次の中村の一節など、ルソーにそのままあてはまろう。

〈フロベールの初期作品世界は、一個の肉体の率直な働きに近い。フロベールの文学表現の美しさは初期においてすら、書かれた文字よりむしろその余白に存する。この余白の美を支えるものは、彼の生命の溌剌たる持続にほかならない。〉

中村がフロベールの初期作品に熱中した理由は、まさに、厭世感に支配されながら、溌剌と生きたこの生命力であった。これは中村が第一高等学校時代、フランス語を修得しつつ耽読したモーパッサン作品に対する感情の延長上にあろう。東京下町出身の病弱な秀才であった憂鬱な青年が、ノルマンディーの荒々しさと繊細さを備えた野生的天才たちにより、力強い朗々たる厭世への扉が開かれた。それは人間の全歴史の営為や宇宙規模にまで発展する思考を束ねるものであり、明治以降の近代日本文壇の枠を大きく逸れるものであった。

二

文学上の出発当初、その道を踏み出した頃、二葉亭の根本的自己否定劇と共に、フロベールの初期作品や書簡を愛読し、書簡の翻訳まで果した中村光夫にとって、その理解と共感と真意は、どのようなものであったのか。後年、フロベール論が出版された時、後書きでこう述べられている。

〈フロベール書簡集に接したのは、そのころ単調なそのくせ焦立たしい生活を奥っていた僕には一つの大きな事件であった。〔……〕えたいの知れぬ熱情を独りもてあまし、人生の目的をすべて見失ったような顔をした貧しい病身な学生であった僕に、フロベール書簡は人間として沈着に生きる希望を諄々と説き明してくれた。彼の書簡の章句はその比類に絶した率直さで、他人の言葉を一切真に受けぬ癖のついた偏狭な僕の心に、傷口に塗られた香油のように快く、無遠慮に飛び込んできた。〔……〕（そこに）見出したのは復活の歓びであった。「人間に何ができる」という恐ろしい問いに、彼の純潔な生活の実践は実に明瞭にそして切実に答えてくれる。彼の書簡がまず教えてくれたのは、人間精神の尊さであった。〔……〕（一方で、初期未発表作品に展開される）この孤独な青春の記念碑には、あらゆる豊富な胚子が、矛盾した未熟な、だが生々しい形で至る所に振り撒かれているのみでない。〔……〕終生（ルーアン近郊）クロワッセに幽居してパリを白眼視した彼は〔……〕しかし、その精神において、近代ヨーロッパの稀に生む普遍的人物の一人であった。彼は自己の生涯を「人類の真の伝統」に棹さす道と信じて過たなかった。『ボヴァリー夫人』はたんにフランス小説の典型であるだけでなく今日では世界文学の古典である。〔……〕（初期作品において興味があったのは）彼の青春の生々しい混乱の姿であった。〉（一九四〇年）

次は『ジョルジュ・サンドへの書簡』翻訳刊行当時、未収録であった、中村の解説用論文の一節である。「ツルゲーネフもゾラも大事な私（フロベール）の友人だが、シャトーブリアンの散文を少しも認めず、ゴーチェに至っては尚更です。私の魂を奪うような文章が、彼らには空虚に見えるのです。どちらが誤っているのでしょう。」と中村は書簡から引用する。さらに、フロベールはサンドの「天才より稀な性格の高さ」に惹かれ続けていた、と付言している。

〈「そこらを歩き回っている人間は誰でもG・フロベール氏より興味がある存在です。なぜならばその方がより普遍的であり、またその故に典型的だからです。」と心底から確信して自己の生活を絞殺し、「最も他人の如く生きる権利を持たぬ」芸術家の生涯を（フロベールなる者とは）「精神の力によって作中人物に自己を乗り移す」ことに食い破った人間の姿である。言いかえれば、非情な時代精神に抗して、自己を社会を表現するために、まず己れの手を以って自我を殺す事を強いられた近代作家の生活記録である。〉

この文章の後半部は、明治四十年代の日本自然主義発生時代に遡ってはもちろんのこと、この中村論文等が書かれた戦前期、そして戦後の文学界においても正当には理解されてこなかった。中村はここで、P・ブールジェやモーパッサンのフロベール観を紹介しているが、その中でこうも述べていた。

〈彼は「文章によってギュスタフ・フロオヴェル氏を救った」のではない。自己の感受性を救うために己れの実生活を滅ぼしたのだ。彼が生涯を芸術のために「犠牲」にしたことはこの事以外の何も意味しない。すでに『マダム・ボヴァリー』は青春の欺瞞についての犀利な解剖報告書である。だが、彼は彼の中に残った「わずかのよき美しきもの」である自己の青春の夢に生涯固執し続けた。そしてこれはまたおよそ青春の欺瞞なくして何物もなし得ぬ人間そのものの姿であったろう。〉

ここでもやはり、中村の論点は書簡からフロベールの青春――すなわち初期作品世界（「自己の青春の夢」または「青春の欺瞞」）に引き戻されている。（因みにこの翻訳あとがき用に書かれた文章は「文学界」（昭和十一年）発表である。書簡翻訳自体は昭和十年十一月であり（文圖堂書店）、サンド宛ての手紙全訳で、一一八通に及ぶ。この後、昭和十二～十三年に初期作品の重要さを主題にして『フロベール論』を「文学界」に連載するのだから、この訳業は必要当然でもあったとはいえよう。

フロベールとサンドは晩年になるに従って、文学上の相違を際立たせていく。サンドはフロベールの文学信条へこう反論している。

〈形式に対する信仰はそのままにして、内容にいっそう専念して下さい。真実の美徳を文学における月並な話題とお考えにならないように。その典型を描き、誠実を美点として、あなたが好んで嘲笑する狂人や愚か者たちに打ち克たせてください。知的挫折の根底にある確固たるものを見せて下さい。要するに写実主義者たちの陳腐を離れ、美と醜が、くすんだものと輝いているものが混じり合った真の仕事に戻って下さい。そこでは、善意の占めるべき場と果たすべき仕事があります。〉

これは正に『レ・ミゼラブル』や『ノートルダム・ド・パリ』に流れる、ユゴーの唱えるロマン主義のテーゼに通じている。彼の『クロムウェル』序文に表われたグロテスク美学の一変奏としてもおかしくはない。これと比較すれば、フロベールは善悪どちらにも判定を下さないバルザック寄りといえるだろう。バルザックを余り認めないサンドに、彼の壮大な「人間喜劇」大系を精密さや多分、文体の関点から一時批判したこともあるフロベールでさえ抗弁したこともあった。

これに対して、一ヶ月のちのフロベールの決定的返信がある。まず大幅に返事が遅れた侘びから始まり、サンドの近作を一応は評価しつつ、結局は明瞭な反論となる自説を展開している。

〈（サンドの近作等で）私を最も感動させるのは、思想の自然な秩序と叙述の才能というより、天分です……（登場人物はほぼ）有徳の士です。しかも並外れた徳を備えています。だが、あなたは彼らが本当に真実であるとお思いなのですか？彼らのような人間は多くいるでしょうか？つまり、大切な先生、〔……〕ここにわれわれを本質的に区別するもあなたはあらゆることにおいて、最初の一飛びで天に昇り、そこから地上に降りて来られる。あなたはのがあります。あなたはあらゆることにおいて、最初の一飛びで天に昇り、そこから地上に降りて来られる。あなたはアプリオリを、理論を、理想を起点となさる。そこからあなたの人生に対する寛容さ、心の落ち着き、ふさわしいことばでいえば、あなたの偉大さが生じます。私は、哀れな男の私はまるで鉛の靴底によるように地面に釘づけになっています。あらゆるものが私の心を動かし、引き裂き、荒廃させます。そして私は上昇しようと努力します……。世界の全体を見るあなたの方法をもし私が用いようとすれば、私は滑稽なものとなりましょう。それだけのことです。あなたが私にいくら忠告なさってもむだなのです。私は自分の気質以外の気質になることはできません。また、その結果である審美観以外の審美観を持つことはできません。〔……〕私の作中人物に対する個人的な意見を示すことについては、反対です！絶対に反対です！私は自分にその権利があるとは考えません。もし読者がある書物からそこに見出されるべき教訓を引き出さないとすれば、それは読者が愚か者であるか、正確さの観点からその書物が誤っているかです。ある事物が「真実」である以上、それは良いものです。〔……〕それから、私もその大御所の一人にされてはいますが、写実主義と呼ばれているものを私は嫌悪します。本当です。こうしたすべてを考慮に入れて下さい。〉

レアリスムの祖と言われることを嫌悪したフロベールは、ロマン派の反抗的後継者である。他方、二葉亭はロシアのツルゲーネフを通して、フランス・ロマン派以後の実体にある程度感知していたと思われる。二葉亭が作品を愛読し、『あひゞき』を翻訳（一八八八年）したツルゲーネフ（一八一九―一八八三年）が、フロベールやサンドと同時代の親しい友人であったことはふしぎな因縁を感じる。彼方フランスでは、西欧近代文化が爛熟し、世紀末に向うのに対し、こなた日本では、これから明治近代日本が開始されようとしている。その頃亡くなったフロベールやツルゲーネフが――日本は極東の未だ知られぬ島国であったことから、あり得ないことだが――当時この日本の文化の事情を知ればどう思ったであろうか興味を唆られる。勿論、今日の我々の感慨とは随分異なるものだろうが。

フランスに話を戻すと、普仏戦争、パリ・コミューンの争闘を経た後のフロベールの書簡（一八七三年十月三十日）がある。大混乱の後で「人々は王党派カトリック（サンドの返信によれば、聖職者至上主義者）の王政を怖れている」と書かれているが、（実際は）「部隊はボナパルト派と共和派に分かれ」ていて、やがて、前者は打ち負かされるだろうとフロベールは見ている。しかし、その数年後、共和政が成立することにも彼は怖れを抱くのだ。フロベールは旧体制（王政）への復帰もボナパルティスムも望まない。しかし、共和政にも深く幻滅している。どこにもブルジョワの跋扈を見るからだ。二葉亭は明治の文明開化風俗に警鐘を鳴らすが、旧体制（江戸幕政）――その文化を時に懐かしむとはいえ――を復古させようとは思わない。関心はむしろ、今日のものとは異なるが、ロシア由来の社会主義にある。その一方で、満州に赴くなど大陸浪人めいた様相もある。フロベールはフランスの（空想的）社会主義――サン・シモン、フーリエ、アンファンタンら――には懐疑的であった。フロベールの反・近代性は、〈流行〉と「風俗」が、人間精神の「恥辱」である普通選挙に道を開いた〉とさえ述べている。もっともこれも、ボードレールと同じ見解からであり、単なる反動とかたずけられない。ブルジョワ精神の愚劣さに対する不信、抵抗と侮蔑が明らかである。フロベールは従来から、フランスの歴史にどうにも変わらぬ一貫して流れているあるものを憤っていた（一八六八年十月三十一日書簡）。

サンドは作品創出に「感動」を求めるが、フロベールは不感無覚の立場を固持した。心は熱く手法（頭）は冷たい。彼の理想の書物は、地球が天体にぽかりと浮んでいるような（無限の宇宙空間上にある）Livre sur rien「何についても書かれてない本」である。だが実際は、その地球も太陽はじめ様々の引力・重力が激しくせめぎあう中、奇跡的に自らの軌道を確保し、静寂空間を回っているのである。フロベールの文体とは、諸要素が地球を浮上させているように、作品を存在させているものである。そこには定点を求める思念と言葉の激しい格闘がある。従って、フロベールにとって、その場面を表す決定的表現は句読点も含めて一つしかないのである。それに至らないと、地球が運行軌道から脱落し、宇宙空間を逸れて消滅してしまうように、作品自体が成立しないことになる。中村は、このいわば虚構の空間を構築する言語の機能と力に、フロベールに倣い、早くから気付いていた。それは二十世紀を突き抜け未来に向うものである。フランスではプルースト、サルトル、デュラスらへと受け継がれている。中村の後年の「です・ます調」は、あたかも言語が論理の祭祀、道具として、宇宙における惑星のように、決められた軌道を進むのである。感情は論理の枠を破らず、論理は感情を押し殺さない。そこには、フロベールの小説に見られるリゴリスムが、柔らかくほぐされ、読みやすくされ、広範に伝えられようという姿勢がある。すなわち、フロベールの書簡の流露感にもつながるのである。主に戦前のどこかぎくしゃくした批評文体の硬さがとれたといえる。このことは、それまで強く影響を受けた小林秀雄の文勢からの脱却も同時に果たすことになった。

巨大なロマン主義の支流、サンボリスムの影響をうけた小林、レアリスムを通してロマン主義を理解した中村。フロベールは幼年時代以来、死体を医学の視点で冷静にとらえるべく、自然科学を範とする写実主義の徒たるべき資格を定めづけられていた。ロマン派詩人ラマルティーヌはエンマ・ボヴァリィの服毒自殺のむごたらしさを受けいれられなかった。女主人公を人生の帰結とはいえ、あんな風に死なせる必要があったのかと述べている。サンドにも見られる表層的ロマン主義の限界であろう。ボードレールもフロベールと同じくその詩篇で〈死骸〉に執着した（「死の舞踏」、「腐肉」等）。同時にそれを越える絶対的なものを求めた。ロマン主義とレアリスムが親子関係にあるとすれば、象徴主義と自然主義はその次世代の兄弟関係にあるといえよう。両者共に相互の芸術を認めあって評価していた。（マラルメがモーパッサンを、また、ゾラやゴンクール兄弟が絵画における象徴派ともいえる印象派の画家たちや日本の浮世絵版画を。）小林は、ロマン主義の嫡子にしてサンボリスムの始祖ボードレールから下って、ランボーに行きつき、中村はナチュラリスムのモーパッサンから出発し、レアリスムへ遡上ってフロベールにとらえられたのである。

フロベールは西洋近代のブルジョワ社会や思想を否定したが、中村は日本におけるそもそもの近代精神の不在を論じた。西欧の近代に憧れたのではなく――それではただの文明開化主義者にすぎない――西欧近代の実相を正しく知り、日本独自の道を歩むべきと念じた。中世から古代へと中村の西欧文化の基層に寄せる関心は熾烈であった。西欧を西欧たらしめている主因を探っていた。それは、日本が日本の過去と未来を取り戻すためにも、日本と西欧を比較対照して初めて可能となる作業につながっていた。それこそが日本の歴史や文化の正しい見方に通じている。中村の戦後の再出発にはかような情念のマグマが沸々と滾っていた。

書誌

『中村光夫全集』・筑摩書房
『フロベール全集』、中村光夫他訳・筑摩書房
Gustave Flaubert: *Livres complètes, Correspondance, Livres de jeunesse*, Bibliothèque de la Pléiade.
『フロオベルとモウパッサン』、中村光夫著、筑摩書房。引用は中村全集による。
中村訳とは別所で引用された「狂人の手記」飯島則雄訳、「十一月」桜井成夫訳はフロベール全集所載による。
『サンド＝フロベール往復書簡』、持田明子訳、藤原書店。
※原著や訳文の引用は、表記や訳語を一部変更した箇所がある。

第三章　中村光夫の青春とフランス体験
──一九三〇年代から『戦争まで』及び一九四〇年代へ──

一　渡仏まで

回想記『今はむかし』は興趣に富んだ筆で描かれる、昭和前半期の一人の青年の姿と社会、文壇の有様である。中村は一九二八年、第一高等学校に入学し、フランス語を学ぶ。在学中、二葉亭四迷の『平凡』を読み、不思議な感興を得る。仏語でモーパッサンをほぼ全作読み通した。一九三〇年、小林秀雄を知る。一九三一年、満州事変勃発、翌年、東大仏文科入学。高校時代の仲間と同人誌を刊行、プロレタリア文学の影響を受けた小説を書いた。一九三三年、鎌倉で自炊生活をしながら、「文学界」に「ギイ・ド・モーパッサン」を発表し、批評家としてデビューする。在学中、フロベール作品を愛読、特に未発表初期小説群と生涯にわたる書簡を耽読した。「僕がフロオベルの書簡に見出したのは復活の喜びであった。[1]」外国文学に飽きると二葉亭の作品や明治時代に思いを馳せた。彼の「自分の内面から文学を創り出す[2]」文学精神に由来する日本近代初の試行と挫折にいたく心惹かれた。一九三五年、卒業、小林の依頼で文芸時評を「文学界」に一年連載する。フロベール『サンドへの書簡』翻訳。翌年、モーパッサン『ベラミ』翻訳。「二葉亭四迷論」を文学界に連載し、刊行した。一九三七年、「ギュスタヴ・フロオベル」を連載。折しも、日華事変が起る。翌年、九月、渡仏に至る。

文芸時評や各誌の批評文で、明治の近代文学はブルジョア市民文学でなく、封建（主義）文学だと喝破した。それを精神面で不自然に受け継いでいる日本の自然主義文学とそこから生じた私小説を批判した。そもそも日本に西欧のロマン主義は本格的に移植されていない。自己を巡る葛藤及び観念や夢想の追及という近代の根本を作った運動そのものを知り得なかった。もともとロマン主義と結びつくフランス革命と明治維新の相違は明らかである。明治二十年代にロマン主義の可能性の芽は見られたが、大きな実は結べなかった。二葉亭四迷は『浮雲』（一八八七年）を発表、その第三篇まで執筆後、未完成のまま筆を折った。だが、それは、ロシア文学の翻訳「あひびき」（一八八八年）などと共に、西洋文学の香りと重厚な本体をみずみずしく伝え、青年層を開眼させた。北村透谷も「内部生命論」などで、よくロマン主義やキリスト教の精髄に迫ったが、意かなわず、自殺を遂げた。明治三十年代は、中村によると、技術の時代である。日清、日露の戦争が明治の国家や日本人に大きな座を占めた。明治三十九年（一九〇六年）、島崎藤村の『破戒』や、夏目漱石の『吾輩は猫である』などに、新たな文学の地平が開かれたが、中村によれば、翌四十年、田山花袋『蒲団』の成功が文壇をおおい、自然主義全盛の端緒となった。それは大正時代を通じて続く。漱石や鷗外は別格であったが、それでもやはり作品傾向や展開に多少とも自然主義を意識せざるは得なかった。また、白樺派もその信条や理想が自然主義に対立しながらも「私」の心境を無条件で語っていく手法は、そのまま同じであるとされた。日本の自然主義小説とは、主人公＝作者が、誠実にあるがままの自分の生活や心境を述べることにあると信じてしまう所から始まった。二葉亭は早くも明治二十年代に、「摸写（写実）といえること」は「実相（現実のモデル）を借りて虚層（本質）を写し出す(3)」という文芸理論を唱えた。これは西洋のロマン主義から写実主義《レアリスム》（フロベール）に至る要諦である。自然主義《ナチュラリスム》はその後にやって来た（ゾラ、ゴンクール、モーパッサンなどの）流派であった。他方、坪内逍遙や二葉亭以前の日本には、戯作や政治小説しか存在しなかった。後者は漢文脈で西欧を舞台に特定し、ロマンティックな史劇にして、明治初期の独立、愛国の気運高まる青年たちを熱狂させたりした（『経国美談』、『佳人の奇遇』）。尾崎紅葉や幸田露伴は逍遙、四迷とほぼ同時代人である。明治四十年代や大正時代の自然主義全盛を経て、関東大震災（一九二三年）からやがて昭和にはいり、第一次大戦後、世界大恐慌となる。生活のアメリカ文化流行に伴い、新たに起った新感覚派や、ロシア革命の影響を受けたプロレタリア文学が、それまでの著しく社会性を欠いた日本の自然主義を結果的に滅したが、私小説の手法は、やはりそのまま受け継がれた。そして、その心情は日本には本格的には根付かなかった失われたロマン主義風である。人道的にせよ、観念（「新感覚」理念、マルクス主義理論）的にせよ、感傷性がはいりこむ。中村によれば、日本の近代文学は二葉亭の志した信条に基づくべきである。[4] フロベールの『ボヴァリー夫人』が典型である。（二葉亭が翻訳したロシアのツルゲーネフはフロベールの盟友であった。）それは正に、実相（エンマ＝モデルとなったドラマール夫人のアヴァンチュール）を借りて、虚相（ロマン的夢想の破滅＝人生の本質）を描いたものであった。

中村は昭和期の戦争に向う時代の中で青春を生きた。日本の現実から、険悪となる世相や時に緊張する文壇論説・交遊世界から逃れるように、一九三八年、第一回フランス政府招聘留学生としてフランスに向う。しかし、そこでヨーロッパの第二次大戦に遭遇したのであった。

二　『戦争まで』

(1)

フランス滞在期の総集成といえる『戦争まで』は、文学界連載後、一九四二年に刊行された。目次順に見ると、「パリ通信」から始まる。これは、フランスに滞在して、半年余り後、小林秀雄に宛てた書簡の形で書き出されたものである。一九三八年九月に、長い船旅の後、フランスの地に立った興奮がみずみずしく伝わってくる。パリで

中村光夫（昭和十三年七月）

刺激と情趣に富んだ学生生活を送った。パリ大学へは余り通わなかったが、隣接するコレージュ・ド・フランスのP・ヴァレリーの講義には熱心に聞きいった[5]。

年末から一ヶ月、友人たちと、車でイタリア旅行をし、ルネサンスの息吹に触れ感動する。その体験が躍動し、精気をこめて述べられている。

「トゥールの宿」の章にはいると、もういきなり、緊急帰国時の「避難船」の描写となって、戦争という現実世界に直面させられる。ボルドーを出航し、リヴァプールから、大西洋を越えた。九月中旬、十月末ニューヨークを経て、パナマ運河へと、船は行く。この間、本作は船中で書き継がれていった。九月中旬、列車などで運ばれてくる日本人を乗船させた出港地ボルドー、その緊迫した様子、また、開戦宣言後の国内や日本人たちの混乱が生々しく伝えられている。第一次大戦当時と違い、フランス人たちにとって、今回は「将来のない戦い」（『戦争まで』、以下同。）であった。一九一四年は「昂然と出兵した兵士（市民）たちが、戦後、疲弊し、困難の中で育て上げた息子たちが、成人（壮丁）となり、又、出兵させられる」のだ。

そのような中で、作者は、自分のフランス（パリ）到着後の模様に思いを巡らせる。一九三九年、初夏六月頃、パリから初めてトゥールを訪ねた。フランスの地方を知ることが主眼であった。「バルザックの故郷」の段でトゥーレーヌ地方が描かれる。この大作家は「汎神論めいた神秘説」を唱えたと見られている。『谷間の百合』の舞台はこの地方のアンドルの谷であった。

「未知の土地」が語られていく。トゥールの市街の様子が描かれ、ロワール河、ナショナル通り、カフェ・ユニヴェルなどが中でも目につく。まだ開戦前の平和な語学校や下宿を探す様子が描出される。最初の宿は、家主たちの感じも悪く、食事のまずさに閉口して、次を探そうとする。探しあてた宿は、街の中央近く、エミール・ゾラ街にある、フランス人一家経営のパンシオンであった。まだ開業一年のすれていない家主一家の有様が好感を持て、食べてみた食事もうまかったので、正式に決めた。語学校は欧米各国から年令問わず、この夏期講習会に男女が二十名ほど集まっていた。東京のアテネ・フランセのようだと思う。ここで唯一の日本人、細川君と出会う。

「初夏の街」で、外交官の卵、大柄なスポーツマンで磊落ながら、気遣いのできる細川君と打ち解けあう。彼が嫌っている下宿、ボルドレー家の実体を見て、その不評判ぶりがわかる。

「ロアールの宮殿」の章にはいる。その前にまず、パリの長い冬中にあって、枯れ木とは異なり、「高い樫の木の梢にぽつりと丸い球のようについた鮮かな宿り木にしみじみ眼を惹かれる。」そして、古代のガリア＝ケルトの昔を瞑想する。「ゴール（ガリア）人がこの寄生木を生命の象徴として崇拝したのは実に自然な感情だったにちがいない。」続いて長い中世の果て、十五世紀ゴシックの城塞がある「ロッシュの城」の暗鬱さに読者の注意を向けさせる。それはルイ十一世の居城であり、拷問室や地下牢の陰惨さが史実をまじえて述べられる。「イタリー戦争」では、約二十年間、シャルル八世とルイ十二世がイタリー遠征をした後、フランソワ一世が二十歳で王位につく次第が語られる。彼は「新時代の代表者」、「フランス・ルネサンスの体現者」にして「文芸復興の父」と呼ばれ、異能ぶりを際立たせた。敗北を重ねる戦さをしながら、敵国イタリア文化に惹かれていく。この「女と戦争」に明け暮れた半面を持つ王は、また、ダヴィンチを崇拝し、中村とも縁深いかのコレージュ・ド・フランスを創設もしたのであった。

「ルネサンス宮殿」では、ミシュレ、サント・ブーヴなど豊富に引用しながら、フランスとイタリアそれぞれのルネサンスの違いについて述べる。フランスは中世の騎士道を引きずっていることを強調している。小著『夢の代

シュノンソーの城

価』では、古代ガリアがJ・シーザーに征圧されながら、ローマ文化に出会ったように、フランスはルネサンスで中世文化（ケルト・カトリック）が再度、イタリア・ローマ文化に相《あい》対したことを記した。この点、旧師・中村とは、先《さき》の冬で樫の木の宿り木へ寄せた感興同様、思いがけず、呼応するのを感じる。フランスの中世騎士道とは、「アーサー王物語」に発するものであり、それは同じくケルト、ブルターニュの伝承に連なるものである。

　ここで、中村光夫の独自な視点は「日本の明治以来の激しい風俗の革命」も「仏革命ではなく、四〇〇年前のフランス・ルネサンスの運動に多くの類似点を持つ」とする。即ち、フランスは「中世騎士道からの、日本は武士道からの脱却・変化を経ている」からである。確かに時間のずれはあるが、日仏は共に長い歴史の中から、割合に共通する文化現象もあり、相互の共感する所も不思議に多い。明治時代、二葉亭も透谷も「維新の志士肌」で文学をやろうとして、「文明開化」の一面であった皮相な表面的移入に合わず、中途挫折した。日本の伝統や古さに頼れず、活《い》かし切れなかった憾《うら》みが悲劇となって残る。フランス・ルネサンスはミシュレによれば、実は「『自然に還《かえ》れ』（二〇〇年後のルソーの精神）の精神で、イタリアの人間中心とは違う。」中村はこれを「自然と調和して生きる生命の美を求める精神」と再認し、ラブレー、モンテーニュ、モリエール、ブーシェ、ワトー、ルソーもこの精神の子とする。「トゥーレーヌの白亜の宮殿の容姿も、この理想の最も端麗な象徴と思われます。」

　名城の中でも、中村はとりわけ、「シュノンソーの離宮」にとらえられた。作者の筆が乗っている。「簡素な優雅を尊ぶ」宮殿の描写も叙述の冴えを見せ秀逸であり(6)、また、章末でディアーヌ・ド・ポワチェの肖像が語りかけてくる、歴史上の女人の永遠の現在とでもいうべき姿は忘れ難い(7)。

いよいよ、フランスが平和を失う、「戦争まで」の現場体験がトゥールの宿の人々との交流を軸にして、縦横に綴られていく。

(2)

一九三九年六月から、地方を尋ねることにし、ロワール河が流れる史都トゥールに居を定めたのであった。下宿はトゥール市駅近く、エミール・ゾラ街にあるパンシオンであった。「静かな裏通りの小ざっぱりした下宿屋」である。バルザックの『ペール・ゴリオ』で描かれたパリの下宿屋とは無論様相が異なる。ここには、悪のヒーロー、ヴォートランや、広大な野望に胸躍らす若きラスティニャックら、ロマン主義創成期の人物たちはいない。つましい日常生活を過ごす、等身大の人間たちばかりである。時代が一九三八年から三九年にかけてだから、フランス映画（白黒フィルム）黄金期の諸作が思い浮かんでくる。「北ホテル」、「霧の波止場」、「日は昇る」、「望郷」などである。中村も当時、現地の映画館で見たのではなかろうか。（ジャン・ギャバン、ルイ・ジューヴェ、アナベラ、アルレッティー、ミシェル・モルガン等が、世の中から逸脱してしまうパリの庶民像を豊かに演じている。）

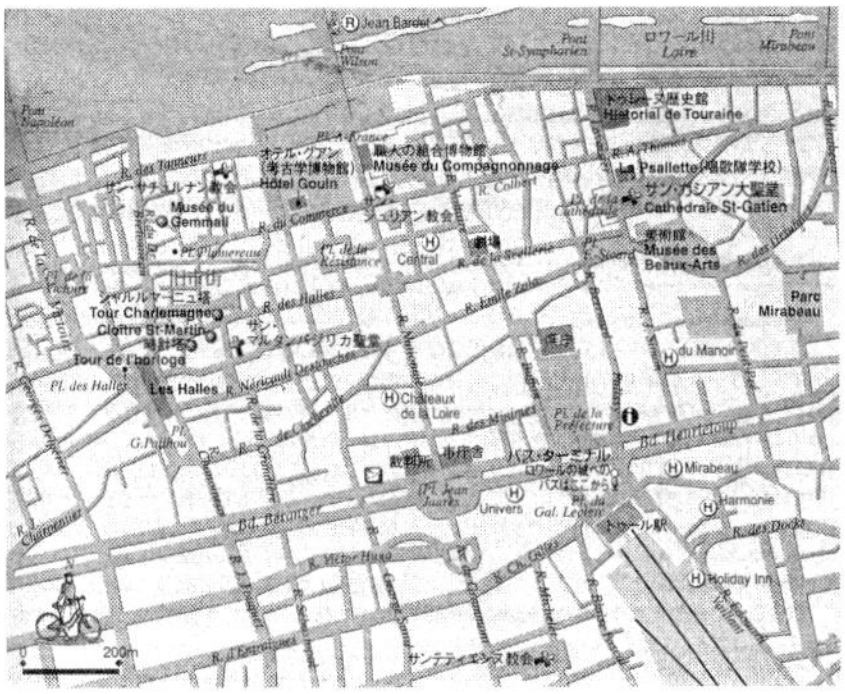

トゥール市街図

さて、トゥールの下宿は、一階が食堂、二階はゆったりしたサロン、三階の部屋は十名足らずが暮らす居室である。中村は、昼間は「アンスティテュー・ド・トゥーレーヌ」（昔の貴族の家で明るい部屋だが調度は粗末）という夏期の語学校に通い、フランス語を学び、外国人たちと交流する。ホテルの主人は、パリ出身だが、「無類の好人物」である。しかし、風采が上がらず、玄関受付の机に座っていると、下男とまちがえられそうであった。農業学校出身で「小柄な体に半白の髪、黒いよれよれの服」を着ている。モロッコ、チュニスの農園会社が倒産してしまい、フランスに帰ったが、カーンでチーズ製造業も失敗し、おかみさんの力で下宿屋を始めた。「植民地の荒稼ぎなどできないお人好し」で、時に「知識階級の一員を自負し、民族的プライドを持ち、現在の俗衆《ママ》政治を批判したり」して、話相手を悩ませながら親切にしてくれる。外国語は実地訓練が大事であり、会話の練習になるからと娘や二男坊と一緒に食事が取れるよう計らってくれた。

お内儀は下宿を取り仕切り、館の空気に沁み込んでいるような存在である。パリ出身で鷹揚な人柄であり、太った親切な女である。第一次大戦中、ブリュッセル、パリからアルジェリアやブラジルに逃げ、夫と知りあった。若い頃から、クロード・ファレールの愛読者であり（日露戦争時を題材にした『ラ・バタイユ』などか）、二十年前、パリで日本人に活動（映画）へ連れていってもらったそうだ。日本に行くつもりでお金をためたこともあったらしい。「若い頃はなかなか、長身の美人だったが、今や白髪となり、艱難を嘗め尽くした」ようである。それでも元気で勝ち気に生きてけなげな生活をしている。二人とも日本人に友好的な感じが伝わり、腰を落ち着けることとなった。他に長男がいるがアミアン航空隊に所属し不在である。甘やかされたせいか、わがままな青年となった。

同宿者のライフ君はスイス人で二十二歳であり、子供っぽさが残っている内気な青年である。チューリヒ師範学校出身でフランス語を教える資格を取るため、語学校に通学していた。

娘のマリネットとその友人ジネットの描写は作者の筆に委ねよう。

マリネット、のびのび発育した十七・八の女学生、バカロレアに失敗し、勉強中。澄んだ青い眼をした派手な大きい丸顔、褐色の髪を束ねている。「なかなかきれいだが、坐ってよく見ると大して美人という訳でないが、若々しい仕草に魅力があり、食事相手としてわるくない。」

ジネット（フランス人）、本名、ジュヌヴィエーヴ・クールテオー。〈僕〉より古く投宿している。一人で食事する若いきれいな女として気になっていた。細川君を食事に招いた時から、いつとなくこちらのテーブルに来るようになる。サン・ピエール・デ・コオルという工場街の近くの診療所に看護婦として勤める。良家の出。「きちんと折目のついたスカートにしゃれたぬいとりのある絹のブラウスなどを着、身のこなしや口の利き方も上品で教育もしっかり受けているらしく、一般の看護婦のイメージとはちがう。」（父は技師でメッツにかなりな工場を経営、時々、姉弟を連れて、立派な自動車で訪ねて来て食事したりする。）贅沢な教育、話題も豊富、仏国内ほぼ旅行して、車の運転を好むが、ここではできないのが淋しい。女医になるつもりが、体が弱く断念。ウィンナでドイツ語を習いに一年滞在（独墺合併前）した。「灰色がかった癖のない金髪にふっくり白い丸顔で、鼻がやや高過ぎてはっきりした大きな眼が眉に迫ってきているので、どちらかというときつそうな感じをうけるが、時々ゆったり厚味のある唇に愛嬌とも皮肉ともつかぬ微笑を浮かべたりするとなかなか美人で、肌が抜けるように白いほっそり小柄でしなやかな体つき。なぜ二十五・六まで独身で働いているのか。……」「フランスのような長い伝統に養われて恋愛感情のひどく贅沢に発達した国では、ジネットのように利口で負け嫌いな女がそういう一種の性格の強さから、自分で自分の若さを蝕んでいく…」

〈自分に何より大切な我を張り通すために自ら選んだ辛い生活に甘んじて堪えているのでしょうが、そういう態度に少しも依怙地な堅苦しさがなく、別に不平もなく全く当り前のことと思い込んでいる所に、どこかいぢらしい健気さも感じられました。〉（『戦争まで』、以下同。）

当時の同じ年頃の日本女性とは大分違うと〈僕〉＝話者は思う。彼女は仕事は熱心だが、時に疲れ気味の時もあるとしても、それ以外は快活で、マリネットともふざけあい、こちらにも冗談を言う。「ジネットが来てから、僕らの食卓は明るく賑やかに」なった。

昼前には市内を散歩し、カテドラル・サンガシアンの伽藍（十三〜十六世紀・ゴシック・ルネサンス混合様式）の内陣（ゴシック）の見事さに目を見張る。外側の軒の彫刻は「愛嬌のある化物や生き生きした女の顔など」が見られると書かれるが、これは、ロマネスク様式の跡形でもあろうか。都会の広場は静寂さが支配し、バルザック作『トゥールの司祭』の舞台が「この辺の狭い小路の一つ」であり、「その寂しい裏街の情景」を思い浮かべた。

博物館の庭にも足を向けた。同じ下宿人で普段は無口なフェリエ老人と語らう。パリの元宝石商であり、六十過ぎの寡夫暮らしで、モーパッサンの小説によくある金利生活者であった。第一次大戦時にはモンパルナスでベルタ砲の射撃に見舞われた。最近の緊迫した仏独関係が重苦しくのしかかっている。ヒットラーとダラディエを並べてこき下ろす。――「なぜ人間は昔から、そこに偶然生まれただけなのにそれぞれの国同士で戦争するのか。人間は動物の中で一番兇《きょう》猛な種族だ」――と述懐したりして、話者を少し驚かせる。息子はロンドン在住なので一人暮らしであり、「個人中心の考え方を（フランスのように）果てまで推し進めれば、人間はめいめい極端な孤独に陥る外なく、「フランスの社会一般の人心に浸みこんだこの思想の冷たさ」は、十九世紀の少数の天才たちより「この凡庸な老人の方が身に応えて味わっているのではないか。」と思わされた。

昼間の十二時半にメンバーがそろう。単調な日常の田舎町で、めいめい思い思いのことを考え、黙っていることもある。マリネットが大概沈黙を破る。「時々、わけもなく意地悪の発作にかられる」、「敏感で年よりませた娘」だが、他愛ないもの（受験生ゆえか）で「根は母親に似て善良」だし、「ジネットより若いだけ心も単純」なので、多少の我が儘にも好意が持ててくる。以上が下宿の主だった人たちである。

(3)

シェル川下流、サン・タヴェルタン村の水浴場に、夏の好天の日、細川君と繰り出した。ボートを漕ぐ若い二人連れの男女が多いのに閉口する。フランスの若い娘らの豊かな肢体（水着姿）に「官能的な圧迫感」を覚えてしまう。西欧人と結婚する日本の男の苦労を思い、フランス人を妻にした加藤老人——パリの日本人（高校）同窓会で見かける——の孤独に言及する。彼の唯一の画家くずれの友人が、鈴木力衛（パリ在で中村の仏文同期生）と親しいので、その話を聞いたことがあった。

夕食後は、二階のサロンか、駅近くのカフェ「ユニヴェル」に出かける。夏の夜の十時〜十一時頃で、ぎっしり満員である。楽の音が響く。同宿の女性二人も一緒に連れ出す。

〈……こういうただの友達としてのつき合いが時々物足りないような寂しさを感じることはあります。しかしそれは外国にいて外国人として扱われるのが寂しいというのと結局同じことなので、そういうなかに暮して些細な愛情にも気持ちが餓えていると、いづれは何事もなくお互いに別れてしまう他人同士にしろ、若い娘たちの華やかな笑い声を身近に聞き、少しは気心も知り合って遠慮のない口を利けるのは、それだけでも多少心が暖まるので、結局は相手に遊ばれてしまって此方が甘く見られるのは承知の上で、毎晩飽きずに散歩に連れだしました。〉

サロンでは、ライフ君と娘二人や、時に細川君も加わる会話に興じたりする。フランスの女の特性は、「感情」より「理性」が勝っている、との持論など交えて彼は喋《しゃ》べる。〈僕〉はそのため「自我が抵抗物となって、恋愛感情などが複雑化」し、互いが不幸になるのではないかなどと、珍しく本音を言うことになった。二人の娘はあっけにとられながら「自分の悪口を言われているのに気がつくと、「躍起になって」反論してきた。マリネットは単純な議論——外国人にはよその国民の感情の深部はわからない——だが、ジネットは筋道立てて反論してきた。

〈利己心は〔……〕高い感情に昇華されることもありうるし、〔……〕自分らの利己心をそのままの形で純粋な自己犠牲にまで浄化してくれるような愛情こそ、私たちの理想としているものだ。〔なかなか難しいが〕こうした自分達の気持をすぐに生活の利害などに結びつけて考えるのは皮相な感傷ではないか。〉

「白くて細い指を額に軽く当てて、何か考え込むような様子で床に目を落しながら、ぽつぽつ低い声で喋った」が、穏やかな調子の中に「言うことが理路整然として」、〈僕〉は、フランス女の考え方に感心する。一方で「この一種潔癖な理想」と二十五歳を過ぎた現実の身の落差から来ると思われる「どこか打ち沈んだ屈託」に一寸同情を感ぜざるをえなかった。

語学校で恒例の舞踏会が開かれ、細川君の誘いを断ると彼一人で出席した。彼はイギリス人娘・ガートルードと知り合うが、後日、見るとどこか品がないためか〈僕〉は気にいらない。やがて、年長のにやけたポーランド人の男に乗り換えられてしまう。一方、話者（〈僕〉）はスウェーデン・ルンド大学のまじめで優秀、小柄なアンナと知り合う。彼女は、語学校の遠足に、ノルウェー人、アストリッドという美女だが子供っぽい友人を連れてくる。姉妹のようにも見えるが、どこかレズビアン関係っぽくも感じた。アンナは、それを後に聞くと、赤面して否定した。

シノン城を見物し、ジャンヌ・ダルクや近くに生誕地があるラブレーの旧跡を訪ねた。二人の北欧娘らと交歓する。

下宿に男二人の新しい仲間が加わった。英国のロイスタン君は、ナイジェリア植民会社に赴任していた色黒の青年で、はにかみ屋だがサンパティックである。お金にきれいなのが西洋人では珍しい。「傲慢な民族の自負を持ちながら、表面は慇懃なイギリス人」たちの中で異色である。国際関係における日英緊張（天津租界の封鎖事件）時にも、交友関係にはこだわりを見せないでいてくれた。

大国でなく二流以下の小国の連中は、表面上も国際政局がらみの無礼な態度をとるものがいる。トルコのアタチュルク中尉もその一例であった。横柄な態度で人を無視する。トルコは英仏側に付いたため、日独伊の民間人たちを敵国人と見做している。このような日々の中で近頃の情報も戦争が間近に迫っていることを思わせた。

(4)

一九三八年のミューニッヒ（ミュンヘン）会議の模様――「英仏のヒットラーへの宥和策」（以後、結局、翌年三月、ナチスによるチェコ併合に至る）――自体は、話者はフランスに向う往きの船中で知っていた。次はバルト海のダンチヒ（グダニスク）におけるポーランド介入問題が、開戦危機を募らせている。（これは一九三九年九月のことである。）下宿のお内儀の心痛は甚しく、入隊している息子の参戦を危ぶむが、マリネットが懸念に慰めている。いつもは冷静なジネットが、義憤にかられてか、「一刻も早く開戦してヒットラーの野心を挫く」べきだと主張して、座を少し白けさせた。彼女は、ドイツ国境近くのメッス育ちのせいか、「肉体に沁みこんだ憎悪」に「仏独の長い抗争」を感じとり、からかう雰囲気ではない。お内儀の方は先から話者に打解けて、「（第一次大戦で）私たちはそのとき本当は負けたのだ。アメリカのお蔭で戦争に勝つことは勝ったが、そのために国のなかをすっかり荒らされてしまった。」と慨嘆したりしていた。しかし、いまだ、戦争の大きな不安の印象も、奇妙な平穏さで打ち続く日常の中で、時おりは薄れていく。

八月半ばにロイスタン君もいれて、サン・タヴェルタンで水遊びに興じた。水着姿になったマリネットはすらりとした肢体で、「胸のあたりの肉づきのよさ」は、「うっとうしいほど」だが、「地味な野暮たい」水着である。一方、ジネットは「抜けるような色白」だが、「胸の厚みもなく、手足全体がどこか脆弱な感じ」であり、こちらは「派手な真赤の」水着と対称的である。痩せて色黒な体の話者は白人たちの中でかえって目立った。いつか、マリネットに「まるでヒンズー教の神様みたい」と言われたこともあった。因みに当時の中村本人は、天然パーマのもじゃもじゃ頭で、浅黒い痩せて長身の青年であった（後年、タバコを止めてから堂々とした体躯となった。）ここでは作者本人が、書簡形式ということもあり、そのまま姿を表しているようだ。

(5)

一九三九年八月二十二日、昼食後、ライフ君から一同のもとに重大情報がはいる。独ソ不可侵条約締結の発表である。全員、強い衝撃を受ける。それまで危く平衡を保っていた独仏の関係が急激に悪化する。英仏露の軍事同盟（前大戦の三国協商）への期待が裏切られる。ソ連に寝返られたと、茫然としてしまう。それまでスターリン率いるコミュニズムのソ連とナチスムのドイツは不倶戴天の敵だったはずなのだが。――三日前に成立した独ソ経済協定は「自国に不利なニュース」としてフランスでは小さな扱いであった――実は、フランスやスペインでの人民戦線政治の生々しい失敗に懲りていたフランス人は、「大多数がロシアを快く思っていないにしろ」、欧州随一の陸軍国とされる「赤軍の存在」を「何となく薄気味悪いような感じ」ながら、相当あてにしていた。「足もとの地面がいきなり訳も解らず崩れ始めたような底の知れぬ不安と暗い驚愕の情で強く胸を撲《う》たれたようでした。」

娘二人の動揺、トルコのアタチュルク君の狼狽、重苦しい食卓での足が地につかぬ会話の後、部屋に帰っても落ち着かず、ナショナル街に出て、カフェ・ユニヴェルそばの広場に向う。カフェ屋外で動揺を抑えビールを飲む。

自分には、欧州よりももっと直接、日本のことが気になる。ドイツとソヴィエトが手を握れば、日独間の防共協定は無意味となり、今、「悪化の極点に達している」日ソの関係が「急に改善は望めない以上」、日独の関係も「ある程度の冷却は免れない。」それにしても、肝腎な今後日本の進路はどうなるのか、判然としない。ただ確かなことは、これでヨーロッパの均衡が崩れて、ポーランド問題をきっかけに破局に向い戦争が避けがたいことになるはずだ。（ここで現代の日本人として論者《浜田》が歴史をふり返ってみよう。この条約より、一二五年前、ナポレオン時代のフランスは、イギリスを包囲する大陸封鎖をロシア皇帝アレクサンドルに裏切られたために、無謀なモスクワ遠征を企て失敗したことがあった。一方、日本は第二次大戦末期、アメリカとの和平仲立ちを期待したソ連・スターリンにより、「日ソ中立条約」延長を破棄され、一方的に満州に攻めこまれた苦い歴史がある。一国の本質は変わらぬことを銘記するべきであろうか。他方、アメリカも中国もドイツも現在も覇権国家であることに変わりはない。これらの事実の認識は戦後日本に希薄であろう。）

緊迫したまま、なお席にいると、群衆の中からアンナ・カリンに肩をたたかれる。連れ立って歩き出しながら、アンナの失望――今回のことにより、勉学中止――を聞く。出身のスカンディナヴィアの小国スウェーデンでは、ナチスと共産党に挟《はさ》み撃ちにされれば、自由や平和は失われてしまうのであろう。アンナには、バルト海を支配される、と、ソ連への恐怖が強い。

ノルマンの海賊、ヴァイキングの末裔《えい》の血が騒ぐのか、「一寸の虫にも五分の魂」のためなのか、国内の共産党勢力の増大を恐れ、欧州「赤化の危機」を憂える一方で、かつて強大であったスウェーデンの歴史を語り出すのを、少々閉口しながら聞いてあげた。

〈ヒットラーも〔……〕スターリンに甘い汁だけ吸わせておくわけはないわ。きっといつかイギリスと妥協してロシアを叩く時が来ると思いますわ。そうなればわたしたちも一緒に攻めて行くんだけど。〉

夢みたいな話だが、スカンディナヴィアもゲルマンの一支族なので、ロシアを嫌う感情の方が強いのも当然なのかと話者は思う。いつもはナチスを敵視していたが、「心底のどこかにはそうした気持が潜んでいるのは意外なだけに面白く感じられて、その時の話の中では一番印象に残りました。」

夕食後、アタチュルク中尉の態度が豹変している。（日本の対独関係が独ソ協定のために幾分か変化し始めたというラジオ放送があったせいか）握手を求め「今から僕らは味方同士ですね。」と言う。「何という単純な男なのだろうと可笑《おか》しく」なってしまう。

興奮のためか、「変に活気づいた」夕食後、いつもの一同で散歩し、カフェにはいる。語学校の英国人ブレット海軍中尉が今夜立つため「軍人らしいさっぱりした口調で」別れの挨拶に来た。年は二十代前半で立派な軍服姿だが、「未知の危機に緊張した様子は、どこか少年らしい可憐さが感じられて」しまう。いよいよ戦争となるのだ。カフェを出ると、開戦前夜を思わせる街中で、市役所の壁に、ポスター――「非常事態に鑑みて国民の財産を政府が随時収用することがあろうという徴用の布告」――が「夜目にも白くくっきりと壁に浮んで」貼り出されていた。

ここで『戦争まで』の筆は擱《お》かれている。

やがて、九月ドイツがポーランドに侵入。英仏開戦宣告。中村は汽車でボルドーへ運ばれ、日本人用の避難船に乗りこみ、アメリカ経由で十二月、帰国の途についた。翌一九四〇年、ドイツがマジノ戦突破、パリが占領された。これは世界史の知る所である。

こうして、文字通り、ヨーロッパの「戦争まで」を描いた、日本人から見た貴重な記録が残された。執筆は帰路の船中から、帰国後に至る。「文学界」連載後、一九四二年出版された。日本でも日米戦争が始まっていた。

三　同時代の日本文学

(1)「純粋小説論について」

戦前の中村の日本文学観は、小林秀雄「私小説論」などとの相互影響下にある。中村のこの時期の論調は、師匠小林のメリハリの効いた文体に及ばないもどかしさと辛さが多少とも感じられる。引用も多く、やや長文化すぎるキライがあるがすでに文勢は堂々としている。真の文芸復興を願い日本文学の現状に不安を覚える当代代表的作家であった横光利一の「純粋小説論」をうけて書かれた中村の「純粋小説論について」（一九三五年）では、横光の論に触発されて、そこにもっと理論を深めていく姿勢がある。まずは、私小説＝純文学を排撃する横光の論が引用された。

〈（通俗小説には）自己身辺の経験事実をのみ書きつらねることはなく、いかに安手であろうと、創造がある。事、創造である限り自己身辺の記事より高度だと、云えば云える議論の出る可能性があるのみならず、何より強みの生活の感動があるのだから、通俗小説に圧倒せられた純文学の衰亡は必然的なことだと思う。〉（横光利一「純粋小説論」、以下の「　」内も同論より。）

これに中村は反論する。

〈だが、「変化と色彩とで読者を釣り歩く」通俗小説に、「生活の感動」などあるわけがない。横光氏はここで「偶然」という言葉に誑《たぶ》らかされているのである。「生活に感動を与える」偶然はあくまで実生活のものである。この感動を「偶然のもつリアリティ」に飽くまで忠実に再現すればすでにそれは、前述の如く通俗小説ではない。純粋小説である。そしてそのリアリティをはなれれば、偶然の与える「生活の感動」は忽ち消滅するのである。リアリティをはなれた偶然をどれ程発明しようと、それは「いかに安手であろうと」創造ではない。捏造である。問題はむしろ、こうした捏造を蔓《はびこ》らしておく純文学衰弱にあるのではなかろうか。「純粋小説とは純文学にして通俗小説」という言葉はあくまで文壇的提言として、文壇の範囲で通用するにすぎぬ。世界文学の一流作品を前に斯様な我国特産の範疇が無力と化するのは当然のことではないか。〉

ここで言う一流作品とは、『罪と罰』などのことである。中村は「世界文学共和国の夢」を、時代（軍部独走）へ逆行しながら、他の同人たち（「文学界」）と共に熱烈に抱いていた。スタンダール、バルザック、フロベール、ドストエフスキーから、同時代ではジッド、プルーストらが理想であった。横光の真意をさらに明確に理論づけた。その本意とは、純文学（私小説）だけではだめで、他者や社会の事実に敏感であり、日本人には不馴れな「思想と人生（観）の対立」を現実の姿として、作品に盛りこめ、ということで、小説の通俗化とは全く別物なはずだ。中村は世界一流の大作家を目指せと外国文学の正しい影響を訴えた。横光の論の不徹底をも批判したが、作家たちの多くはその誤解を重用《ちょうよう》し、戦後も安易な道に流れ、風俗小説となって表れた。理想や夢を求める中村光夫の立場は、ドン・キホーテ的であるといえよう。文体の点でいえば、鋭いがやや断定調の「――である」調から、『戦争まで』を経て、戦後は徐々に、言文一致の「です・ます」調へ移行していった。

（2）「風俗小説論」

「これで自分の文体は決まってしまった。」と後年述べた『風俗小説論』（一九五〇年）の要所をみてみよう。中村は、「（新感覚派やプロレタリア文学の）文学観がそれぞれ私小説の『既成リアリズム』への反抗を標榜しながら、根本においてはそれを突きぬけていなかった」点を強調している。

〈「新感覚派」はその名が示すように、本来小説の仮構に必須な理知と思想の作業をまったく度外視し、ひたすら「新時代」の表面的世相の感覚的な再現に没頭し、はては都会の風景のなかに拡散した自我の脈絡のない瞬間的感覚を、その混乱と分裂のゆえに「新しい」と錯覚するに至ったので、「物質のうちに作者の生命が生き、状態のうちに作者の生命が生きるための……最も直接にして現実的な電源は感覚である」という彼等の信条は、必然に都会の世相への自我の解消と、これと一見矛盾する表現の独り合点と晦渋を結果せざるを得ませんでした。〔……〕奇怪なことに彼等はその解体した自我の再建を（西欧写実派作家のように——浜田・注）希うより、むしろその解体の姿の「新しさ」を彼等の文学の「最も直接にして現実的な電源」と信じたので、この「感覚」をもって彼等がその周囲の世相を辿って行ったということは、彼等がその愛好する「モダニスム」またはアメリカニズムの社会風景を、一時代前の私小説作家が自我を信じたと同じように信じたということになります。〉

この息の長い論調は、『戦争まで』の書簡体形式を受け継ぎ、あたかも、自然や人物描写のように論理の展開を描写している。ここでは、論理は、主観性を帯びながら、みごとに客観性が保証されている。内容にこめられている批判は、そのまま、戦後の風俗小説から、期せずして現代のさまざまの小説への批判に通じている。他方、本邦で初めて「思想」によって作られたはずのもう一派についても、こう述べられる。

〈そしてこのような私小説的な文学概念と作家の姿態で「社会」に挑みかかった点では、マルクス主義文学の作家も、彼等と同じ根から生えた兄弟と云ってよいので、いわゆるプロレタリア文学の性格は、戦前の観念的な共産主義運動と、私小説の伝統との奇妙な混血児として説明するのが一番正しいと思われます。〉

そしてこの「根本的矛盾」も同様に「戦後の今日まで解決されていない」とした。ことほどさように、我が国の「文学的自我の実体」は真の客観化、社会化から遠く、そこには自然主義経由の私小説の影響が根深いことが、説得力をもって論じられている。

「感覚」も「思想」も両方備え、「世界文学共和国」に加わる夢を、戦前から抱いていた中村はその志を抱いたまま渡仏し、頭の中だけでなく、実際にフランス・西洋の姿を体験できたのだが、このことの意味は大きかった。自分の確信を深め、日本とフランス（西洋）二つの文化を以後も常に胸中に収め比較検証し続けた。欧州の戦争に遭遇し帰国後も、日本の戦争下、逼迫を余儀なくされたが、執筆は弛《たゆ》まず続け、戦後、その才幹を存分に開花させることができた。『戦争まで』はその華々しい開花をゆかしく告げ、戦後の新たな出発を予告する生涯の分岐点となる重要な作品であった。

注

（1）『フロオベルとモウパッサン』（後記）、筑摩書房、一九四〇年
（2）「二葉亭四迷論」、『中村光夫全集』第一巻、筑摩書房、一九七一年
（3）「小説総論」、『二葉亭四迷全集』第五巻、岩波書店、一九六五年
（4）注（2）に同。
（5）『戦争まで』中村光夫全集第十二巻、二二一〜二二三頁、筑摩書房、一九七二年。〈……あの詩はユーゴーの絶唱の一つで、晩

年にゴーチェに死に別れた時、年老いて旧友に去られた悲しみと、自分にも迫って来る死の予感を強く歌ったいい詩ですが、「デュマ、ラマルチーヌ、ミュッセも死に、今度は俺の番だ。」という五十年前のユーゴーの詩にヴァレリーが自分の感慨を託して唱っているようでした。〔……〕

Moi, blanchi par les jours sur ma tête neigeant,
je me souviens des temps écoulés, et, songeant
A ce jeune passé qui vit nos deux aurores,

といったところで自分の白髪に目立たないよう触ったり、終りの辺の

Le dur faucheur avec sa large lame
S'avance,
Pensif et pas à pas, vers le reste du blé

というところを、実にきれいなイマージュだといって二度も繰り返して読んだ時の印象は忘れられないものでした。実際ヴァレリーは今では自分を刈り残された麦として感じているのでしょう……〉

(6) 同、一一〇〜一一一頁。〈……シュノンソー離宮のよいところは、こういう余り実用ではない贅沢な思いつきが、少しも凝《こ》りすぎた悪趣味で毒されていない点で、いわばルネッサンス時代の特色をなす簡素な優雅を尚ぶ精神が、この奇抜な趣味を何か充実した美で生かしていることです。

穏やかな水面を横切って、幾つかのきれいな丸味をおびたアーチを、岸から岸に架けた土台はあくまでがっしりと堅牢な感じで、その上に純白な石材で築かれた三階建の離宮を、ゆるやかな流れの上に少しも危なげなく支えています。そしてその水の面に安らかな影を映す建物にも、余計な線の交錯や、装飾の彫刻などはまったくなく、ただ白い壁と黒い屋根の対照や、規則正しい間隔をおいて並ぶ半円の張出窓などが、外観の単調さを適度に破っているだけですが、こうした簡潔な線の醸し出す陰影のひとつひとつが、典雅な調和に生かされていて、全体として見た感じは、端正であっても厳しい寂しさはなく、しっとり落着いた印象を受けても、決して重苦しくはなく、いってみれば離宮そのものが石で築かれた重味を失って自

在に水上に身を横たえたような趣きで、その繊細なそしてどこか無造作な素気ない美しさは、何かひとつの魂を持つ生物に似た魅力をこの建物に与えています。〉

（7）同、一一四頁。〈この絵は離宮の奥まった一室にルーベンスの小品などと並んで掲げられていますが、そこにほぼ等身大に描かれたディアヌは、おそらく当時の流行に従って、彼女の名に因んだ狩猟の女神の衣装をつけています。

肩も露わに纏った白い軽羅の下から、すらりと豊かにのびた肉体を自信ありげに覗かせ、玩具のような小形の弓矢を持つ裸の両腕はかたく締った肉附を思わせて逞しく、浅黒い中高の細面に、どこか日本人に似たやわらかな二重瞼をしていて、丁度公卿の血を引いた貴族の婦人に見るような非情な美しさを感じる三十歳ぐらいの女ですが、その西洋人には珍しいどちらかといえば硬い素気ない表情は、プリマチス（画家）の腕が足りなかったわけではなく、ディアヌとは本当にこういう女であったのであろうと思われました。

おそらくその心に語りたい何物もないような冷たく澄んだ瞳をじっと眺めていると、彼女がここに扮《よそお》ったむなしい表情に、世の汚れに浮かんで汚れを知らず、ただ自分の美を恃んで生涯の波瀾を乗り越えて来た美女の、冷たく熟した自恃がうかがわれ、この肖像画こそ現身の女の骨がすでに朽ち果てた今もなほ昂然とシュノンソーの夢を守る精霊かと思われました。〉

第四章　パリ万国博と日本使節団
――中村光夫の戯曲『雲をたがやす男』を巡って――

一

『雲をたがやす男』(1)の男とは鋤雲、即ち、栗本安芸守である。

中村はこの戯曲を一九七七年に刊行した。時に六十六歳。明治初期の時代相と純粋な青年の葛藤・悲劇を描いた『汽笛一声』以来、本格的な十二年ぶりの戯曲であり、旺盛な評論や小説執筆の後を受けてであった。始めは鋤雲の後半生の隠遁生活とその詩文に惹かれたのだが、そのうち彼の幕臣としての事業に、特に使節団後任団長に急遽選ばれた、約一年間のパリ滞在に焦点が絞られた。華やかな万国博の裏で、使節団内の紛糾をまとめ、第一の外交目標であったフランスとの関係修復を図るのに最適であると幕府が判断した事情がある。その手腕と施策を戯曲の展開で主に紹介し、歴史事実と虚構の劇作ならでの妙味を味わっていただきたい。この間、遠国日本では、江戸幕府が崩壊していく非常事態が起こっていた。在仏の徳川忠臣たちの憤激・葛藤や薩摩藩士の暗躍・対立が浮き彫りにされていく。日本文化の国際進出の陰で、果たして、近代は日本で正当に成立したのか。薩長の権力横奪の下、闇雲の西洋模倣を文明開化と称したのではないか。いわば、敗軍の将は兵を語らずの感があるが、帰国後の鋤雲の動静も他の同時代人たちと比較・検討してみたい。また、そこにこめられた中村の晩年近くの心情も偲びたい。

中村ならずとも、小栗上野之介や栗本に新たな政治をやらせてみたかった。二人は（徳川）武士の真骨頂の精神を持っていた逸材であった。海舟が「大した政治的力量の持ち主だが、徳川の枠に縛られている」と小栗を評したが、自分が手掛けた横須賀造船所を、いわば「土蔵付きで」新政府に引き渡してやると言った小栗は、私家だけでなく、日本全体のことも考えていた。

大久保利通、伊藤博文らは、新たな平民として、西洋第一、文明開化を官僚機構の下、押し進めた。前の時代の武家の高邁な精神の神髄は変節していった。栗本は幕府崩壊後、明治政府から、識見、実力を買われ、政権内の要職を乞われたが、固辞して野に下った。もし、政府が分裂して、列強諸国に攻略される危機が来たら、政治に復帰して、日本を守るという気概はあったようである。

滞仏時、幕府の危急存亡の秋が迫る頃、ナポレオン三世―ロッシュ―カションを通じて、仏政府から徳川への軍事援助、軍隊派遣の用意があると申し出られた時、栗本は幕府や小栗を思い、迷い、懊悩しながらも断る決意は揺るがなかった。外国軍勢に、日本国内に入られては、内戦となった後、日本が、列強に、植民地化されてしまうという危機の方を優先した故であった。

幕末においてまことにユニークな鋤雲の略歴を古述書(2)にしたがって辿ってみよう。幕府の医官、喜多村家の出である。長じて、昌平黌に入る。優秀な人材であったが、学則に触れ退学。佐藤一斎に教授された後、独立し塾を開く。幕府の奥詰め医官栗本瑞見の家にはいり、内班侍医として勤める。洋医学熱が高じて、オランダ船に試乗。漢方医の医官長の怒りを買い、退任となる。北海道函館に左遷された。時に、鋤雲三十六歳、未開の蝦夷地で一時絶望するが、これからが彼の真骨頂である。北方開拓に抜群の成果を上げた。病院医学所の創設、薬園の開設、植樹。放牧、養蚕紡績。さらには、製紙、製塩、製陶、各種の技術者を集め、自分の功績とせず、尊重し、統治者として人望を高めた。また一方、この地で、鋤雲は、仏人通訳官メルメ・ド・カションと運命的出会いをする。日仏語を交換教授する中から、のちの「鉛筆記聞」が生まれた。生きたフランス及び近代の西洋の姿を知った。やがて、幕府上官の信頼を得て、函館奉行支配頭となるが、幕府特命により、士籍となった上のことであった。樺太、択捉、国後を巡視し、アイヌの人々と交わった。幕府召喚の命を受け、函館を出発し、江戸にもどる。五年余りの実り豊かな年月であった。幕府から、上司身分を受け、昌平黌詰となり、七百石を賜った。翌年、目付、次いで監察となる。外国奉行・竹本淡路守らと、開国・開港と尊皇攘夷のせめぎ合いの中で、「横浜港鎖港談判委員となり、英米仏蘭四ヶ国公使と交渉、成功し、阿部豊後守とともに、上洛し、孝明天皇に事情を伏奏、幕府への反感を解く。横浜駐在。横須賀製鉄所掛を兼任、仏国工手を招き、軍艦翔鶴丸を修理、完成後、八丈島に航行する。(3)」時に元治元年、一八六四年のことであった。さらに、同年、仏式陸軍の伝習をことする軍事顧問団の招聘を行う。翌慶応元年、江戸に帰還し、軍艦奉行となる。横浜に仏国語学所開設、安芸守に任じられる。神戸港前期開港談判に当たり、外国奉行となった。下関償金延期談判も手掛ける。他方で、「西貢米の輸入に、米価の調節を計るなど、各方面の先駆者であった。(4)」いつしか、鋤雲は、幕府、いや日本の対外政策の要となっていたのである。〈博物学に通じる経世家〉として、函館時代の治政、人事経験をもとに大きく羽搏いたのであった。ここまでが、長い前半生といえようか。時代はさらに彼の運命を翻弄していく。即ち、慶応三年、一八六七年の、パリ万国博使節団後任団長として、急遽、幕府により、派遣されるのである。

中村光夫は、栗本鋤雲に、政治と文学と道は異なるといえ、自分に通じる啓蒙家の一面を見た。さらに、パリ滞在を巡る境遇の親近さも時代の逼迫性と危機感を七十年の時の隔たりを経て実感したに違いない。欧州大戦勃発から急遽帰国を余儀なくされた留学生中村と、徳川幕府の崩壊により、同じく約一年でフランスを去った鋤雲の運命が胸中で呼応したに相違ない。鋤雲がパリ・リヨン駅から混乱の祖国へ、心中敗残の思いで帰国（一八六八年五月）した七十年後（一九三九年九月）、中村は祖国の様子が一番気になると感じつつ、大戦下の騒然としたフランス・ボルドーから未練を残して出港した。前者は幕府瓦解から明治維新へ向かう、日本の国内事情による大変な時代であ

1867年パリ万国博・会場全景

り、後者は海外フランス事情――世界大戦前夜――による第二の大変な時代であった。その時から、中村は三十八年後、『雲をたがやす男』を出版したが、それから今日までまた四十年経っている。先人二人の困難な時代から、第三の大変な時代に、現在は時を経て、突入しているのだろう。

では、パリ万国博と日本使節団を巡り、フランス滞在時の鋤雲の行状を、近年出色の総合的評伝書、小野寺龍太著『栗本鋤雲』(5)を参照しつつ見てみよう。

(1) 巴里万国博と徳川民部公使・昭武の派遣

一八六七年当時、十五代将軍・徳川慶喜は大阪にあり、兵庫開港、長州処分問題に没頭していた。フランスから、シャノワーヌが招聘され、陸軍教育を成島柳北の下で実施、財政には、小栗上野介が当たり、江戸幕臣による徳川立て直しが図られた。まさに、明治の富国強兵は、夙に、計画されていたのであった。前年には、フランス出資で、ソシエテ・ジェネラル（商社）から、六〇〇万ドルの資金を集め、「軍艦や資金を入手しつつ、薩摩を叩き潰し、藩を廃して、中央集権の郡県制を施行する」案まで出ていた。しかし、イギリス公使パークスの反対にあい、一八六七年、失敗となる。原因として、一、普仏戦争の近づく足音が聞こえ、ナポレオン三世に比べ、ビスマルクが軍神化され、フランスの国際的地位が下降してきた。それを受けて、政策変更がなされ、対独積極主義で、日本に近かったドリューアン・ド・ルイが英国協調主義のムーティエにかわってしまった。二、幕府の基盤が危ういニュースがフランスに伝わり、日本の外債、株式募集が不調をきたした。

パリ万国博自体は、フランス公使ロッシュの勧めで、一八六五年より計画されていた。鋤雲がカションから、この催しの主旨と実態の説明を聞いて、exposition に博覧会という名をつけたとされる。だが、二年後の一八六七年には、この派遣は著しく政治的意味合いが強まっていた。慶喜は、実弟で十五歳の昭武を将軍名代として、使節団を派遣した。弱体化して来たとはいえ、幕府が日本の実質上の主権者であることを、西欧諸国に向けてアッピールする要に迫られていた。しかし、出展に際し、全藩に呼び掛けた手前、薩摩と佐賀の参加を許す破目になってしまった。それと、先の六〇〇万ドル交渉があった。先発した初代団長は向山隼人正であり、田辺太一、箕作麟祥、渋沢栄一らに幕府役人、商人・清水卯三郎、芸人の一座、茶屋の女たちであった。だが、パリ到着前から、使節団の日本人たちの中には反仏機運が高まっていた。かえって、日仏離反、絶縁の恐れも生じていた。主因は後述するとして、事態改善のため、小栗が急遽、盟友の栗本を後任団長として派遣したのであった。万国博での薩摩との闘争に際しては折よく滞仏中の、柴田剛中（横須賀製鉄所関係者代表）が、フリューリ・エラール（フロリヘラル）を日本領事に任命し、便宜を図らせた。一方、薩摩は、五代才助らが仏人モンブラン伯と図り、「薩摩太守としては幕府の命に従うが、琉球王としては独立である。」と万国博事務局に提出、会場の一角を確保し、当地の新聞に大きく宣伝した。幕府は自らの正統政府を訴えた。ブースに日本・大君政府という文字と日章旗を掲げた。薩摩も gouvernement を自らのブースに添えた。日本ではロッシュが、それでは「日本・薩摩政府」と取られ、「一国二政府の印象を与える」と忠告した。この不首尾で、

ナポレオン三世夫妻の入場

褒賞授与式会場

田辺は免職、帰国した。
しかし、出展した品々の好評やナポレオン三世が昭武を可愛がり、公式にもてなしたりして、幕府が正統な権威であると認められてきた。薩摩団員とモンブランらは会期中に日本に帰国した。以上は表面でのことの推移である。
ここで使節団員たちの反仏ムードの主因を見ていこう。
団員の中に、通訳として、A・シーボルトがいるが、ドイツ帰国のため、加わっていた。日本と縁の深いあのシーボルトの子で、二十一歳の若者である。実は、公使パークスによるイギリスのスパイであった。英国に好意を持たせるよう、年齢も近い昭武と親密になり、一行にも好かれ、向山や守役の山高石見守らも靡いていった。次に、パリで、フランス側万国博事務局の冷淡さである。これは、フランスの対独を中心とした積極派の外相ドリュアン・ド・ルイが、ドイツの台頭を受けて、欧州情勢の変化により、消極的な国際外交姿勢に変じたナポレオン三世に更迭されていたからであった。そして、何よりも、金の問題が大きく浮上してくる。一行費用はソシエテ・ジェネラルから配分されると、向山らは小栗に聞いていた。しかし、日仏共催の株式が思うように売れず、フランス側の援助は宙に浮いてしまっていた。英国オリエンタル・バンクとオランダ貿易商会から、田辺、渋沢らの尽力でひとまず金策をした。一行がフランス不信に陥ったのもやむを得なかろう。また、同行していた神父カションは名誉心が強く、昭武のフランス側の教育担当者になりたがったが、癖のある人柄からか、向山や山高の反感をかった。攘夷志向の強い水戸藩の随員たちの不興もあった。疎外されたカションは復讐心から一時は、薩摩の岩下やモンブランと図り、パリの新聞に幕府の正統性を疑わせる記事を載せた。代わりに磊落な軍人気質のコロネル・ヴィレットが昭武の家庭教師となり、パリで同居したが、今度は、武士気質で意固地な山高とそりが合わない。イギリスにかぶれたか、一行と「排仏コンペニー」を結んだりした。鋤雲は、着任後、幕府宛てに内情を知らせている。

こうした中で、鋤雲はマルセイユに上陸してから、まず昭武の旅行先のジュネーブに直行する。中村の戯曲はこの辺りから始まる。但し、舞台は終始、常にパリの昭武邸である。

(2)『雲をたがやす男』梗概

時　一八六七年夏から六十八年初夏。
所　パリ、ブローニュの森に近いペルゴレーズ街の徳川昭武邸。

第一幕　部屋詰めの使節団員、昭武警護の水戸藩士が、鋤雲が向山の後任団長で来ているという噂話をしている。鋤雲到着。陸軍調役の渋沢篤太夫（栄一）らから金策の内情を聞く。カションと再会する。彼の訴えや愚痴を聞く。この頃、一方では、薩摩藩士による鋤雲暗殺の計画が進行している。

前任の向山と栗本の万国博の実情を巡る対話。

向山「ベルクールやカションなどに会ってフランス人とはこういうものと思っていたのが、とんでもない。奴らはみな日本を食い物にしている商売人だ。一般のフランス人には日本はあってもなくてもいい遠い小さな国にすぎない。日本人など人間と第一思ってない。」

栗本「しかし今度のパリ万国博覧会に出品された日本の産物はなかなか好評だったそうじゃないか。ことに美術品は画家や彫刻家の注目をひいて、上流階級にも、日本美術熱がおこっていると聞いたが。」

向山「そりゃめずらしいものを集めるのが博覧会だからな。人気があるのは当然さ。しかし日本が国家として重んじられ、我々が彼らと同じ人間に見られているかどうかは別問題さ。そんなことがこちらに半年いてやっとわかったよ。」

向山「……わしはもう（英仏）両方ともいやだね。一刻も早く日本へ帰りたいよ。……」

栗本「そんなに思いつめてしまったのかね。箱館でカションにフランスの話を聞いたときは、二人とも憧れたものじゃないか。士農工商の身分のない国、自由と平等の理と正義が行われ、才幹のある者は、たとえ生まれが卑しくとも、存分に手腕がふるえる国、そんな国が、この地上にあることが、蝦夷地の冬ごもりの中で、我々の生き甲斐だったじゃないか。」

向山「しかしその結構な建て前でつくられた国で、人間は一向に幸せでないのだ。」

栗本「その看板が嘘だというのか。」

向山「いや、そうじゃない。たしかに看板通りなのだ。表向きは。しかし実際は違う。」

栗本「わけのわからぬことをいうな。」

向山「そうだろう、わしもわけがわからぬと言っているのだ。平等の国に皇帝も居り、貴族もいる。金持ちも居れば貧乏人も居る。成り上がりものが幅を利かすかと思うと、家柄や財産が日本以上にものをいう。みなあくせく死ぬまで働いて、酒を一杯飲むと不平を言う。こんな国の真似をするのが、お国のためなのか。」

栗本「西洋にも悪いところがあるのは、もとよりわかっている。しかし、その長所を取り入れなければ、お国が立って行かないのも確かだろう。現にそのために我々は……。」

向山「わしもこちらへ来る前は、そう思っていた。いまじゃそんなことをすれば、日本は亡びると思う。自分の手で日本を亡ぼすより、人から亡ぼされるのを待った方がましだ。」

栗本「そんな無責任な。」

福地がみずほ屋や茶屋の女たちに昼餐を振る舞う。

第二幕　秋、万国博閉会後のある午後。

鋤雲が息子の貞二郎とパリの世情やナポレオン法典翻訳の話をしてると、薩摩の刺客のピストルが、窓外から鋤雲めがけて発射された。弾丸は逸れ、鋤雲はポリスに届けさせず、無事なまま、階上の昭武の部屋に上がった。貞二郎と篤太夫がジェネラル銀行からの金策不調を案じている。さらに、二人はフランス人の金銭観や小栗と鋤雲を比較して考察する。

篤太夫「四民平等のフランスにかぶれて、ご無礼を敢えて申しましょうか。安芸守殿は上野介のまたとない手足です。しかし、天分はまったく違う。安芸守殿は医者の血筋だ。だから生命を大事にする。人間だけでなく、犬、猫から草花まで。金が大切なことは知っているが、小栗殿がもので人間を支配しようとするのに対して、安芸守殿はまず人間を生かすことを考える。鋭く冷たい人と、暖かくて丸い人との違いだな。だからこの組合わせは、お国にとってまたとない宝なのだ。」

貞二郎「親爺もこちらにいて、一番上野介殿に会いたいらしい。」

篤太夫「そうだろう。本当は安芸守殿は小栗殿のそばをはなれるべきではな

徳川昭武一行の集合写真（マルセイユにて・慶応3年）
（中央・昭武、後列左端・渋沢栄一）

かった。この大事なときに。」

鋤雲、無人の客間で小栗の肖像画を見上げ、胸中の思いを語りかける。

第三幕　一八六八年二月のある日の午後。

慶喜の大政奉還はすでにパリにも知れ渡っている。さらに、鳥羽、伏見の戦で、敗れて、大阪城から江戸へ、慶喜が軍艦で逃げ帰ったとフランスの新聞に出たことが疑心暗鬼を呼ぶ。西軍と幕府軍の戦となり、天子を擁して、西軍が江戸に進攻する噂が広まる。鋤雲は一堂に公式な状況を説明する。

栗本「上様は聡明なお方だ。徳川の社稷を思ってああいう態度をおとりになっているが、一戦して利を納めれば、また話は別であろう。譜代の恩義を将軍家に感じている者は多い筈だ。」

篤太夫「パリの薩摩出張所から何か当方に難題を持ちかけることがないでしょうか。」

栗本「うむ、ないとは云えまいな。」

篤太夫「……しかしもし、力ずくで来たら。」

栗本「容赦なく斬って捨てる。ここは我々にとって江戸の大城と同じこと。戦いとあれば何の憚るところがあろう。フランス国のなかでも、ここは日本なのだ。」

数時間後、カションが現れて、フランスが軍事援助を幕府に与える用意があるから、是非、受けるようにと、鋤雲に告げる。彼は迷いながらも辞退は固い。川路太郎と篤太夫が立ち聞きしていて、鋤雲と熱い議論になる篤太夫「いま日本がこの世界に生き残るために、何より必要なのは西洋風の軍備の充実と産業の振興です。そのために封建を排して郡県の制をしくことです。この大事業を行う実力を持つ者が幕府以外、どこにありますか。朝廷はもとより、虚器を擁するだけの存在です。薩摩長州の軍隊が、万一江戸を占拠するような事態が生じたら、日本の外国交際は十年二十年後退して、諸外国の兵力による分割の危機を招くでしょう。これにくらべればいまフランスの軍備にたよることは、むしろ軽い危険と思われますが。」

栗本「なるほどこれは大人の議論だ。一考に値するかも知れぬな。わしからひとつ子供っぽい質問をしようか。フランス人は一体、義によって我々をたすけるのか、それとも利によってなのか。」

篤太夫「むろん利によってでしょう。メキシコの失敗をここで取り返そうという人気取りの政策もあろうかと考えられます。しかし彼らが自分なりに日本にたいする援助を必要としているなら、そこを逆手にとって我々が彼らをひきまわすこともできる筈です。自分の利益のために行動する者に、恩誼を感ずることもないわけですから。」

栗本「さすが若いだけあって、考えることも新しい。しかしわしのような年寄りは納得できないな。もし彼らが一片の義心から、ともに戦うというのなら、わしは両手を広げて受け入れたろう。だが、いまの日本人は彼らと対等の仲間ではない。人間でさえないと云っていい。猟師の格好な獲物にすぎない。獲物が猟師にむかって、どうぞ撃ってくれということはない。撃ちたければ猟師が勝手に打つがよいのだ。内乱の血がどれほど流れても、内戦である限り、国の独立は傷つかない。薩摩も長州も日本のうちなのだ。しかし、フランス軍が銃を一発でも発射したら、事態はまるで違ってくる。一寸の土地を譲っても同じことだ。そこに香港ができれば、日本はもう独立国ではなくなる。」

篤太夫「しかし危険をおかさずに勝利は得られぬとしたら。」

栗本「外国の援助を選ぶべき危険とする考え方はとらないね。徳川も島津もときが来れば滅びる。しかし日本の国は亡びてはならない。そこには人民の命がかかっている。外敵の侵入は、たとえ一回でも、百回内戦をくりかえすより恐ろしい。」

篤太夫「公使は日本に居られる間から、徹底した開国論者と聞いていましたが、いつの間に攘夷論者になられたのですか。」

栗本「開国論者は、大がい腹の底では攘夷家だろう。わしもそれを自覚したのは、パリで半年過ごしたからかも知れない。わしは西洋のつくりだしたものにはいろいろ感心するが、西洋人は好きになれないな。彼らが東洋人を軽蔑しているのは別としても。」

篤太夫「わたくしは反対に、こちらにきて攘夷論から開国に変った方です。しかし西洋人についての御気持ちはわかります。」

鋤雲は二人の意見を参考にすると云って、一旦別れた後、上野介の肖像画に向かって問いかける。

「俺の考えは間違っているだろうか。あなたの一言が、いまのわたしはぜひほしいのだが。あなたは新しい関ケ原が、関東と西国の第二の決戦がやがてくることを予想して、いつもその作戦計画を練っていた。戦いを避けて、駿河まで敵をおびきだす。そうして駿河湾に海軍を待機させ、海と山の迫っている地帯で、敵の陸軍に艦砲射撃を加えて、これを壊滅させる手筈だった。優勢な幕府の海軍をもってすれば、たとえ西方の雄藩が聯合して攻めてこようと、勝算は絶対であった。外国の援助など、もとより計算にいれてなかった。

わたしが、フランスの援助を即座にことわったのは、この作戦計画が頭にあったからだ。勝算について語ったときのあなたの自信にみちた顔をおぼえていたからだ。この作戦通り、ことが運んでいれば、恐れることは何ひとつないと思うが……。京都の近くで戦争があったというが、そんな筈ではなかったではないか。逆に関東の兵があそこまでおびき出されたのではないか。どうだ、援助がいるか、いらぬか、返事してくれ。……ははは、こんなことを本気できくなんて俺もどうかしているぞ。お前も肚はきまっている筈ではないか。たとえ上様が詰め腹を切らされようと、外国兵に御国の土を踏みにじられるよりましと、決着しているのに、どうして、こう心が迷うのか。こんな乞食根性が俺のなかにあるとは、思ってもみなかった。小栗、俺はおぬしに対して、恥しい。……ああ、せめて、御国の様子がもう少しわかったら。もしも今フランス軍のたすけで、負けいくさを勝ちに転じることができるのなら、俺はきっと一生後悔する。」

第四幕　一八六八年初夏の夕暮。

薩摩藩士岩下、新政府を代表して公使館接収のため、大きな財産目録の帳簿を持ち、栗本安芸守と一緒に家じゅうを歩いている。二人の衝突。川路と篤太夫も加わる。対決姿勢で緊迫が高まる。血気にはやる川路を篤太夫が押さえつける。家主との接収交渉は、経済の才覚と胆力のあるこの篤太夫に任せることを岩下に了承させた。岩下と通じていた田宮が現れ、勢力が逆転した岩下と皮肉な応酬。鋤雲もかつての親英派の裏切り者田宮とやり合う。シーボルトの後を追って渡英する芸人のおまきを連れて田宮も退場する。みな去り、館内で、一人となると、鋤雲は、やがて、また、接収されかかった小栗の肖像画と対座する。また、こう問いかけずにはいられない。

「小栗、さぞ怒ってるだろうな。だらしがない奴等だといって。だがこの栗本はそれが御国のために一番と信じてやったのだ。もしフランスの援助をことわったために、幕府が負けたのなら、わたしは何遍腹を切っても追いつかない気持ちだ。小栗、われわれが苦しい中をやりくりして西洋風の軍隊をつくったのは何のためだ。その結果、幕府の陸軍は薩長の聯合など、独力で粉砕できるし、日本中の大名の軍艦をよせあつめても、幕府の艦隊は一回の砲戦で打ち破ることができるとあなたは云っていた。それがなぜ戦争らしい戦争もしないで、ぐずぐずに負けてしまうんだ。俺は平和を大切と思うが、内乱を長引かせないためにも、一度関ケ原をやって、はっきり勝負をつけたらどうなんだ。このままでは……。」

みずほ屋が小栗斬首のニュースを聞きつけてくる。鋤雲は誤報だと否定した。茶屋の女で実は小栗の情人せいが泣きながら鋤雲を尋ねてきた。こわいこわい夢を見たという。小栗斬首の模様がリアルに再現される。鋤雲も信ずるに至る。

せい「……殿様のことで、あまり怖かったもので。」
栗本「（不安をかくして）小栗殿が、浮気でもしたとというのか。」
せい「首をお打たれになったのです。どこか知らないけれど、水が流れていました。」
栗本「（どきりとして）河原のようなところだったか。」
せい「はい、田舎と見えて、誰も見物する者は居りません。蝉が鳴いていました。」
栗本「もっとくわしく話してくれ。いつそんな夢を見たんだ。」
せい「つい先ほど。おひるに葡萄酒をいただきすぎたせいか、頭がおもくて、部屋でとろとろして居りましたらいきなり耳許で殿様のお声がしました。「暑いなかをどこまで歩かせるのだ。この辺でやればよいではないか」はっとして眼をあくと、――それが夢のなかでございますが――さっきお話した河原の石ころの上を殿様が、足袋はだしで歩いていらっしゃいます。見ると両手に縄をかけられていて、その縄尻をとった者がしきりに何か云っていますが、一言も聞こえません。ただうしろの森から蝉の声がしています。
そのうち、はげしい掛け声と一緒に目の前に血しぶきがして、殿様の御首が地面におちました。思いがけなく近かったので、はっとして身をひきました。その目とわたくしの眼が合ったところで目が覚めました。びっしょり冷汗をかいて慄えがとまりません。部屋のなかの椅子や卓子が何だか嘘のように見えました。しばらく声もでずに、川の音に耳をかたむけていました。夏の陽の下で白い河原に血がしみこんで行くのがありあり見えました。」

ここでは「実相」（逆説的だが夢の細部）を借りて「虚相」（本質・真実の姿）を写し出すという、フロベールや二葉亭伝来の手法が巧みに効果的にとられている。これ以上に〈罪無くして討たれる〉小栗の非業の死の有様を迫真に伝えるものはなかろう。江戸城無血開城の陰で、血は生々しく流れているのである。

鋤雲は、せいには夢を否定し、安心させ、ひきとらせるが、内心では動揺する。

栗本「（客間にもどって小栗の肖像画に対する）いやな話を聞いたな。偶然の一致とは思えない。俺だって打首などとは思っても見なかった。（額をはずして両手にもってうらがえしてみながら）まさかここに血がにじんだりしていないだろうな。いや、大丈夫だ。（額の汗をぬぐう）
ああ、それにしても小栗、どうか生きていてくれ。おぬしさえ生きておれば、徳川は安泰だと思っていた。日本も外国から馬鹿にされない国に生まれ変れる筈だった。いや、そんなことじゃない。俺はおぬしのために生きてきた。この十年来、おぬしの感謝の眼差しだけがほしくて働いてきた。おぬしがいない日本の国など、俺には空っぽだ。誰のため、何のために骨を折るのだ。欲ばりと馬鹿ばかりの国に、独立の資格があるものか。（肖像画をさまざまに持つ。）」

江戸城明け渡しに抗議して自裁した父川路聖謨の悲報を聞き乱心し、階下で岩下と間違え、みずほ屋に斬りかかったりした川路太郎を、篤太夫らが取り押さえた。

篤太夫と今後の日本の行くべき道を語る。鋤雲は彼が使節団で果たした役割を称えるとともに国家の経済についての先見性を評価した。これからの日本に欠かせない人材だと期待を寄せる。一方、篤太夫からも、もし、公使鋤雲がいなかったら、〈ここ五年間の外国交際で日本は亡びていただろう〉と言われ、今後の日本に以前にもまして必要なかただから、もうひと働きしていただきたいと懇請される。

〈だが俺はもう沢山だ。俺は俺の時代を生きたのだ。これはフランス語ではもう死んだという意味になると、むかしカションが教えてくれた。〉

栗本鋤雲

篤太夫と再会を期し別れた後、一人、小栗の肖像画を仰いで立つ。この肖像画がこれからどうなろうと、この公使館に残しておこう、それが〈絵の主があった運命〉にふさわしいと、鋤雲は思い定める。ここで、（幕）となる。

この戯曲からは、幕府崩壊後、悲劇的最期を迎える小栗と、遠き異国パリで故国のため奔走する鋤雲の強い友情がくっきりと描かれている。それは、徳川の挽歌の様な味わいを残す。一方で、新たな時代の代表者として、幕臣篤太夫・渋沢栄一を鋤雲の対話者として、大きく前面に出している。中村光夫のこの戯曲の創作メモ(6)から人物構想のスケッチを見てみよう。

〈パリにおける鋤雲――義によって味方をするのではない佛人を断る。理想家。小栗上野――実務家、それでも佛命を受け――（浜田・注、多分、この後、「フランスと結び、日本を郡県化する」と続くのではないか。実際、小栗の方策にそれは存在した。）渋沢栄一――（日本の出し物・サーカスに感じた）金銭、人種偏見。金があれば、人間扱い、金を持たねばならぬ。フランスは町人の天下だそうだ。おっつけ、日本もそうなる。〉

この渋沢の件りは、明治の世になってから、鋤雲が読んだ、ヴェルヌの『八十日間世界一周』（川島忠之助訳）への感想とほぼ同じである。中村はどの書かで、次の鋤雲の読後感を知り、渋沢の台詞のなかに生かしたのだろう。

「神、偶然の代わりに、金銭がフランスでは支配的、やがて、日本もそうなる」

まさに、新たな時代はこの洞察通り展開していったといえるだろう。一代のロマンが敗れた後、鋤雲は、時代に背を向けるかの様に、一切の公職招請を断り、新時代・政府を批判し、筆を揮い、名声を博した。郵便報知新聞社引退後、「本所双葉町の自邸借紅園に芍薬と竹を植え、」清廉で「悠々自適な境涯を送り、高士の生活[7]」を貫いた。中村光夫はその文学的境涯の出発時から、いわば佐幕派〈明治以後、没落士族ともなった〉の文章を追ってきた。二葉亭四迷（尾張藩）を代表とするが、北村透谷（小田原藩）、夏目漱石、永井荷風らの江戸町民出身者の新時代への批判も自身の同時代文学への批評に溶けあわせた。そして、その晩年近く、源流である栗本鋤雲の存在に思い至り、作品化したのであった。

注

（1）『雲をたがやす男』中村光夫、集英社、一九七六年、又、『中村光夫全戯曲』筑摩書房も参照した。なお、これは文学作品であるから、実際にはこの時は使節団員ではなかった福地桜痴が登場したり、数種の虚構がある。
（2）神奈川近代文学館所蔵「中村光夫文庫」より、『雲をたがやす男』関連資料（古記録、古新聞等）による。
（3）（2）より、「鋤雲」、書斎社による紹介記事。
（4）同右。
（5）『栗本鋤雲』小野寺龍太、ミネルヴァ書房、二〇一〇年。
（6）（2）より、中村自身の手稿による。
（7）（3）に同様。

参考文献
『花のパリ少年使節』高橋邦太郎、三修社。
『幕末維新パリ見聞記／栗本鋤雲・成島柳北』井田進也篇、岩波文庫、二〇一〇年。

『徳川慶喜公伝』渋沢栄一、平凡社東洋文庫、一九六七年。
『明治維新と日本人』芳賀　徹、講談社学術文庫、一九八〇年。
『メルメ・カション』富田　仁、有隣堂、一九八〇年。
『渋沢栄一、パリ万国博へ行く。』、渋沢資料館展示図録、二〇一七年。
＊栗本鋤雲『暁窓追録』、『鉛筆紀聞』、『匏庵十種』等は各版本を参照した。

第五章　中村光夫と吉田健一

一　『ヨオロッパの世紀末』

吉田健一著『ヨオロッパの世紀末』に次の一節がある。――ライプニッツの哲学、ロランの絵、バッハの音楽等々を経て、十八世紀の終わりになるので、我々はヨオロッパが揺るぎなくヨオロッパであるに至るのを感じる。〈十八世紀は古いどころではなくて、これがヨオロッパの極めて充実した一時代であったことはその終わりに、誰も世紀末などとは言わなかったことでも解るので、ただ豊かである点でもこの時代は取り上げるのに値する。〉ここでいう十八世紀、即ち、旧体制・アンシャン・レジームが吉田の言うようにただ豊かならば、なぜその崩壊を経て、それを全面的に否定するフランス革命が生じたのか、吉田より約一世紀前にトクヴィルの残した疑問に吉田も十分には答えていない。（吉田のこの書の姉妹作『ヨオロッパの人間』には、仏革命の主役は十八世紀の人間であるけれども、その仏革命から十九世紀が始まったという一節がある。）これは、読後、誰しもが感じる、ヨオロッパの世紀末、即ち、十九世紀末を顕揚するには充分説得性があるが、それを経た後の世界、即ち、二十世紀に入り、直後に、第一次世界大戦が避けがたく勃発し、さらには、第二次大戦も後続することへの言及無しと、対になって、この十八世紀末から十九世紀中盤への無評価は印象に残る。ヨオロッパの十九世紀末は、それまでの十八世紀を頂点としたヨオロッパ文化の華が近代革命の暴風雨後、漸く咲き開き、恰も、充実した一日の終わりに訪れる夕暮れのようなもので、後の時代は闇に包まれる夜でしかないとでもいう吉田の確信でもあろうか。もっとも、第一次大戦後のヨオロッパにも、平和の狂乱の内に、創造のカオスは訪れた。この時代、千九百二十年代のパリは正に芸術の繚乱期さながらである。プルースト、ジョイスが出そろい、アメリカから、ヘミングウェイ、フィッツジェラルドたちがエズラ・パウンドらと共に、パリに集い、アメリカの生命力に富む、ロマン的リアリズムを熟成させ、仏文学も、コクトー、ラディゲにシュールレアリスムが台頭してくる。シルヴィア・ビーチのシェイクスピア・カンパニーは、その発信源、仲介源として、歴史上、異彩を放っている。もう一方、アドリエンヌ・モニエの書店は、ヴァレリーやジッドを大御所に、ポール・フォールや詩人たちの温床である。ガートルード・スタインやピカソを巡る現代絵画の流れ、ストラヴィンスキーやバレー・リュスの勃興、レヴューの流行、アントル・ドゥーのシャンソンの数々。しかし、三十年代半ばから、再度の大戦の悪夢が人々をとらえるようになる。この第二次大戦に至る、つかの間の平和、精々、二十年足らずだが、これにも吉田は哀惜を注いだようである。（エリオット・ポールの『最後に見たパリ』を愛読した。）というより、それは、自らの少年期から青春盛期に至る時代である。吉田は一九一二年生まれである。つまり、彼は、破局前——仏革命前の十八世紀に加えて、近代が爛熟し、ロマン主義を是正し、こなし切った象徴主義の湧出する十九世紀末を二本の柱として、これに、二十世紀第一次大戦後を同時代人として、付加、追認していると言えよう。文学上の盟友・中村光夫との差異と親近は興深い対象をなしている。因みに、中村の文学的スタートになる、日本の一九二〇年から三〇年代にかけては、「自然主義を滅ぼした」プロレタリア文学と新感覚派の全盛期であった。吉田は一九三一年、それまでの外国生活を離れて、漸く、日本に帰国し、文学上の境涯が開始されたばかりである。吉田には、ある意味で十八世紀精神を突き破ったルソーへの関心や葛藤はなかったのではなかろうか。あるいは無縁であったということか。他方、中村にはそれが、終始、存在したと思われる。

　それは、中村の関心が、ロマン主義に発してそれに連なる写実主義《レアリスム》、自然主義《ナチュラリスム》であることから知れる。中村は、世紀末の象徴派（もっとも吉田ではボードレールから始まるが）に関心はあるが、軸足は同時代のレアリスム、ナチュラリスムに置かれている。しかし、もともと象徴派、写実主義、自然主義も大ロマン主義の産物なのだから、吉田と中村は同じ親から発していると言えよう。そこで、十八世紀だが、ヴォルテール、モンテスキウ、ディドロらのフランス啓蒙主義、ウオポール、ギボン、ヒュームなどのイギリス経験論哲学に吉田が親近するのは確かである。英国ではこれにバイロン、シェリーらのロマン主義詩人、アメリカのポー、十六世紀のシェイクスピア、十八世紀のスウィフト、スターンなどが顔を出すのだから、吉田の作は正に日本に於ける英仏比較文学の及び難い達成であろう。ルソーの自我を巡る執着や固定観念は――そもそもこれは十九世紀ロマン主義に直結するものであるが、――吉田の興をひかないのか、彼が推奨する十八世紀の理性や優雅の系列からは無縁なもの、あるいはちと野暮なものと見えたのではないか。これは、外国育ちの富裕層として成育した彼の生い立ちと関わりはあろうか。中村の日本文壇での孤軍奮闘は、一寸、ルソーを思わせる。ただ、中村においては、日本の自然主義や私小説が本家のフランスのロマン主義を経たルソー直伝のものではない、まがい物であるという、直観と洞察に優れていたわけで、彼が、ただのルソー礼賛の徒であったということではないだろう。西洋と日本の両面に引き裂かれたり、男女間で緊迫する生々しく赤裸な自我を分析し、鮮明な台詞応酬の果てに詩的高みに引き上げ結晶化すると、後年の劇作が生まれ、人生のリズムや妙味・エスプリに富む老年の熟慮に載せ、過度に走る青年の観念や肉体を合併させると、豊饒な晩期に向かう小説群が生まれた。批評世界でも、作家の自我の暗闘を変わらず見据えつつ、心理的な優越に達しながら、一層平明に著わして妙味を漂わせた。同じく、ヴァレリーの批評方法に精通しながら、両者は咲かせた花柄が随分と異なっていよう。この個性の違いが、終生の強い友情の基盤にあろう。ルソーの宗教観に対してや、両人のキリスト教に向かう見方も今後、文業から観測していきたい。論理が行きつ戻りつしながら、いつの間にか的を射抜く吉田の独自の文体による批評文と、〈時間〉の変容の豊饒さを照射する無類の小説世界についても別の機会に譲ろう。ただ、一作を挙げるなら『旅の時間』のユニークさなどは、人生における旅の妙味を最高度にしかも自然な流露感で味わわせてくれる点で、中村の『戦争まで』や『平和の死』と遥かに呼応していると言えるだろう。(1)

『戦争まで』で、中村は、イタリアやフランスのルネッサンス期に、十五〜十六世紀の美の理想が完成した姿を見ている。吉田もそれから三十年後に書いた『世紀末』では、やはり、ルネッサンス期に惹かれていたのがうかがえる。長い中世がほとんど、語られない点で、両者は共通している。もちろん、見逃しているわけではない。吉田はキリスト教文化が古代ギリシャ文化とは明らかに異なる陰影をルネッサンス以降にも与えていることを指摘している。いわば光の中に内部から染み出る影の存在である。しかし、全般的に見ると、ロマネスク期やアーサー王物語群などは余り興味がないかの如くである。一方、中村は、『戦争まで』を通じて、現実のフランスで眼前にある強固な古さと伝統に触れ、中世のキリスト教美術や騎士道精神の基盤を形作ったものと認識していた。吉田は十字軍などは文明の仕業とみなしていないようだ。また、彼によれば、ルネッサンス期に西欧に滅ぼされたアステカやインカのインディオ文化は野蛮であり、文明とは言えないのである。ここは中村と一歩違うであろう。同じくルネッサンス以前のゴシック期や、以後の十七世紀バロック期にも吉田はさほど、愛着はなさそうである。それでいて、同時代を演出したルイ十四世はヴェルサイユ文化に免じてか、高評価している。ナポレオンに対して同様、英雄好みであろうか。キリスト教には懐疑的と見えてしまう。やはり、古代ギリシャ、ローマ文化が望ましいのであろうか。中村にもその一面は存在したろう。

ギボンの『ローマ帝国盛衰史』を語るに際しても、ローマ滅亡の主因が、ドグマ化したキリスト教支配によるものという内部分裂説を引いている。もちろん、ユダヤ圏から発したキリスト教を経たローマ帝国の進出以来、後景に退いて行ったケルト文化やエジプト・イシス神の存在を知らぬ訳ではない。同じく、この両古代文化や、十八世紀文化信奉者であった十九世紀中葉の詩人ネルヴァルも、幻視者のみならず、狂気という彼のポジションが、「理性」という吉田自身の検問に引っかかって、十八世紀の精髄をとらえた、『十九世紀末』ラインにリスト・アップされなかったのかもしれない。ネルヴァルと同年の一八〇九年生まれのE・A・ポーに肩入れするのは、ボードレールと並ぶ何か――吉田好みの理論的明証性――がその中に存在するせいなのか。果たして、ネルヴァルこそ十八世紀を継承する充分な資格はあると思われるのだが。しかし、そのボードレールや、吉田が姉妹作『ヨオロッパの人間』でも取り上げたランボーが、中世の視点や霊力から時を経た、キリスト教の美しい再現として語られるのは、吉田の来し方や資質からは意外なことに、日本的審美性も力あるのではなかろうか。（他方、中村が青年期親しんだフロベールは、M・ユルスナールの指摘にあるように、古代ローマがキリスト教化する前の一時期に惹かれている。両者の選んだ作家や詩人の取り上げ方と彼らへの接し方にはそれぞれ独自なものが見受けられる。）確かに、ボードレールにはロマン派詩人の言葉が空疎に見えだしてしまうような真正の「人間」の言葉が、近代となって初めて、詩的言語の中に定着されている。それが、根本命題が「理性」であり、「自由」である十八世紀精神の甦りであると吉田は見たものか。ボードレールの実の老父は往時、ジロンド派の領袖コンドルセと親交があったという。大革命時代当時の中核を成した恐怖政治的言説は、ヴォルテール、ルソーとは何ら関わりを持たないとする吉田の見方は概ね正しかろう。彼によれば、「革命」ではなく「進歩」の精神に十八世紀は身を置いていたのだった。だが、ルソーは無論だが、ブラムフィットによれば、ヴォルテール、モンテスキウ、ディドロたちにも、人間精神の進歩への疑問は生じていた。十八世紀とは彼らとスウェーデンボルグが同居していた時代でもあるのだが、これからも、精神の振幅がいかに広い時代であったかということがわかる。彼ら以外に芸術分野でも花開くワットーやモーツアルトの優艶、華美、豊饒な世界を好んで吉田は取り上げるが、その隣に、ラクロやサドやレチフ・ド・ラ・ブルトンヌ（ネルヴァルが『幻視者』で描いた）が揺曳している。これらは吉田には触れられないのである。仏大革命に連なる情念の暗黒領域なのだが。自分の嗜好にのみ、傾注する吉田の面目が発揮されているのだろうか。中村もレアリスムの徒として、関心を払いつつも、これらの精神の夜の精緻な砦にはさほど、深入りはしなかった模様である。

二　『戦争まで』と『平和の死』

中村光夫の青年期のフランス滞在を書簡体形式で伝える『戦争まで』は、帰国後、一九四二年に出版された。すでに欧州では、一九三九年九月に仏独間に開戦宣告が成され、戦火が迫っていた。独軍のパリ制圧は翌年六月である。中村は最後の引揚船・鹿島丸にボルドーより乗って、アメリカ経由で帰途についていた。日本もまた、その翌年、対英米戦を始めることになる、騒然とした世情不安定な時代であった。後に、戦後、一九七〇年、六十歳を迎える頃、中村は、回想録『今はむかし』を出版する。それには、一高時代から、文壇進出を経て、フランス留学が決定し、旅立つ前までが描かれていた。吉田健一との交遊も記される。さらに、一九七三年には、小説「平和の死」が出版された。これは、題名からわかるように、正に、仏独開戦に至る時期を扱った『戦争まで』と同時代の話なのである。舞台は同じく緊迫したフランスであり、登場人物も、日本人留学生たちや彼らにまつわるフランス人女性たち、長くパリ在住の画家父娘たちである。両署の相違は、『戦争まで』がほぼ、作者の滞仏記録であると思われるに反し、『平和の死』が純然たる小説であることである。自らの青春を今度は小説の中に時代の実情も綯い交ぜにして今一度辿り直したのであった。因みに、中村はこの後、回想録『憂しと見し世』を一九七四年、新聞連載後、刊行する。そこでは、フランスからの日本帰国より筆が起こされている。前年に『平和の死』で、往時一九三八～一九三九年が改めて小説として存分に虚構化された「私」を通して描き直された後、それと、同時期の書簡体記録文学ともいえる先の『戦争まで』の続編となるよう、帰国後の日本国内に場を移して、実証に基づいた世情や文壇模様、私的生活のメモワールも含め、細部にわたり書かれた訳であった。この『憂しと見し世』では、ほどなくして勃発した日米開戦から戦中の文字通り〈憂き世〉が描出され、終戦の一九四五年八月の降伏を告げるラジオ放送を聴く場面で筆が置かれている。中村は三十四歳になっていた。「平和（到来）まで」、あるいは「戦争の死（終わり）」が記録されたことになる。

執筆当時、中村は六十三～四歳、老境に入った作者が、自分の青春期から壮年期までを、『今はむかし』を出発点とし、これらの作品でもう一度、生々しい過去の時間として生き直したと見てよいだろう。フランス留学からは、はるばる三十五年を経ていた。掛け替えのない若き日々の自身の滞仏体験と、その前後の時代の歩みが巨大な戦争の現実と共に定着されている。『戦争まで』は欧州の戦争直前の臨場感がありありと書簡体を通して伝わるが、そこでは、日本人青年の西欧に寄せる夢と失意が、歴史上の遺跡探訪や日欧の男女間を巡って抽出された。時代と作者のロマンチスムの結晶と言える。他方、『平和の死』は、小説という虚構の場を借りて、主人公・泉昌一の精神と肉体、つまり、青年の実体そのものが他の四人の留学生と共に過不足なく、描きだされる。徹底したレアリスムと言ってもよかろう。円熟した作者の時代を見る目も、より厚みを増し、説得力が明らかである。作者は、あくまで語り部に徹し、想像の翼は時に天翔けるが本体は背後に身を伏せている

日本人画家内山の聡明で美しい娘、昌一と恋仲になる八重子の方が、彼が寝取った左翼の理想家肌の友人佐藤の愛人であるフランス人美女ジャネットより、魅力的である。これは、『戦争まで』の下宿の仲間、怜悧で美しかったジネットに寄せていた憧憬を思うと妙味がある。時を隔てた小説中では、現在の作者のフランス人女性に対する等身大の姿となって、ジャネットは表れているのかもしれない。フランス人女性一般の、常に、自戒と計算を忘れぬ本性が写し出されている。人物だけではない。小説『平和の死』では、フランスの国情も、ドイツ、ソ連、英米と共に曇りなく眺められている。国際政治の非情さと戦争に向かう時代の必然が迫真性を帯びて展開されていく。

『戦争まで』と『平和の死』の二作は合わせ鏡のように並べて、読まれるべきであろう。そこには、ある時代の真実の姿といつに変わらぬ青年の夢と現実の相克が如実に表現されている。

注

（1）吉田健一は文芸時評で『平和の死』を発表時取り上げたが、その一部を引用する。

〈それはユリアヌス皇帝が愛したルウテキアであり、ユウゴオのノオトル・ダムが聳える中世紀のパリであり、エリオット・ポオルが中村氏と同じ頃に最後に見た狭い通りが錯綜する町、又横光利一の真黒な石の建物が雨に濡れて誰も傘もさないでいる風景、又「平和の死」の主人公が灰色の町と認めたパリであってそこに何か人間の歴史で恒久的なもの、そして恒久的であるから地方色の強いものがある。恐らく地上に現れた最初の原始人にも顔付きや癖と解るものがあったに違いない。「平和の死」の主人公にとってパリが一つの事実となっていくのを描いたこの小説の部分から一箇所だけ挙げる。

そしてこの心の空虚を意識するようになってから、自分がはじめてこの街の風景にとけこむような気がした。絵葉書で見なれた名所だけでなく、平凡な街角のたたずまいや、通りすがりの親子づれや恋人たちに、涙がでるほど心を動かされることがあった。

そういうとき、彼は自分というものがなくなり、一種の偏在する精神に化したような感覚を味わった。

これが起るのはパリだけではない。併しそれがパリで起るとこの町は事実その人間を抱き込んで人間の営みに就て教えてくれる。〉（吉田健一著作集第二十四巻／集英社）

三　結びとつなぎ

ロマン主義は既にルソーに於いて顕著なように、個性の伸張、自我・感情の解放をうたうが、その一方、脱自・没我の瞬間も待望する。あの『孤独な散歩者の夢想』の中で、名高いサン＝ピエール島での一瞬なども好例である。フロベールの『ボヴァリー夫人』執筆に至るとその両方の傾向が、「無私たらんとする熱情」（寺田　透）、〈没個性〉という地点にまで達する。作品に即していうと、作者の声や姿が小説から消えるのである。神がこの世界を統べながら目に見えないように、作者は作品世界に溶け込み、遍在するのである。これは、ロマン主義の出発時点や盛期から見ると明らかに異質であった。（ロマン主義作品では作者は随所に顔を出し、自らの見解を披瀝したりしていた。）

中村光夫の言文一致の批評言語にもそれは色濃く投影された。批評文を繰る手綱裁きは感じられても、御者の顔や心の特質は目に見えにくい。即ち、これも明らかにフロベールの影響の発露、没個性に由来する。フロベールの小説スタイルが中村では批評となったのだ。さらに書簡文体の「です・ます」調に切り替えて、最高度の達成を得た。ただ、やがて中村には、完成されたその論理と感情のオートマティスムから解放されたい欲求が、中・高年期になると次第に表れてきた。それは、昭和三十三年、『二葉亭四迷伝』を書き上げた頃に、止み難くなる。まず、劇作に進んだ。かつて、ユゴー、バルザック、ミュッセを始め、仏ロマン主義の作家たちが――フロベールまでも――皆、手を染めたように、登場人物に、己の思いを充分に吐露させるのだ。『人と狼』以後、佳作が続き、成果が上がったとみると、今度は、小説に向かう。昭和三十八年、『わが性の白書』は、遅すぎたデビュー作の恨みはあるが、作者のペシミスティックな人間観はかえって生の形でよく出ている。武装解除された習作といった趣きがある。処女作特有のプリミティヴさが表れ過ぎたせいか、待ち構えていたかのような批判もなされた。技法の熟達が芸として重んじられるのを旨とする評者や、生硬であっても思想――イデオロギー化していても――の主張をもとめる一派からのものもあった。しかし、作中に己を消す批評家の本文を取り戻し、緻密な構成で臨んだ次作『贋の偶像』は、この作者にしか書き得ない批評と小説のユニークな融合であった。明治期の、華々しい才はありながら、心の弱さと高慢さが表裏なす性向から、挫折して二流に甘んじた失敗者の境涯を辿り、今日では忘れられた劇作家、文学者の長田秋濤を主人公に据えた作品である。これは、ジッドの『贋金づくり』の構成と手法を意識的に取り入れた日本文学には稀な異色作であり、高い評価を受けた。以後、中村は自在の境地で、円熟の深まりを見せていく。フロベールのような文体苦吟からは離れ、若年期、最初に愛読したモーッパッサン流の、平易に読みやすいが内容は深味があり、玄人はだしでコクのある小説を書き継いでいった。（第一部一章参照）。自伝も『今はむかし』に次いで、昭和四十九年に、『憂しと見し世』で、フランス帰国後の戦中の日々を回想した。昭和五十年代に入ると、旺盛な小説発表とともに『近代の文学と文学者』、『近代文学をどう読むか』等を著して、評論家としても健在ぶりを示した。（劇作では、前章の『雲をたがやす男』が現れた。）その晩年に近い評論の一節に、北村透谷の死に際し、影響の余波を論じた箇所がある。

「統一的な世界観、あるいは形而上学的な信念を文学者の最後の言葉、あるいは創造の出発点とする必要は、現代において、これまでにない明瞭さで感じられます。」（『近代の文学と文学者』）

これは、宗教的ともロマン主義的回帰ともいえる文面であろう。透谷がこの世では果たし得なかった理想を表した書、『内部生命論』の呼び掛けに呼応したものともいえる。その後、四十年たった今日でもその意義はなお、失われていないのではなかろうか。

中村本人は、最晩年は病に倒れ、忍耐の日々を送った。「胸中の嵐」は如何ばかりであったろうか。

次の第二部では、中村の原点に返り、フロベールと中村光夫の心を宰領した「没個性」とはどのようなものであったのか、フロベールの作品と人性に即して見ていこう。

第二部　フロベールの世界——ロマン主義の逆光に浮かぶ作家——

はじめに

フロベールは、書簡や談話の中で、小説の中では押し殺していたその人生観、文学、歴史観、文明論等を豊饒に展開していた。中村はそれらを自らの批評文体で縦横に繰り広げたと言ってよかろう。書簡や談話は日本ではおのずから「です・ます」調となる。そして、『戦争まで』や小説・劇作の登場人物の台詞の中でも、自らの見解をその調子に乗って、色濃く出している。作品では無私に徹したフロベールと異なり、中村は小説や戯曲中の言説で、謂わば、有志を目指し、貫いたのであった。但し、私心を離れた公正さの観点は忘れることはなかったが。

さて、本章では、中村と切り離せないフロベール自体とその作品本体を尋ねよう。まずは『ボヴァリー夫人』の世界から、その実体に迫ってみたい。

第一章　『ボヴァリー夫人』の成立──「田園風俗」の内部──

(1)

フローベールが「ボヴァリィー夫人」の作中、自己の感情の奥深い部分から描いた人間は二人居て、それはエンマとシャルルである。その為、却ってこの二人は作者の作りもの（オメーもいれて）という感がなくもない。二人に比べれば、ロドルフやレオンは現実での実在が直覚される。彼らに於いてフローベールは初めて他者を描くことに成功したのだが、これを換言すれば、作者と彼らには精神上の血縁関係は薄いということになるだろう。シャルルとエンマはフローベールにとって切実な対象だったから、苦くはあるが死んで永遠化し、他の二人は各々の仕方で生きて行くが、作者の関心は小説を終えた瞬間で既に離れたのだ。だから「厭で堪らないような人物ばかり描いています。」という執筆中のフローベールの書簡の随所で起る叫びは、彼らに強く向けられ、エンマやシャルルに対しては幾分猶予があるように思われる。

フローベールが二人に託したものの深さを測る前に、二人に託さない部分を探ってみよう。二人の周囲を見廻せば、それは容易に知れる。冷酷な好色漢ロドルフ、脆弱で小心なレオン。彼らの心の基底にあるのは、低い俗な魂であり、表われる行動はどこかで見たり聞いたりしたような月並さである。そしてそれが、両名の処世を助け、エンマ亡き後、一人は独身の富裕なエゴイストとして、もう一方は、結婚し世間体のいい青年として世に迎えられる。彼らは多分破綻のない人生を続行するだろう。フローベールが彼らに見い出したのは、無邪気なほど利己的な生の醜さと単調さの機構であった。そして彼らが栄えて行くのを無意味とする、フローベールの絶望がそこにあるのだ。二人の気質は「典型」であったが「絶対」ではなかった。典型的存在はこの場合、自分らの生を守る曖昧な部分を必ず内に含んでいるが、絶対を表わす者たちは世間へ無防備に裸のまま晒されている。シャルルとエンマを他から截然と分かって特徴づけているのは、この「田舎の小絶対者」という点なのだ。フローベールがエンマに託し体現した真実は、粗悪な環境の中で滅んで行く、曾ての自分の感受性である。どう見ても、悲劇の主人公としては器量に欠ける二人に、致死量の毒を盛ったことが彼の独創であり、苦い夢でもあった。彼は陳腐な「典型」「紋切型」が我慢ならなかった。そこではみ出す存在を創造したが、それは劣弱な形として初めて客体化された。人生を生き抜くのに不適格な、特異児童のような彼らの人格を生きた文体に刻む仕事は、納得のいく手応えあるものだったろう。何故なら、世間との関係を断ち「書斎」にしか生きないフローベールにとって、熱烈に実生活を生きようと欲しながら、心ならずもこの世に迎えられないシャルルとエンマの問題ほど皮肉で真面目な主題はなかったからだ。社会にその自己防衛力で生きのびて行くロドルフやレオンは、はっきり別の型の人間である。

　レオンは作者のプラン[1]では〈シャルルに似た性格だが、肉体的にも精神的にも優位にある。(知性は彼より多いが善良さは少ない)〉と先ず想定されている。パリに出てから三年後エンマと再会する時は〈(自分の中に)成すべき偉大な道を持っていない〉存在として、虚栄という浮薄な動機からエンマを誘惑する。彼の弱さにエンマは捕えられ、同じ弱さによって裏切られる。次にロドルフ。〈実地の経験に富んでいたが、この男は同じ表現の背後にある感情のちがいを見分けることができなかった。〉(小説二部十二章)エンマは彼の強引さに惹かれ、その冷酷さによって捨てられる。共にその性格の属性を成す「紋切型」が、エンマの本体を見落とし、人生の真実に触れる機会が手中からこぼれている。

　薬剤師オメーは、又違う型と考えたい。シャルルとエンマを取り巻く、このもう一つの極、「権威」への飽くことなき策動家オメーには、作者の妙に自虐的な愛着が感じられる。少々小型だがそのエネルギーの氾濫と天性の粘着力は人目を奪う。幼年時、生家の演劇の場であった玉突き台で生まれた「ガルソン」の延長上に位置する、一変種と見れぬこともない。小説の最終行、彼が勲章を頂戴する一節は、その馬鹿馬鹿しさの余りの完璧性によって、シャルルとエンマの惨たらしい悲劇に立ち会って来た我々を呆然たらしめるのだが、ここで彼は典型の域を脱し、一つの絶対の境界に知らぬうちに入城したのかもしれない。舞台は廻り、消滅して行くシャルル、エンマにとって代わる存在。作者が文字通り創造したこの三人の中で、現実を掌中に収める唯一人の力強い人物である。我知らず、ブルジョワ根性に徹底しているため、彼の内ではブルジョワ的悪臭自体が却って鳴りを潜め毒気を抜かれ、生ま身の人間が前面に押し出される印象が強い。典型としてのブルジョワの属性が消去され、妙な具合に、絶対的特質に迄高まっている現象。例えば、エンマがルーアンで金策に奔走し、〈方向を失い、行きあたりばったりに、えたいの知れぬ深淵をころげまわっている気がした〉時、〈赤十字〉館について、あの〈善良な〉オメーの顔を見ると、〈ほとんど歓喜の情を覚えた〉事実。（三部七章）この様に、窮地に身を置かれる女に、日頃の退屈でうるさい存在ではなかった。ビネの部屋のエンマを覗き見るテュヴァッシュ夫人らの様に、そのブルジョワ的好奇心で彼女を刺すことはないのだ。これは、オメーがエンマ同様、観念の裡に生息し、実生活での視点——取り分け「ブルジョワ的視線」を所有しない存在の為である。ここにフローベールの無意識の配慮があるのかどうか。何れにしろ、オメーの目は、困憊するエンマを通り越し、自分に夢中のまま、彼女の上空を音高く旋回している。この種の型《タイプ》の原形は、後に論及することにする。

又一方に、小悪党の布地商人ルールー、似た者の公証人ギヨーマン等がおり、ろくろ造りに精出す変人の収税吏ビネがいる。いずれもそれぞれを象徴する「職業」の陰に偏執めいた異常性を潜めているが、その性向は彼らの凡庸な生を破壊する迄には至らない。利口そうな顔をして低俗な道を歩むレオンやロドルフと同じく、自己に盲目で歪んだ殻に閉ざされた、フローベールによる職業別「典型」一覧といえよう。そしてフローベールが見逃してないのは、それでも彼らが残らず持っている小市民的自己満足ぶりである。

一人屋根裏部屋で〈奇妙な象牙細工を、木で模造するのに懸命な〉ビネの姿を見てみよう。

〈ひとつの完全な幸福に、彼は没入しているようだった。こういう幸福はむろんつまらぬ仕事だけがもたらすものであった。それらの仕事は容易な困難によって、知性をたのしませ、これ以上のものを夢みることのない完成で、その欲望を満足させる。〉（三部七章）

この直後、エンマが金の無心に必死の誘いをかけるが、この元軍人は〈蛇でも見たように〉大きく後じさりするだけなのだ。密室の半芸術家は人生の機微には相渉れないようにできている。他方ギヨーマンはエンマの災難につけこみ、彼女に迫る。エンマは彼を罵倒し、憤然として出て行く。

〈公証人はあっけにとられて、つづれ織りの美しい上履きを見つめたまま、じっとしていた。それは愛人からの贈りものであった。それを見ているうちに、やがて心が慰められた。それに彼は、こんな恋の冒険はとんでもない結果になるかも知れないと思っていた。〉（三部七章）

醜い動作と、失敗の後の卑小な「自己回復」の素早さ。これ迄小説の傍系に居て脇役に過ぎなかった彼らが、エンマの破局と共に次々と、一瞬強い照明を浴び、その正体を見せ始める。作者の構成手腕は確かである。エンマを息苦しく封じ込めているヨンヴィル・ラベイ村の閉ざされた住民たちの内部は、切開してみるとやはり膿が出たたけだった。ルールーによって借金で破滅寸前のエンマの前には〈男性特有の天性の卑怯〉から、〈三年来彼女を注意深く避けていた〉ロドルフと、〈真面目になるべきとき〉の為〈フリュートを止め、感情の高揚や空想の世界とも縁を切った〉レオンがいるだけとなる。しかし彼らも其れ其れ、凡俗な漁色家と臆病な恋愛志願者の本体を表わし、エンマから逃走するばかりである。周囲の劣悪な環境と無意識な悪意の視線の中で、エンマを救うのは実はシャルルしかいないのだが、それをフローベールは阻む。

〈……そして、結局、驚きがおさまると、彼は許すだろう。「そうだわ」と彼女は歯ぎしりしながら呟いた。「彼がわたしを許す、わたしと知り合った御礼に百万フラン出しても足りないようなあの男が……そんなこと我慢できないわ！　決してできないわ！」自分にたいしてボヴァリィが優越の立場に立つという考えが、彼女を激怒させた。しかし、彼女が告白しようとするまいと、いますぐか、しばらくしてか、明日か、ともかく彼はこの破局を知るだろう。だからこのいやらしい愁嘆場は避けられないし、彼の寛容の重味を甘受せねばならない。〉（三部七章）

ところが、エンマが心の奥底で一番望み、又良心の声によって、漠然とそうすべきだと感じる行為は、自ら進んで、シャルルに何もかも打ち明けるということなのだ。この前々日、差押えの執達吏が来た晩、シャルルに対しエンマは、〈心の苛責に堪えない眼差しで様子をうかがった〉ほどである。だがここに彼女の不断の強迫観念——あ・・・・・・・・・の男を憎まねばならない——が出現し、その決意を妨げる。彼が、「許すだろう」から打ち明けない。「許し、許される」という親密な人間的関係をシャルルと持つのが嫌なのだ。実際、彼は許さないかもしれない。又、例えシャルルが許してもそうでなくても、その反応がどう出ようと、一旦打ち明ければ、エンマの以後の局面は大きく変わるはずではないか。シャルルを認めることが、エンマに、自身の存在を否定し去り、それ迄の感受性の劇を無意味なものに化すとしても、だ。一人よがりの、想像力というには余りに翼を締めつけられた、この種の「仮定」によって、真に必要な行動が抑制されている。この心の作用はエンマに独得のものである。これはある対象に向けて潜在的に持続がなされる、心のこわばりを示す神経症状であり、シャルルに対する嫌悪は近親間に見られる苛立ちに極めて近い。二人は共にフローベール家の一員なのだ。

ヨンヴィル・ラベイ村にフローベールが描いた登場人物たちは、彼の観念の裡で熟した人間像の総見取図と言えるだろう。実際に姦通し自殺（?）したドラマール夫人から事件を借りたとしても、エンマのモデルは無論フローベールの作風から見て、夫人ではない。次の候補は情人ルイーズ・コレであろうが、彼女とても「感情教育」のアルヌー夫人が、初恋の女性エリザ・シュレザンジェ夫人の紛う方なきモデルだと断言できるほどには、その関連性が稀薄なのである。極論すればドラマールからは「事件」を借用し、ルイーズからは「女」を盗用したに過ぎない。小説家はエンマを彼の観念の中に宿らしている。この間の事情はコレ宛書簡と小説を比較すれば明確である。オメー、ロドルフ、レオン、ビネー、ルールー、ギヨーマン等々、不特定なモデルは確かに居るだろう。だが小説の中では彼らもフローベールが三十余年生きて、発見し、定着した人間性一般にほかならない。彼は豊富な観念の流れに、文体で抵抗し、彼らの生を作中で生きる。重要なのはフローベールにとって、彼ら全てが犇めく所、即ちこの世なのだという確信であり、彼自身、彼らの実在を心中まざまざと感じ苦しめられて来た事実だ。

〈ブルジョワを扱った主題では、醜悪さ la hideur が悲劇性 le tragique の代りを務めるべきです、悲劇性はブルジョワとは両立し難いものなのですから。[2]〉

ここから「厭な奴らばかり描いている」という例の叫びが出る。フローベールは彼らを描くことから、声を荒げる非難を押え切れたろうか。時として内心の命令か文体は膨張し、卓絶した効果を生む。しかし〈結論〉は出さずにただ〈再現〉すること、これが〈芸術家〉が人生へ〈復讐〉を果たす行為だと、彼の心の最奥部では、変わることなく、透徹した声が告げている。

(2)

ここでシャルルとエンマの関係を更に調べてみよう。

〈シャルル――卑俗の権化――注意深くナプキンを折ったり、スープをすする仕草に至る迄――器官作用の動物性[3]〉

この草案《プラン》の注釈者、ポミエは、フローベールは、エンマに彼の神経を授け、シャルルには彼の神経を苛たたせる全てのものを与えた、としている。本文の該当箇所は次の様に書かれる。

〈彼女は夫がますます癇にさわった。彼は、齢とともに動作が鈍重になり、食後の卓子で空瓶のコルク栓を切ってみたり、ものを食べたあと歯の上に舌をのせたり、スープを飲みながら、一口ごとに鳥の鳴くような声をだしたりした。肥りかけてきたので、もともと小さな眼が頬骨の上の肉のふくらみのためにこめかみに向って吊りあがってきた。〉(一部九章)

この存在すること自体が、不断の憎しみの対象にされ、しかもまるでそれに気づかない男も、エンマには不可欠の切り離せない一部になる。頂度、浪費家エンマがルールーなしでは済ませぬように、シャルルは彼女の心の空隙にはいり込むのである。素直に互いの生存の淋しさに思いを馳せるべきだろう。だが、その自覚も薄く、時々エンマは自分の大事な読書の感想をシャルルに話して聞かせる。

〈なぜなら、結局、シャルルはひとつの存在、いつも開かれた耳、いつも用意された相槌であったから。〉（一部九章）

何よりもエンマの認めたくないのは、彼らの近親性と凡庸であるという共犯性であった。エンマの憎しみが、ほとんど欲情の形を取るのは、それを気づいている焦りと虞《おそ》れから来る。シャルルの愛情が無智な子供の無我夢中だけに憎悪の火力は余計強まるのだ。

〈シャルル——その妻を熱愛する、彼女と関係する三人の男の中で最も愛するのは明らかに彼だ。——（良く証明せねばならぬのはここだ）。〉(plans)

エンマの嫌悪が全て〈感覚〉的であることを、フローベールは全力をあげて列挙している。例えば雪のふる午後、ボヴァリィー一行が製麻工場を見学にでかけた時の状景。

〈（オメーに）腕を与えていたエンマは、肩に少しよりかかりながら遠くの霧のなかでまばゆい青白い光を放つ太陽の円盤をながめていた。しかし、振りかえると、シャルルがそこにいた。鳥打帽を眉の上までかぶって、二枚の厚い唇を小刻みに慄わせているので、なおさら馬鹿げた顔に見えた。彼の背中さえ、その落ちつきはらった背中は、見るといらいらした。そこの、フロックコートの上に、彼の人物の平凡さがすべて陳列されているようだった。苛立たしさのなかに、一種の荒んだ快感を味わいながら、彼女が彼を見つめていると、レオンが一歩進み出た。………〉（二部五章）

更に又或る晩

〈（シャルルは新書を）夕食後に少し読んだが、部屋の暖かさと、消化作用のせいで五分もすると寝入ってしまった。両手で頤を支え、髪をまるでたてがみのようにランプの下までひろげて身動きしなくなった。エンマは首をすくめながら、それを眺めた。〉（一部九章）

油断のならぬ意地の悪い視線が、彼を盗み見ているが、エンマの神経を支配するこのからくりは、フローベールには十分親し過ぎる病いであった。〈感覚〉と〈神経〉に大きく係わるロマン主義の、病者であり医師でもある彼が切るべき、最大の癌であった。彼はこの病いを養分にエンマを創造し又破滅させ、その嫌悪の主因を務めるエンマの偽異母兄シャルルへも、作家自身、意識の暗闇の裡で、訣別を遂げたといえよう。

作中の人物で、読後、真正な人間の印象を与え、同情に耐え得るのはエンマよりシャルルであった。シャルルの無力さと捨て去り難いエディプス・コンプレックスには滑稽を通り越えて或る悲しみさえ感じられた。何故この様な小絶対者をフローベールは想定したのか。シャルル自ら意識し得ない故に、その無力な美しさが思わず輝き、無垢と言える迄高まる瞬間もある。ロドルフに捨てられ、気が狂ったあの大病の後、エンマが〈はじめて、ジャムを塗ったパンを食べる〉のを見て、この憐れな男は〈泣く〉のである。この涙はどんな解釈をも拒絶する。性情の柔順さは娘ベルトの将来を思いやる場面に一抹の詩の如く漂っている。凡庸さに反抗するエンマに高慢な官能を見るなら、世間に受け容れられない凡庸さに徹するシャルルには、悲しい道化の姿を見る。
彼の無力は、エンマ――シャルルにとっては初めて触れ合う人生の新鮮な実体――を得た直後次のように表れる。

〈(婚礼の) 翌日は、それにひきかえ、まるで別人のようだった。昨日の処女はむしろ彼の方だと思わせるくらいであったが、花嫁の方は、何も感づかせるようなことは、ひとつも外にあらわさなかった。〉(一部四章)

これでは一向にシャルルはエンマを獲得していない。頼りなく、エンマに参って庭で〈よりかかる〉シャルルの姿は象徴的である。彼はエンマに甘えるが、彼女を自分に〈よりかからせる〉ことなど思いもよらない。防衛本能からエンマの愛情に、露疑わず依存し、自分の愛情は貯金にでも預けたように安心して、検証することがない。

〈それでも、もしシャルルがその気になり、察してくれたら、もし彼の視線が、ただ一度でも、彼女の思想に出会ってくれたら、ちょうど樹墻の果物が手をふれれば落ちるように、たちまちあふれるものが彼女の胸からほとばしったであろう。しかし、二人の生活の親密さが濃くなるにつれて、内面のへだたりが彼女を夫からひき離して行った。〉(一部七章)

己れの気質の不幸が由来する根本原因を理解しない、いやその様な自己追求行為の存在すら知らないこの子供――シャルル――は、フローベールのイメージの内でも大きく育ち過ぎてしまったといえよう。愛国軍人の末期を思わせる父親には気押され気味ながら従属し、又一方色々と取りついてうるさい母親にも執着する。これを断つのは、死んで美化されたエンマが、彼の一時的にせよ理想の妻となった時だけである。その豊富な想像力に恵まれた反面、〈目に見えて来る〉モデルしか信じないフローベールが、「感情教育」に於けると同様、主要人物を設定する最初のプランの際、(4)限られた自己の世界をかなり色濃く投影する跡が見られる。シャルルの形成を通してそれを次節で探ってみよう。

(3)

「田舎風俗」の副題にふさわしい、コミックな効果を持つ冒頭の一章であるが、語られている話は暗いのである。その前半は主としてシャルルの野原を駆け廻る様子や放任されて過ごす幼少年期が描かれている。それと同時に、両親の姿、「結婚」して駄目になって行く、その敗残の姿も、簡潔な筆でしるされている。プランでは démi-misère（半ば悲惨）とある父親は実は蛸が自分の足を喰って行くだけの悲惨な状態に居るのに、なお狷介さを発揮し（シャルルが欠く最大の点）自滅して行き、母親も夫の衰亡がとまらないことに、まるで自分を無視された、暗い苛立たしい、怒りのとりこになる。

〈美男で法螺吹きで、拍車をならし、頬髭は口髭につながり、いつも多くの指輪をはめ、派手な服をきた彼は、勇士の外見と、行商人の気さくな陽気をかねそなえていた。〉

フローベールに「実在の人物にほのかに似せて描いた人物はわずかかひとりだけだ。(5)」と言わしめたこの男が何故堕落して行くのか、フローベールは生活の外見の推移のほか何も書いていない。暗いものが行間に押し殺されている。何故〈以前は快活な、かくしだてしない人なつっこい性質だった〉下着商の娘が、〈齢をとるにつれて（気の抜けた葡萄酒が酢になるように〉気むずかしい、金切り声をあげる、神経質な女〉になるのか。フローベールは人間のこの深淵を覗き、何も言わない。そこには何もなかったからだ。父親は、人生の各宿駅ごとに馬を乗り潰すように、彼の情念を投尽し崩壊して行き、母親もただ夫に振り回される。ここに、バルザックの登場人物が発するエネルギーや詩はない。（例えば、ゴリオ爺さんの悲惨さには崇高な影が宿る。）フローベールの散文は抑えた筆致で、ロマンチスムの輝きの後の暗い夜を描いている。この父親に対して、同じく破滅傾向のあるエンマが〈一緒にいるのを別に不愉快に思わなかった〉のは当然である。事実、先に死ぬのはこの二人であり、シャルルはエンマの、母親はシャルルの後を追うように死んで行く。掌中の珠の喪失が彼らには応えている。結果的に見ると、息子夫婦も、その生得の情念に毒され、親二人と同じく、確実に「結婚」後、破滅して行くのである。（エンマの父ルオーも身を持ち崩す型に属す、田舎の好人物であった。）

　エンマをフローベールの分身とするなら、シャルルは世に容れられない無器用さと、生来疎外された意識が何らプラスの方向に進まないという点で、同族の一員でありながら、フローベールと正反対の陰画だと言える。まことにチボーデも述べるように、〈我々は自習室に居〉て（Nous étions à l'étude）けだるい午後の空気の中、少年フローベールと少年シャルルを目撃しているのである。[6] 学友たちに一人はラテン語の詩を笑われ（「狂人の手記」）、一人は無細工な帽子を冷やかされる。嘲笑されてシャルルは下を向き、フローベールは反抗するが、共に異種であるのに変わりはない。小説の中で少年フローベールは不在だが、反対にルーアンの現実の学校生活では、絶えず彼はもう一人の自己の不在が気になっていたのではないか。一歩狂って、自分がシャルルになっても不思議はないのだ。しかし後年、フローベールの超自我は「ボヴァリィ」執筆中に、〈我々〉nous に昇格し、自己を他者として、従ってシャルルをも、客体化して眺める dédoublement（自己二分身）に達した。一方その後のシャルルはと言えば、惨めに嵩ばる例の帽子さながら、人生の中を転がって行くばかり。シャルルは本当は実在したのではなかろうか。彼ら二人を融かし込んでいる小説冒頭の教室の幻燈のような回想場面はそう思わせる確かな雰囲気がある。

正反対の陰画 négative であるシャルルが、思い出の教場で「帽子」から「シャルボヴァリィ」の悪童たちの哄笑まで、みずからを最も惨めな状態へ突き落として行く辛い心の動きは、フローベールとそれ程遠くない。ただシャルルはそれを意識しないでやらされるのだ。神経症の原形がここにあるだろう。この傾向は「人生」に拡大すると、頂度エンマが自分の夢の果てを前もって知れず、憑かれたように狂奔し滅びる様に相似する。フローベールは既に初期作品、「愛書狂」「情熱と美徳」等の中でこの心の病理を小説化している。彼自身、傾斜して行く己れや意識自体を強い意志で捉えたといえる。晩年「ブヴァールとペキュシェ」に陥って終わる自己の道程をも承知していたに違いない。

フローベールが、名医である強大な父親の支配下にあったのは事実だが、彼は医学に対するに文学で牙城を築き、遂に対抗しおおせた。彼の父は尊敬でき確固とした地位に居る、互角以上に張りあえる存在であった。これが陰画であるシャルルの場合にはその設定はどうだろう。酒浸りの元軍医補、父バルトロメは力関係で均等に対峙させてくれる手応えある実体がないのである。この父に対する曖昧な感情のゆくえは、反撥にしろ、傾倒にしろシャルルの生きる指標を決めてくれないまま、彼の気質を決定してしまう。即ち後年彼は、優柔不断の影が始終付き纏う、才能のない医者となるのである。（フローベールが自己の性格の中で特に力をいれ切開したのは、正しくこの領域であった。「感情教育」のフレデリックはこのもう一つの型である。）

最初から内部が壊れている男の所へ、エンマは嫁入りする。この世間知らずの娘と臆病な恋慕者シャルルを仲介するのは、父ルオーであり、彼に好感を抱くルオーが、ことを運んだふしが見られる。結婚受諾の合図の鎧戸が勢いよく開かれる光景は、悲劇の幕あけを鮮かに奏する。エンマは数十分、返事を躇っている。このシャルルと読者の側に見えぬ沈黙の効果は抜群であり、彼女の人生の最重要部は不明な暗室で決定がなされる。エンマは少女期の仄暗い修道院からここ迄ずっと闇の世界を泳いでいたのである。「人生」という舞台に参加する前の楽屋裏に居る、主体性を欠く処女の生態を、フローベールは隙のない外面描写でとらえて来た。（例・縫い物をするエンマの、裸の両肩の細かい汗のしずく。グラスの底を小刻みに嘗める、きれいな歯の間から見える舌の先、等々）

〈そして言うことが違うにつれて、彼女の声は澄んだり、鋭くなったり、又突然物思わしげになって、たっぷり抑揚をつけるかと思うと、終いには自分自身に話しかけるささやきに変わった。——ある時は無邪気な眼をあけて陽気になり、やがて、半ば瞼をとじ、視線は憂愁におぼれて、思いをさまよわせた。〉（一部三章）

序奏の戸が開き、新婚生活がトストで始まるや否や、夢想から揺り起され、明るい場所に引き出されたエンマは、自分の人生の姿に、白日の下直面する。現実に目覚めたエンマは以後、俄然内面から迸り出ることになるが、返事のあの瞬間には、エンマはやはり拒絶できなかった。運命の歯車はかみ合った。もし全篇で彼女が聊か同情を引くとすれば、この薄明の暗い時代、年少の頃訪れた、やや暴力的な選択の時だろう。目を転じれば、〈翌朝、九時から〉農場に顔を出す、歓喜に胸高鳴ったシャルルの姿が映る。

以来、束の間に時は流れ、エンマを失ったシャルルは、恋の初めの感情に戻るため、死の機会を求めるのだ。エンマの姦通を二度とも、自分から機会を提供する（少々作者の作為に過ぎる繰り返しの例）凡そ敵意を欠くお人好しの一面が代表するように、シャルルも又、終生己れの足を喰らう蛸であった。エンマとの結婚自体が彼にとっても巨大な誤謬の出発点なのだが。他人への攻撃性を見事に剝奪されている、この家庭の犠牲者は、最後のロドルフとの出会いで、その本性の到達した奥深い所を露呈する。〈それは運命の罪です。〉憎むべき対手に彼はこう言う。この相手もエンマも傷つけず、自分の〈無限の苦しみ〉の中から発されたことばは、なおまだエンマに対する「自尊心とは無縁な情熱」（当該箇所の削除された草稿・新釈ボヴァリィ夫人六四一頁）[7]を抱き続けているシャルルを示す。エンマの死がシャルルに「心の広さ」と「没個性」を与え、その恋情を「純粋観念」にまで高めたのだ。彼は最後に対象・エンマに囚われながら、正にそのことだけによってそれを越えたと、一応結論できるかもしれない。同族でありながら、最大の苛酷な審判者として、その視線が己れのコンプレックスに悉く突き刺さる、エンマとの軛を脱し（エンマとは彼にとって人生全部だった。この二人に関してはシャルルが女でエンマは男である。）、シャルルは漸く幼時から彼の行動を見張り、無様にした心の束縛を解き放ち広々とした世界に出れたのだ。そしてこの心の状態こそフローベールにとって、一切の価値の転倒が起る、彼の想像力が深く目指す所に当たる。形は変わっても、この心的風景の豊饒な多様性は、サランボーに歩み寄る瀕死のマトー、臨終前に巨大な聖鳥を見るフェリシテ、イエスと昇天する聖ジュリアン等の中に再び見い出されるだろう。

〈翌日、シャルルは青葉棚の下のベンチへ行って腰を下ろした。日光が格子の間からさしこみ、葡萄の葉は砂の上に影の輪隔を描いていた。ジャスミンの花が匂っていた。空は青かった。斑猫が咲いた百合の花のまわりに羽音をたてていた。そしてシャルルは彼の悲しみにとざされた心臓をふくらます捕えどころのない恋の香りに、思春期の少年のような息苦しさを覚えた。…………彼は頭を仰向けに壁にもたせて、目をとじ、口をあけて、両手に黒髪の長い房を持っていた。〉（三部十一章）

ボードレールのコレスポンダンス correspondance を思わせる、官能の陶酔の味わいの中に、シャルルは放心して絶息している。無力な愚者としてフローベールの心の裡で、相反する陰画を務めたシャルルは苦役を終え、エンマの思影に包まれて、幸福な死を迎えた。――そう言えるかどうか。一方、フローベールの〈感覚〉と〈神経〉の動きを作中で宿した唯一の分身、エンマの最後は傲慢な一生への終止符のように凄惨であり、一抹の救いすら作者は用意していない。毒——砒素を仰いだ後の描写。

〈彼女の胸はせわしくあえぎ始めた。舌はすっかり口の外に出てしまい、両眼はあちこちに向きながら、ランプのほやが消えるように光を失って行った。〉

〈「めくらだわ！」と彼女は叫んだ。

そしてエンマは笑いだして、凶暴で気違いじみた絶望的な笑い声をあげた。乞食のいやらしい顔が永遠の闇の中に恐ろしい様子で立ち現われるように思われた。〉（三部八章）

彼女の死の伴奏を務める者は、ノートルダムのカジモドほどの精彩も詩もない、ただの異形で卑小な化けものである。結局エンマのロマン主義が収斂されて行くのは、この忌わしい乞食へであった。彼女は初めて自身の虚偽に塗《まみ》れた生涯がいやらしい悪魔の罠であると省みる。今の自分にさえ似合うその汚なく醜い姿形。劇的な裁きの不在までもこの世には裏切られた凄惨な自嘲。

ルーアンでレオンとの木曜日の逢引き後、既にこの乞食は伏線として登場している。エンマの耳は彼の泣く声に〈得体の知れぬ遭難のはっきりしない悲嘆〉を聴きつけている。そしてその声は〈深淵に龍巻が落ちるように、彼女の魂の底に降りて行った。〉乞食の声に導かれて今彼女は暗い奈落へと唯落ち込んで行く。二度と帰れぬ永劫の闇の世界に。

〈芸術家〉ではない〈理想主義者〉、「感覚」と「神経」しか付与されない悪しきロマンチストは生みの親の手にかかって、否定せられ非情な最後を遂げる。実際その時々の体験ごとに立ち止まって自己内部を検証すれば、この惨劇はなかっただろう。魂の根底でエンマには真摯な点が欠けていた。あれ程鋭敏な神経を持ちながら、其の心に対する誠実さが無かった。ロドルフに捨てられ死の境界をさ迷った時、自己と世間を過不足なく捕える機会だったが。その後の病は、甘やかされた我が儘娘が、裏切られ挫けた結果起きる事故に過ぎない。気質は継続しその殻を破れず、本当の魂の矯正はないのであった。大病さえ報われぬ好色の冬籠りのようなものだ。病が癒え眠りから覚めれば、以前と同じ行為を微妙な意識のずれこそあれ、性懲りもなく始めるのが見えている。愚かしい子僧っ子レオンを相手に心の病、不断の強迫観念が再開される。もう命取りになるのも知らずに。

感傷と欲望が綯い交ぜになった自己追求に憑かれはするが、魂の凝視と否定は知らない存在。フローベールによって、この当代ロマン主義の錯誤と背反を一身に体現された人物が、エンマ、即ち或る任意の一人格であることは確かである。

注

（1）『新釈ボヴァリー夫人』より「プラン」（ジャン・ポミエ・ガブリエル・ルールー編）(scénarios, esquisses et plans inédits de Madame Bovary par J. Pommier et G. Leleu)
（2）『フロベール書簡集』第三巻。
（3）『新釈ボヴァリー夫人』
（4）『フロベールと未刊行草案』（マリー＝ジャンヌ・デュリー編）
（5）同右、序文参照。
（6）A・チボーデ、『ギュスターヴ・フロベール』五章「ボヴァリー夫人」。
（7）この項、サルトルの指摘に負う所が多い。

第二章　ロマン主義批判／「感情」の歴史背景

(1)

〈感じ易い神経を持ちさえすれば詩人になれるのなら、僕はシェイクスピアやホメロスよりも秀れていることになります。ホメロスは神経過敏なところなど殆ど無かったと僕は想像しています。この混同は不敬の至りというものです。……

詩は精神の脆弱さによるものではありません。ところがこのような神経的な過敏は脆弱さを示すものの一つなのです。度を過ぎて強く感ずる能力は一つの弱点です。……（法科在学中神経病の）憂苦は頭のなかにとどまることなく四肢に流れて、これを引き吊るように痙攣させました。方向偏倚というやつです。……

芸術においても同じことです。情熱が詩を作るのではありません、個性を露わにすればするほど効果は弱まります。この僕自身、いつもその点で誤りを犯して来ました。[8]〉（5–6 juillet 1852）

フローベールの青少年期はこの感じ過ぎる神経との戦いに費された。これが彼に於けるロマン主義克服の意味である。心理学から見た〈神経症〉的気質とは（彼の場合の発作症状を伴わず）自分を捕縛している現実から目を背け、徒らに〈純粋〉世界に逃げ込み、その大本の原因であった自己の無力や焦燥解消の代償作用を知らず知らず果たしている、或る型を指す。囚われた人、シャルルにとってはそれが最大の悲劇のもとなのだがエンマが逃げ込むその唯一の対象であった。エンマにとっては〈遠く水平線の霧のなかにある何か白い帆〉（一部九章）であり、同じく悲劇のもとなのだがそこから作り出された、彼女の〈理想〉とは実は余りにも遠い、卑小なレオンやロドルフの姿であった。フローベールの散文精神自体は、熱烈と共に頑丈だから、自己の〈理想〉と〈無力〉を弁別して考える要はなかった。シャルルやエンマはこれらの一方が成立する時、他方は忘却されていなければならないそのからくりに身を投じる。〈理想〉への一時的飛翔実は逃避は、瞬時の失墜を内に含む。その時自己の無力はなお悪化して到来し又彼らは不毛な孤独に陥って苦しむ。二人——特にエンマは聖アントワーヌの血を受けてもいるのだ。フローベールは青年期の〈無力〉感の正体を直視し、そこから彼らを抽出し造型した。自身の無力が人類の無力に通じる強烈な自覚。又、作家としての自信。

〈(人間の腐敗とか遍き悲惨の)「事実」は「形式」の中で蒸溜され、「精神」の純粋な香のようなものとなって、上へ上へと「永遠なるもの」へ、「万古不易のもの」へ、「絶対」へ、「理想」へと昇って行くのです。(9)〉

「文体」(形式)のみが、存在自体の泥(その愚劣、汚穢、醜悪)から金を得る唯一の場であると思い定める迄の、彼の内的受難史を作品を参照しつつ辿ってみよう。彼の無力感は外部即ち人間条件との不調和ないし混乱による離反として先ず意識されたからである。

フローベールの幼年時代は、北国の陽光が燦燦と輝く夏の庭にも例えられる。両親の慈愛は穏かに降り注がれ、環境的にも満ち足りていた。特に父と妹と彼で形造っていた三位一体の恩寵状態、成功した理想のブルジョワジィである〈家庭〉に無意識の特権で守られ、夢見がちに逍遙したこの蜜月期間への愛惜と信頼が、後年の彼に大きな影を落していることは否めない。さらに、選ばれた仲間同士が玉突き台で子供芝居を始める。彼の最初の世の中への求愛、芸術世界での début なのだ。父兄たちの予想された称讃とお世辞に、少年の心はふくらむ。excentrique

や extravagant（風変りで並はずれた人格）の萌芽は既に見られても、外的世界との表立った軋轢は未だ隠れている。十二歳にしてルーアン王立中学の寄宿生となった頃よりその苦難は始まる。鍾愛してくれる有力な保護者の翼下で、感受性にしっくり合った子供たちと、無償の行為に耽り、遊び暮らしが可能だった少年の前に、〈社会〉が割り込んで来る。

それ迄フローベールが人間について強く感じていたのは、医院内部で父親の目を盗み、死体や狂人の女たちを観察した点に象徴される、人間の〈生理〉であった。言わばそれによって、人間の謎、奇怪さ（grotesque）を目の辺りにした。〈死者〉と彼の間にはまだ父——同様に彼にとっては強力な外部の抵抗体——が介在し、不安と疑問の眼に対して、静かな封印を貼っていた。だが極めて早いこの時期にフローベールが一個性を離れた、宇宙的茫漠さへの一体を肌で感じたことは確かだろう。後年、彼の決して「無関心」ではない「無表情」の主因を成す〈没個性〉impersonnalité はこの稀な体験を抜きにしては先ず語れない。フローベールの陰画であるシャルルがその生涯の終わりに漸く間に合った、自己を解き放ち、全ての価値を転倒する、〈死〉の構造自体既に幼小の時彼は見知っており、形而上化への洗礼を施されてもいた。ここから又、彼の不動性と、冷やかではなく熱い〈不感無覚〉impassibilité が端を発する。幼年のこの驚異は一生忠実に保たれ、フローベールは、他に稀な粘りで思想化し、作中に意匠化した。文体への配慮は単なる修辞を離れた。その彫琢過程で、対象から受けた、〈没個性〉に係わる或る驚愕の真実な認識を、凶暴な象徴まで高める不断の欲求であった。しかし同時に少年時代のこの体験は、見る苦痛、後年にも尾を曳く、ただ見ているだけの苦痛の早期開始をも告げた。特に彼のように現実から目をそらせず、見開いたままその前に立ちつくす少年にとっては。

中学校でフローベールが味わった苦痛は逆に〈生者〉の介入から来る。今度は観察はできない。生の世界——玉石混交の社会、その縮図とやがてなる学校生活の中に放り込まれ、その一員として揉まれる立場にある。〈死〉の奇怪さとは異質な、煩しい健康な生者の叫喚、事の経緯は、「狂人の手記」（先に用いた、教場の光景を含む）に詳しい。ここで彼の性格の倨傲は初めて、本能的優越感と圧迫との間を揺れ動く。彼は、〈薄弱で凡庸且つ狭量な頭脳〉の級友たちを軽蔑するが、彼らも負けていない。何しろ、数と通念で迫る、無意識の悪意を彼は今まで知らなかった。〈将来の夢想に耽り、子供の想像力が最大な崇高さで夢みれるものを考えている〉時、劣ると感じる連中にごく自然に嘲笑される。フローベールの一生を支配する、根深いブルジョワ嫌悪となって、これは遺るだろう。

〈僕は自分がこの世界のように偉大であると感じ、僕の思想の一片すらがあたかも雷のような火を持って全てを粉砕しうるだろうと信じていた、哀れな気違いめ！〉(10)

しかしまだ内的腕力のあるフローベールはこの迫害意識が却って彼の文学意欲を押し進めた。彼らに敗北する、自己内部の危機と崩壊はそれ自ら明瞭な形跡を示さない。それに幼少期、〈絶対〉に参与している小王子が彼らに全面でむざむざ負ける訳もあり得ない。彼にとって外界は〈思索〉（ロマン派的憂愁）に浸るのを邪魔する、巨大ではあるが精々蠅の羽音にも等しい別の体系であった。フローベールが真の無力を覚えるのは後年代と同じく自己そのものへの疑惑からである。自身の〈感情〉と〈神経〉が原因で破船する危機が決定的な時機に二度、彼を見舞う事実が見られる。

先ず第一に、十四歳の夏、天成の気質の過剰と混乱に苦しみながら求めた恋愛とその破綻が挙げられる。彼の観念は幸福な統一を得て、静まる機会を逃がし、その後、分裂と錯綜の度を深めることになる。この早期の恋愛を探れば彼の感性の全てが知れよう。トゥルーヴィル体験でフローベールは初めて、自己の資質が普遍的感情体験に適用される歓喜を味わった。だが同時に初恋を成立させ、又終焉させる己れの感受性を呪咀したはずである。これは幾分、レオンが最初にエンマを恋する時投影されている。無力で弱気なレオンは〈性格がシャルルに似ている〉以上に、フローベールの薄弱にされ凡俗を加味された血が流れているのである。この破局で自己の感性の両刃の剣を悲痛な意識の裡に、フローベールは自覚したが、レオンは見過ごし徒らに齢を重ね、空虚な存在に堕して行く。

神経的な面から言うと、この体験は克服すべき敵であった。聖アントワーヌ風の恋愛観念の跳躍とその後の意気阻喪。この呪縛を脱し、所有するのが、彼の人生、文学上の困難な課題となる。エンマ創造の意義はここにあり、トゥルーヴィル体験自体については、一八六九年の「感情教育」で完全に決着し、心の課題を反復し終えたのである。レオンには授けられ得ない深く遙かな道程であった。

二度目の危機は一八四四年、二十二歳の時、ポン＝レヴェック付近で起きた卒中にも似たその後頻発する神経症の発作である。マクシム・デュ・カンの証言を信じれば、これは明らかに癲癇の症状だが、フローベール自身はどう捉えていたか。単に〈脳の充血〉〈小規模な卒中の発作で神経の痛みを伴う〉(11)と規定できない必然上、或る観念に終止符を打つ確固とした感慨に支配された。父、アシル＝クレオファスが息子の生命を危惧し、クロワッセに家を買ったのはこの為である。父親の判断は作家としてのフローベールを誕生させた。この事件の持つ重い意味を、後年彼は、ルイーズ・コレにこう述懐する。

〈君を識る以前、ぼくは落ちついていました。そうした状態にたどりついていたのです。健全な精神による男性的な時期にさしかかっていたのです。青春は過ぎてしまいました。二年つづいた神経症はその結論だったのです。終幕であり、理論的な帰結なのでした。〉(12)

この二年間を〈物事と、自分自身をはっきり見定めた〉、〈僕の人生の内でこれ程落ち着いていた時期はなかった〉と付言するのも面白い。観念の火花は静まり、苦病の中で、徐々に、魂が〈健全〉に向って、〈特別な情況のために作られた特殊なシステムの正確さに従って〉歩いていた事実の真実性。

又、親友アルフレッド・ル・ポワトヴァンにも、この〈神経の発作〉が自分の生涯を二分する由、覚悟の念を沈着な調子で語っている。(13)

フローベールはこの危機を神の命令或いは処罰と考え、衰運を意志によって次第に盛り上げて行く。元々無理で不向きな社会生活の身体的原因による合理的廃止、及びクロワッセで文体の彫琢に作家の全てを賭す、等々。この完璧な実行は「ボヴァリィ」執筆までまだ八年ほど待たねばならないが。とまれ自己の観念地獄が生命を脅すまで高まったこの事件は彼の進路を決定した。トゥルーヴィルの初恋とこの病気は、彼がそれぞれの時代に自らの感性故に叩きのめされた、結果的には自己を決定し得た、少年期及び意識上の青春期の二つの終結——〈死〉を告げるものなのである。

これ以後フローベールは身近の相次ぐ死去の中で（四六年——父、妹。四八年——アルフレッド……芸術上の守護神と後年成る存在であり、彼の過ぎし日の〈感じやすさ〉の最良の部分）、文字通り、青春の終焉を実感する。一八四九年の聖アントワーヌは過去がまだ溢出し、〈真珠をつなぐ糸〉を欠くと彼自身にも評された。青春の客体化、即ち観念のより高度で自由な再所有は、この後、長期の東方旅行と数年の研鑽を経る「ボヴァリィ夫人」で、彼の青春の虚実とども、初めて定着されるであろう。その中では、既に見て来たように、自己の感覚、神経を執拗に裸形のまま晒す。その分身エンマを否定し、特に悲劇の原因として自己の無力な知悉した陰画、シャルルを起用し滅びの挽歌を終章で付した。エンマよりシャルルの影が後年、又作者の胸に甦るだろう。しかし一応ここでフローベールは心のこわばりを全てなくし、〈感情〉教育は終了したのだ。ロマン主義の感覚・神経から出発したこの作家が普遍的なもの（Universel）に達する為にはその主義の匂いを振り払うしかなかった。エンマもシャルルも余りにロマン派的人間像ではなかろうか。エンマのような女が恐らくは存在し得ぬように、シャルルのような男も居ないのだ。

フローベールにとって、深く目指すUniverselとは、実はロマン主義作家が待望した、Renaissance《ルネッサンス》期であった。ラブレー、モンテーニュ、シェイクスピア等の源泉に絶えず惹かれた彼は、理想の裡のより本物のロマン主義者だと言える。シャトーブリアンの「詩学」を狭窄な「教条」と見做し、それに弱められぬ曠達な世界を求めた。又、ラマルチーヌ、ミュッセらの感動の不徹底さと情熱の虚偽を攻撃した。〈シェイクスピアを読めば、彼の性格がどうだとか余計な詮索はしない〉と〈没個性〉の道を志した。だが十九世紀、時代の閉塞状況の子であるフローベールには、その底の知れぬ苦役、文体創造の意識的精妙化以外に法はなかった。ルネッサンスの巨人たちが楽々と歌いあげた力強い感情を、同代のロマン派風に語るのではなく、止まって切断し、百千の中から一つの文体で象徴させ、〈一行の中で一語一語がまっすぐ屹立している散文[14]〉を目指すのである。フローベールは巨匠たちの途轍もない大きさの対抗として、文体の完璧さに自己の存在理由を求めた。この独創は、比類ない肉体意識——神経症の周辺、の結論である故に、高踏派とも写実派とも与せぬ、秘術の客観性を保証している。文体鍛錬による、この自力本願の孤独な道が、進歩、友愛、個性等の仮面を付けるが、根本は利己的で底が浅く、宗教も理想も持たぬ十九世紀ブルジョワ社会（「ボヴァリィ」の世界）への熾烈な反逆へ通じたのである。彼が〈没個性〉の道へ踏み出す決意と共に書かれた、このLivre sur rien（何についても書かれてない本）は実は豊富すぎる〈感情〉の歴史を秘め、時代に屹立する内容をその底に浮べていると言うべきだろう。

(2)

フローベールとボードレールを、ロマン派の巨匠、バルザック、スタンダール、ユゴーらと截然と分けているものが、実は「近代」という実体の姿である。二人はこれに苦しみ、窒息し、同時に「作品」でこれを乗り超えたと言えよう。その近代とは、文芸面で、潔癖な自意識から来る厳しい倫理の色あいを帯びた。ボードレールの詩作品に於ける、美学上の効果を知悉した用意周到な配慮や、フローベールの創作に於ける、プランや文体への暗澹たる腐心は、そこから導かれる。言わば言語に刻苦精励することが、彼らの作品の命であり、同時代に対する、倫理上のalibi《アリバイ》であった。フローベールは伝統の中の巨匠らに比べて、自己の卑小さを意識すればするだけ、文体の中にのめり込み、多面的に対象を縛り上げ、生き生きと深い観察眼で、それを彫りつけた。会心の一行を書くことが、何よりもの神の祝福であった。ボードレールもヴァレリィの言う様に、豊饒なヴィクトル・ユゴーの詩群から離脱を目指し、現代風景の内に、ロマン的感情の具体化並びに批判、より密度の濃い緊迫したイメージを求めたことが察せられる。

フローベールの書簡は、その生生しい異教の修道僧の姿を伝え、ボードレールの日記（火箭、赤裸の心等）には、驚くほど真摯なキリスト教徒の素顔と祈りが見える。彼らにとって近代とは、自己の相対化の発見を促し、才能の危機と孤立を招き、鋭い批評意識を育くむ場である。

彼らの前時代者、バルザックは、ミスティックであり、その主人公たちは、強力で、奔放そのもの、「人間喜劇」と銘打たれる多量の作品群に象徴される通り、バルザックには自己を規定し又分裂させて、作品を困難たらしめ、寡作に停まらす、自意識の悪戦苦闘はない様に思える。この作家は、純潔も悪徳も包含するロマンチイクな夢を、壮大で熱情的に物語れば足りた。その夢に食い尽くされても、それの生々しい現実性或いは夢を抱く自己の存在それ自体は疑わずに済んだ。魔的ではあるが、窒息するほど息苦しくない作品に漲る力強さはここに由来する。文体の足枷をはめられたフローベールは、晩年、自身の間違いを危惧しながら、バルザックに対して、その言語生産の過剰なエネルギー故に、関心を薄めている。

スタンダールになると、この力強さは、爽快な健康感に迄高まっている。彼の幸福と快楽の追求は、それが自覚された徹底したものだけに、ロマン派の中で屹立し、その魅力の稜線は現代へと延びている。エゴチスムと呼ばれる、その意識の構造を支えるのは、強力な自我である。スタンダールの作品は、この自我が、自由に、作中に顔を出す所に、特色があるが、作者が小説から完全に消えている「没個性」派フローベールとまさに相容れぬ訳である。何よりもスタンダールの小説の楽しさは、作者が主人公の内面を取り出し、読者と協力して、物語を進めて行く様に我々に錯覚させる語り口の巧みさと、その伸びやかさに先ずある。これがフローベールになると、作品中、最も流動感に溢れた幸福な傑作、トロワ・コントに於いてすら、作家は運行を文の背後で見張っているばかりに変わる。ただ文章の一行一行の手綱をしっかり握りしめる彼の腕の力強さと、血の通った、何とも言えぬ体温の暖さはその中から伝わり、それが結局、我々を安堵させるのであるが。

若い頃（一八四五年八月）スタンダールの「赤と黒」を評して、「高貴な精神と非常な繊細さ」とを認めるが、フローベールは早くも、文体は古いままだと考えている。又、「パルムの僧院」に至っては我慢ならなかった。晩年に、口述筆記で数ヶ月以内に仕上がった、この代表作は、フローベールの遺作、「ブヴァールとペキュッシェ」とはその人生観照の共に到達した最後の地点で、余りにも対蹠的である。前者に「意識の妖精」ファブリスが縦横に躍動するのに引き換え、後者は、意識の傀儡とも言える、フローベールの観念の極北の姿が出ている。

晩年に、その不幸が磐石の如く表面に浮上して来る所から、ボードレールにフローベールは近い。彼が不幸な作品の中でがんじ搦めにされたと同様、詩人はその文学の宿命が、悲惨な病軀となって帰結する。それが時代の要請、後年代のサンボリストたちにも降りかかり、十九世紀後半をまさにそうあらしめる、忌わしく貪欲な、時代の欲求であった。

視点を変えて、バルザック、スタンダール、ユゴーらが、ロマン主義の一心な体現者たちと考える。順に従っていえば、ルネッサンスの超人ぶり、コスモポリタンで自由な兵士又外交官、ナポレオン三世糾弾の反骨闘士となる。彼らがそれぞれ、単に文学という主題を超えて、人智と勇気の限界を試すかの様に、変転極まる男性的境涯を送ったとすれば、フローベールとボードレールは少くともある時期以後、一所（クロワッセやパリ）に留まり、詩作や文体の世界にのみ生きる、ある意味で狭い女性的資質の保有に憂き身を俏《やつ》したと言える。この資質のもう一つの顕れ故に、ミュッセやラマルチーヌを、才に欺かれ、不徹底な感覚に溺れた哲学を持たぬ者として、彼らは申し合わせた様に排撃した。ロマン主義の広大な渦の中で、確執と乖離の興味深い劇が見られる。

ボードレールはその「ボヴァリー夫人」論の中で、同時代の精神、ブルジョワ社会の正体を、フローベールの口を借りて次の如く、弾劾する。

〈これらすべての老いぼれた魂をゆり動かすに、もっとも有効的確な手段は何か？　実をいうと彼らは自分の好むものを知ってはいないのだ。ただ偉大なものに対してだけは積極的な嫌悪を抱いている。純真、熾烈な情熱や、詩的奔放さは彼らを赤面させ、傷つける。――それなら、よし、主題の選択にあたっては卑俗をめざすとしよう。何しろ余りにも偉大な主題を選ぶことは十九世紀の読者にとっては非礼なのだから。また作者が自分にかまけ、自分のために語ることのないよう厳に戒めよう。世人一般が熱中するような情熱や波瀾を語って、自分は冷然としていよう。例の流派が唱えている通り客観的かつ没個性的であろう。[15]〉（『ロマン的芸術』）

同じくフローベール自身の論調を見よう。

〈……ごらんなさい、何と砂漠が広がって行くことか。愚鈍の息吹き、俗悪の竜巻が、我々を取り巻き、あらゆる高揚、あらゆる繊細さをおおいつくそうとしている。もはや偉大な人物を尊敬せぬことで、幸せを覚えている。そしておそらく我々は、生の中に、生よりも高い何物かを置く、あの何かしら空気のようなものを、文学の伝統とともに、失おうとしているのだ。永続的な作品を作りだすためには、栄光を冷笑してはならない。何がしかの機智は、想像力の練磨によって得られ、気高さの多くは、美しいものを眺めることで得られるのだ。[16]〉（「最後の歌」序文）

この文章は、ゴーチェの所謂「勇ましきエルナニの仲間」、フローベールの莫逆の友で「ボヴァリィ」執筆の陰の協力者、ルイ・ブイエについて捧げられたものだが、彼の裡にどの様な自己の投影が見られるか、このすぐ前節で知れる。

〈それ（ブイエ）は、理想に芯の底から献身した存在なのだった。文学それ自身の為の、類い稀な臨時主任文学司祭の一人なのだった。消え失せようとする、――あるいは既に消え失せた宗教の、最後の狂信者なのであった。〉

「偉大な主題」に餓えているボードレールと、文学至上主義者フローベールの精髄は、やはりロマンチイクなものだと言えよう。かつての日々の狂熱的な「赤色のロマン派」であり、ユゴー、バルザック、ゲーテ、バイロンらに額を焼かれていたのだ。何と言っても彼らの血を受け、細胞の中にそのエスキスが消化吸収されているのは事実である。だから、前者の「近代」とはロマン主義の意識的な精密化、客観的大局的見地からの批判を、創作態度に於ける厳格な倫理性を通して、押し進めたものと一応結論できる。ロマン主義興隆期で彼らが採らなかった形態は、ラマルチーヌ、ミュッセ等、「蒼ざめた」柔弱な影、紋切型の精神である。その亜流が当代（十九世紀中後半）に下る時表われた現象を、フローベールが「序文」に引用した「ノートとプラン」の中で、ブイエはこう叫んでいる。彼らはますます「功利的な詩」や「美学的なくだらぬおしゃべり」に堕すが、そもそも連中は社会風潮の中の「経済上の反吐」であり「疲れきった国家の腺病質の産物」なのだ。そして空虚な内面を満たすべく、「《未来、進歩、社会》という二、三語を用いて、南米土人トピナムブーのまねをすれば、君は詩人になれる。」「馬鹿者どもを勇気づけ、ねたむ者を慰める、便利な仕事だ。」「悪臭ふんぷんたる凡人たちの支配」を「魂のあらん限りの力をこめて呪う。」フローベールやブイエらと同時代にはびこる、この「萎縮症」患者らは、ロマン主義の「熱病の時代の赤くて熱い蜂窩織炎」に彼らの様に感染したのではなく、「どこか奥深いカリエスから、泉のように、くだって来た、緑の蒼い、冷たい膿瘍」なのである。そして「カリエス」の白床こそ、ラマルチーヌらを培った同じ土壌、ロマン主義の負の部分に他ならないだろう。その領域は同時に、自我の甘えた危険な拡張と、情緒の曖昧さに涙する脆い精神を許容するものである。フローベールが逃れたこの病源は、エンマの夢想に於いては、その首座を占めている。もう一つの要素は、グロテスク、血である。これはフローベールに生得のもので、ロマン派から受け継ぎ、更に強化し、後年、サランボー、エロディアス、聖ジュリヤン等へと結晶する。ロマン派絵画の中にこの書割を探せば、ドラクロワの官能的で残虐な画面がふさわしい。（キオス島の虐殺、サルダナパールの死、等）エンマの夢想の形成に、以上の二つがどう表われているか。

〈（その本の）中身はすべて恋であり、恋する男女、さびしい離れ家で気を失う迫害された貴婦人、宿駅ごとに殺される馭者、ページごとに乗りつぶされる馬などでもちきりであった。暗い森、心のみだれ、誓い、すすり泣き、涙と接吻、月あかりの小舟、しげみのなかの夜鶯、獅子のように勇ましく、羊のようにやさしく、人間ばなれのした美徳の持ち主で、いつも身なりを整え、噴水のように泣く紳士方が登場する。十五歳の時、六ヵ月のあいだ、エンマはこの古びた貸本屋の塵に手をよごした。〉（一部六章）

荒唐無稽とも言える、文字通り「人間ばなれのした」ダンディーへの憧憬は、ヴォビエサールの子爵のイメイジへ後年迄守られる。

〈その後、ウォルター・スコットを読んで、歴史上のことに熱中し…〔略〕……そこには、又、ところどころに、しかし、さらに遠く闇にまぎれて、お互い同志無関係に、槲の木の下の聖王ルイ、死んで行くバイヤール、ルイ十一世の暴虐のいくつかの実例、サン・バルテルミイの断片、ベアルン者の羽飾り、などがあった……〉

〈(令嬢や貴婦人、無邪気な娘の傍ら、)舞姫の腕に抱かれ、青葉で覆われた園亭の蔭で陶酔の境に遊ぶ長煙管のサルタンたちに、ジャウール、トルコの剣、トルコ帽などもそこにあった。またとくに、酒神を讃える国々の青ざめた風景が、そこにあった。……——これらすべてをとりかこむのは、掃除の行き届いた原始林に、眩しい日光が垂直にさしこんで慄える水面であり、そこには鼠がかった鋼色の背景の上に、はなればなれに泳ぐ白鳥が白い掻き傷のように浮きだしている。〉

湖面の白鳥の図は、当時流行したロマン主義の脆い書割だが、フローベールが、若い娘らの夢想用として選んだものである。それと、隣りあって歴史の血腥さと東方への憧憬、が控えている。しかしこれらのいづれにも溺れてみた所で、それが地方のブルジョワ社会からの、空しい逃避である限り、不毛と荒廃しか最終には招き得ない。ロマン主義概念を現実へ適用させせると、どんなに惨めな失敗となるか。フロベール自身、誰よりも己れの手痛い過去の歴史、生々しい病気がエンマの悶死に取って替わった結末の象徴性、を通して、思い沁みている。

〈母親が亡くなったとき、彼女は、最初の幾日かひどく泣いた。故人の髪の毛で追憶の肖像画をつくらせ、ベルトオにだした手紙で、人生についての悲観的な考察を並べた末、やがては自分も同じ墓に埋めてほしいと要求した。親爺は娘が病気になったに違いないと思って、会いにやってきた。エンマは凡庸な心が決して至り得ない、この蒼白い生活の稀有な理想に、一挙に到達したことに、内心満足を覚えた。そこでラマルチーヌ風の思わせぶりに迷いこみ、湖上の竪琴や、瀕死の白鳥のあらゆる唄、すべての落葉の音、昇天する清らかな処女、谷間に聞こえる「永遠」の声に耳をかたむけた。やがてそれに退屈したが、自分ではそれを認めようとせず、はじめは惰性で、のちには虚栄心に駆られて、続けたが、結局、平静にもどってしまったのに、我ながら驚いた。額にしわがよらなかったと同様、心の悲しみはもう消えうせていた。〉

ここにはエンマの性格の全特徴がロマン主義の衣を通して透け見える。この憧憬は後々破局が迫り来ようとする時に、更に悪化した症状となって現れる。

〈しかし（レオンに恋文を）書いているうちに別の男の姿が見えて来た。……彼は花の息吹きの下に、月光にてらされて、いくつかの絹の梯子が方々の露台でゆれている、薄青い国に住んでいる。〉（三部六章）

「激しい放蕩以上に彼女を疲れさす」この夢想は瞬間的に、弱年期からの継続のまま、心に甦る。苦しい時の神頼みに、この様な、根拠なく、生活感情が稀薄で、劣弱な影像しか呼び出せない。ぐいぐい神に近づくフェリシテやジュリヤン（トロワ・コント）と違って、その夢は平面的故に現世的であり、立体的な彼岸への眺望に欠ける。感性の先行後、人生のある時機、正しくシャルルとの結婚、で、魂の成長や発展が、止まってしまったエンマ・フローベールは、以後、等しい観念を抱いたまま、現実だけ、即ち、肉体だけ先行し出す。

(3)

ロマン派の代表的抒情詩人、ラマルチーヌ（一七九〇年――一八六九年）の小説「グラッツィエッラ」（一八五二年発表）に対する、「ボヴァリィー夫人」執筆中のフローベールの書簡には、この流派が持つ傾向への批判が端的に語られている。この小説は、老境を迎え、落魄した感を漂す、かつての「冥想詩集」の詩人、失敗した政治家であり、莫大の負債に追われるかのラマルチーヌが、若年の頃（二十一歳）傷心を癒すべく旅したイタリア紀行にその題材を得ている。この時、一人のナポリの少女との間に、恋が芽生えたらしいのだが、事実と四十年後のこの小説の間にはかなりの潤色の跡が見られる。《実際には煙草工場の女工が、貧しい漁夫の娘で珊瑚細工の女工等ロマンチイクな設定の意欲、主人公同士の「ポールとヴィルジニィ」に準《なぞら》えるかの様な年頃の若返り（十八歳、十六歳）等々》、細部構成は勿論だが、ここでフローベールが問題とするのは、これを書くラマルチーヌの根本態度である。「グラツィエッラ」を一読すると、作者が過去の誤ちらしきものを、悔いている気配が、後半部の豊富な涙の量を通して伝わってくる。ただ同時に、何かを隠蔽し、違った形で事実を美化していることも直観させられてしまう。時の経過が力を貸している訳だが、我々は、遠回しの懺悔めいた告白を聞かされた中途半端な後味の悪さともどかしさを味わう。感傷の裏にあるものこそ尋ねたい気が起る。さしものロマン的美酒もフローベールの手で初めて、瓶を割られ、寒寒と貧しい底土が露呈した。

〈実際に起っただろうこと、それを示してこの物語を書けば、立派な書物が書けていいはずだったのです。一人の若者がナポリでいろいろな遊びに耽ける最中、たまたま漁夫の娘と寝て、それから棄てる、この娘は、死ぬのではなく諦めていく、この方がもっと普通のことですし、ずっと苦味もあります。（……）これには、ラマルチーヌの持っていない個性の独立、人生を観るあの医学的な視線、つまり真なるものを見詰めることが必要です。これのみが、感動を惹き起す強い効果を生む唯一の方法なのです。[17]〉

素朴で敏感な少女グラッツィエッラの死後、老年を迎えて、主人公は、身分の違いによる〈虚栄心〉の結果捨てた恋心の起伏に、思い至る。だが、已むを得ぬことではという響きが行間に満ち、自己追求の行くえはナポリ湾の波間にかき消えてしまう。末尾に添えられた詩の後で、彼女と読者に許しを求めるのも如何にも短絡的であり、空しい一人芝居である。自身の、「男性特有の天性の卑怯」と、醜悪な部分はごく無意識に（意識的なら文章は別様に表れるだろう。）排除されている。もし、この種の〈良俗にかなったもの、偽りのもの〉〈ご婦人方が読めるもの〉正に「ラマルチーヌ風の思わせぶり」が、女性読者エンマに男性への夢を育くんだとしたら、悲劇と誤解の何千例もの誕生である。フローベールは激怒する。衛生無害と思えるラマルチーヌの小説が、ある資質、男の様な女（エンマ）、又は女の様な男（ラマルチーヌ、それにフローベールも幾分そうである）にとっては有毒であり、政治的情熱と同程度、虚偽の恋愛感情を掻き立てる為に。フローベールが求めるのは人生の生まの感触、蒼さでなく、赤い熱なのだ。この小説の隠された不具性について卒直な言が聞かれる。

〈……それに第一、はっきりした言い方をすれば、彼は彼女と事を行ったのか、そうじゃないのか？この人物たちは人間ではなくて人形です。飲む、食う、小便する等の行為と同様、性的関係が一貫して翳のなかに隠されて、肝心要めのことが全く神秘に包まれているのでどう考えていいのか皆目見当もつかないという恋愛小説、こいつは何と美しいものだろう！　が、あの偏見には苛々させられます。愛し愛されている女と絶えず一緒に暮していながら、決して欲望を抱かない男だというわけですからね！　不純なる雲の一片もあの蒼みがかった湖を翳らせることなしとは！　ああ、偽善者よ！　彼が真実のことを物語ったら、もっとずっと美しいものになっただろうに！　しかし、真実を語るにはド・

ラマルチーヌ氏よりも毛深い男子でなくてはなりませんよ。実際、女よりも天使を描く方が簡単な道理、翼が背瘤を隠してくれますからね。〉

エンマが終章近く、「姦通の中に結婚生活の俗悪のすべて」を気付いた様に、フローベールは、この綺麗ごと尽くめの恋愛小説の中に、早くも、あらゆる生の典型的俗悪さと紋切型の精神を嗅ぎ付けていた。

〈……サン＝ピエトロ教会は冷ややかでこれ見よがしのものなのですが、是非とも感心してみせなければならないものだというわけです。決りきったやり方、紋切型なのです。この本の中の何物も、肚の底に染み透ってくるということがありません。…〔略〕…そして最後に、どんな新味もないこと、例えば、富裕な階級の光輝をけなして、質朴さ（貧困階級等の）をわざと賞揚してみせるとか、大都会の倦怠だとか。〉

更に一年後、老苦に参りかけている詩人に対する言。〈彼のおかげで拝聴し得たものは、肺病やみのリリスムの蒼みがかった繰り言ですし、帝政のお礼を申し上げなければならないのも彼に対してなのです。あれは、凡庸なる輩と馬が合い、そういった連中を好きな男ですよ。…〔略〕…〉

しかし、発表当時の風潮は、この小説「グラツィエッラ」を持て囃した。未だ人生途上の青年子女や、「自分自身に満足しているラマルチーヌ」（チボーデ）――フローベールは自分自身に仮借ない攻撃を『ボヴァリィー夫人』で加えているが――の小説にさして異を唱えぬ大方の読者、を等分に魅了した。だが彼らが協同して醸成して行った当時の風潮こそ、フローベールやブイエが、激しく憎む所ではなかったか。〈功利的な詩〉が臆面もなく紙上を飾り、〈美学的なくだらぬおしゃべり〉が巷に氾濫しなかったか。ラマルチーヌ自体、今や政治不信の渦が執政側にも革命の側にも浸み込んでいる〈疲れきった国家の腺病質の産物〉を象徴してないか。それに初心の読者さえ、この程度の夢想の力では、いつ、レオンの様に「真面目になるべき時」の為「フリュートを止め、感情の高揚や空想の世界とも縁を切った」存在に堕すか知れたものではない。

〈……以上のことにも拘らず、立派な本が書けるだけのものがここにはあるのです。〉とフローベールは繰り返している。実際、所々に青春の息吹きと牧歌的な秀景、グラツィエッラの鮮かな姿態と純な仕草等を伝える粗描の巧みさが表われる。だが、それしか残せず、悲劇の実相を良く伝え得ないのは何故か。その大きな理由は、過去への追想が生んだ作品を、彼が、若き日さながら、なお憧憬のままに書いているからである。グラツィエッラの死も主人公の後悔もこの憧憬即ちロマンチスムを、強めこそすれ弱めはしない。病源は根深く継続し、切開の機会は巧妙に回避される。この場合、ロマンチスムとは広大な無意識界で起る病いであるから、治癒の見込みは先ずない。シャルルとエンマも明らかに心のこの領域が支配的な、ロマン主義の片割れであった。（ラマルチーヌの小説とは違い、「人形」ではなく、圧倒的に「人間」を感じさせるが）真の自己を知ることができない彼らは、フローベールの手によって、悲惨に死んだ。フローベールには苦さが残った。ラマルチーヌは自身が罹病し又伝播し、訳も分からず凋落して滅んで行った。彼にエンマの死が深く意味するものを捉える用意も覚悟もない。

〈『ボヴァリー夫人』を読んで愕然としたラマルチーヌは、この結末に自分はどうしても抵抗を感じる、おかしなあやまちに比べて償いが全く釣り合っていない、とフローベールに言った。〉（チボーデ）

この発言は、フローベールの確信を深めることにのみ役立ったろう。

ラマルチーヌと並ぶロマン派の詩人、ミュッセにも同種の批判――一見鋭敏でナイーヴな感性が持つ鈍感さと空虚さ――を浴せた後、更に文学の功利性を問題にする。素材の純粋な客体化を図る彼にしてみれば当然な事だ。

〈ミュッセは、詩と、詩が補いをつけて完全なものにする諸々の感覚とを決して離して考えたことがありません。彼によれば、音楽とはセレナードの為のものだし、絵画は肖像の為、詩は心の慰めの為のものなのです。[18]〉（ルイーズ・コレ宛書簡）

王制復古派のロマン主義詩人の中で、以上の様に、蒼白い感性と紋切型の思考故に、ラマルチーヌ、ミュッセらを痛罵した彼も、同派のユーゴーからは啓示を得たと思われる。そのロマン主義理論（クロムウェル序文）はフローベールの中にも根ざしていると言えよう。ルネッサンスの巨人たち、三人の道化たホメーロス（アリオスト、セルヴァンテス、ラブレー）、劇《ドラマ》詩人シェイクスピアらは彼の感嘆する羨望の対象でもあった。至高なものとグロテスクなものとの共存を説く、ユゴーの影はこれらの先祖返りを通して、フローベールの裡にも差している。次の引用は『ボヴァリィー夫人』制作モチーフにもなるだろう。

〈芸術のこの二本の幹（グロテスクと崇高、喜劇と悲劇、人間の動物性と魂）は、もしもその枝がまじり合うことを禁じられるならば、もしもこの二本が主義に準じて、分離されるならば、全ての果実に対して、一方に悪徳と滑稽なものの抽象観念を産み、他方に罪悪、英雄行為、美徳等の抽象観念を産むだろう。……そこから、これらの抽象観念の背後に、表現されるべき或るもの、即ち人間が、又これらの（別々に分かれた）悲劇と喜劇の背後に、作られるべき或るもの、即ちドラマが取残されてしまう事態が起る。[19]〉（『クロムウェル』序文）

又、ユゴーは劇作に於いて、古典的な「場の一致」unité de lieu を打破する、「正確な場」la localité exacte の設定を主張したが、そこでは飽く迄も歴史上の人物――マリー・スチュアート、アンリ四世、ジャンヌ・ダルク等――のみが勇躍する場所の定着が問題とされており、ロマンチイクそのものである。一方、これがフローベールになると、その localité（地方色）は、はっきりヨンヴィル・ラベイ村を目指し、ヒーローの出そうもない飽き飽きする日常の場、そしてエンマやシャルルには何と相応しい舞台！が選ばれるのである。ここにフローベールのロマン主義に対する、復讐と、かつての己れの感受性の韜晦を見取ることは容易だが、ボードレールは更に進んで、その意図を、「真の賭け、一つの挑戦」として積極的に称揚している。

その意識の揺るぎない力強さと、精神の明澄さによって、ロマン派作家たちを見下ろすスタンダールにとって、ロマン主義の定義は自明なものであった。即ち、

〈ロマン主義とは、諸国民に、彼らの習慣と信仰の現状に於いて、可能な限り最大の快楽を与えられる文学作品を呈示する術である。[20]〉（『ラシーヌとシェイクスピア』）

〈……良く考えてみると、偉大な作家たちは全て彼らの時代に於いてロマン主義者でした。彼らの死後一世紀たって、自分らの目を見開き、自然を模倣する代わりに、彼らを模写している人々。それが古典主義者です。〉

〈……ロマン主義者であるためには勇気を要する。何故なら危険に身を曝さなければならないから。[21]〉

ロマンチスムの奔流の中で透徹した視力を失わず、その教条に煩わされないスタンダールと、後にゾラから、レアリスム（写実主義）やナチュラリスム（自然主義）の始祖に組み入れられることを嫌悪したフローベールの生き方には共通点がある。スタンダール流に言えば、二人とも、「危険」に応じる、各時代の真のロマン主義者なのだ。

又、スタンダールは同時代の、カトリックに属し体制派の集合である「良き文学の会」（王党派）の会員詩人たち――ユゴー、ラマルチーヌ、ヴィニー等、擬古典主義の芝居を上演する――を散文の国民悲劇の敵の中で、その一

分科として含まれるものだから、最も怖れるに足らぬとしている。この会員であるラマルチーヌは「ベール氏への手紙」で彼らの方法論を述べている。表現には古典主義、思想にはロマン主義という具合に譲歩し、美（韻文やリズム）の破壊ではなく完成を求めねばならないと結論している。そしてこの時から三十年後の「エンマの死」の描写はラマルチーヌの理解を越えた。彼のロマン主義概念からは極度にはみ出たものが、このロマン派仕立ての小説にはあり、その或る暗い大きなものに、悪い親たる我が胸を貫かれたのも知らずに。

注

（8）『フローベール書簡集』第二巻、一八五二年七月五日～六日。
（9）同、一八五三年十二月二三日（ルイーズ・コレ宛）。
（10）フローベール、『狂人の手記』。
（11）『フローベール書簡集』第一巻、一八四四年一月の終わり又は二月初め（エルネスト・シュヴァリエ宛）。
（12）同、一八四六年八月九日（ルイーズ・コレ宛）。
（13）同、一八四五年五月十三日（アルフレッド・ル・ポワトヴァン宛）。
（14）同、第三巻、一八五三年七月二日（ルイーズ・コレ宛）。
（15）ボードレール、「ギュスターヴ・フローベール氏のボヴァリー夫人」第三章（山田𣝣訳）、『フローベール全集』第一巻。
（16）G・フローベールによるルイ・ブイエ『最後の歌』序文（平井照敏訳）、第十巻。
（17）『フローベール書簡集』第二巻、一八五二年四月二四日（ルイーズ・コレ宛）。
（18）同、第二巻。
（19）ヴィクトル・ユゴー、『クロムウェル』序文、五二頁。
（20）スタンダール、『ラシーヌとシェイクスピア』第三章、三三頁。
（21）同、補論、訳注二六（スタンダール全集　第十巻）。

第三章　「没個性」の構造と肉体意識

(1)

ここでもう一度、『ボヴァリィー夫人』に戻り、シャルルとエンマの問題を考えてみたい。我々読者にとって、シャルルは、安堵を伴なう優越感を持って臨める、作中唯一の主要人物である。フローベール学校の無力な生徒、身体の外観や緩慢な動作も、ロマン派好みのグロテスクと解釈するより、人を頬笑ます（エンマをして憎悪させるが）、或いは同情を引く面を多分に内蔵している、と考えられる。つまり、どうにも困りきった代物という感が強い。破目を外さない鈍重さ、人の好さ、持て余し気味の無器用さ、善良で慎しく願う小市民生活、（オメーの現状拡張のエネルギーとその不満分子ぶりはどうだ。）人を脅かすものは何もなく、精神構造も凡庸な常識に満ちている。だが彼の幼年時代は、普通の環境に置かれていた訳ではないから、この物物しい凡庸さは少々異常である。後年、彼が恥を重ねつつ、社会で必死に処世を身に付ける様が描かれている。シャルルは殆ど無意識のまま盲目的にそれに縋って生きて行く。露疑わずエンマへの愛情に依存し、寄り掛かる姿勢と同じである。正体の分からないこと見ていたくないものには、フッと横を向く自然な防衛本能が育っている。一章で述べた父親に対する曖昧な感情の行くえがここに帰着する。

子供の頃から笑われることの多い、目立つ男であり、哀れでもある。フローベールは自分の complexe の一隅から、このシャルルを創造し、更にそれが独立した一人格の肉体を備え、歩き出すに任せたと言えよう。（ここで述べるcomplexeとはユングの原義通り、「強い感情的経験をもとにした観念の複合体」であり又「一般に無意識のうちにある記憶」である。アドラーの唱えるle complexe d'infériorité　所謂コンプレックス〈劣等感情〉をも包含する。）

〈自分の神経を苛立たせる〉存在とは、実は一番自分の近くに居る人間ではないか。どこかで自身の影をその人物に見ているのではないか。何か自己の隠しておきたいもの、又自己が既に切り捨てたものを体現している人物、最も心の隠れた柔かな所に向けて、仲間意識を強要されそうな存在、できるなら見つめずに逃げたい人間、自己の無力と無価値がその男と関わり合うだけで明らかにされる人物、決して無関心でおれないのは、一歩間違えば自分こそこうで有り得ても不思議はない或る怖れと安堵、嫌悪と憐憫の情からである。回想の教室の中に二人居た様に、世界以前の未分化の暗闇の中では繋って遊弋してるのかも知れない。

だがこの種の果てしないcomplexeの桎梏からは抜けでねばならない。この視点から見て初めて、フローベールの分身エンマがシャルルに仮借なく対した理由も頷けるのだ。実はエンマの神経自体が、この様な桎梏を生み没個性確立にはそこから脱出することが緊急な必要である、フローベール自身のものだったから。「作者は、善意の夫シャルルを不当に扱っている」という小説発表当時の非難は、確かに的を射ているが、フローベールにとっては自明の理であり、望んだ結果の姿なのだ。没個性の道に進むには、この方法しか彼の場合なかった。尽きる所『ボヴァリィー夫人』中で、フローベールは自己のcomplexeの世界を隈無く描き、その一つ〈シャルル〉の糾弾を他の誰よりも強く、専らもう一方〈エンマ〉に押しつける、手の込んだことをやった訳となる。自己の劣等意識が投影された一対象と、それを嫌悪する病的な神経（これもやはり劣等性なのだ、明らかにロマン派のもので聖アントワーヌの余波《なごり》）の相殺を同時にこの中で行っている。言わば、彼の肉体的コンプレックスと精神的コンプレックスの隠微な消滅。後者の内容は、彼の青春前後を支配したロマン派的優越感と憧憬へ、特権を持って直ちに置き換えられるが、その真の正体と行くえはエンマの末路に見られる通りのものである。優越感情le complexe de supérioritéではなく、正に劣等感情 le complexe d'infériorité として自覚を深める所にフローベールの受けた傷と時代の必然、そして何よりも彼の成熟があったということ、これは論を待たない。

〈この作品は僕を滅茶苦茶にしてしまいます。青春の残りをそこで消費してしまうのです。仕方がありません、この作品はできあがらねばならないのです。グロテスクなものであれ至高なものであれ、天性というものは首尾一貫していなければなりません。きみは僕の落ちつきぶりを問題にしていますね。残念ながら間違っていますよ。誰もこれほど心が乱れ、苦悶し、落ちつかず、荒廃したものはないのです。[22]〉

苛酷な、文体による発掘作業を通して、この仕事は完成し、晴朗な気分が彼には訪れただろうか。しかし『ボヴァリィー夫人』以後のフローベールを見ると、以前の実生活に於ける青春の象徴だった、家庭の崩壊（父・妹の死）と血縁の精神、親友アルフレッドの死も又その主因ではあろうが、彼に漂うどこか拭い難い淋しさや苦悩の印象は、このことを否定している様に思われる。この点に関して彼の後年の茫漠たる無表情は何も明かさないのだが、言うなれば自らの手で青春を締め殺した淋しさと荒廃、見定めてしまった後の虚しさ、その後に残された道を進めば、それを承知で邁進したとは言え、元来無機的な文体に没入した挙句、有機的満足味の得られぬ疲労と不毛感、これらが以後の彼の不幸を大きく形成してしまったのではないか。

その様な彼の「文体」が『ボヴァリィー夫人』では、死の〈伝記〉を見守り、進行させている。物言わぬ、象徴と暗示、比喩と洞察の「文体」。しかし『ボヴァリィー夫人』の主題が、彼の肉体に密着した実在的なものでない限り、あれ程文体に打ち込める道理はないだろう。正しくここでフローベールは、青春の総決算——complexe の切開と消滅——を図ったのだ。（私は執筆の時点にたって言っている。別にフローベールが完成後の幻滅と青春喪失の悲哀を目指した訳ではない。）残された、彼の「ボヴァリィー」以後の小説は、既に若年期に構想されていたものの深化であり目新しい主題ではない。この意味で唯一つ、「ボヴァリィー」だけが、成年期（三十歳）に達した彼が新たな意欲をもって、骨身を削り肉体を削ぎ落としながら構築した、赤裸な、内部探索の書物なのだ。シャルルやエンマをもし「外的現実」と見做す場合でも、彼を〈苦痛でわめかせるほど迄、内部に侵入した〉全作に表れる「眼前のはっきりしたモデル」中、極めて異彩な命運の輝きを放つ事実、これには目を射られるだろう。

(2)

フローベールは「ボヴァリィー夫人」の作中で、エンマに身を託し、その意識の隅々迄彼女のPensée〈想念〉を追うが、冒頭主人公かと思われるシャルルはhéroïneエンマ登場後、正確には二人の婚礼後、甚だしく後方に退けられる。第一章の（3）で論述した様に、エンマの処女期を、シャルルの観察とも作者のそれとも見分けのつかぬ、絶妙な外面描写で捉えたフローベールは、夫の任地トスト到着後、新婚生活が始まるにつれて、エンマの内面にその照準を固定する。そしてエンマの目を通して表われるシャルルの形は、食後泥酔して寝入ったり、往診の帰路、雨でずぶ濡れになったり、己れの幸運に酔って泣いたりする、凡そ腑甲斐ない姿のみである。そして、その姿を忌むべきものとしてエンマの心は嫌悪するが、この様な状況に際して、明らかにシャルルの側に作者は立たず、その時々のシャルルの心理の何の説明、もしくは弁明ももはや用意されない。ヒステリックな分身エンマを通した観察だけで、シャルルに関する限り、作者の自我（物語冒頭の「我々」nous）は参加せず、エンマの横暴さにシャルルは哀れにも蹂躙される。今度は何と不公平で非情なシャルルへの外面描写。エンマ獲得前の彼の心の逡巡をあれ程手に取る様に描いた作者なのに。例えばこれを、小説第三部一章、エンマと逢引き前のレオンへの、皮肉と嘲笑味たっぷりな描写と比べてみるといい。その往時のシャルルの無器用で重い肉体が奏する熱い苦悩へ寄せる、フローベールの確かな思い入れが感じ取れるだろう。あの時の、婚前の、シャルルの姿、生きた人間性はどこに行ってしまったのだ。結婚するや否や、どこまでも、エンマの視点からのみ見たシャルルであり、作者は明らかにエンマに加担している。

　何故、その様な措置を取るのか。エンマの処女期同様、シャルルの目をも参加させた、いやせめて婚礼翌朝の散歩時、印象的に二人を点景の様に木の葉越しに浮かび上がらせた、純粋三人称描写が、何故用いられなかったのか。確かにトスト以後、フローベールの用いた手法により、エンマの内面世界が俄かに開け出すため、彼女のそれ迄の感情教育の主要部に着意しつつ、我々は正にエンマ同様、人生の場面が一つ動き、今、新たな場に来て、そこに居る、強い臨場感が湧く。愈々《いよいよ》これから彼女の「現実」即ち「物語」が展開して行く期待が起る。つまり、視点の位置は、作者から見るシャルルの内・外面描写、又、シャルルと作者から見るエンマの外面描写、そして二人が融合する婚礼の鮮かな地方色の中での風化を経て、トストから作者と共にエンマの内部に定着する。「目」は予めそこで待っているエンマに向って歩いて来たかの様だ。以後、シャルルに対すると、フローベールの監視を逃れて、この「目」は、エンマの内面を描ききる「自由間接話法」の形を取りながら暴走するのである。

　忽然とその人格を剝奪されたシャルルが、再びその生きた心を読者に語りかけるのは、終章近くしかも満身創痍となってである。エンマの服毒頃からそれは始まり、死後その裏切りを知り、ここに婚前と同じく新たな未知の対象として否応なく、一対一で向きあわされた苛酷な時がそれだ。シャルルはエンマと「結婚」中はついぞ独立した人格と、妻に対する感慨を離れた自分だけに向けられる思考の動き、を紹介してもらえない。その唯一の例外が、皮肉にも、互いに自己の内部を見つめあったあの鰐足手術失敗後の沈黙光景だけだとは。そこでは二人の現在の孤絶状態が、内部の暗闇の中から、強い脚光《フット・ライト》を浴びて浮かび上がる。この時だけ、エンマの憎悪の極点とシャルルの重苦しい全体像〈彼の裡にも、追い込まれた想像力の、惨めな破局に向けて〈無数の仮定に攻めたてられる〉神経症状特有の動きが見られる。）両方がそれ相応の理由を伴なって、公平に現出されている。

〈「だが、あれはことによると外翻足だったのかな？」と考えこんでいたボヴァリイがとつぜん大声で言った。
この思いがけない言葉が、彼女の考えに、まるで銀の皿におちた鉛の弾丸の衝撃をあたえたので、エンマは慄えながら顔をあげて、彼が何を言おうとしたのか当ててみようとした。そしてふたりは黙ったまま見詰めあったが、お互いの顔を見るのがほとんど不思議に思われた。ふたりの心はそれほど離れ離れであった。シャルルは酔った男のような濁った眼 le regard trouble で彼女を見詰めながら、身動きもせずに脚を切断された男の最後の叫び声が、引っぱるような抑揚で、鋭い悲鳴をまぜながら、遠くで咽喉を抉られる獣が吠えるように聞こえるのに耳をかたむけていた。エンマは蒼白な唇をかみ、折った珊瑚の小枝を指の間でまわしながら、いまにも発射される二本の火箭のような燃える眸の切っ先をシャルルに向けていた。いまでは彼のすべてが彼女を苛だたせた。〉（二部一一章）

その結果、新たな熱狂によって、ロドルフのもとに彼女の心はなだれ込む。

〈そしてシャルルはまるで死にかけて、彼女の眼前で臨終の苦しみをしているのと同様、彼女の生活から離れ、永久にいなくなり、存在し得ない、無に帰したものになってしまった。〉

この、小説中盤の挿話は、以後のシャルルの更なる失墜を示すためのものとして終わる。以前にもまして、エンマのシャルルに対する生の〈扉〉は音高く閉じられ、ついに自殺近く迄あけられることはない。今度はより強化された形で、エンマの視点からのみ見たシャルルの姿が半ば無視され弱々しく、時に思い出した様にレオンとエンマの背後で、点滅するばかりとなる。作者の不平等が又始まる。しかしこれはシャルルがエンマに生前依存し出すや否や、太陽に無限に吸収される黒点の様に、無力な影の存在へと、急激に陥る作術上のあかしであろうか。多分、そう明瞭に意識した所作ではないだろう。フローベールの裡で、エンマに託したcomplexeの部分のほうが、シャルルに託されたcomplexeの部分よりも、作者の寵愛もしくは偏愛を受け、強大で優位に立っているということか。結婚という生活の場を借りて、同一時間、同一平面上に二種の自己の分身を並列さすことは、意識の力学、精神の衛生学の緊張と混乱を招く、骨の折れる作業であろう。フローベールは力業を発揮し、おそらく無意識のまま、だが少々度を越えたやり方で、この危機を打ち破る。彼らの関係を際立たせるに急な余り、一方の魂を詳細に描き、もう一方を一筆で滑稽化して原要素だけ示すのである。永久に愚弄され、へまを何よりも恐れながら最大のへまをし出かす或る型《タイプ》の輪郭を。つまり結果的に、complexeの領域で、電極の強い部分、フローベールの訴え《アピール》たい方が、他極を弾きとばす、無残な描写となって表れるのである。一つのコンプレックス・エンマが服毒したり、大病したり（ロドルフに捨てられる）すると、もう一方が、馳せ参じるのが見える。こんな時はエンマの心はシャルルに開かれるのだ。互いに向かいあったコンプレックス同士が、顔を照らしあい、傷を舐めあうのが感じとれる。傲慢なコンプレックス、エンマは己れを知らず、恋の遠征に出かけ、しくじると、決まって原点シャルルのもとへ戻って来る。フローベールのもとへではない。そこにこの小説を書いた彼の真意がある。エンマはその本性上、又、悪しき道程に向けて旅立つのだから。

〈十月の中頃、彼女は枕を背中にあてて寝台の上に坐っていられるようになった。彼女がはじめて、ジャムを塗ったパンを食べるのを見た時、シャルルは泣いた。彼女は力をとりもどした。午後には数時間おきているようになった。或る日、気分がよさそうなので、彼はためしに彼女と腕をくんで庭をひとまわり散歩して見た。小径の砂は枯れ葉の下に埋もれていた。彼女は上履きをひきずりながら、一歩一歩あるき、シャルルの肩にすがって、絶えず微笑んでいた。〉

この時エンマは彼に優しく、シャルルの、「人格」は復活され美しく輝く。

（二部一三章）

ほかの場合、「結婚」生活が始まる五章以後、前述通り、シャルルは完全に「物」として扱われている。お前はただ愚鈍な肉体であれば足りる、というフローベールの声が行間に潜むかの如くに。劇の展開が、エンマの神経〈心〉の動きに的を絞ってからは、シャルルの心など、もう作者には要らないのである。何故なら彼本来の与えられた役割は、作者の「肉体的」「即物的」コンプレックスの体現だけなのだから。そしてボードレールが夙に看破した様に、女に化けることで、自己の男としての生得の心の柔い部分が直に人目に曝され、傷つけられる怖れから解放されたフローベールは、エンマに於いては、存分にその行為の意味と姿態を語って倦まないのである。彼の観念だけで構築された、本来抽象的なはずの存在物が、その為生き生きとしている。この女が、とにかく一つの生を生き、女としてその身を世に経て行くのに引き換え、シャルルは不動の儘残り彼に人生の経験は何ものも付け加えない。象徴としての観念は、有為転変し生滅を含むが、象徴としての肉体は、イロニックな意味でこの場合不滅である。つまり観念（精神）の被授与者エンマは躍動し、肉体（物）の陰画シャルルは固定の憂き目にあう。青春の総決算を図るフローベールは主人公としてあくまで自身の思いの代弁者、発言能力を所有している「精神」の側を目指していた。観念の恥〈コンプレックス〉は肉体の恥〈コンプレックス〉より軽症な所為だろうか。一わたりシャルルの人物紹介が済むと、彼は専らエンマの感情を追い、その視線を通してのみシャルルを浮かび上がらせる。シャルルの目を通して描くと……、いやそうなれば物語の成立、エンマの内面追求は絶対に不可能だ、彼には「目」はあっても、対象を集積し、分析し、批判する「精神」が優柔不断で曖昧な感情の裡に、全く闕如されているのだから。

(3)

前節で、余りにもシャルルをフローベールに近づけて考え過ぎたと言えるかも知れない。「第一、フローベールは、あんなに間抜けじゃないよ。」という当然すぎて白白しい声が起る。如何にもその通りだ。しかし、その場合、聖アントワーヌからブヴァールとペキュッシェ、紋切型辞典に到る、凡そ愚劣と滑稽への止み難く宇宙的規模に迄達する、深く執拗な関心は、どう説明されるのだろう。シャルル的要素の中心を成す、無器用で優柔不断な影や、無力な柔順さの variation と匂いは、聖アントワーヌやブヴァールの内にも確実に尾を曳いているのである。彼らはいずれも並の間抜けではないが、シャルル同様、生命の négative（否定又は陰画）な形として現れている。唯一の例外が、フェリシテである。それ迄の間抜けとも見える愚かさの系列は、出発点シャルルから、この〈純な心〉の持主、フェリシテの所へ来ると、逆にその特質自体が堂々と崇高味を帯びて輝き出す。これは晩年のフローベールが辿り得た、一つの優れた達成なのだが、それはしばらく後に譲ろう。シャルルの裡には十全に託せなかった、作者の抑えに抑えて来た bonté（善良さ）が、ここでは誰憚ることなく溢出し、それが迫害されればされる程、その純度を高めて行くのである。

フローベールの〈愚劣なものを見ると、どうにも我慢ならなくなるというあわれな精神作用〉（ブヴァールとペキュシェ八章）の一端を探ってみよう。

〈食卓をはなれサロンに移る。フローベールが「サロンの白痴」を踊れといわれる。彼はゴーチェの燕尾服を借り、取り外し式のカラーを高くした。すると彼の髪の毛といい、姿といい、人相といい、彼がどういうふうにしたのか知らないが、ともかく忽然として彼を精神遅鈍症状の見事な一枚の漫画に一変させてしまった[23]。……〉（ゴンクール『日記』より）

〈数日前のこと、僕は三人の白痴女に出あった。……ふた目と見られない連中だった。醜悪さと愚鈍さとで胸がわるくなるようだった。……女たちが僕を見かけた時、好きだという意志表示をするためのしぐさをしはじめた。ほほえみ、手を自分たちの顔に持ってゆき、僕に接吻を送ってよこした。……（ポン・レヴェックの低能の娘が）初めて僕に逢った頃、彼女もまた僕に不思議な愛着を示した。僕は痴者と動物を惹きつけるんだ。僕が理解してくれると思うからだろうか、僕が彼等の世界に関係があると感ずるからなのだろうか？[24]〉（ル・ポワトヴァン宛、一八四五年　五月二六日、ジュネーヴ）

後者の手紙は、彼の神経症発作が未だ完治していない時期（二十三歳）であることを考慮しても、なお重味がある。この白痴女たちから親愛感を持たれる謂われは何だろう。これはおそらく、あの大病を経て、揺るぎないものと成りつつある彼の没個性の枠内に、人間一般が持つ攻撃性が収められている確かな証明なのだ。何もしようとしないその心の前に、彼女らは心を開いている。それは又フローベールの裡にも、無意識に心を開く用意がある事実を告げている。彼らは共に、視線――「ブルジョワ的な」視線を免れている意味に於いて、同類の無力さを持っており、それ故、互いに傷つけあうことはないのだ。この心的傾向は幼年期迄遡る。

〈少年は、もの静かな冥想的な性質で、また純真でした。この面影は彼の生涯を通じて残っていました。祖母（ギュスターヴの母親）が私に語ったところによると、彼は指を口にいれて、まるでばかの様な――l'air presque bête――恰好で、気をとられたまま幾時間でもぼんやりしていることがあったそうです。六歳の時でした。………（詰まらぬことで召使いにからかわれて）ギュスターヴには騙されているのが分らなかったのです。そして笑われると、なにかうすうす感じながらも、思い沈んだ風をしていました。〉(25)（コマンヴィル『懐しき想い出』）

この六才の少年は、意に反してそんな間抜けな姿勢を取らされている自分の姿を、「なにかうすうす感じながら」早くも見ているのではないか。dédoublement の最初の兆しかもしれない。何《ど》の道「思い沈んだ風」は印象が強い。心ここにない没我状態、これは傍目からは白痴とも思える。鋭敏な人はそれ故に世に身を処す場合鈍く見える証しか。時としてフローベールの没個性——文体、にもその影が差す。それと共に、この少年は恵まれた環境にあってなお自身の不思議な孤立を知っている。初期作品（十七歳）「スマール」の次の一節は、明らかに、エンマが見る「火の色をした小さな玉」(26)と同じく、熱い神経症状の一つだが、ここにも人間のぎりぎりの孤立風景が描かれている。

〈(未開人)
或る日、夢を見たのか、ほんとうのことだったのかわからないが、木々の葉が突然くるくるとくるまって、その先に赤い果しない平野が見えた。背景には金色の丘があり、人間たちがその上を歩いていた、彼らは衣服をまとっていた。ところが私の体は裸なのだ。体が弱っているのを感じている、わたしの上に雪が降りかかってきた、寒かった。体に何か掛ければ、ずっと暖くできるだろうに。自分の姿を眺めると、恥しさで赤くなる。どういう訳でこんなことになったのだろう？〉(27)

最初の神経症の発作（人事不省）直後、自身の肉体の無様な姿は、突き放してこう語られている。

〈……あやうく地獄の神々に逢いに行くところだった。僕はまだベッドに寝ている。排膿器を首に巻いてね。国民軍の士官の首当てよりも良く曲がらない首当てのようになっている。無理矢理丸薬と煎じ薬を飲まされ、世のあらゆる病気よりも悪質な、食餌療法と呼ばれる幽霊と同居している。〉

〈オレンジの花からとった水で酒盛りをしている。丸薬を飲むことなんか気にかけてない。洗滌器でソクラテス風にしてもらい、皮膚の下に首当てをしている。何と快楽をそそる毎日ではないか。ああ、僕は何ともうんざりしてしまった。〉(28)

以上の数例の引用はフローベールの姿を卑小化するのが目的ではない。彼は何よりも偉大な作家である。彼は絶えず二元論の世界に身を置いた結果、（引用からも知れる様に、そう強いられたのだが）愚劣、滑稽な物事にかけては巨匠なのだ。フローベールは自己の内に心弱い白痴、シャルルを（フェリシテ、ブヴァールを）飼っていたのだと言えよう。彼らは、故知らず孤立し疎外されている作者の心だけが辿り得、同じく自身のもとへ収受できる孤独な失格者たちである。この点、ラブレーの息子であるフローベールが嫌悪したのは、けち臭い水で薄められた愚劣、自己防衛を伴うブルジョワ的典型のそれである。利口ぶるだけ小うるさい間抜け、十九世紀の最大公約数である、定めなき〈民衆の声〉(29)である。フローベールにとって、憎むべきブルジョワ精神とは、特定の層や階級にだけ向けられたものではなく、人間のある普遍的俗悪さの一状態を指した。即ち、『ボヴァリィー夫人』の中で具象化された酸鼻な世界である。

白痴的な者ら、シャルル、エンマは、彼らのブルジョワ的視線に八方を塞がれ窒息し絶命する。酷い死。フローベールは二人を媒体として連中を攻撃した。犠牲は身内から絞り出す。しかし、エンマ自身、悲劇の女主人公として、豊かな資質と可能性をそなえながら、自身の紋切型の気質と反応、又当時の風俗思潮に、どっぷり漬かっていた。彼女の夢想の核心はロマンチイクなものだが、その正体は既に二章で見た様に、ラマルチーヌらの亜流で「蒼白いリリスム」「月並な感興」に実は過ぎなかった。生の根本改革には到らず、ただ現状不満の叫びだけが、周囲の劣悪さの中で燻ぶり続け、それがエンマをエンマ足らしめる所以だが結局、自身の業火に炙られ、臭煙に巻かれて死んだ。白痴シャルル同様、生命のネガティヴな主人公にふさわしい。

それではエンマの何処が我々を惹き寄せるのか。やはり不思議な孤立の姿故にと言えよう。白痴が我知らず一人きりの様な孤独を、原点としてエンマは持っている。フローベールが生命の基盤に据えた、この不適応性、ちぐはぐさ、grotesque の境界に於いてのみ、エンマはラマルチーヌらの子であることを拒絶する権利を有するのだ。

フローベールは、極めて個人的な事象である原初の熱い叫びや傷の痛みを、或る普遍的な心の孤独、生まの肉体に宿る根源的淋しさに迄深め、冷徹で確信に満ちた文体の中からそれを語ったのである。

(4)

白痴や間抜けのすぐ傍らに、フローベールが居ることを明らかにして来たが、彼は断じてブルジョワ精神の横にだけは並ばないのである。しかしここにブルジョワ精神を排撃するが、彼自身その階級のより成功を納めた典型的一員に属するという事実が残る。クロワッセへの隠棲も、現実の社会生活に於ける自らの階級の弱点と醜悪さを知悉した人間の、積極的逃避であるが、同時にブルジョワの富裕さ自体については、さほど抵抗なくその恩恵を享受している。これには作家自身に、かの地での神経症の、療養という大義名分が、幸運な偶然となって、自意識上引け目を減ずべく働いていよう。だが「ボヴァリィー」執筆中、作品自体や自己の能力に対する疑問と苛酷な精進への喘ぎは、書簡中（特にルイーズ・コレ宛）に充満していても、あれほど何につけ、卒直に真情を吐露する彼にしてみれば、その階級に言わば寄生している自己の存在形態について、（社会的見地からの根源的な疑惑が、）ついぞ洩れないのは病気を考慮しても、やはり少し不思議な気持にさせられる。

このクロワッセ転居を命じたのは父親であり、ギュスターヴは彼の采配には無条件であって、反抗らしい形跡は生前に無いのである。（パリ大学でもその意を汲んで法科に進学、等々）或る意味で頭が上がらぬ、もしくは上げようともしないのではないかとさえ思える。彼の伝記の不思議な空白である。サルトルはここで、クロワッセに関して、それはギュスターヴが自ら手を汚して得たのでなく、父が患者たちから得た金で買った土地である事実を挙げ、〈資産の源は――汗であろうと血であろうと――大したことではなく〉この父から子へと一旦〈譲渡〉という形を取れば、〈黄金は高尚なものとなる〉としている。

〈獲得された場合には、富は不完全で、厭わしくてさえあるものである。だが譲渡されると、富は開化し、人間的なものとなり、贈与は富を変質させ完全なものにし、かくて富は、相続人の手中において、精神的完全さに到達する。今はなき主人は黄金の雨となってその従僕の上に再び降り来る。従僕（ギュスターヴ）はこの正貨たる聖餅を拾いあつめる。この聖餅を通じて彼は今は亡き人の化身となるのではないがその権力の受託者たる使命を受ける。彼は今度は自分の方が変貌する。それまでは、何の必然も身に受けぬ存在として、彼は目的も理由もなしに生きていた。その時ひとりの死者（父）が畏敬すべき大様さ générosité をもって彼を名指し、不屈な最後の意志によって生きることを彼に委任し、その意志は彼に貫入し彼に根拠を与える。今や彼は祝聖されたのである。〉[30]

ここには、父アシル＝クレオファスに命令され、支配という名の保護を受け、「臣従」関係を自然に受容する、子ギュスターヴの姿がある。この比類ない意識の人は、この関係の正当性については聊かも心を労し、疑うことがない。まるでフェリシテがオーバン夫人やその二人の子供たちに意識の介在しない無上の献身と満腔の愛情を降り注ぐのと同様だ。それは恋愛にも表れる。フレデリックがアルヌー夫人に。シャルルがエンマに。マトーがサランボーに。サルトルはこの「臣従」もしくは「献身」の感情をもってして、フローベールが、時代の支配的意匠「同胞愛」に対抗したとする興味深い考察をしている。

〈一言でいえば、息子フローベールは一方では、ブルジョワ的功利主義（利己心）と、他方では、社会主義と、つまり二つの戦線でたたかう。……（空想的社会主義思想）が彼の気にさわった所以は、それらの思想が〈種〉の共通性の名において貴族的な贈与を否定している点である。………フロベールは相互扶助を犠牲の形でしか理解しなかった。……〉

ブルジョワの富裕、父の擁護、この人生の根底を決定し、生き方に大きく作用する生の陥し穴を、フローベールは無傷のまま、〈恩寵〉の音楽に囲繞されて通り抜ける。先に、意識の人といったが、彼にとって主要なことは全て、その意識を放逐した世界で起る。

シャルルやその甦り、成長しより純化されたbontéを備え、初めて正当な発言権を所有した原肉体コンプレックス・フェリシテの無意識、サルトル流に言えば、恩寵としての〈心の貧しさ〉はフローベールのそれと通じ合い、没個性の中心に坐っている。この無意識は、個人を離れた、いや超越したという意味で、普遍的、没個性的と名付けても良い或る強く濃い感情だが、特異な単純さsimpleを要する点、やはり極めて個体的なものに根差している。シャルルやフェリシテにはこれが生来恵まれ、人格全体を統合しているが、複雑complexeな人フローベールは、己れの心の一隅から、彼らの創造を通して、それを希求し、確信した。その没個性は、積極的に、位相の上

の者に働きかける一定の方向性を帯びたものである。（父に、オーバン夫人に、等）

〈下から上への封建的な関係は、汎神論的恍惚とふかい親近性をもつ。人は調和的「全一」un Tout の中に自分を喪う。自己であることを拒絶することによって自らその「全一」そのものとなるのである。〉（サルトル）

フェリシテは、ヴィルジニーの聖体拝受の際、この娘になりかわって魂の至福を感じる。〈真の情愛が与える〉、〈想像力〉の翼を彼女は持っている。

〈自分自身がこの子供である様に感じられた。お嬢様の顔が自分の顔になり、お嬢様の衣裳を自分が着ており、お嬢様の心臓が自分の胸の中で打った。両のまぶたを閉じて口を開く瞬間には、あやうく失神しそうになった。翌朝、早くから、彼女は教会の香部屋《こうべや》へ出向いた。司祭様が彼女に聖体をさずけて下さる為に。彼女は敬虔にそれをいただいた。しかし同じ様な法悦はそこに味わえなかった。〉（「純な心」三章）

フェリシテの人生は、その不幸な生い立ちにも増して、「献身」への夢が次々と消えて行く。その道程は長い間に亙《わた》り、シャルルより苛酷だともいえる。甥っ子ヴィクトールの死、ヴィルジニィの死を経て、〈動物的献身と宗教的畏敬をもって奥様を愛し〉、又〈心の善良さが発展した〉結果、献身の対象は、もはや位相の上下を問わなくなる。だが、オーバン夫人の死、やがては最愛の鸚鵡ルルーの死、と彼女の bonté が完成し félicité《フェリシテ》（至福）になる裏には、一枚一枚その生身を裂く様な苦痛が伴う。聴力を徐々に失って行きながら、そして〈思考の小さな輪が更に狭まっ〉ても、ルルーの声だけは彼女の耳に達していたのだが。元来、フェリシテの知力は、地図の上に、南米のヴィクトールの肖像さえ、見ようと期待するほど、限られていた。それと共に、死んで横たわるヴィルジニィが、両目をあけても大して驚かなかったろうと迄その揺るぎない特質が付言されるのだ。

〈この様な魂たちにとって、超自然的なことは全くあたりまえ simple なのである。〉

フローベールの無意識界へと傾斜する心の坂道には〈白痴〉や simple（純な）ものらの影が、里程標として立っている。

この視野が狭く、心貧しい故に、自分なりの天国を持っている下女は「献身」の中に、即ち、不自由さの中に生きる時、生じる充実し緊張した喜悦を知らぬ間に立証したのである。これは、フローベールの肉体が縛られる痛苦が時に「存在」の歓喜に打ち慄える、あの「文体」への献身と呼応する。相方とも、その無心と自覚を問わず、自己犠牲の比類なく深い内的自由が溢出している。

彼が文体の望み得る最良の一句を見い出す瞬間も正しくそうに違いないが、個性がある沸点迄行って消滅し、対象と一体化する様が遂に訪れる。

〈ジュリアンは、自分のからだで男をすっかりおおいつくした。唇は唇に、胸は胸に触れあった。
するとﾞ癩の男は彼をだきしめる。瞳はさっと星の輝きをおびる。髪は陽の光のごとく伸びてゆく。鼻からもれる吐息はバラのかぐわしさを思わせた。炉床からは香が雲のようにたちのぼる。川の流れは歌うように響いた。そうするうちに、あふれるばかりの法悦がうっとりとなったジュリアンの胸を洪水のようにみたしていった。地上では味わいがたい歓喜の瞬間であった。自分をだきしめている男はどんどん大きくなってゆく。ますます大きくなって、頭と足とが小屋の両面の壁にとどいてしまう。屋根はとんでいった。空がひろがってゆく。――そしてジュリアンは青々とした空間めざしてのぼってゆく。彼は、主イエスと向かいあっていた。主にいだかれたまま、空へはこばれていったのである。〉（「聖ジュリアン伝」）[31]

人間の原罪の支配を背に受けているかの様な、野生の肉体の憂悶と親殺しの罪に怯えるジュリアンも又、心貧しい若者であった。苦しみに身を裂かれる彼が、真に解放されるこの終章の引用の瞬間は、先に引用した、フェリシテがヴィルジニィの聖体拝受を彼方から見つめている時の心の動きに近い。そこでは想像力が、実際の二人の距離や心の障壁を取り外し、ぐんぐん拡がって、信じている対象と（それは単に子供でも神でもいいのだ。）抱擁し合い、個はその意味を失い耐えきれず、失神しかかるのであった。

更にフェリシテの臨終を見てみよう。

〈青いもやのようなものがフェリシテの部屋にたち上って来た。彼女は鼻孔をさしだし、神秘な官能にとらえられてそれをかいだ。それからまぶたを閉じた。唇は微笑んでいた。心臓の鼓動は一つごとにゆるやかになった。その都度よりかすかに、より静かになった。泉が枯れるように。こだまが消えて行くように。そして最後の息を吐き出した時、半ば開かれた空の中に、巨大な一羽の鸚鵡が、頭上を高く、舞っているのを見たと思った。〉（「純な心」五章）

フローベールの没個性は、シャルルの死から始めて、生涯の終わりにここ迄来た。至福の度は遙かに高まっている。シャルルはエンマの中に正しくエンマしか見なかったが、フェリシテは鸚鵡の姿に神を見る。「没個性」が成就される今はの際に、その純で一途な求めに応えて、神が聖鳥となって顕われるのである。法悦に満たされ、イエスと共に昇天するジュリアンの歓喜にも、一点の曇りもない。シャルルとエンマの場合、所詮、一番《ひとつが》いのコンプレックス同士が齎した悲劇なのだ。シャルルの死には、その結果、晴朗な気配は漂わず、むごい印象が残る。〈思春期の少年のような息苦しさ〉は幸福というより未だ彼を悩ます不安な苦しみと解せられる。他方、フェリシテやジュリアンの中には、作家の幼年の思い出や中世伝説の舞台を借りて、今は既に伝説となった曾ての肉体コンプレックスが縦横に躍動し、苦闘の果ての幻の様な美し過ぎる救いの死を、作者は彼らに捧げているのだ。

(5)

〈純化〉の味わいを深めて晩年に到達された、彼の没個性は、その当初から、虚心を著しく志向したため、文体空間の多様な色に染まる性質を帯びていた。フローベールの文体が、凄絶な意識の格闘の結果、生まれたものであっても、一度それが、紛れもない文体の〈形〉forme を強く示すと、そこには、様々な人物の肉体が、従って確固とした心理が、自在に浮かび上がり、又、森や湖、日々や四季の移ろい、街の喧騒も写し出される。底が深い、海の静かさを湛えた、不動の鏡の如きものとなる。見た目にはフォルムは自然に動き出す。全てを支配する緊密な内部の配慮による独得な流露感。時が立ち、場面が変われば、主人公は、何物かに運び来られたかの様に、その場に居るのである。「ボヴァリィー夫人」、加速度をつけて狂って行く、エンマの姿に慄然としながら、他にあり得ぬ、場面の必然を疑えない。昼間、追いつめられた借金の勘定計算に混乱するエンマが居る傍ら、血腥く淫らな本に一人読み耽り恐怖に襲われる深夜の狂女が現われる。更に乱痴気騒ぎで一晩中、踊り跳ねる仮面舞踏会から、夜明けの港町の薄汚い料理屋まで、いかにもエンマはその場にいる。この場面の移動に、作者によって繰られている気配はまるでない。文体の没個性が何ら強いる性情を持たないためか、無気味な現実性がある。真実の裸形の姿が、一人立ち上がり、強い力で、我々に、エンマの後を追わせる。この時、作者の感情も、又その反映である「文体」も、全てが流れ通り過ぎ、全てを強く定着させる、無機質の光芒を放つ或る発光体そのものである。

没個性の極限に近づくこの作用は、その出発時にどのような光景を取るか。

〈例えば今日、僕は男であると同時に女、情人でありながら情婦ともなって、秋の昼下りの森の中、黄ばんだ葉叢の下を散歩しました。更に、僕は馬でも葉叢でも風でもあり、彼らの言い交わす言葉、愛に溺れた彼らの瞼を半ば閉じさせる赤い太陽でもあったのです[32]。……〉

この深い没個性、自然との一体化による開かれた無の空間は、西洋の美意識から、フローベールが惹かれた東洋に歩み寄る。その中に一旦、身を置けば、空気が慄えて一齊に鳴り出すような、張りつめた充実感に脹らんでいる。ここからランボーの〈我は他者である〉Je est un autre——他者の無限の流入を許す——迄、あと一歩である。〈「私は思う」ではなく「私は思われる」と言わねばならない。〉

しかし、この他者と溶け込み、対象と一体化する方法論が前面に押し進められると、主体の自我そのものが済し崩しに消滅する危機が、〈絶対〉と目前で対決した場合起り得る。完膚なき無力感へ、急速度に陥没してしまう様がフローベールの裡に見られる。精神（形而上）の覇者たらんとする時、どう仕様もなく生起される負の一面が、欲情の激しさをもって呼び出される。（汚物愛好、残虐、愚劣への止み難い嗜好と同一論理をもつ。）〈物質になってしまいたい〉という、聖アントワーヌの終幕の叫びは依然謎であるが、フローベール自身はこれを「敗北」と意識していた様である。「意識の傀儡」、無力極まる、ブヴァールらの存在も何よりもの証明である。

拡大され、自由に他者と出入りする没我の陶酔と、正しくその負の状態、絶対認識への欲情によって解体し、皮を剝かれた意識の苦痛、即ち非人称の灼熱地獄、とが交叉する魂の二律背反性はフローベールに必至のものであった。今や、彼の没個性自体が、一つの、巨大なcompelexの輪であると言える。そしてこのcompelexの発光体は、熱いカオスchaos、となって、天体の運行のように彼を導くのである。

フローベールはその生涯の終わりに、トロワ・コントの世界で、解放される没個性に身を任せながら、（シャルルより優れた達成、フェリシテ、又、聖ジュリアン）一方、その没個性の両刃の剣、融解して行く一面、ブヴァールとペキュシェの観念絵図の地獄の中で倒れた。simple希求が、天上への道に通じる険しくむごいが優しい梯子であることを、実際は凡そsimpleでない自己の、観念本体を抉る、地上の泥土を転がるに等しい操作のさ中で、ふと示した。そしてこのあたりまえなもの（simple）への親近は、彼の晩年を強く照らす。（書簡を通して、又、カロリーヌが伝えるように実生活の中で。――あの人たちは真実の世界にいる。――という確信。[33]）

だがその遺作『ブヴァールとペキュシェ』の中では、不幸な、観念のオートマティスムが未完のままなお残されている。そこでは、simpleが蒸し風呂の中で引き延ばされて、苦しいmonotone（単調）に変じてしまった。しかし、ここで西洋的自意識の一つの極北の姿を、又、時代の愚劣と悲惨の象徴を、最後に彼自身の心の中のcomplexe――〈悲しいグロテスク〉の発展系列――から誠実に描出したフローベールは、ボードレールと並んで、やはりこの時代、十九世紀中葉の殉詩人というにふさわしい姿のまま、存在し続けるのである。

(6)

フローベールの全作品に流れる主要人物群の感触を探れば、多少のニュアンスの相違は見られても、結局は明瞭な二種の型に還元され得る。即ち、シャルルの系列かエンマの系列を引くもの、又はその混淆となるものである。例えば『感情教育』のフレデリックを見てみよう。彼には、どこか分を知ったエンマという趣きがある。先ずこの両者の共通項として、生みの親フローベールに備わっている真の自己向上力、又は下降力（デカダンス）が齎す、苛酷な時に砂を噛むような自己認識の不足が挙げられる。フレデリックはチボーデの言う、「フローベール」マイナス「文学」であるとすれば、エンマは「文学」マイナス「フローベール」である。従って「教育」の主調を成す〈凡庸の叙事詩〉の調べは、散漫な生の歩みの内にも、空虚な死がフレデリックの行く手を照らし始めた辺りで静かに鳴り止む。しかし、作中にはフローベールの若き日の、特に大病以前の敏捷で匂やかな男性の肉体と生理、又、過敏な神経、就中アルヌー夫人に対する誠実故に大いなる曲線を描くに至る、恋の憧憬等々が活写されているはずである。〈生きるとは私に適さぬ職業〉というフローベールが渋々とそれでも愛着をかなり込め、エンマよりはくだけた形で、自己の資質を生きさせてみた一巻の報告顛末書、その中へ、当時十九世紀半ばの世俗の大海を泳ぐにふさわしい程に、身の丈を低められ（即ち理想の欠如）身軽にされた（即ち《目》の重荷の解除）フレデリック青年が放り出されている。どうやら大体に於いて無事に人並に彼はうまくやってのけている。紋切型の愛らしささえ備えて。成功の甘さも失敗の苦さも。要するに彼は普通の人間というもの自体の存在がもしそうであるなら（と、フローベールが考えたかどうか知らないが）正しくそのあるべき姿に於いて、凡庸の哀愁を帯びているのである。理想〈夢〉に殉ずるには資格と魅力が欠ける一方、その失墜から来る荒廃と破滅の呪縛からは当然逃れ得ている。ただ空虚な喪失感、心ならずも凡庸に殉じた自己に流す、ある意味で誠実な涙が最終頁を潤すのである。エンマと異なり、裏切られた夢の末路が、彼にとって物理的死を意味せず、人生の丁度折り返し点に立ってもう一度今では夢となった過去へ心はもどって行く。夢の淋しい反芻であり、常に変わらぬ大多数の〈あの頃が一番良かった〉嘆きである。フレデリックに我々はシャルルに対するのと同じく、同情心と微笑ましさ、優越感すら幾分味わってしまう。彼の肉体は人を畏怖させせない。心情の高貴さと投げ遣りが結果として安定した凡庸のトーンを形成している。シャルルにある完全無欠なお人良しぶり、間抜けさから来る、何か知らぬ不吉の影は感じ得ない。優柔不断を両人はレオンも加えて、共有している。エンマにはこの親しみやすさが殆どない。修道院の躾と慣習に反抗する、枠にはまらぬような一人ぼっちの所だけ、感じる人には感じとれぬこともないが。高慢な官能の中に未熟な子供と魔性が潜み、何かある種の邪悪な翳が光を閉ざす。冷たく醜悪なもの。それは愚かなフェリシテの肉体にはなくて、悔悟の前のジュリヤンが身に付けている汚れた喜びだ。親密な肉体と往々にして美の体裁は取るが邪まな精神。この二つがフローベールの小説中の人間或いは自然描写の基調を成しており、グロテスクの極みに於いて非人間的な光芒を放射している。最後にこの二つはエンマを除いて作者により祝聖を受けるのだが。

Intimité（親しみ深さ）は、彼自身の肉体に関するこだわりから生まれている。若年の日、全てを凍らせた神経性癲癇の発作。精神は天上を渇望しても肉体は地上を這いずり汚泥を舐める自棄と無力な日々。白々とした空間の裂け目から夢に覚めた肉体が熱に焼かれた意識で現実と出会い、一方無関心〈impassible〉な現実が発作時そこにただ放り出された無意識の肉体を蓋っている。現実と肉体の奇妙な断絶、又、相互間の認識にこめられた残酷な侵蝕作用。彼の姿を真実に写し出す書簡の声は、この二十二才の事件を契機として徐々に変貌する。一度は人間意識の限界、奈落ともつかぬ最低辺に転落し、暗闇を蠢く手負いの獣のように咆哮した年月、あれ程確執した〈自我〉を逆にその不在の切なさへ、その瞞着から生まれる情熱の虚偽をかえって晴朗な空白へと帰せしめた年月、それらの重量が積極的締念を育て、〈肉体〉に悲哀の色を帯びさせながら、それを我々の手の届く所、Intimitéの範囲に置くのである。特に自我不在の悲しさはシャルルに、その晴れやかな空白はフェリシテに満ちている。そしてフレデリック共々、悲哀の感触が肉体全体に行き渡っている。

中世の観念劇、汎神論風の舞台では、北方フランドルの〈農村〉画家ブリユーゲルに手引きされた、聖アントワーヌが、生生しい肉体的欲望、七大罪の貪欲な再確認と自己制裁に今更の如く「地方意識」そのまま振り回されている。フローベールは生涯に三度、飽かず、この愚直な肉体探索の書を書いている。

他方〈思想〉小説、『ブヴァールとペキュシェ』に於いては、妙な具合の二老人、宇宙人のように頭の大きい抽象人が、彼らの衰えた肉体意識を〈頭脳〉の領域に振り分けて、実りない諸科学の遍歴に、真昼の白茶けた背景の中、空しい堂々巡りを続けている。頭脳は一時燃えたつが、当時流行科学の劣悪さと町の貧弱な人間環境の中で窒息し即座に精彩を失ってしまう。

これらの二書、中世の愚劣を描いた後（一八七二年）現代社会の愚劣に身を挺して臨んだフローベールは、人間の愚劣とは即ち肉体の愚劣であると知っていた。悲しいグロテスクの感覚をその肉体の奥深い所で辛く捉えていた以上、聖アントワーヌもブヴァールらも実は我々の手の届く所にいる。ただ彼の徹底した肉体への固執が「精神」を徒らに待望する我々の接近を阻む。彼の精神はあくまでも肉体と臍の緒の切れぬ、負の意識を帯びた実体であり、その単調ながら裸形の作品世界では、スタンダールの小説の純粋な精神の躍動とカタルシスは無縁である。重く無器用な肉体の粒子が細片のまま連綿と繋がり、文体の中で一様に推敲され屹立し、特異な美を投げかけている。だが彼の肉体は依然としてそこに難破したままである。

美姫サランボーはフローベールのロマンチイクな憧憬の対象を象徴し、そこに歩み寄る血まみれな傷者マトーは作家の現実の重厚な肉体そのものを表わす。美を求める文体の苦闘にも等しい。対象に触れるや否やマトーは凄惨な姿で絶命し、美神（憧憬）自体も、一瞬に消え去る。サランボーのイメイジは静かな月光であり、マトーの肉体だけが熱いが、この第二作目の小説は歴史の非情か全体として冷え冷えとした力が感じられる。前作、『ボヴァリィー夫人』同様、何もかも消滅する風化の書には相違ないが、信ずる美と共に殉じたマトーの最後には肉体のカタルシスとも言うべきものが残虐さを通して在る。少くとも現代小説『ボヴァリィー夫人』の結末の暗い救いのない地点より、一つ舞台が回ったのだ。未だ天上界を望むべくもないが。

《……すぐさま外部のあらゆるものらは消え失せて、彼女はマトーしか見ていなかった。ある沈黙が彼女の魂の中に起った。全世界がただ一つの思い、一つの記憶、一つの眼差しの切迫の下に消滅してしまう、あの深淵の一つであった。自分に向って来るその男が彼女を引きつけた。

彼は両眼を除いてもはや人間の外観を呈してなかった。それは一つの長い何処から何処まで真赤な形をしていた。〔……〕その哀れな者はいつまでも歩いていた！》（『サランボー』XV）

ここで、ロマン美の体現者であり、フローベールの〈精神〉に関わるサランボーは、半人間の無残な肉体マトーを見ていない。唯一度交わした天幕中の抱擁の思い出、かくあれと願う過ぎし日の益荒男振り、無傷の損なわれぬ肉体を偲んでいる。あたりの沈黙の中、群衆は消え、精神が肉体を見つめ、互いに照らし合う、苦行のさ中幸福な結合の一瞬。苦悶する肉体は静かな眼差しの下で絶息する。二元に分かたれた作家の内の両要素が空宙に浮かび交感するこの音楽にも似た光景は、アルヌー夫人とフレデリックの間にも夜空の花火のように飛び交い、美しい橋を掛けている。シャルル・エンマ間では頑なに削除された橋を。

屈強で豊かな十代の肉体、自らバイキングの子孫と称し、〈ローマ軍団と戦ったガリヤの若い隊長たち〉に似た風貌。求心的で特異な形を示しながらロマン派風憂愁のやはり落し子であり、絶望や懐疑自体さえ瑞瑞しい青年フローベールを想像してみる。だが余りにその精神と肉体の鬩ぎ合いが表現の余裕と客観的自立性を奪い、遂に完璧な作品は書け得なかった時代でもある。

《それはルネの悩ましさではなく、月の光より美しく銀色に光る彼の倦怠の天空のような広がりでも決してなかった。私はウェルテルのように純潔ではなく、又、ドン・ジュアンのように放埒でもなかった。どの道、余り純粋と言えず、かと言って奔放な訳でもなかった》（「十一月」）

フローベールは同時にラマルチーヌ、ミュッセらの蒼白い感性、紋切型の思考からも逃れている。彼の精神は内部に嵐を湛えてただ輝いている湖面であった。二十歳前後の作、『十一月』を読んで響いて来るのは生な彼の肉声であり、強靱な精神の展望ではない。精神は終始肉体の支配を受け、その感化を蒙っている。肉体が未だ崩壊せず良く過信に耐え、(その為呪わしくなる程だが)見事な輝きを周囲に放つ時、その光の中央に居てその恩恵を自己が一身に浴びる事実には無意識だからである。フローベールの場合、精神が精神の声を聞き、それを純粋に抽出するのは逆説的に肉体不在の時、その酷使と犠牲の意図的時間の中であり、それは「一時の死」の際、祈願されるものなのだ。文体の歯止めが効かない十代の悲痛は又遅れて来たロマン派のみが良く意識し得る事であった。この時、前述した神経症の発作が二十二才で彼を捕え、身動きの取れないそれ迄の肉体と精神双方の関係を一変させた。肉体の過剰が崩壊へ向かう危機に彼は恐ろしく怯え、たじろいだに違いない。発作時の金縛りにあう肉体の苦痛は、追いつめられた精神が何らの表現も取れないまま宙でもがく、盲目の姿となって後年、彼の邪悪な分身中へ具現される。いや少くとも彼の病がこの描写の強力な肉感性の有力な根拠になっていると言うべきだろうか。既に十分、他界の光景である。

《日が暮れかけてきた。鴉《からす》のむれがとんでいた。とつぜん、火の色をした小さな玉が炸裂弾のように空中で破裂し、平らになって、くるくる廻り、木の枝の間で雪のなかに消えて行くように思われた。ひとつひとつの玉の中央にロドルフの顔が現われた。玉の数がふえ、近づいてきて、彼女の身体のなかに入ってきた。するとすべてが消え失せた。彼女は遠くの霧のなかで輝いている家々の光をみとめた。そのとき、自分のおかれた状態が、深淵のように、見えてきた。彼女は胸がさけるほどあえいだ。…》(『ボヴァリィー夫人』二部八章)

《ジュリヤンが今までに追いたてた獣たちが全て現れて、彼のまわりにぎっしりと輪を作った。臀をついて坐っているのもあれば、丈一杯に立っているのもある。彼はそのまん中に、恐怖に凍てつき、いささかの動きも取れず立っていた。最後の意志を奮いたたせて、彼は一歩進んだ。木々の上に止まっていた鳥たちは一時に羽を広げ、地を踏んでいた獣たちは手足を動かした。あらゆるものがジュリヤンにつきまとった。………鳥獣たちの陰険な素振りの中にある皮肉が透け見えた。みな横目で彼をうかがいながら、復讐計画を練っているようだった。すると昆虫の羽音に耳が痺れ、鳥の尾羽根に打ち叩かれ、獣の喘ぎに息が詰まり、ジュリヤンは両腕を突き出し、両眼を盲人のようにつぶって歩いた。もう神に「お許しを！」と叫ぶ気力もなく。》（『聖ジュリヤン伝』Ⅱ章）

エンマはこの後、シャルルのもとへ、近親憎悪の身動きとれぬ空間の中へ、服毒した身をただ横たえに戻って行く。他方ジュリヤンは一切の殺戮の最大の元凶、親殺しを犯しに館へ夢遊のまま吸い込まれて行く。引用中の耐え難い肉体の閉塞と精神の圧迫の絶頂後、脱力状態が訪れ、肉体は弛緩し平衡を失う中で、この二つの凶事が起る。フローベールに癲癇の発作後見られたのは意識を失う仮死状態であった。人間の心の暗い不明な時間に、エンマは、強迫観念の大本の由来者に看取られて死に、ジュリヤンは彼の強迫観念を遂行すべく、狂乱する。以後彼はエンマのように我が身が滅ぶかわりに生ける屍となった心を苦界に引き摺り、肉体を激しい責苦に晒す。それは永劫に続くかと見ゆる時間の洪水であり、無限の夜の暗闘であった。ジュリヤンは、〈自分にあの所業を課した神に対して反抗の心は抱かなかったが、しかしそれを犯し得た我が身に絶望した〉のである。嵐の中、癩を病んだ男を舟にのせ、〈今していることは或る大事なことであり、背いてはならない命令のように〉考えている。ところでこうしたジュリヤンの自我意識の動きはフローベールのものであり、書簡集の中に、これと似た比喩や言い回しを探すことは容易であろう。何もかも終わり全ては去ったが故に是が非でもやらねばならない新たな命令、即ち、彼の青春の終焉後、憑かれたように取り組む文体発掘の苦業の真実な寓話でもあるのだ。あの大病の発作と意識の朦朧から徐々に醒め、そして聖アントワーヌの初稿から、エジプト旅行を経て、ボヴァリィー執筆開始後、繰り返される喘ぎと冷静な決意の声だ。それ迄に彼は、青春の守護神や優しい支えの数々を失っている。先ず過去のロマン的夢想の断罪をエンマに負わせたがその彼女の情熱の中味はラマルチーヌ風の脆弱な悲歌や大仕掛け且つ波乱万丈の歴史小説等々であり、それが地方ブルジョワ社会からの空しい現実逃避である限り、怖ろしい結末しかない冷厳な証明であった。ロマン主義のもう一面、血腥さへの抗し難い耽溺の餌食となったジュリヤンには一度死んだ魂のその後辿る苦難の道が伝説の形で刻まれる。

何れにせよ、フローベールが若年の日、全身全霊で拘泥したロマンティスムの広大な潮流の中で、その暗い負の領域「蒼白いカリエスの温床」とどぎつい赤血の誘惑、この双方が自我の甘えた危険な拡張を許すべき主因であった。十九世紀のロマン主義を生きた同時代人としての精神のこだわり（complexe）を、これら、環境不適応な心の病に憤怒する美貌の田舎医者の細君や、人間の原罪の支配を背に受けた野生の憂悶に悩む、二つの若い肉体に宿らせた。エンマは唯奈落の底へ落ちて行く悲惨な死を迎えるが、ジュリヤンは遂に祝聖されイエスと共に昇天する。

フローベールが文体苦難の中で望み得る最良の数行を見い出す瞬間、正しくそうであるように、ここでは、自我がある沸点迄行くと消滅し、没個性（impersonnalité）化し、対象と一体化する様が見られる。肉体の軛を脱した意識とも想像力ともつかぬ確かな実体がぐんぐん拡大され、〈屋根を吹き払い、天空に達する〉深い自由の発露が謳われるのである。

一方、親密な肉体の系列の最終点、フェリシテの場合はどうだろうか。この系列は経験の汚れに染まらず、報われぬ恋に、弱き者らに、幼き子供たちに必死で献身する一派なのだ。それはシャルル、フレデリックを経て、フェリシテで完成され得る。この系列に本来属すがはみ出てしまった哲学者たち、聖アントワーヌやブヴァールとペキュシェらに於いて、フローベールは、凡そ愚劣と滑稽への止み難く宇宙的規模に迄達する、深く執拗な関心を寄せている。そしてシャルル的要素の中心を成す、無器用で優柔不断な影や、無力な柔順さの variation と匂いは、彼らの内にも確実に尾を曳いているのである。彼らはいずれも並の間抜けではないが、シャルル同様、生命の négative（否定又は陰画）な形として造られている。フレデリックを経て現れる、唯一の例外が、このフェリシテである。それ迄のどこか人の好い愚かしさの系列は、出発点シャルルから、この〈純な心〉の持ち主、フェリシテの所へ来ると、逆にその特質自体が堂々と崇高さを帯びて輝き出す。これは晩年のフローベールが辿り得た或る心の受難の物語であり、聖ジュリアン伝と共にかの一つの優れた達成なのである。シャルルの内には十全に託せなかった、作者の抑えに抑えて来た bonté（善良さ）がここで誰憚ることなく溢出し、それが迫害されればされるほど、その純度を高めて行くのが見られる。人間への攻撃性を剥脱され、ブルジョワ的視線を所有せぬ無垢で無力な肉体も様々な浮世の嵐に晒され傷を回復できぬほど負う。作家の老いた肉体はここでも又圧迫され危難に遭遇し、あの呪縛状態が再来している。しかしシャルルの甦りであり、成長しより純化された bonté を備える、フローベールの原肉体コンプレックス・フェリシテは全身に正当な発言権を所有しており、人々を断じて失笑さすことはない。以下、先述したように。

〈この視野が狭く、心貧しい故に自分の天国を所有している下女は「献身」の中、即ち不自由さの中に在る時、生じる充実し緊張した喜びしか知らない。これはフローベールの、肉体が縛られる痛苦に身を任す時、「存在」の歓喜が意識を領する、あの文体創造と呼応する。双方とも、その無心と自覚を問わず、「自己犠牲」の比類なく深い内的自由が確立している。〉

そしてこの徹底が、当時のブルジョワの支配的意匠「同胞愛」や「地球上の進歩」（科学万能による）と相容れない自己完結の精神様相を取らせ、近代作家の独創と苦渋を周囲への痛罵の内に耐え難い迄、肥大させた。

《青いもやのようなものがフェリシテの部屋にたち上って来た。彼女は鼻孔をさし出し、神秘な官能にとらえられてそれをかいだ。それからまぶたを閉じた。唇は微笑んでいた。心臓の鼓動は一つごとにゆるやかになった。その都度よりかすかに、より静かになった。泉が涸れるように。こだまが消えて行くように。そして最後の息を吐き出した時、半ば開かれた空の中に、巨大な一羽の鸚鵡が、頭上を高く、舞っているのを見たと思った。》（「純な心」V）

再引用したが、ここにはシャルルの死の描写にあるように晴れた日の田園の耳を聾するような残酷さと狂気はない。至福の度が何よりも高まっている。

しかしながら、この、肉体が精霊に触れ、精神が他者へ溶け込み、対象と一体化する方法論が、晩年、鮮明に達成されたtrois contesの短い至福な時期の背後には、磐石の如く根を下した厳しく寒い精神の荒野があった。彼の老年の不幸な肉体は身動きとれぬほどそこにびっしりと囲縛された。何よりも主体の自我そのものが済し崩しに消滅する、至福とは逆の荒寥不毛な危機が、「絶対」を目指す彼の裡にやはり頑丈に蔓延っていたのである。この肉体意識の呪縛と解放の両面でフロベールは生き抜いたというべきであろう。そして、これは私たち人間の極限の姿でもあるのだ。

注

（22）『フローベール書簡集』第四巻、一八五四年四月四日、（ルイーズ・コレ宛）。

(23) ゴンクール、『日記』、一八六二年三月二九日。
(24) 『フローベール書簡集』第一巻、一八四五年五月二六日、（アルフレッド・ル・ポワトヴァン宛）。
(25) カロリーヌ・フランクリン＝グルー、「懐しき思い出」、『フローベール書簡集』第一巻、序文。
(26) 借金の申し入れを断られ、ロドルフの館を出た後、強度の衝撃により、エンマが幻覚を見る状景がそうである。
(27) フローベール、「スマール」、二百頁。
(28) 『フローベール書簡集』第一巻、一八四四年二月九日、（エルネスト・シュヴァリエ宛）。
(29) 『紋切型辞典』冒頭句、Vox Populi, vox Dei（民衆の声は神の声）、又、シャンフォール『箴言集』からも次の一節を引用している――（大衆の考え、ないしは社会的通念なるものは、ことごとく、愚劣事と考えて間違いない。なぜなら、それらは大多数の人間に適合したものであるから。）更に、ヴィリィエ・ド・リラダンがその Contes cruels『残酷物語』の中で、Vox Populi（「民衆の声」）なる一話を物したことも有名である。
(30) J・P・サルトル、「父と子」、二三頁。
(31) フローベール、『聖ジュリアン伝』、蓮實重彦訳。
(32) 『フローベール書簡集』、一八五三年十二月二三日、（ルイーズ・コレ宛）。
(33) カロリーヌ・フランクリン＝グルー、「懐しき回想」序文。

主要テキスト（第一～第三章）

Gustave Flaubert : *Madame Bovary*, Classiques Garnier, Garimard.
Trois Contes, Bouvard et Pécuchet, Classiques Garnier, Garimard.
Œuvres Complètes, tome 1, 2. Seuile.
Correspondances, Conard.

なお、現行では、全集、書簡集とも、Pléiade 版（Garimard）が主力であるが、本文引用は上記、刊行書による。

参考書籍（同）

Jean Pommier et Gabrielle Leleu : *Madame Bovary, Nouvelle Version Précédée des Scénarios Inédits*, Jose Corti.
Marie-Jeanne Durry : *Flaubert et ses projets inédits*, Librairie Nizet.
Albert Thibaudet : *Gustave Flaubert*, Garimard.
Jean-Paul Sartre : *Idiot de la famille*, Garimard.
　　　　Père et fils. Livres De France, janvier 1966.

Charle Baudelaire : *L'Art Romantique — Madame Bovary de M. Gustave Flaubert*, Classique Garnier, Garimard.
Victor Hugo : *La préface de Cromwell*, Hatier.
Stendhal : *Racine et Shakespeare*, Classique Larousse.
Lamartine : *Graziella*, Classiques Garnier, Garimard.

Maxime Du Camp : *Souvenir littéraires*, Seuile.
Caroline Comanville : *Souvenir Intimes*, Conard.
Edmond et Jules de Goncourt : *Journal, Mémoires de la vie littéraire II*.

『ボヴァリィ夫人』中村光夫訳、講談社。
『フロオベルとモウパッサン』同著、講談社。
『フローベール全集』一～十一巻、筑摩書房。
※本論中の『ボヴァリィ夫人』とフロベール書簡の訳は右記二書による。
『文学論集』、スタンダール、全集第十巻、人文書院。

第四章　フロベール『ブルターニュ紀行』随行記

一

『ブルターニュ紀行——野を越え、浜を越え』は、若き日のフロベールの筐底に秘され、生の肉体の躍動と文体研磨を共に刻んだ紀行日誌である。一八四七年、「喪の年」（一八四六年、敬愛する父と最愛の妹を亡くした）の翌年、二十五歳のフロベールは「再生」の時期を目指して、友人M・デュ・カンと三ヶ月間、ブルターニュへ旅立った。その際、二人の文学青年は日誌を付けることとし、フロベールは奇数章、カンは偶数章を担当した。因みにフロベールの担当章の内訳は第一章「ブロワからトゥールまで」、以下、第三章「ナントからクリッソン」、第五章「カルナックからプルアルネルまで」、第七章「ボーからポン＝ラベまで」、第九章「クロゾンからサン＝ポルまで」、第十一章「サン＝マロ、コンブール、モン・サン＝ミシェル」と魅惑の行程である。当時、開通間もない鉄道は幹線しかなく、主に馬車と船、そして何よりも若者だけに可能な徒歩の強行軍である。ノルマンディーのルーアンからパリを経て南下し、オルレアンからブルターニュに向かう訳だから、目的地目指してひたすら西に進路を取った。辺鄙な異郷ブルターニュ半島を探索する前に、まずブロワ、トゥールといったフランスの歴史上ルネサンス文化が花咲く地——十六世紀、ロワール河周辺に宮廷文化の名残りが色濃く漂う地——を訪ねている。フランソワ一世、アンリ四世やラブレー、モンテーニュ等の足跡、旅行当時のフロベールの文学的英雄、V・ユゴーゆかりの地を巡った。アンボワーズの城、ブロワやシャンボールの城とフランス史の光と影が語られる。叙述の冴えは無論だがそこに貫流するフロベールの感性が際立って輝いている。ここでは、シュノンソーの城を訪れた件りを引用する。

〈シュノンソー城からは、何やら独特の甘美さ、高雅な静けさといったものが漂い出ている。うやうやしく脇に控える村からしばらく行ったところ、長い並木道の奥に位置し、水の上に建ち、森に囲まれ、芝の美しい庭園を四方に広げるこの城は、空に小塔や四角い煙突を突き出している。いくつか連なる城のアーチの下をシェール川が微かな音を立てて流れ、その水の流れをアーチのとがった角が切り裂いている。城の優美さはたくましくも穏やかなものであり、また、その静かな佇まいは憂いを帯び、といって倦怠や苦しみとは無縁である。〉

城内にはいり、広間や室内、家具や壁掛け、暖炉や調理場も見てこう結論づける。

〈これらすべてが心地よく、品があり、きちんとした城の生活、生まれのよい者のゆったりとした知的な暮らしぶりを感じさせる。私はシュノンソーの城主たちを愛する。〉

やがて幾つかの「古き良き肖像画」を堪能した後、城に別れを告げ、トゥールへ向かう。

〈トゥールまでの街道は本当に美しい。田園は広々として豊かで、見るからに肥沃で健やかであり、ノルマンディーの欝蒼と繁茂する樹木も、南フランスの鋭い光もここにはない。〔……〕要するに、景色はどれをとってもきれいで、単調な中にも変化があり、軽やかで優美である。が、その美しさは、愛撫することはあっても心を虜《とりこ》にすることはなく、魅了はしても誘惑はしない。一言で言えば、その美しさに備わっているのは、偉大さよりも良識《ボン・サンス》であり、詩《ポエジー》よ

ブルターニュの旅（数字は二人の担当章——同訳書による）

りも才気《エスプリ》なのである。そしてこれがフランスというものなのだ。〉

こうした一節はこれから足を踏み入れる、野生のブルターニュとの比較で活きてくるのであり、まず旅の始めにフランス中央部の自然・歴史・文化に分け入ってその特色を再認したことは、旅のプレリュードであり、格好の助走となった。さて第三章、アンジューを抜けた後、ナントに至り、クリッソンにも足を向ける。

〈ナントにはリヨンの黒ずんだ汚なさも、ル・アーヴルやマルセイユの活気もないし、きちんとネクタイを締めた美男子にも似て、たいそう小ぎれいではあっても間の抜けた町、ボルドーの整然とした家並もみられない。また、ルーアン、きれいに見せようとしなければ美しくもあろう、そして私が生まれたところでなければ好きになってもいいようルーアンほどの価値もない。〉

フロベール青年は丹念に歴史資料を漁っているが、街と同様、歴史上の人物に対しても、かなりの好悪と偏見を発揮している。例えば、アンヌ・ド・ブルターニュを「十六世紀におけるもっとも不愉快な人物の一人」であり、「冷酷で偽善的」と決めつける。父親のブルターニュ公、フランソワ二世が絶えず状況に振り回され、「思いやりに欠け、性格が冷淡」だから共通するとしている。フランス中央政権とブルターニュの政争に奔弄された薄幸で篤信な美姫を突き放して見ている。

美術館で王家の肖像画を見るが、イギリスのエリザベス女王の「かたくなで威厳のある雰囲気」と「堂々たる気品といった妙な魅力」を他方では伝えている。クリッソン城の佇い、地下室の暗欝なありさま（ジャン五世）、エロイーズの洞窟の碑文紹介の一方、辛辣な観察が続く。ティフォージュの城跡。この城ゆかりのジル・ド・ラヴァル――残虐で非道な無神論者――の悪行の数々が熱を帯びて語られる。（市役所の箱にかつては納められていた）「アンヌ・ド・ブルターニュ妃の心臓より、（その同時代人）ジル・ド・レ元帥の短袴《キュロット》を眺めてみたい」と嘯《うそぶ》いている。「後者には、前者のもつ偉大さを凌《しの》ぐ激しい情念が潜んでいた」からである。少年時より、古代ローマのネロ本人やその途轍も無い事跡に惹かれ、ブルジョワが醸《かも》し出す凡庸な日常の沈滞を嫌悪したフロベールだが、文学、小説家としての能力、人間の矛盾、深淵に激しく捉えられる情動は一貫している。ブルターニュへの旅もその入口ナントで通常の若者の呑気で気ままな放浪を離れてやや不穏な気配が漂ってくる。凶《まが》つ事への興味。これは、また、現実逃避の神経症の症例とも見られるのだが。

さて、第五章「カルナックからプルアルネル」で、ブルターニュの本丸にはいっていく。

〈そのうち、列をなして平原に並ぶ黒い石がようよう見えてきた。石は平行に伸びる十一の列を作って等間隔で並び、海から遠ざかるに従ってだんだん小さくなってゆく。最も高いものは六、七メートルあるが、一番小さいものは地面に転がる単なる石ころにすぎない。多くの石は先端を下にしているので、根元がてっぺんよりも細くなっている。〔……〕確かなことは、石がたくさんあるということだ。〉

〈〔……〕だが、何もかも目にして感動を味わいたいという我々の自然の性向にもかかわらず、我々が目にしたのは、考古学者の心を刺激し、旅行者をあっと驚かす目的で、いつとも知れぬ時代にこの地に仕掛けられた、確固たる信念に基づく悪戯《いたずら》にすぎない。人々は無邪気に目を見開き、これは並のものではないと思いつつ、その一方で、美しいものではないなと心のうちで認める、というわけだ。それゆえ、ドルイド僧の頃から、見学にやってくるすべてのばか者ども

を目にしては緑の地衣のひげの奥でほくそ笑んできたこれら花崗岩の皮肉ぶりが、我々には完全に飲み込めたのである。〉

ここではフロベールの古代の業《わざ》に対する近代人の冷然たる懐疑的まなざしがある、などと改めて言うまでもあるまい。二年後、エジプトではこうはゆかぬのだから。そこに至るまでの、エジプトへ旅立つ迄の日々には、未だ時代思想——とりわけ医家の出が大きく影を落としている——自然科学的思考や、世界の見方が感性を宰領していたとひとまずは言っておこう。それはフロベールにとって文字通り、オリエント（東方）でこそ、とりわけエジプトの地でこそ、完膚《ぶ》なきまでにたたきのめされるものなのだが。

いずれにせよ、このような辺鄙な海辺の寒村に、ガリアの奥深い森で展開されたドルイド僧の神殿があったという説は、フロベールには正しいと思えない。エジプト人が砂漠から遠征して、似たような巨石からなる「石の塊《ブロック》」を残したという説も半信半疑で紹介している。（エジプトにもカルナックという地名がある。後年彼はそこを訪れているが、このことの言及はない。）また、神話を好む者たちは、そこに「ヘラクレスの柱」を見た。さらに、ある者は「（ローマの）カエサルの野営地の跡」を見た。一方でフロベールは、ケルト考古学の「学問の魅力」を伝えようともしている。

〈そのてっぺんが薄い石で隙間なく覆い尽くされて立つ石が集まり、ひと続きのドルメンをかたち作っているものは、妖精の洞窟、妖精の岩、妖精のテーブル、悪魔のテーブル、あるいは巨人の宮殿である。〉

考古学というより神話学だが、こう紹介しつつも、多種多様なケルト狂たちを皮肉ることも忘れない。「ドルメン（垂直に立てられた他の二つの石の上に水平に置かれた石）」は「石卓（後期ブルトン語由来）もしくは三石門（ギリシャ語由来）と係わりをもったことになる」から、フロベールは、「より学問的で、よりこの地にふさわしく、またより本質的」なので、「ケルト的な石卓という用語」の方を好むことが述べられている。次に「メンヒル」の考察。これは文字通り、立石、すなわち、「野原の真っただ中にぽつんと一つだけ置かれた、多かれ少なかれ、大きな石以外の何ものも表わしていない。」とそっけない。この時代（十九世紀中葉）、さまざまの発掘作業から、結局何らの結論も出ていなかった。メンヒルは、古代の祭式（裁判）説から、探求のあげく、陽に向って屹立する生命や生殖をかたどる男根説に至る。「ここから低地ブルターニュに男根崇拝が広まっていった」と当時の学説の結論は導かれていた。（すると、フロベールは述べていないが、ドルメンはただの石卓ではなく、女性の胎内（子宮）を表わすほの暗い生と死の源という説も、ここの流れから発生したのだろうか。）

〈あゝ学問の汚れなき卑猥さよ、おまえは何も尊重しないのだ、立石さえも。〉

晩年の『ブヴァールとペキュシェ』で展開される、知の探求の空しさが、早くも列挙されている。それにしてもフロベールはそれを知りつつ、かなりの量の文献を読み漁って旅に出かけている。やはり、学問というか調べ上げることが好きなのだ。それでいて「学者」の立場に甘んじることはない。この時期は未だ疲れを知らぬ勢猛なブヴァールたちといったところだが、それにしても後年につながる面目は躍如としている。一方で、そこ（考古学、歴史学）からさ迷い出るロマン派的幻想の方は愛好する。

〈カルナックの石に戻るなら、あるいはむしろそこから離れるなら、他の誰かのように、石がこれほど黒くなく、地衣もまだ生え出していない頃に眺められたらどんなにかよかったろう、と私は思う。夜——月が雲の中を移動し、海が砂浜で唸り声を上げる頃、金の半月鎌を携えてこれらの石の間をさ迷うドルイド尼僧の姿は（ここをさ迷うと仮定しての話だが）、確かに美しかったに違いない。——クマツヅラの冠を頭に戴き、男たちの血で赤く染まった白い貫衣の裾を引きずって……亡霊のようにすらりとした尼僧たちは軽やかに歩いていた——髪を乱し——弱い月明りの下、青白くなって。〉

論者（浜田）もたまたま一昔ほど前、二十世紀終盤近く、夕闇迫るカルナック石碑群を後にし、近辺を彷徨したが（たんに帰路に迷ったのだが）、このあたりの夜半の荒涼とした凄絶さは多少察しがつく。もっともフロベール級の幻想力はあいにく、当方は持ち合わせていなかった。しかし、彼は己れを自戒するかのようにこう結論している。

〈想像力がある定点から出発し、そこから離れることなくその光輪のうちを飛び回る時、夢想は偉大なものとなり得る、少くとも豊かな憂愁《メランコリー》を生み出し得る。しかし想像力が、形を持たず歴史を欠いたある対象に執着し、そこからひとつの学問を引き出し、ある失われた社会を復元しようとする時、想像力はそれ自体、おしゃべりな連中が虚栄心からその形を見つけ、編年史を作成すると主張する当の無機物よりも、もっと不毛でもっと貧しいものにとどまるのである。〉

フロベールは結局、さまざまな学説を探索したあげく、「カルナックの石は（たんに）大きい石である。」（！）という最終意見（？）をユーモラスに表明している。

やがてフロベールとデュ・カンは現実に戻り、宿屋に引き上げ、夜に教会に出かけた。その正面入口で、死体を載せた牛に引かれた荷車に相遇した。

〈洗った雪花石膏のように青白く、艶のない足が、白いシーツの端からはみ出している。死者をくるむそのシーツは、衣服を身に着けた死体がどれも帯びるあの曖昧な輪郭を描き出している。〔……〕司祭は灌水器を振って祈りの文句をつぶやき、荷車につながれた二頭の牛は、頭をおもむろに動かしては、革製の太いくびきを軋ませていた。教会の向こうに星がひとつ光っている。教会は大きな黒い影となって広がり、雨もよいのたそがれ時の緑の光が、それを外側から押し戻そうとしていた。〔……〕死体が荷車から降ろされた――頭が梶棒にぶつかった――死体は教会に運び込まれる――例の担架の上に載せられる――男と女が続々とあとに従う――一同が床にひざまずく――男たちは遺骸の近くで――女たちはもっと離れて扉のあたりで。そうして儀式が始まった。〉

カルナックの古代光景のあとから、中世の世界を色濃く引き継ぐキリスト教習俗――しかも田舎の、人と動物が死体と共に蠢《うごめ》く光景である。ノルマンディーのルーアンで幼児からフロベールには、生家の医院で、町の教会で馴染みの一景であろう。次のように、墓地で若者がこう話しているのを付け加えることも忘れない。

〈あいつ、臭かったな。全身ほとんど腐ってたね。三週間も（海）水に漬かっていたんだから驚くこともないけどさ。〉

フロベールたちはこの地で見るべきものは見た。やがて、サン＝ピエトロからキブロンに行く。「キブロンの過去は（フランス大革命の）大量殺戮の一語で要約される。」キブロンの世に知られる墓地に行く。「人生は宿屋であり、柩こそが家である。」という誰かのことばが胸に浮かぶ。死者の骸骨が山となってあふれている大きな納骨堂や墓地の有様。生前の名士たちの頭蓋骨が黒い箱にいれられて並んでいる。やがて、二十五年たつと無名な雑多の納骨堂にそれらは投げ込まれることになっている。

〈思想を宿したことのあるこれらの丸い玉（頭蓋骨）を、恋が高鳴っていたこれら空洞の輪（眼窩《か》）を、このように弄ぶのはよくないことかもしれない。〉

これは、やはり、後年描かれたエンマ・ボヴァリーの死後の姿に付されていても、さほど不適応ではない。フロベールに取り憑く人間生存のペシミズムの表われはこのように、常に具象化されてしまうものなのだ。

〈だが、これらの黒木は、その中に入っている骨が白くなって崩れるにつれ、腐ってゆくのである。こちらを見つめる頭蓋骨は、鼻が蝕《むしば》まれ、眼窩はうつろで、額はかたつむりが通ったねばねばした跡がところどころ光っている。大腿骨は、聖書に出てくる大納骨所さながらに積み重ねられている。頭蓋骨の破片は転がって土にまみれ、時に、磁器製の壺ででもあるかのようにそこに何か花が育ち、目の穴から顔を出す。碑文は、それが示す死者たちがそうであるようにどれも似たりよったりで、俗悪そのものである――で、こんなふうに並べられたこの人間のあらゆる腐敗は、我々にはひどく美しいものに見えたのであり、我々に揺るぎない、有益な景観を呈示してくれたのである。〉

この件りは、同時代人ボードレールの筆を思わせる一節である。「（頭蓋骨に）何か花が育ち、目の穴から顔を出す。」『悪の華』詩篇の「死の舞踏」で描かれた、詩人が対面、直視した、衣服をあしらった骸骨の女の立像さながらであろう。時代思想――進歩、功利、楽観の近代ブルジョワ社会通念の底辺や暗部に流れ追いやられた不変の人間状況の写し絵であり、フロベールとボードレール両者が共有した資質の同似が確かにここには見られるであろう。

やがて旅行者二人はベ・リルからプルアルネルに向う。その途中、今度は、『ボヴァリー夫人』冒頭、転校生少年シャルルが教室にはいった時かぶっていた、不格好な帽子の原型が出現したような光景に出くわす。フロベールは、「巨大で、重たい」帽子をかぶった男を目撃し、強烈な印象を持つ。「この帽子はそのまわりに影を投げかけるので、持ち主（それをかぶる本人）は陽光に恵まれることは決してあるまい。」あたかも、シャルルの不吉な運命がすでに暗示されているようだ。

〈ああ、何という帽子だ。円柱を戴いた蒸気ボイラーの蓋《ふた》だ。狭間《はざま》を穿《うが》てば櫓《やぐら》になってしまう。〉

そして、この世には圧倒的に「揺るぎないものがある」として、それらの特徴をユーモラスに皮肉をこめて列挙した中で、この帽子をそれらのうちで最上位に挙げている。やはり、この帽子のどう仕様もない不動性、それをかぶる男の運命そのものの不変性に着目せざるをえない。これを幾分か縮小して、後に不器用な少年シャルルの頭にかぶせるヒントにしたのはまず間違いあるまい。

このブルターニュの旅は、やはり、後年のエジプト旅行に迫る、以後の製作における数々の重要な発見があったというべきであろう。

二

第七章、ボーからポン＝ラベまで。

カンペルレの聖十字架教会を訪ねる。一行の旅はその後、カンペールに向う。

「魅力的なこぢんまりした土地」、「散歩道の快い外観は、オデー川水辺に沿ってどこまでも続いている。」しかし、因業とも思われる彼らの視線は、街の美観だけでは収まらない。牛の屠殺場の酸鼻、凄惨な有様を見届け、書き記す。前章のカルナックやキブロンの人間の死体や骸骨から今度は家畜の屠殺である。リアルな血と肉と臓物の氾濫。動物のおびえ、叫喚の中、屠殺の冷静かつ的確な執行。これは、人間の宿命への連想につながる。あるものの肉が他のもの、それを喰らう生者の一部となって、生の連鎖の中で受け継がれていく。日本文学では島崎藤村の『千曲川のスケッチ』の一節が論者には思い出された。生々しい屠殺現場の一景だが、その中ではどこかしら情調を帯びていた。少くともこれほど微に入り細を穿つリアルな描写ではなかった。西欧の肉食文明の長い歴史の蓄積と宿業を感じる。だが一般の大半の人間は、こうした実際の死と肉の現場を知らない。気付きたくもない。人の死体や骸骨と同様、意識から外して、我々は生きてゆく。フロベールは特異であり、繊細でありながら同時に強靭ともいえる精神を備えている。但し、時おり襲われる神経症の発作はその代償の一つかもしれない、と改めて思わされる。

さて、ここで又一方に、十五世紀の大聖堂や聖マタイ教会――非常に美しいステンド・グラスで有名――が登場する。他方で、村の教会――みすぼらしい教会――からは、ある奇妙な魅力が発散している。

〈鐘楼が低く、屋根が木々の下に隠れてしまうこれらの教会は神の在《お》わす広大な天の下で己れを小さくし、へりくだっているように思われる。〔……〕教会に認められるのはある欲求の簡素な表われ、ある欲望の素朴な叫びであり、そこは牧人が乾いた葉でこしらえた褥《しとね》、疲れた時にゆったり横になれるようにと魂が己れのために建てた小屋のようなものである、と感じられる。〉

これは貧しげで慎しいロマネスク様式の教会の心の見取り図のようなものだが、ブルターニュの地に置かれるとケルトの気配が濃厚である。何とかして地上の軛を脱したい往時の人たちの切望がそこにはこめられていよう。

併存する形で、十三世紀（実際には十六世紀建設という）風のゴシック様式を留める聖母教会がある。「中世の古い小説や恋歌《ロマンス》に出てくる、あの人目をひかぬ礼拝堂」をフロベールに「思い出させるような雰囲気を持っている。」そこでは「聖地に出かける小姓に騎士の称号が与えられ」、出発の朝、「星々の光が淡くなる一方で、格子からは城主の奥方の白い手がすうっと伸びる。すると、出発する小姓はそこに口づけをし、あふれる愛の涙でその手をたちまちのうちに濡らすのであった。」フロベールに中世のクルトワジィー、騎士と奥方の間でかわされるプラトニックな至純愛《フィナモール》へ寄せる追想が表われている。この情調はエンマ・ボヴァリーの夢想の基底となってやがて表出されよう。いかにも感傷味たっぷりだが、フランスでは当時まだ二十年ほど前の王政復古期（一八一五〜一八三〇年）に懐胎された中世至向の涙のロマン主義の有力な一光景であった。その空気を少年フロベールも呼吸していた名残りの描写であろう。

祝日の行列光景の中で、上祭服《カズラ》をまとった司教座聖堂参事会員のうれしげで得意そうな様子が、その心理に分け入り、皮肉なタッチで詳細に描かれる。総じて、ブルジョワの聖職者には冷淡である。『ボヴァリー夫人』のブールニジアンの姿となって表れるだろう。カンペール周辺でやることも何もないので、二人はフィニステールへ向う。どしゃ降りの海とコンカルノーの景色。馬車でフェナンまで出発。教会の雨に打たれる「キリスト受難像《カルヴェール》」を見た。翌日、長い歩行の「埃と泥にまみれて」ポン＝ラベにたどり着いた。夕方、教会の聖母像、そこに集う男たちの願望を推しはかる。

〈そこには、ブルターニュ地方の宗教的優しさのすべてが集められているように思われる。そこにあるのは、いわば、この地方の心の最も柔らかいひだである。それこそがブルターニュの弱みであり、情熱であり、また宝である。平地には花が咲いていないが、教会の中に花がある。人々は貧しいが聖母は豊かである。いつも美しく、みんなのために微笑んでいる。〔……〕ブルターニュの人々がこうした信仰に対して示す激しさは驚きをもって迎えられる。しかし、信仰がこれらの人々にもたらす歓喜と悦楽を、これらの人々が信仰から得る楽しみを、すべて知ってのことだろうか。〔……〕宗教は、それ自体、ほとんど官能的といえる諸感覚を含んでいる。それゆえ、祈りには祈りの放蕩が、苦行には苦行の熱狂が存在する。……〉

やがて、こうした瞑想の一方で、現実界に引き戻される。村の中で、女二人が血まみれになっている事件が起きる。なまじ、医療の手助けをしたために、フロベールたちは判事たちに怪しまれる。憲兵の尋問。うんざりする現実界との関わりが続く。不審な二人はあたりを怖がらせ、「口外したくない非合法な仕事」をしているように思われていると感じるほどだ。ここで、気ままな旅行者の気焔が一しきり、心中で弁じられる。「我々は諧謔を好む観察家にして、文学好きの夢想家にすぎないのだ。我々は太陽を眺め、巨匠たちの作品を読んで人生を送っている。〔……〕ブルジョワたちは哀れんで嘲笑するのであるが、〔……〕ブルジョワたちが土地に対して、あれこれ手を加えていることは、そこを歩き回る我々のために実はなっているのだとフロベールは皮肉る。又、一方で、「我々の魂を無上の喜びで満たしてくれるすばらしい詩人たちよ、あなた方がやって来てくれたのも、又、我々のためであるのだ」と自分たちのためにこそ、芸術もあるのだと、無名の文学青年の若さが持つ自分らの主体性賛歌と楽天的エゴティスムを共に発揮している。これは、彼の年齢を考慮してみても、ややナイーヴで青くさいものかもしれない。だが、これはフロベールの一生を通じてのことで、芸術信仰は不変である。人生は筋金いりのペシミスト、芸術では信念あるロマンティスト。やはり、後代のゾラとは一線を画していよう。

第九章　クロゾンからサン＝ポルまで。

ブルターニュの最西端だが、あいにく論者には知らない土地ばかりである。ランデヴェネックでは、かつての伝説の都、（ドゥアルヌネ湾の沖合にあった）イスとグラロン王の事象が述べられる。やがて、現実ではうさんくさい経歴の持ち主だが平凡なおしゃべり屋、酒飲みのジュネ氏と同道する破目になる。プルガステルの大規模で精彩に富むカルヴェールに目を惹かれた。うるさいジュネ氏からやっと逃亡する。こうした類の人をうんざりさせながら、まとわりつく男もブルジョワの一典型であろうが、『ボヴァリー夫人』のヨンヴィル・ラベイ村では、オメー、ギヨマンあたりの一部に化けるのか。「ジュネ氏はヴォルテール主義者であり、進歩の信奉者なのである。」その饒説で二人を悩ます厄病神であった。

　這這《ほうほう》の体《てい》でブレストに到着。すると、そこは巨大な軍港であった。まず第一に自然が欠如している印象が顕著である。海軍工廠、監獄があり、軍楽が鳴り響く。港は美しいが「管理、規律、……不自然な均整ぶり……ばかげた清潔ぶりには恐れ入るばかり」である。徒刑囚の監獄を見物。（主任司祭）ラコロンジュがそこでの頭《かしら》、腕となるのはアンブロワーズ（一m九十五cmの見事な黒人で恐れられている）。夜、ブレストの汚らわしい通りを散歩する。淫売宿で、女たちをしり目に、ソファーに寝て、想像上の昔の世の美しい女性を思い出す。憧れる娼婦たちの典型は失われてもう存在しない。現実の味気なさよ、昔日の奇想天外の演《だ》し物は消え、全てはやがて「メスメリスムや改革宴会に取って代わられて」しまうだろう。

〈まるで幻想そのものであるかのようにとても物悲しいがとてもにぎやか、とても苦いがとてもおどけていて、内的な悲壮感と華々しい皮肉とに満ち、惨めさが温く感じられ、優美さが悲しく感じられた、あの精彩に富んだ美しい世界、それは過ぎ去った時代の最後の叫びであり、また、それを生み出したのは地の向こうの果てからやって来るといわれる〔……〕遥かな人種である。〔……〕その代わりにもっと高尚なおかしさを含んだたくさんの滑稽なものが……急に現われたが、新たに登場したグロテスクなものは、かつてのグロテスクなものに匹敵するだろうか。あなたは親指トムとヴェルサイユ美術館のどちらがお好みか。〉

前述の「地の向う」の「遥かな人種」にはフロベールが執着する東洋《オリエント》のイメージが見られるのだろうか。フロベールが例としてあげる当時残っているものは余りに瑣末な風俗上の断片にすぎない。これはランボーが二十年後詩篇で繰り返しうたった、場末の一光景にも通じている。(『地獄の季節』の「言葉の錬金術」等)

フロベールやランボーの反・近代への夢想、ロマン主義末期的情調を充たす渇望が、またしても表われている。次に繰り広げられるテント興行の見世物は、以上の夢想とは釣り合わない。猛犬による熊とロバの襲撃、必死に防禦し、逃げ回る血まみれの犠牲動物たち。他方で奇型動物の開陳。フロベールは結局、こういった野蛮、残酷行為から目をそむけることはない。ブレストの町のブルジョワたちが熱狂していれば、特にそうなのだ。「この種の文学〔……〕がブレストではひどく愛好されている。」

フロベールはこれに、古代ローマのコロセアムで行なわれ、観客がひどく熱狂した残虐な催しの卑小化された形でも見たのだろうか。当節では、スケールはそれにしても違いすぎる。

ブレストでは他に何があるのか。「ここにて旧世界が終わる。ここは旧世界の突端、旧世界の極限なのだ。背後には全ヨーロッパが、全アジアが控え、前方には海が、ひたすら海が広がる。」そして、海の彼方、アメリカ大陸に、東の果てに、「磁器製の屋根のある日本」に、「金の鈴で飾られた寺院《パゴダ》の中に透かし細工の階段のある中国に、出会うのだ。」と夢想は展開していく。フロベールの美学の特色はそこにいつしか人為の反映されていることである。

〈こうして、この無限に対して倦怠を覚える精神は、それを絶えず満たし、活気づけることによって、狭めるのである。隊商の通らない砂漠、船の浮ばない大洋、お目当ての宝物が埋まっていない地中など、考えられないのだ。〉

ル・コンケに戻り、二人はブレストを去った。

イギリス海峡に向かって北上、「ケルト色が薄れ、ドルメンはほとんど見られなくなる。」ランデルノーから、ラ・ジョワユーズ＝ガルド城（喜びの砦）――アーサー王に仕える円卓の騎士ランスロが、その手柄により与えられた城の名（訳注）――に向う。

〈心は穏やかで、歩行する体は揺れ、気儘に楽しむ気まぐれなおしゃべりは、さながら広い河口から流れ出る河のように、あふれては消えていった。〔……〕それから気高いランスロ、妖精が母親から連れ去り、湖底の宝石の宮殿で養育したあのランスロの廃墟と化した住処《すみか》をほとんど一瞥《べつ》しただけで、我々は出発した。〉

アーサー王の妃、美しいグニエーヴル（ランスロと悲劇的な不倫の恋を冒す）が、トレビゾンドに出立したランスロを想って散歩した場所を旅人は歩く（「今はトカゲが這っている」）。

古い時代の恐ろしい竜と騎士の戦いが、昔は叙事詩で語られたことをフロベールは想起する。

〈我々は、円卓の騎士の国に、妖精の土地に、メルランの故郷に、今は消滅してしまった数々の叙事詩を生んだ神話の揺籃の地にいるのではないか。おそらくこうした叙事詩は、架空のものと化したあれら古代の世界を明らかにしていたであろうし、またのみ込まれていった都市について何事かを我々に語っていたであろう。イス、ヘルバディラといった、魅惑的な王妃たちの愛に満ちあふれた輝かしくも凶暴な地のことを。その上を襲った海とその記憶を呪った宗教と

によって二重に、永久に消されてしまった地のことを。〉

この宗教とはむろん、異教のケルトに取って代わったキリスト教のことである。フロベールが中世カトリックの絵図ともいえるアーサー王伝説と共に、古代ブルターニュ伝説の真髄ともいうべき、水没したイスの都について、郷愁をこめて述べている貴重な一節であろう。ランディヴィジオは語るべきことが多いとされている。サン・ポル・ド・レオンにはいる。クレスケールの鐘楼のゴチック様式の尖塔が見えるが近づくと見映えがしない。教会や大聖堂も然り。宿屋の定食はさらにひどいが、給仕は「感じのよい娘」である。

〈白いうなじの上に揺れる金の耳飾り、モリエールの芝居に出てくる侍女がかぶるような、垂れ布がまくれ上がった頭巾、そしてとりわけ生き生きとしたその青い眼を眺めていると、娘には料理とは別のものを注文したくなっても不思議ではなかった。〉

筆致は抑制されており、慎しやかである。数年後のエジプト旅行の際、淫売宿巡りを繰り返す放縦な青年の行状はまだない。それともやはりオリエントの地や女は特別なのだろうか。「一緒に食事をした連中」のひどさは書きたてずにはいられない。フロベールは田舎のブルジョワらの自己満足ぶりをを容赦なくあばき出す。しかし、例えば、その一人、コレージュの音楽教師の「下劣な」心中など、フロベールが勝手に想像し、ふくらませているだけかもしれない。しかし、フロベールは確固としたブルジョワ通である。彼にはその見た目でもって、その人間の内面が手に取るようにわかるのだ。こちらには、フロベールの強い厭世感だけが生々しく伝わってくるともいえよう。これはこの旅行中、徹底している。まるで、証拠集めの旅のようだ。フロベールたちが放浪者《ヴァガボン》めいた異風の出《いで》立《たち》なので、相客たちからは警戒され不審に思われて受けはよくなかっただろう。そのため、余計、反感がつのったこともあるだろう。もう一例あげておく。アメリカに愛人と駆け落ちした一人の婦人がいて、故郷に戻ろうとし、ここサン・ポルの宿屋に立ち寄った。多分、嫉妬と偽善から、宿の一同は不在のその婦人を口をきわめて罵った。フロベールは「反対に（その婦人は）洗練された物腰と気高い性格の持ち主であり、繊細な神経と、恐らく何らかの美しい顔を具えているに違いない」と思い込み、「我々の胸は怒りでどきどきしていた。」二人は翌日、旅立ったので、喧嘩騒動も起きず、ことなきを得たとも付言している。あたかも、ブルジョワ道徳を嫌うエンマの出現を自ら待望しているかのような一節である。結局は彼女を破滅させてしまうのであるが。

三

第十一章　サン＝マロ、コンブール、モン・サン＝ミシェル

〈城壁の上を歩いて（サン＝マロの）町をひと巡りするのは、この世でもっともすばらしい散歩の一つである。ここには誰もやってこない。大砲用の銃眼に腰掛けて、深淵に足をぶらつかせる。〉

実際に当て嵌《はま》る景観だが、この町の歴史も躍動的であった。サン＝マロの人たちは、旧教同盟員《リーグ》であるのに、アンリ四世即位に反対した。サン＝マロ総督・フォンテーヌの動揺。しかし、同盟のリーダー、ブルターニュ地方総督・メルクール公を支持した訳でもない。独立独歩のまま、条件つきで新国王を受けいれた。だが、裏切られたと知り、町民たちは、城壁の塔をよじ登り、謀反を起こし、大暴れした。ご先祖、私掠船の海賊の血が騒ぐのか。フロ

ベールは、「ブルターニュとノルマンディーの間で暮らすこの一握りの住民」は二種の性格があると見ている。「ブルターニュに由来する頑固さ、石のような抵抗力」と「ノルマンディーに由来する激しい情熱、ほとばしる感情」である。「船乗りや作家となって、あらゆる大海を旅するサン＝マロ人」の特徴は「大胆さ」であった。ラムネやブルセの例が挙げられる。

〈どちらも、その体系において常に同じように極端まで進み、また、その前半生において支持していたものに対し、後半生を費して、同じように激しい信念をもって闘ったのである。〉

フロベールはサン＝マロ出身ではないが、この引用箇所は彼にも該当するだろう。彼自らは北欧のヴァイキングの子孫と称していたようにノルマンディー出身である。

さて、教会で「レバントの戦い」の大きな絵を見た後、沖合いのグラン・べ島を目指す。そこには生粋のブルターニュ人、シャトーブリアンの墓がある。

〈シャトーブリアンはその下で、顔を海の方に向けて眠るだろう。〔……〕その不滅の存在は、その生涯がそうであったように、他人からはなれ、雷雨にさらされるだろう。〔……〕冷たくなったルネの心臓は、この永遠の音楽が刻む果てしないリズムに合わせ、ゆっくりと虚無の中に散ってゆくのであろう。〉

〈空はばら色に染まり、海は穏やかで、風は凪いでいた。大洋の静かな水面にはさざ波ひとつ立たず、沈む日がそこに金色の光を注いでいる。海は端の方だけが青みがかり、霧の中に蒸発していくように見えるが、そのほかはどこも赤い。水平線の奥の方ではさらに燃えるように赤く、緋色の太い筋が、そちらの方に果てしなく伸びてゆく。太陽はもう光線を放っていない。すでに光線は太陽の表面から落ち、水にその光を溶かし込んでいるので、海面に浮いているように見える。太陽は、ばら色に染めていた空からその色調を自らへと引き寄せながら沈んでゆき、光線がいっせいに弱まると、それにつれて淡い青《ブルー》の影が現われ出て、空いっぱいに広がる。やがて太陽は波と接触し、日の円盤は端から欠けてゆき、真ん中まで沈み込んでしまう。〉

日没の光景が時間を追って正確に詩的に描写されている。文体の鍛錬とは描写の鍛錬であることが分かる。

〈一瞬、太陽が水平線によって真ふたつに切断されたと見える。海面上に出ている方の半分は静止し、その下のもう半分はかすかに震えつつ、長く伸びている。それから太陽は完全に姿を消した。そして、日が沈んだあたりで揺らめいていた日の反映も消えると、突然、ある物悲しさが海上に漂い始めたように思われた。〉

ロマン主義創成期のルソーの朝陽の描写（P.213）を思い浮かべてしまう。こちらはロマン主義末期だから、夕陽なのだと言う訳でもないが、未だ鮮影の中に清冽さを留めるのは、当時フロベールの持つ若さの力であろう。ボードレールと同様に後年の人世の夕暮れ時を思わせる苦さと幻滅が滲み出る落日光景ではない。

小島から砂浜を歩いて戻った。潮が次第に満ちてくる。自然の雄大な眺望をあとにして、二人はサン＝マロからカンカルに行き、宿屋で評判の見事な絵――新婚の生態とでもいうべきか――、四枚の時系列の絵を眺め、どっぷり浮世の風に浸る。

やがて、旅人は、ドルの大聖堂に寄り、ポントルソンに着く。モン・サン＝ミシェルが眼前に聳えている。モン・サン＝ミシェルにつながる砂洲の風紋が目にはいる。あたりの「沈黙がもたらす眩暈」のようなものの中で、土の香り、海の広がり、「驚　異《ラ・メルヴェイユ》」の建築物の至高さが描出されていく。

〈前方正面に、土台に銃眼のある城壁を備え、てっぺんに教会を戴く、丸い形をした大きな岩山がそびえ、塔を砂の中にめり込ませ、小尖塔を空に突き立てている。〉

〈とても高い所からゆったりと眼下を眺め、そうやって人の目が楽しめる限りの広がりを楽しんでいると、海を、青みがかった曲線となってどこまでも伸びてゆく沿岸の地平線を、あるいは切り立った斜面にそびえる、三十六の巨大な扶壁《ふへき》をもつ「驚異」の壁を見ていると、そして感嘆の余り口をひきつらせて笑っていると、突然、機織りの乾いた音が空に鳴り響くのが聞こえる。布を織っているのだ。〉

〈そこには、要塞、教会、大修道院、監獄、独房など、あらゆるものが、十一世紀のロマネスクから十六世紀のフランボワイヤン（火焔形様式）に至る各様式を体現しながら、存在しているのだ。〉

〈教会はゴシック様式の内陣とロマネスク様式の身廊を備えている。つまり、ここには二種類の建築様式が併存し、偉大さと優美さを競っているというふうなのだ。内陣では、窓の尖頭アーチが、愛の憧れを示すかのように高くとがり、すらりと伸びている。身廊では、上下に並ぶ拱《きょう》門が、半円を積み重ねて一様にその口を開けている。また壁に沿って、椰子《やし》の幹のようにまっすぐ伸びた小円柱が、そびえ立っている……〉

こうした緻密な描写は参考書物もあるとはいえ、やはりフロベール独特のものだ。百七十年後の現代にも通じる筆致であろう。描写や文体への飽くなき執着と研鑽は、官能性を帯びるほどであり、後年の大作家をはや告げている。

トンブレーヌという沖の小島の名のいわれ、Tombe d'Hélène（エレーヌの墓）か、霊魂が向う岩山か。モン・サン＝ミシェルの古名はモン・トンブ（墓の山）だともいわれている〔訳注〕。

二人は、塔の上で老水夫と語らう。彼はコーチシナや日本を訪れたことがあった。話を聞いている間、「上げ潮が塔の裾を打ち、星がきらめく。」まさに歴史と地理が広大な自然の中で溶けあう悠久の時が流れている。

翌日、灼熱の陽のもと、モン・サン＝ミシェルを出発した。コンブールに行くために、ドルまで引き返して、コンブール城を探索する。

シャトーブリアンは青春期二年間ここに暮した。「ルネ」が座わっていた部屋を見る。草の上に座し『ルネ』を読んだ。その情調に存分に浸った後、シャトーブリアンの生涯への追想が続く。


〈その部屋で男が過ごした、長い夢見がちな午後を思い描いた。思春期の耐えがたい孤独を、それがもたらす眩暈、それが催す吐き気、そしてそれがいきなり吹き込む恋愛感情――これらによって心は病むのだ――とともに思った。まさしく我々のものである苦悩が宿ったのは、この地――我々を育んだ天才がその苦悶の表情を示した、まさにゴルゴタと呼ぶべきこの地ではないのか。〉

シャトーブリアンの作品のヒロインたちが列挙して回想される。アタラ、ヴェレーダ、シモドセ、アメリーらの面影が創造されていく気配を感じとった。舞台は仏大革命下のパリからアメリカへ移る。

〈乗り込んだ船の舳先に身をかがめ、捨てようとする祖国を嘆きながらも新しい世界を探し求める男の姿が、私の目に浮かぶ。男は到着する。瀑布の音やナチェス族の歌に耳を傾ける。〔……〕男は国に帰り、語る。すると人々は、その絢爛たる文体の魔力にうっとりとなってしまう。そこには男の超然たる気取りと、波打ち、飾り立てられ、ひだが寄り、原生林を吹き渡る風のように荒々しく、蜂鳥の首のように色鮮かで、礼拝堂の三ッ葉飾りを通して射す月光のように柔らかな文とが認められる。〉

〈一つの社会が衰退し、別の社会が出現しようとする時に生を享けたこの男は、それら二つの社会の繋ぎ目となるために〔……〕登場してきた。カトリック信仰の死体防腐処理人にして、自由の讃美者であった。〔……〕政治においては立憲主義者、そして文学においては革命家であった。本能的な、かつ教養のある信仰の人であったが、他の誰よりも早く、バイロンよりも先に、自尊心のもっとも猛々しい叫び声を上げ、己の抱えるこの上なく恐ろしい絶望を表現したのは、この男である。〉

シャトーブリアンの栄光と限界も述べられる。シャトーブリアンは、終生のライヴァルと目したナポレオンの没落後、王政復古期、さらには一八三〇年からの七月王政期に政治家を務め、正統王朝派《レジチミスト》の論客として文筆の傍ら、存在を示した。ユゴーら後代のロマン主義文学者たちにも多大の影響を与えた。

フロベールにとっても、バイロン、ルソーらと共に青年期初期の神々の一人であった。フロベールはまだこの時期、シャトーブリアンの呪縛から完全に抜け出ていた訳ではない。小説『十一月』（一八四二年）から五年たっており、その後、自身の大病（一八四四年）や喪の年（一八四六年、父と妹の死）を経ているので、さすがに、自分の青春を振り返るような懐古調となってはいるが、まだその魅惑《シャルム》の残照に取り憑かれているといえよう。所々、次のように批判し、熟思を重ねてはいるのであるが。

〈芸術家としては、狭い美学の中で常に窮屈な思いをした点で、十八世紀の芸術家に通じるものがあった。しかし、そうした狭い美学は、男の広がりゆく天才によって絶えず乗り越えられ、そのために男の意に反し、その内側の至る所で破綻をきたした。人間としては、十九世紀の人間の悲惨を共有した。〔……〕しかし、この男を、その時代の情熱から切り離すことはできない。時代の情熱が男を作ったのであり、また男の方もそうした情熱を幾つも生み出した。〉

やがて、この旅のピークでもあり、自分らの時代の淵源でもあるこの地に降り立って考察を深めた二人は、「とても寂しい気持を抱きながらコンブールを立ち去った。それに我々の旅も終わりに近づいていた。」そうなのだ、このブルターニュの旅は過去の追想であり、丁寧な埋葬なのだ。文体鍛磨は、懐顧が徒らな抒情に陥るのを防御し、来るべき主題を招聘《へい》するための精神の準備なのだ。ここでしっかりと足場を固めたといえよう。未来を伺《うかが》う旅はもう少し先、オリエントのエジプトなのだ。

「三ヶ月の間、実に楽しく繰り広げたこのさすらいの気まぐれな旅」は「悲しい気分」で終わろうとしている。

フロベール

やがて、レンヌ到着。フロベールの筆はもう伸びず、ここで止む。こうして、カーン経由で二人はルーアンに戻って行く。しかし、実に精力的な旅であった。今日この旅行記を読んでも、フロベールの苦闘の跡をさほど留めぬまだみずみずしい文体と創成期の輝きが表われる。だがその若さの香気と共に、後年の文体探索への苦患の予感が秘されたままで立ち上ってくる。

しかし、まだ、『ボヴァリー夫人』創出には至らない。その完成、刊行は一八五七年のことである。執筆開始（一八五一年）

までにも四年間が残されている。『ブルターニュ紀行』（未刊）という助走も含んだこの四年間が、『ボヴァリー夫人』に向う本格的な準備期、チボーデのいう「フロベールの実験室」となるのである。まず、『ブルターニュ紀行』で初まった文体面の苦行は、旅行の前年（一八四六年）から情人となったルイーズ・コレ宛の書簡でたびたび語られていた。

〈ほんのちょっとの手紙を書く気にもならないほど、例のブルターニュ紀行（大急ぎで完成させようとしているのです。）にへとへとになっています。〔……〕文体こそは、この世のどんな病気をひとまとめにしたよりも、ずっと僕を苦しめるものです。ここ、三ヶ月半というもの、ぼくはもう朝から晩まで、小止《おや》みもなしに書きつづけています。そのため、ぼくは、たえまないいらだちのどんづまりにたっし、始終、表現することの不可能性の中に沈みこんでいます。〉（一八四六年、日付なし）[1]

〈文体には、ぼくはとても関心をもつのですが、これがぼくの神経をおそろしくいらいらさせます。くやしくなります。もだえ苦しみます。数日前から、ぼくは文体で病んでいます。夜になると、文体で熱を出します。進めば進むほど、ますますぼくは想いを表わすことができないと思います。語のために身をすり減らし、一日中、文章をまるくおさめるために大汗をかいて、一生を送るとは、まったくなんという偏執なのでしょう。なるほど、ものすごく嬉しくなることだってたびたびあります。けれども、おびただしい落胆や苦しみを通してでなければ、この喜びも買い求めることはできないのです。〔……〕それはともかくとして、対象そのものからいっても苛酷な鍛錬たるにふさわしいこの仕事を完成してみせますよ。それから、来年の夏には、『聖アントワーヌ』にとりかかってみます。もし、それが、はじめからうまくすすまなくても、ぼくは今から長い年月をかけて、その中に文体を植えつけてゆきます。ぼくはギリシャ語、歴史、考古学、何でもよい、要するに文体よりずっとたやすいものなら何でも学びとってゆきます。というのは、

ぼくが自分に課している無益な苦労が始終馬鹿馬鹿しいものと思えてくるからです。〉（一八四七年十月）(2)

〈……でもぼくは、今生きているままに生きてゆくことでしょう。あいかわらず神経に苦しみながらね。神経は、魂と肉体のあいだの伝達の入口ですが、きっとぼくは、この入口から、あまり沢山のものを入れてゆこうと望みすぎたのですね。〉（一八四七年十二月）(3)

これは『ボヴァリー夫人』執筆の時と、ほぼ同じ苦患の叫びである。彼の宿業が開始させられている。

その後、一八四八年二月革命の後、心友アルフレッド・ル・ポワトヴァンが死に、大きな痛手を受ける。青春の総決算を賭して執筆に没頭した『聖アントワーヌの誘惑』は友人二人から失敗作と断じられ、大打撃となる。これを乗り越えるべく、一八四九年、宿願のオリエント（エジプト、中近東）へ向かい、一年半もの大旅行に、デュ・カンと再度連れ立ち出立するのである。困難だが豊饒な旅を終えて帰国すると、先述したように、フロベールはもはや迷うことなく、『ボヴァリー夫人』に立ち向ったのであった。

『ボヴァリー夫人』の刻み付けるような文体の独創的な印はまだないが、『ブルターニュ紀行』には、そこに向うスタート地点に立った青年のひたむきな文体習作とでもいうべき清新な勢いが確かに感得される。やはり、これはフロベールの偉大な文業へと向かう歩みの中で大きな意義を示す一里塚なのであろう。

注

（1）フロベール全集第八巻、書簡Ⅰ、平井照敏訳。
（2）同。
（3）同。

主要テクスト

G.Flaubert, M.Du Camp: *Par les champs et par les grèves—Un voyage en Bretagne*, La Part Commune, 2011.

『ブルターニュ紀行——野を越え、浜を越え』ギュスターヴ・フロベール、渡辺　仁訳（論中、引用に際し、適する表現法に変更した箇所がある。）

参考図書

G.Flabert: *Œuvres complètes* Bibliothèque de la Pléiade.

『フロベール全集』第八巻（『野を越え、磯を越えて（抄）』蓮實重彥訳、デュ・カン『文学的回想』抄、篠田浩一郎訳、を含む）、筑摩書房、一九六七。

『フロベール論』、*Gustave Flaubert*, A・チボーデ、戸田吉信訳、冬樹社、一九六六。

『フロベールのエジプト』*Voyage en Égypte*, G・フロベール、斎藤昌三訳、法政大学出版局、一九九八。

第五章 「窒息した神秘家」／M・トゥルニエの見解

一 はじめに

ミッシェル・トゥルニエは、現代フランスを代表する小説家であるが、『聖霊の風』、『鍵と錠前』などの卓抜な自伝や文学的随筆でも知られている。文学批評の面でも、小説家としての観点をいかし、独特の作家論、作品論を行っている。『吸血鬼の飛翔』（一九八二）はその集大成である。（ここでいう「吸血鬼」とは、生きるために「読者」の血と肉を求めて「飛翔」する一羽の鳥ならぬ、一冊の生ける「書物」の謂である。）面前に待ち構える書物を通して触発された彼の想像世界が、自在にそこで繰り広げられている。それは当節流行の科学的、分析的客観批評とはおのずから境界を異にしている。その魅力は、まず何よりもその語り口が、彼の小説同様、読者を問題の中心点に向けて――登山者がはるかにそびえる山のふもとから出発し、あたりの風景にも目を奪われながら、一歩一歩頂上へ登攀していくように――巧みに誘導しさっていくことにある。それは心楽しい散策でもあ

M. トゥルニエ

れば、また思いがけない展開を見せるドラマのようでもある。フランス文学におけるこの種の批評の系統としては、実証と直覚を合わせ持った前代のA・チボーデなどが相当すると思われる。しかし、チボーデのように、博学を全面に押し出して批評家としての力量を見せ、読者を圧倒するのではない。小説家として彼が眺めた資料や文学的知識の引用及びそれに由来する洞察は、あくまでも小説世界の登場人物のように、さりげなく一役にふられて行間に映えるのである。また、方法論が前面に出てしまうヌーヴェル・クリティックの批評世界とも異なり、小説的であり、ある意味で人生的であり、したがって時に私的主観に充ちている。だがそれに触れる当初は彼個人の「読み」であったはずのものが、一篇の終わりには、大方の紛れもない実感となってしまう。これは批評の形に仕組まれた、したたかできわめて強固な小説の構築法である。ここには明らかに、彼の小説同様、作者の肉体と血が流れており、それが「吸血鬼」たる「書物」の生命を赤々と甦らせているのだ。かくて、親密なエクリチュールの形成がそこには生じている。あらためて特異な文学批評といえよう。

約五十篇のエッセイの中から、フランス近代小説の出発を告げ、同時にその比類ない範例となった作品を対象にして、縦横に論じた小篇をここに訳出を試みた。実作家としての彼の目が、対象の作品の隅々にまでゆき届いているのが見えてくる。

二　作品（略）

三　後の考察

トゥルニエは『ボヴァリー夫人』の世界を探索するにあたり、彼の作風の主流を成す、神話や宗教、魔法やファンテジーへの傾斜を表わしている。それとともに、トゥルニエ自身のもう一面の特色である、森羅万象への自然科学的興味と洞察をも鮮明に打ち出している。独得の啓蒙主義的要素を内に持つトゥルニエが薬剤師オメーを、通説から離れて擁護する見地に立つのはその表われである。フロベール自体は、反啓蒙主義、反近代を標榜しているエンマを、啓蒙主義、大革命を経て出現した近代社会に「窒息させられた神秘家」と見做していることは、トゥルニエとも共有する認識である。初稿『聖アントワーヌの誘惑』の失敗、放擲以後、『ボヴァリー夫人』（一八五七年）で偉大な作家として現れるまでのフロベールの模索時期（二十七―三十五歳）は、従来、評家の関心を最も惹くところであった。トゥルニエは、ロマン主義作家が写実主義作家に転身したという、それこそ「紋切型」の解釈を今一度、問い直している。すなわち、フロベールは天性どこまでもロマン主義の作家であり、作品に漂うレアリスムの「灰色の、くすんだ、わらじ虫」の色調は、表層の一意匠にしか過ぎないことへの再認識である。

フロベールは二人の友人の厳しい「評決」にもめげず、アフリカ、東洋の大旅行を企て、自ら「聖アントワーヌの誘惑」を生き抜き、ロマンチイクな情念を一層滾らせ、帰国したのである。ただ、生家の湿ぽい、しけた、近代社会の吹き溜まり、ノルマンディーの田舎では、その夢は抱くだに重い、身を引き裂く受難の相を帯びてしまう。しかしながら、故国でこの主題を再び生き、文体精錬の苦行僧と化すことが、作家フロベールの宿命であった。ここに、エンマ像成立の最大の主因があることを、トゥルニエは独自の切り口で語る。近代の現実世界との不適応こそ、ロマン主義の問題にほかならない。しかし、終章近く、断末魔の喘ぎの中、壮麗な宗教儀式で死に向うエンマの無残な姿が克明に示されている。これは、前代のロマン派作家たち（ラマルチーヌ、サンドetc.）から見れば、手に余る事態であり、いかにもエンマは毒々しい、不吉な鬼っ子であった。だが、「写実主義」や「客観描写」ということばで、この作品を弁別するのは、それらを飲みこんでなお、滔々と流れるロマン主義の全貌を蔽い隠そうとする隠れ蓑の域を出ない。エンマの死は暗く、閉ざされたものであり、いかような解釈も拒絶するが、そこに乾いたニヒリスムのみを見ようとするのは誤りであろう。エンマの死に、盲目の醜い乞食の「吟遊詩人」の恋の唄が伴うことからも知れるように、『ボヴァリー夫人』は、中世から遙かに遠い近代の、甘美なロマンスを暗く裏返しにされた、それでも熱い「物語」の帰結なのである。

啓蒙（親の世代）の挫折（仏革命）から、ロマン主義（子の世代）は生まれた。トゥルニエ流に言えば、「感情的、非合理的、かつ本能的な創造力」のロマン主義が、「光」（啓蒙主義）に最終的に勝利を収めた。フロベールの宿痾とも言える「末期ロマン主義」も、トゥルニエは視界にいれている。

反科学的ロマン主義に執着する余り、反啓蒙となり、オメー以下を嘲弄する。（ロマン主義第二世代のバイロン・ラマルチーヌに対して、トゥルニエは「知と抒情間の分離」を問題とするが、フロベールは若年時、愛読したものの、執筆時は彼ら抒情派にも否定的であった。彼らはエンマの夢想の中に残る。）この反啓蒙は、ロマン主義本来の特徴でなく、ドイツの初期ロマン主義では「啓蒙の遺産」は異なる表われをした。啓蒙とロマン主義の理想的一融合例として、トゥルニエは、ゲーテを経て、とりわけノヴァーリスを挙げている。ここら辺りは、ゲルマニスト・トゥルニエの面目躍如である。（因みにフロベールは、ゲーテの『ファウスト』を熱愛し、『聖アントワーヌの誘惑』執筆の一因となった。）

トゥルニエの説く通り、フロベールが、啓蒙主義の末裔や亜流たち――オメー、ブヴアールとペキュシェ――を末期ロマン主義の心情で嫌悪したとすれば、それは聊か次元を下げると言え、生なフロベールがそこにはいる。フロベールは、本物の「啓蒙」体現者には、格調ある「ロマン主義」で相対する。実父・ルーアン市立病院院長アシル・クレオファスに対する敬愛と自身が「家の馬鹿息子」（サルトル）たるコンプレックスが、作中のラリヴィエール博士の面影に投影される。正気に「戻ってきた」ロマン主義の光彩で、この名医は包まれている。

シャルル・ボヴァリーの称揚には、「名誉回復」の趣きがあるが、時代のシャルル評価の気運もあったかと思われる（サルトルの論考など）。トゥルニエは格別それらには触れていない。善良かつ不器用で弱気、エンマ追慕者として、シャルルのラインに連なる少年ジュスタンへの注目なども興深い。彼らと正反対に位置する、田園の俗物ロドルフやレオンが、「男性の心情」を持つエンマと一対となって、その存在が、「一種のあやふやな女っぽさ」の方に向かい、稀薄化する。フロベールが、エンマを彼自身の内部から造型したことは、エンマに「隠された男性らしさ」を見抜いたボードレールの言の引用とともに、またフロベール自身の有名な例の文句――〈ボヴァリー夫人は私だ。〉――を織りまぜながら、執筆当時の状況――大旅行後の心況――に照らして語られる。標題の「窒息した神秘家」の所以、エンマの宗教的魂の飛翔と構造が明かされ、この小説全体が、「平板で些細なある真実の探求」を越えた、ロマン主義の、「奥深い激越な」ヴィジョンの産物であったことが、強調されて、論は終わっている。

トゥルニエは、この時点（一九八二年）で、「写実主義」からフロベールを祖とかつぎ、十九世紀後半に始まる、科学的実証性を標榜する自然主義風見地を批判している。同時にまた、表層の不感無覚のエクリチュールから、「客観描写」――精神のオブジェ化――を一番に継承した二十世紀後半のアンチ・ロマンに至る乾いた風土を、ひいては、フランス現代小説全般の傾向を批判していると言えまいか。自作は、その流れに逆行してみせようと、『ボヴァリー夫人』を題材に取って、――フロベールはトゥルニエの最大の作家である――ひそかに宣言しているようだ。果たして、デビューからこれまでの彼の歩みを見ると、その成果は、十分あげたと言うべきであろう。

第三部　ロマン主義のあとさき――ルソーからル・クレジオまで――

中村光夫は、ルソーの『告白』を日本の私小説とは截然と区別している。その宇宙的、思弁的なスケールの大きさが、後者が醸し出す、狭い範囲の自我の自己防衛的枠組から桁外れに逸脱していると説く。それは、単なる「懺悔録」ではないのである。中村は、戦前の批評家デビュー時、すでにこう看破していた。

「社会における個人の地位の自覚は、必ずその最初に、個人の対社会的価値の過信を伴う。蓋し前述のごとく社会の良識の重圧はこれとの対決の開始に錯誤から生ずる勇気の力を要するのである。

この力の過信から生ずる錯乱に、人々に率先して身を委ね、この対決に己の力を消費しつくし、遂にこの妄信の生む悪徳に斃死した天才は言うまでもなくルソーである。彼はまず自己と他人との相違に苦しんだのだ。かつて、人の表現し得なかった孤独を抱き、病的な誇りと猜疑心に虐まれ、遂に彼はその後、孤独を逆用して、社会に虐まれる自己の全身を描き、社会と彼と何れが正しいかを決定しようとする破天荒の企画を『懺悔録』において実現した。したがって、彼の『懺悔録』の目的は、まず、社会に対する自己の正当化であり、彼をして今日の彼たらしめた自己の周囲に対する糾弾であった。彼の天才は、個人を、初めて、社会との対決において描くという未曽有の手法を創始し、これによって文学に新たな複雑な人間像と、広大な、開拓すべき未知の領野とを同時に与えたのだ。即ち近代文学の歴史は彼から始まるのである。〔……〕だがいったん社会の良識をはなれた者に対して、社会の良識はいかに援助を乞われようと、決して彼を救助には赴かないのだ。ルソーの悲惨な最後はこの事実を立証している。

そして個人の価値に対する彼の誇張も自負も、彼の後に同じく社会の良識との対決に身を滅ぼしたロマン派の作家のかずかずの生涯を通じて直されて行ったのだ。

即ち、個人の幻想は消え、社会と作家との対決のみが厳然と残ったのだ。フロオベルの（またボオドレエルの）独創とは自我と社会との対決を古典派的厳正をもって意識した点に外ならないのである。」（『私小説について』一九三五年）

第三部では、まだ迫害に会う前の、いわば健全性を十全に発揮しているルソーの主著、『エミール』を取り上げ、十八世紀の啓蒙主義者やカトリックとの対立点を再認し、その独自で自在な思索に迫ってみたい。

次に、ルソーをロマン主義の源泉とするなら、その後の第一世代のシャトーブリアンから第二世代のネルヴァルの『東方紀行』に分け入っていく。

ネルヴァルには、フロベール同様、豊饒な古代オリエント世界への超ロマン主義ともいえる夢想が溢れていた。彼の広汎な『東方紀行』を、サイードなどの手引きによりながら、そのエスキスを再現してみよう。

第三世代のフロベールの『ボヴァリー夫人』については既に第二部で論述したが、二十世紀の現代文学者で、ロマン主義の系譜に連なり、神話、伝承を多く主題に取る、物語作家、M・トゥルニエの見解も第二部で記した。

第三部後半では、十九世紀後半から二十世紀前中期の幾多の文学現象を超え、現代文学の最先端にそのロマン主義的精華を具現している二作家を取り上げている。

さらにこの第三部では、期せずして、「旅」を巡る観点が揃った。デュラスのメコン川（『愛人』）や太平洋の船旅（『エミリー・L』）。ル・クレジオでは、全編、大海原やアフリカの砂漠、中南米の密林などが背景となり、都市との対象を示している。ネルヴァルの『東方紀行』は言わずもがな、オリエント（イスラムや古代宗教世界）への導入である。ルソーの『エミール』でも、主人公たちは、流浪の身で波乱の一生を送ったルソー本人同様、しきりに旅を重ねている。これらは、所謂、観光目的や紀行文体で綴る余裕にみちた体験文ではない。言うなれば、その人生において必要不可欠な自己の実存を賭した旅である。結果的にはフロベールや中村や錮雲の異国への旅と呼応している。

デュラスは、晩年に、古代のガリア・ケルトに深甚な共感を寄せ、独自に現代のロマン主義を、自我解体の危機を乗り越え達成した。彼女の精神風景や執筆モチーフが、『愛人』や『エミリー・L』を通して眺望される。

先祖がブルターニュ出身でケルトの血を引く、ル・クレジオは、デュラス同様、現代文学の旗手でありながら、青年期から、中南米大陸のインディオやアフリカの風光・文化に強く惹かれ、自分の文学を後年に向かうに従い、その方向に大きく転開させていた。ルネッサンスや人文主義以降の科学が先導した合理主義、人間中心主義の功利的近・現代社会に鋭く対立した。現代西欧文明世界で失われた、古代文明からの連続性を一貫して追求し続けている。

デュラスは、ケルトへの関心以前から、ユダヤやキリスト教（旧約聖書）に親近していた。ル・クレジオの異教のインディオやマグレブのイスラム世界に対する愛憐と、ルネサンス以降の反・人文主義の一点で通底するものがあろうか。

ルソーには、ロマン主義の根底に、新たなキリスト教やルネッサンスを遡る古代ギリシャ・ローマ世界が確固として存在した。

では、それぞれの精神内奥を作品に即して見ていこう。

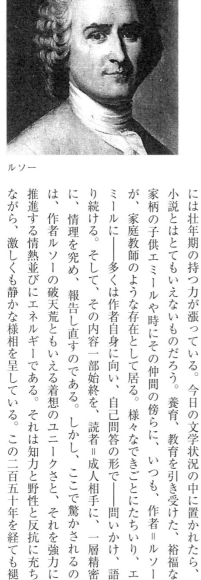

第一章　『エミール』への旅――ルソーの夢想世界――

一　少年期（l'adolescence 以前）

『エミール、または教育について』（一七六二年）

ルソー

この雄渾な作品は、ルソーが四十代後半から五十代始めにかけて書かれ、五十一歳の時、出版されている。これには壮年期の持つ力が漲っている。今日の文学状況の中に置かれたら、小説とはとてもいえないものだろう。養育、教育を引き受けた、裕福な家柄の子供エミールや時にその仲間の傍らに、いつも、作者＝ルソーが、家庭教師のような存在として居る。様々なできごとにたちいり、エミールに――多くは作者自身に向い、自己問答の形で――問いかけ、語り続ける。そして、その内容一部始終を、読者＝成人相手に、一層精密に、情理を究め、報告し直すのである。しかし、ここで驚かされるのは、作者ルソーの破天荒ともいえる着想のユニークさと、それを強力に推進する情熱並びにエネルギーである。それは知力と野性と反抗に充ちながら、激しくも静かな様相を呈している。この二百五十年を経ても褪せないリズムこそ、真の古典のしるしなのだろうか。何がルソーをこれ程までに集中没入させているのか。〈万物を作る者の手を離れる時、全ては良いものであるが、人間の手に移ると全てが悪くなる。〉（冒頭文）　近代に向かって歩み始めた時代、十八世紀中葉を背景に、小説は進展する以上、その時代の社会が――本書の主題に即せば、人間自体の幼児からの「教育」が――糺されているのであろう。作中でよく比較して引用されるのは、ルネサンス・動乱期社会と人間であり、モンテーニュの文章である。また、古代ではプルターク、ローマの哲学者たち――大カトー、セネカ等――である。広範な中世において全般に遍く行きわたるキリスト教（カトリックや東方教会）著作への言及は、聖書を除けば、まず見られないといってよかろう。一方で、大いなるもの＝神、宇宙、自然への沈潜、洞察は『エミール』の随所に見うけられる。ほとんど、それが基盤といってもよい。まさに「自然礼賛」、「人為排斥の哲学」である。

この教育対象である架空のエミール少年は、快活で子供らしさを失わない。かつまた、通常大人が気にいるように教えこまれるわざとらしい言動はせず、沈着、冷静である。国語、数学、化学、天文学、地学、生物学等々が師により教えられる。だが、いわゆる学校教育における教壇から教師による一方通行の形はとられない。

子供に関心のない知識は押しつけられず、自由自在に、実地にあたって興味を抱かせていく。又、大工仕事や指物師の職域から、磁力、引力、天空の有様などを中心とした大自然の科学まで、実体験を通し子供の自然な関心の芽生えと歩調を合わせて教えられる。師と生徒の質疑応答が繰り返されながら展開していく。普通の大人の教師の手で行われる不自然で、自己満足にすぎない（子供を喜ばせない）やり方と、そもそも不正確なことが多い受け答えが、逐一取りあげられ、検討され、歪みが正されていく。こうして獲得された頭脳の血となり肉となる豊富な知識の存在、またそれに応じて人間の心のうちで、道徳をめぐって確信される「良心」の存在。それらが子供の精神の中枢を成す。そしてそのことがまた、子供を利発で、心情豊かな人間へと作り上げていく。このような子供が、私たちの目前に現れれば、さぞや魅力的な少年であろう。生きて行く上で社会に必要な、法律、政治、経済、文学、哲学などの知識は、十五歳まではまだ要らないのだ。それでいて自立した少年。このころイギリスで出版された『ロビンソン・クルーソー』のように、無人島でも何とかやっていける知恵と体力に恵まれた少年。彼は道具を扱え、身辺の気配や動きに敏感であり、夜の闇の濃さを知っており、太陽がもたらす真昼のものの影から、方位を見出す方法も学んでいる。他方で、毒杯と信頼を測りにかけ、一方に賭けるアレクサンドロス大王の振る舞いに感じいっている。「美しい信仰告白」のような行為をもたらす、アレクサンドロスの偉大な魂、勇気と規範に充ちた古代の英雄たちへの想いを師は教える。他にも、衆人監視下、恥かかぬために、狐に腹を裂かれる苦痛の中でも、一言も発さないスパルタの少年の話、また、多勢を前に一歩も引かず、戦さで全滅する「テルモピレーの戦い」に於けるスパルタの兵士たちの話、彼らの胆力と愛郷心が称揚される。それに反し、ただ単にその地位に生まれついただけの無能無力な国王や貴族、成り上がった金持ちの強欲、総じて彼らの飽くなき虚飾、甚しい嫉妬心が挙げられ、それらに対する冷やかな目も養われていく。

『エミール』執筆時に至るまで、ルソーが現実に出入りしたり、見聞きした上流社会、貴族の子供教育が、如何に「自然」を遠ざけ、窮屈で歪んでおり、こまっしゃくれた大人子供を専ら生み出し、それがその不完全な姿のまま、社会に出ていくことの弊害、悪循環。これらが、ルソーの念頭に絶えずあったであろう。知識の詰めこみや垂れ流しに関しては、近代の学校教育では、一体、有用なものが与えられているのか。子供の興味や関心をそそり、大人に向う道程に必要な、心の養分となるものを与えること、また、親や教師が子供との間合いを測り、共に考え、問答を重ねながら、あるべき答や道を見出していくこと。実はこのような道程は何とスリリングな体験であり、本来、一つの家の世代交代やそれをとりまく社会・時代の文化引き継ぎに、それこそ一番大切なことなのだと改めて知らされる。子供と一心に向きあえる大人、実際これはエゴの我利我利亡者には困難な道である。一方、勘違いの例も出される。いくら名文だからといって、人間心理の表裏や毒気に充ちた、ラ・フォンテーヌの『寓話』を子供に読ませる錯誤が、原文の実例を一行ずつ引いておかしく語られる。なるほど、面白く役に立つなどと思っているのは大人だけなのだ。無邪気な子供の心に大人の心理を反映・移植させることは不用であるし、人間性について誤った観念を与えてしまう。

どんな書物でも時代を反映している。『エミール』の森羅万象への溢るる好奇心とものごとの成り立ちへの深い探究心は、正に百科全書全盛期の産物なのだ。ルソーにとっても、ヴォルテールやディドロ、モンテスキューたちと共に織り成した、十八世紀の「進歩」と「理性」の渦中から形成されてきた作品といえる。しかし、彼らとの明瞭な差異もまた、この傾向の絶頂を成す本書の中に厳然と表われている。やがては、この作品が、国家当局や教会権力の弾圧を呼び、彼ら哲学者たちと――すでに不和の種は播かれていたが――決定的に離反していく大きな契機となってしまう。

彼らの死後、勃発するフランス革命への予感は、ルソーにもヴォルテールにも共通してあった。但し、仏革命の進行に伴う実際の成行は、こうした予感とはかけ離れたものとなってしまったが。

話がさきに行き過ぎたので、エミールの子供時代に戻すとしよう。この時期の主題は「少年時代を十分楽しませよ。」ということに尽きている。そこには、死すべき定めの人間存在が常にルソーの念頭にある。即ち、早逝する子供たちの問題である。

〈彼は子供としての成熟期に達している。彼は子供としての生活を生きてきた。彼はその完成を自分の幸福を犠牲にして手に入れたのではない。そうではなく、二つのものは互いに協力し合っていたのだ。その年齢にふさわしい理性を完全に獲得しつつ、彼の素質が許す限りにおいて、彼は幸福であり、自由であったのだ。仮りに宿命の鎌が私たちの希望の花を刈りとることになったとしても、私たちは彼の生と死とを同時に悲しむ必要はない。私たちが彼に与えた苦しみを思い出して私たちの悲しみをさらに深くすることはない。私たちはこう呟くだろう。少くとも彼はその子供時代を楽しんだのだ。私たちは自然が彼に与えたものを何一つ失わせることはしなかったのだ、と。〉

　こう思えるように、子供を育て子供を悼めるには、教える側にも「豊かな判断力」が必要となる。子供に対するその判断力を養うような教育の例が挙げられて、子供時代前期を扱う第二篇までが閉じられる。

　第三篇にはいる。「子供時代の第三の状態」――十二歳ないし十三歳頃はまだ思春期に達していない。

〈子供の力はその欲望にくらべてはるかに急速に伸びてゆく。もっとも激しい、恐ろしい欲望はまだ彼の内には感じられない。〔……〕彼は想像から生まれる欲望に苦しめられることはない。人々の意見は彼に対して何事も成しえない。彼の欲望は彼の手より先の所に及ぶことはない。自分のことは自分でできるばかりでなく、彼は自分に必要な力よりもっと多くの力を持つ。この時期は彼がそういう状態におかれる唯一の時期だ。〉

〈真理の数は誤謬の数と同じように無限にある〉のだから、〈学ぶのに適当な時期を選ばなければならないし、それと同様に、学ぶことも選ばなければならない。〉そこから、〈無知は決して悪を生み出さなかったこと、誤謬だけが有害であること、そして人は何か知らないためにではなく、知ってると思っているために誤ること〉を銘記せねばならない。

　ここで、「消極教育《ネガティヴ》」が奨励されているが、ルソーの教育論に不変のもう一つの主題が表われる。〈感覚的なものを通ってこそ、私たちは知的なものに到達することになるのだ。精神の最初の働きにおいては、感覚が常に精神の案内者となるようにしなければならない。〔……〕あなた方の生徒の注意を自然現象に向けるがいい。〉それは、従来からのルソーの主張であった。子供をその霊妙さで楽しませると同時に、人間や社会の上位へ立ち、私たちに常に霊感を与えてくれる宇宙。――畏怖と崇拝と感動が一体化し、やがて「自然宗教」に導かれてゆくのだが、その宇宙の森厳なさまを子供の魂に深々と植えつけることである。初めて気付くような「夕陽」と「朝陽」の出現は、何とも美しい一節で述べられている。但し、感動の余り、教師が無用なことばを子供に伝えることを、ルソーはきつく戒しめている。〈そうした感覚のすべてから同時に生じてくる複合的な印象〉をまだ感覚の経験の足りない子どもは感得できないからである。〈子どもに理解できない話を子供にしてはならない。描写、雄弁、比喩、詩は無用〉である。

〈よく晴れた日の夕方、目をさえぎるものもない地平線に太陽の沈んでいくさまがすっかり見えるようなところへ散歩に行って、太陽が沈む地点を示してくれるものをよく見ておく。あくる朝、新鮮な空気を吸うために、太陽が昇る前に、また同じ所へ行ってみる。太陽は先ぶれの火矢を放ってすでにそのあらわれを予告している。朝焼けはひろがり、東の方は真赤に燃えて見える。その輝きを眺めて、太陽があらわれるにはまだ間《ま》があるころから、人は期待に胸を躍らせ、今か今かと待っている。ついに太陽が姿を見せる。輝かしい一点がきらめく光を放ち、たちまちのうちに空間のすべてをみたす。闇のヴェールは消え落ちる。人間は自分の棲処《すみか》をみとめ、大地がすっかり美しくなっているのに気がつく。緑の野は夜のあいだに新しい生気を得ている。それを照らす生まれいずる日、金色に染める最初の光線は、それが目に光と色を反射してキラキラ光る露の網目に覆われている光景を見せてくれる。〔……〕そうしたあらゆるものが集まって、感官にさわやかな印象をもたらし、それは魂にまで沁みわたっていくように思われる。それはどんな人でも抗しきれない忘我陶酔の三十分間であり、かくも壮大で、美しく、甘美な光景には誰一人として無関心ではいられない。〉

この朝陽の描写は、何と力強く、昧爽の新鮮さ、大自然の瑞々しさが溢出していることだろう。総じて、以降のロマン主義世界を照らし出している、正に近代人が目にしえた夜明け光景である。これが、十九世紀中葉、ボードレールあたりまで来ると、その光は残光となり、周辺を赤く染めながら衰微していく夕陽に変じてしまう。そこで詩人たちは、後悔と失意、彼岸への希求を沈思してうたう者となっていった。

ルソーの、当時において過激な私見の数々が列挙されていく。現実社会で第三身分であるブルジョワ以外の農民や職人への偏愛、エミールの出身母胎である貴族やその子弟たちへの叱責、宗教に対する疑問。前述した、自然を実地に体験させる「事物の教育」の重要さから、「職業教育」へ移る。〈人間に生活物資を供給することができるすべての仕事の中で、最も自然状態に近いのは手を使う労働だ。〔……〕文学にとらわれず、精神を生かせ。何か職業を知るためにそれを学ぶことよりも、むしろ職業というものを軽蔑する偏見を克服することが問題なのだ。〉

〈エミールは純粋に物体的な自然についての知識しか持たない。彼は歴史という名詞さえ知らないし、形而上学とか倫理学とかいうものがどういうものかも知らない。事物に対する人間の基本的な関係は知っているが、人間対人間の倫理的な関係については何も知らない。観念を一般化することは殆どできないし、抽象化することも殆どできない。ある種の物体に共通の性質はわかっているが、その性質自体について考えることはしない。〔……〕彼は事物をその本性によって知ろうとはせず、ただ彼の関心を引く関係によって知ろうとする。彼の外部にあるものは彼に対する関連によってのみ評価する。しかし、その評価は正確であり、確実である。〉

〈エミールはよく働き、節制を守り、忍耐心に富み、健気で、勇気に満ちている。決して燃えあがることのない彼の想像力は、危険を大きくして見せるようなことはない。〉

〈彼は健康な体と軽快な手足を持ち、偏見のない正しい精神、自由で情念に煩わされない心を持っている。〉

エミールは自尊心もまだ発達せず、自然の流れに、満ち足りて、幸せに、自由に生長してきた。こうしてエミールは充実した十五歳を迎える。

さて、第四篇にはいる。エミールは十五歳となり、危なっかしい年頃にさしかかる。本能、情念の嵐に支配され、身心のバランスが崩れる時期となる。それは通常、内攻（自責）となり、外攻（攻撃）となって表れる。知らず知らず、自己圧迫に苦しむような若者にとって、無傷でこの時機を通過するのは容易ではない。慎重に見守るべきである。性本能の悪しき刺激を遠ざけるよう、親や教師は留意することとされる。それは、十代のこの頃は、人生の要となる、他の重大な真実、真理に直面し、目を開かせるためである。早くから放蕩の味を覚えた者は、後年、自己本位で冷酷な心を持ち、快楽を中心に据えて生きることが、この世で第一義的なものとなってしまうからとされている。

人間や社会に対し、反抗的な心から自暴自棄に陥りそうだった、この年頃のルソーの前に出会いが訪れた。筆頭は第二の母といえるヴァラン夫人であるが、後述するもう一人の先達もいた。さて、その前に、先程の人間と社会の基盤にある真実の考察とは、次のような事柄に関してであった。

貧苦について。金持ちの苦労は、その身分から生じたものではなく、自ら招いた結果に過ぎない。貧しい人の苦しみは、その身分、宿命と密接に結びつき、絶対的なものである。〈疲労、消耗、空腹から来る肉体的な感じを無くしてくれるような習慣はない。優れた精神も知恵も、彼が置かれた状態から生じてくる苦しみを免れさせるには何の役にも立たない。〉ルソーのこうした一節は、同時代の「賢者」、哲学者たちより徹底しており、仏革命への基盤に通底していくだろう。師とエミールは、「道徳的な秩序」、「人間の第二の段階」にはいり、「自然的な、また社会的な不平等の程度」を目にし、「社会秩序全体の一覧表」を見ようとする。『人間不平等起源論』が無論、念頭にあろう。ルソーの信念――〈人間を通して社会を、社会を通して人間を研究しなければならない。政治学と倫理学を別々に取り扱おうとする人々は、そのどちらにおいても何一つ理解しないことになる。〉は継続されている。人間の実際の死の姿を見せ、反応を正しく導き出す。又、他人の外面だけでなく、内面に潜む苦痛の存在を感知させる。共感、思いやり、哀れみの感情を養うためである。

ここで、さらに人間の心を深く知るように、遠い時代、場所に生きた人々を示す「歴史」が教えられる。

〈歴史は革命とか大騒動とかいうことがなければ興味がないので、温和な政治が行われて何事も無い状態のうちに国民の人口が増え、国が栄えている間は歴史は何も語らない。その国民が自分の国だけでは満足できなくなって、隣りの国の事件に嘴《くちばし》を入れるか、それとも、自分の国の事件に隣りの国から嘴を入れられるかした時に、初めて歴史は語り始める。歴史は、ある国がすでに衰え始めている時に、それに輝かしい地位を与える。私たちの歴史はすべて終わりにすべき所ではじまっているのだ。互いに滅ぼしあっている国民については私たちは非常に正確な歴史を持っている。〉

これは現代にも通じていて怖いくらいである。

古代の歴史家たちの省察や古代ローマのアウグストゥスの栄光の裏の悲惨な一族の様子も述べられる。「情念」への備えが必要とされる。

〈自尊心が発達してくるとすぐに相対的な「自我」が絶えず働いてくる〉が、自分とは別の者になろうとすることは無意味である。

エミールに、幼少期から宗教の話はしていないので、十五歳になっても彼は魂については考えてはいない。十八歳でも学ぶ時期とはいえない。〈必要もないのに早くから学べば、いつまでもそれを知らないでいるという危険に陥るからだ。〉

しかし、師の切実な体験をサヴォワの人の告白を通して語る時が来た。結果的にここでルソーは「危険な題目」に踏みこまざるを得ない。爆源に近づきつつある。

〈いつわりの灰が覆っている
火の上をわたしは行く。〉（ホラティウス）

二　サヴォワの助任司祭の信仰告白

ルソーが、十六歳頃、故郷ジュネーヴを去った放浪時代初期、ヴァラン夫人の計らいで、自身はプロテスタント出身ながら、トリノのカトリック改宗者用救護院にはいったことがある。その時、苦しい体験の中にあっても感化を受けた助任司祭（ゲーム師）とアヌシーで教えを受けたガティエ師をモデルにして、『エミール』作中で長文の信仰に関わる告白をさせている。小説中で師＝作者ルソーが自らの思い出を回想する設定である。場面は、すでに親しい助任司祭と弟子（当時の少年ルソーにあたる）が、夏の明け方、救護院を出て、町外れの高い丘に登った時の体験をもとにしている。眼下には、ポー川が肥沃な土地を潤し流れているのが見える。

〈彼方には全ての上に巨大なアルプスの山なみが聳えている。朝日の光がもう平野に差してきて、野原には樹木や丘や家々の長い影を投げ、光のさまざまな変化が、人の目に触れるこの上なく美しい光景をいっそう豊かなものにしている。まるで自然は、私たちの目の前にその壮麗な景色を繰り広げて、私たちの話のテキストを提供しているかのよう

だった。〉

舞台はまた明け方であるが、ルソーには馴染み深いこの象徴的な背景をもとに、救護院入門後、新たなカトリックの教理や仲間たちにも親しめず、生れた時からのプロテスタント信仰にも無関心である、迷い悩める一人の少年──エミールではなくかつての少年ルソーがいる。彼を前にして、すでに自身も苦難の道を歩んできたにもかかわらず、「安らかな心の人」サヴォワの助任司祭は熱情こめて、誠実に語りかける。告白者が一貫して強く批判しているのは、見せかけの懐疑論者や無神論者である。終盤にはこう結論づけられる。

〈さらに、人々が尊敬しているいっさいのものをひっくり返し、ぶちこわし、足下に踏みにじって、悩める者からその不幸の最後の慰さめになるもの（信仰）を取り上げ、権力者と富める者からその情念のただ一つのブレーキになっているもの（信仰）を取り去る。彼らは人々の心の奥底から、罪悪から生れる苦悶と、美徳から生れる希望を根こそぎにして、しかも自分は人類に恩恵を与えるものだと誇っている。決して真理は人間にとって有害にならないと彼らは言う。〉

ここにルソーは自注をつけ、P・ベールの次の文を引用する。〈狂信は無神論よりもいっそう有害である。〉──ルソーはこの「みごとな証明」を認めつつ、もう一方の真実を訴える。

〈〔……〕無宗教は、そして一般的に理屈を好む哲学的な精神は、人生に執着し、魂を弱め、卑しくし、あらゆる情念を卑しい個人的利害に、いまわしい人間の「自我」に集中させる。〔……〕無神論は人間の血を流させないにしても、それは、平和に対する愛よりもむしろ善に対する無関心からなのだ。〉

「自我」をめぐる争闘はルソーも行なってきたのだから、自己批判にも通じている。本文に戻ると、告白者はこう語り終えている。

〈盲目的な信心は狂信に導くが、傲慢な哲学は反宗教に導く。こういう極端を避けることだ。〔……〕哲学者たちのところでは大胆に神を認め、（自分の信仰以外は認めない）不寛容な人々に向っては大胆に人間愛を説くのだ。おそらくあなたの味方になる者は一人もいまい。〔……〕人間にとって大切なことはこの地上における自分の義務を果たすことだ。そして、人は自分を忘れている時にこそ、自分のために働いているのだ。わが子よ、個々の利害は私たちをだます。正しい人の希望だけがだますことはしない。〉

そもそも「信仰告白」冒頭からこの論調は一貫していた。引用した終盤部分と対応する所となるが、当代の「哲学者」たちへの不信が述べられていた。

〈自分の名声のためにあえて人類を欺かないような哲学者がどこにいるか。他人より抜きんでた者になりたいということとは別のことを心の奥底で考えている哲学者がどこにいるのか。〔……〕彼らにとってかんじんなことはほかの者とは違ったふうに考えることなのだ。彼らは、神を信じる人々の間では無神論者になり、無神論者の間では神を信じる者になるのだ。〉

告白者は「宇宙の存在」と「自分自身の存在」についても「まったく同様な確信を持つ」に至った。観念論者と唯物論者の論争はすべて無意味で、「物体の現象と実在に関する彼らの区別は幻想」と彼には見做されているからだ。

宇宙は物質で構成されているが、ある一定の運動――〈人間や動物の自発的な運動に見られるような自由は全然持たない。〉

〈太陽がめぐっているのを見れば、それを推し進めている力を考えずにはいられないし、地球が回っているなら、それを回転させている者の手が感じられる。〔……〕実験と観察は私たちに運動の法則を教えてくれた。これらの法則は結果を決定するが、原因を示さない。それらは世界の体系と宇宙の歩みを十分説明してくれない。(1)〉

デカルトとニュートンの科学について具体的に考察されている。そして、彼は〈何らかの意志が宇宙を動かし、自然に生命を与えている〉と信じており、それが彼の「第一の教理」、「第一の信条」となっている。これは、ある意志が物理的な物体の作用、運動を生み出すという点で、それが「神」ということになれば、宇宙の創成自体は神の業とする、当時の理神論と同様な道筋を辿ることになろう。果たして、この助任司祭はカトリックでありながら、告白の先の方で、神による啓示、預言、奇跡等々に疑問を投げかけているが、これも理神論の範疇《ちゅう》――神の人格的能力を否定――である。「奇跡」への疑義の理由は、なぜなら、それを人間たちに伝えるのも、常にやはり人間を介してであり、万人がその場を見たわけではないと疑わざるを得ないからだとされる。

宇宙と人間に関しては、前もって三つの信条が呈示された。「何らかの意志が宇宙を動かし、自然に生命を与えている。」（第一）、「動く物質はある意志を示してくれるが、一定の法則に従って動く物質はある英知を示してくれる。」（第二）、「人間はその行動において自由なのであって、自由なものとして、非物質的な実体によって、生命を与えられている。」（第三）

ここで、「何らかの意志」、「ある英知」が神を示し、それが人間の本質に物質とは異なる実体から精神を与えているとしている。

宇宙の中に神の存在を認め、その「英知」を感知する――これは助任司祭の告白であり、小説中に長大に挿入された形を取っており、ルソーの直接の告白ではない。しかし、その迫真性からいっても、ルソーの信条告白と見られても当然だろう。このルソーの「神」をめぐる信条は、『孤独な散歩者の夢想』執筆（一七七六年頃）の中にまで、連続して残っているのだろう。この間、十年近くの迫害、追放の日々を含む、流浪、病苦、貧困の中にあっても（キース卿などの有力な保護者にも恵まれたが）、心の揺らぎは生じなかったものと思われる。それほど強い信条であった。

さらに、魂の非物質性と不滅性が論じられる。

〈私は肉体的な生活をしている間、感官によらなければ何も認められないのだから、感官の力の及ばないものは私にはとらえられないというのはごくあたりまえのことだ。肉体と魂の結合が破れる時、肉体は分解し、魂は保存されると私は考える。肉体の破壊が魂の破壊をもたらすようなことがどうしてありえよう。そんなことはない。この二つのものはまったくちがった性質のもので、その結合によって耐えがたい状態にあったのだ。だから、その結合が破れると、二つとも自然の状態に帰る。能動的で生きている実体は、受動的で死んだ実体を動かすのに用いていた力を全面的に回復するのだ。ああ、悲しいことに、私は自分の不徳によって十二分に感じている、人間は生きている間は、半分しか生きていないこと、そして魂の生活は肉体の死を待っていることを。〉

だが、正直で誠実な告白者は〈魂の生活とはどういうものか。また、魂はその本性からいって不滅なのだろうか。〉（異本ではここに「私にはわからない。」が続く。）と問いかける。そして、結局、〈そういう存在がどんなふうに死んでいくか思いつかない〉ので、〈それは死なないものだ〉と推測する。〈この推測は私を慰めてくれるし、そこには何も不条理なものはないのだから、どうして私はそれを信じることを恐れよう。〉と続けられていく。「理性」により、重厚かつ鋭利な分析を重ねながら、不可知な対象には、最終的に判断を停止し、信じるのみとする。そして、そこに、来世を信じる以上、現世の善、悪の観念が重要視される。これを導くのは〈理性そのものからも独立している良心という直接的な原理〉である。

〈良心！良心！　神聖な本能、滅びることなき天上の声、無知無能ではあるが知性を持つ自由な存在の確実な案内者、善悪の誤りなき判定者、人間を神と同じような者にしてくれる者、おんみこそ人間の本性をすぐれたものとし、その行動に道徳性を与えているのだ。おんみがなければ、私は、規則を持たない悟性、原則を持たない理性に助けられて、過ちから過ちへとさ迷っているみじめな特権のほかに、獣よりも高い所へ私を引き上げてくれる何ものも私のうちに感じない。〉

「賢明な創造者」によって人間は「よいことを好むように良心を、それを知るように理性を、それを選ぶように自由を」与えられているとする（傍点筆者）。十八世紀のキー・ワードとなる後者二つに優先するものとして、ここに「良心」が特筆されている。この善良な聖職者は激する余り、自ら感極まっており、少年をも感動させた。

さらに、サヴォワの助任司祭は、さまざまな宗教の存在を認め、世界の国々（トルコや日本まで登場する）の信仰、布教の実情を述べる。カトリックの教理への疑義批判が続く。理神論の合理主義的見解が展開されていく。キリスト教とユダヤ教の根深い異和と対立を述べ、古代ギリシャにも目が転じる。

〈ソクラテスの生涯とその死は賢者の生涯と死だが、イエスの生涯と死は神の生と死だ。福音書に書いてある物語は勝手気ままに創作されたというべきだろうか。友よ、創作とはああいうものではない。〔……〕それに、福音書にはあんなにすぐれた、あんなにはっきりした真理のしるし、誰にもまねることのできない真理のしるしが見られるのだ。〔……〕その福音書にはまた、信じがたいこと、道理にあわないこと、どんな人でも良識のある人には考えることも承認することもできないことがいっぱい書いてある。こうしたあらゆる矛盾の中にあって、どうすればいいのか。我が子よ、いつもつつしみ深く、用心深くすることだ。否認することも理解することもできないようなことには、何も言わずに敬意を払うことだ。そして、ただ一人真理を知っている大いなる存在の前に頭を垂れるのだ。〉

この告白のさきの方で、当時、少年ルソーは、助任司祭の信仰告白中、「良心」、「理性」、「自由」に関する話が出た際、あなたは有神論者であり、自然宗教の人であると感想を伝えたことがあった。（十六歳の少年にそんなことが言えたかどうかは果たしてわからないが。）助任司祭は、彼が属するカトリック教会の儀式、慣例をそれほど重んじていないように見えるが――ルソー少年の無頓着もとがめない――その秩序の枠内にとどまり、人の目に触れない所でも、誠実に職務を果たし、一心に祈ったりするのである。このことは告白の最後の場面に表われる次の一節とも呼応するであろう。

〈我が子よ、神というものが存在することをいつも願っている状態にあなたの心をとどめておくのだ。そうすれば神の存在に疑いを持つようなことは決してないだろう。〉

この心の状態に近接する、近・現代の思想家、作家が幾人か思い浮かぶ。また続く一節、

〈あなたがどんな立場を取ることになるにしても、宗教の本当の義務は人間の作った制度とは関わりがないこと、正しい人の心こそ本当の神殿であること、どこの国、どんな宗派においても、何者よりも神を愛し、自分の隣人を自分と同じように愛することが律法の要約であること、道徳的な義務を免れさせるような宗教は存在しないこと、そういう義務の他には本当に大切なことはないこと、内面的な信仰はそういう義務の最初に来ること、信仰なしには本当の徳は存在しないこと、こういうことを念頭に置くがいい。〉

ここにも助任司祭の信仰と現実の生活が呼応している姿が見られるであろう。あらゆる宗教を認める一方で、この告白者は富貴に栄えた高位の聖職者ではないにもかかわらず、カトリックの伝統と様式の中にいる。しかし、彼の理念はプロテスタントの最高理念にも達する、信仰の純度の高い普遍性もあるのではなかろうか。ルソーは、助任司祭の口を通して、己れの立場を改めて表明しているようでもある。それは音楽のようにうねりをこめて転開され、大宇宙や地上に生きる自然人賛歌も延々と続けられてゆく。静謐、熱気を孕《はら》んだ朗唱のような信仰告白は、この辺りで成り止む。作者ルソーは、彼の作中の想像上の生徒エミールと共に、やがて考察すべき実例として、小説中盤でこれを導入した。果たして、この「サヴォワの助任司祭の信仰告白」を主因として、また『エミール』全体を通しても、ルソーの味方は一人もいなくなった。王権を背後に持つカトリック教会（ジェズイット僧団）はこれを禁書とし、ルソーに逮捕状を出した。逃亡の身となり、生国ジュネーヴ共和国やプロテスタント教会からも、聖書の本質に疑義を呈したとされ、禁書処分と逮捕令が出される。扇動された「下層民衆」からベルンの村・モチエで家に夜間、激しく投石を受けた。一七六五年九月、次にここを去って、ビエンヌ湖のサン＝ピエール島に移るわけだが、そこも二ヶ月足らずで、追放の憂き目にあう。かつての同志、仲間であった哲学者たち、百科全書派の人々、理神論者のヴォルテールやダランベール、無神論者のディドロらとも、すでに離反していたが、溝は決定的に深まった。

三　自己と世界に対するエミールの身の処し方

ここで、又、エミールの教育に戻るのだが、エミール自体が、成人に近づいたとはいえ、告白者のように自ら語り出すことは、相変わらず無いのだ。常に家庭教師としての作者ルソーが、エミールの外貌を描出し、成育の跡を辿る。心の内部状態も、教師役のルソーが、読者に語って聞かせる形式をとる。一人称・三人称混合小説といえばそうであろう。後年のスタンダールの場合のような――作者自身が時おり小説の中に顔を出す――ものとは明らかに違うのだが。

主人公たちが縦横無尽に思いを述べ躍動する――ロマン派近代小説とは構造が異なる。『エミール』には先行者の孤立と格がある。エミールにこと寄せたルソーの精神がそのまま演じきる一人舞台といえるのであり、エミール自身は自己を分析したり、自問自答したり、人を批判することばを内部からは持たない。ジュリアンやファブリスとは違うのである。それでもエミールの像は読者の中で除々に形成されてくる。それほど、彼の造型に託したルソーの夢想の力は強力で熱に充ちたものであった。

エミールも二十歳に達すると、「世の中に出る」ことになる。青年時代における人とのつきあい方の正邪が問題とされる。都会（パリ）では、はや道徳はすたれ、風俗の乱れにより、官能世界に「臆見」から接近し、仲間らとの交友を通じ、親や教師を疎んじ出す。「悪い」道に染まることこそ、一人前の男だと思いこみがちである。こうした青年早期に陥る堕落を師は警戒させる。二人がこれまでの師と生徒の段階から、人生の先達と後輩の関係へ移行するようにと、親や師たる者は心をくだかねばならない。珍しく、エミールの言説が導入される場面がある。エミールなら話相手を求めてこうも言うだろうという形でそれは行われる。

〈ああ、私の友人、私の保護者、私の先生、あなたの権威をそのままにしておいて下さい。〔……〕私をとりまいているあらゆる敵から、そして何よりも私が自分の内に持っている敵、私を裏切る敵から、私を守ってください。〔……〕どうか私に暴力をふるう私の情念に対して、私を保護することによって、私を自由にして下さい。そして、私が自分の官能にではなく、自分の理性に従って、私自身の支配者になれるよう強制して下さい。〉

すると、師は一たんは厳しく突き放す。導く者の方により重い責務が課されるゆえである。

〈善良な若者よ、私に服従する義務を負うことによって、あなたは私に〔……〕あなたの欲望と私の願いに逆らう義務を負わせることになるのだ。〔……〕あなたが受ける束縛よりももっと厳しい束縛をあなたは私に与えることになるのだ。〔……〕私たちの力を考えてみようではないか。〔……〕私にも考える時間を与えてほしい。そしてゆっくりと約束する者はいつも忠実に約束を守るということを知っておくがいい。〉

青年に両者間で交わす成人の約束というものが重大であることを、心から感じさせるような時期が到来して、いわば、「契約に署名する」時が来る。その時には指導者は一変して親身になり、優しい態度で臨むべきであると、注意を読者に促している。こうして、若者にまず服従させ、師の命令の説明を求めさせ、言うことを理解させる。エミールの従順さを利用して、〈人間の中で一番幸福な者にする〉ことを約束する。この世で待ち構える双刃の剣である「官能の落とし穴」からエミールを守るためである。〈精神・心の結びつきが官能の喜びにどんな魅力を添えるか〉を感じさせれば、他に存在するみだらな行ないにエミールは嫌悪を覚えるだろう。そして、彼を恋に夢中にさせつつも、かえってよりいっそう賢明な人間にしてやれるだろう。今まで身に付けてきた善行と道徳をさらに磨きをかけていく。社交の中で自分を目立つようにはせずに、それでも何がしか彼の意見を聞いてみたいと信頼をうけ、人に愛される青年となるように振舞うこと。時に、自然の恵みの中で、祝祭に満ちた日々を送り、労働と憩いと、たまさかの村人の祭の中で、人々との交友を心から楽しむ。――これは『新エロイーズ』のアルプス・クラランの風景にも通じる、ルソーの際限のない夢である。かつて青春時代、美しい自然に恵まれた田園シャレットで過ごした、ヴァラン夫人との日々の尽きせぬ思い出の変奏であろうか。しかし、社交や世間からエミールを遠ざけておくだけではいけない。それでは、〈人間にとって、市民にとって、もっとも必要な技術、仲間と一緒に生活する技術〉が身につかない。エミールの心は伴侶を求めてきている。彼にふさわしい人を探しに行こう。ここで、十八世紀パリを支配する快楽や遊戯ではない、一対一の対等な人格・魂の交流が可能となる相手が必要になる。親和力に導かれた愛する対象探求が師弟により真剣に始められる。想像上の未来の恋人の名前は、予め、ソフィー（英知）と名付けられている。

ソフィーはとてもつつましい。彼女はとても単純だ。彼女を見出すまでの間、エミールは二十年間の教育の結果、心がよく武装されているから、〈姦通と放蕩に対する嫌悪は、街の女からも、結婚した女性からも、同じように彼を遠ざける。〉これは、多分、ルソーの体験乃至見聞した十八世紀フランスの社交事情に関わってくる。エミールにルソーは自分の身体と精神の足取りを重ねる。エミールはただ単に二十歳になったのではない。

〈いつも自分の支配者でいられるようにするためには、彼は苦しい思いをしなければならなかったのだ。〉

〈品行の正しい人こそ本当に女性を尊敬している人なのだ。そういう人には、女性に対してもっと真実のこもった、もっとやさしい、そして、心からのいんぎんさがある。〔……〕めざめたばかりの肉体を持ちながらも、それに抵抗する豊かな理性を備えているエミールは（他の者からは）どんなふうに見えることだろう〔……〕〉

人生を渡っていく上で不可欠な「趣味」の定義は、それを身につける道のりが遠く曖昧であるが、〈趣味とは些細なことにおいて自分を知る技術にほかならない。〉（『演劇についてダランベール氏に送る手紙』）ルソーは青年と老年を対比して、自分の趣味を論じるが、これは、十五年後の『孤独な散歩者の夢想』にまっすぐ通じている。（『エミール』は五十歳頃の作品である。）

〈年と共に趣味を変えることにしよう。季節と同じように年齢もずらせないことにしよう。いつでもあるがままの自分でいなければならない。そして、自然に逆らうようなことをしてはならない。そういう無駄な努力は生命をすり減らし、私たちがそれを用いることを妨げる。〉

これは十五年後の著作に向けた到達目標みたいなものとなっている。あるいは、予言めいた文言ともいえる。事実、『エミール』出版後、追放と迫害の運命が彼を待ち受け、五・六十歳代を甚しく疲弊させ、いやでも宿命や年齢の声に応じなければならなくなるのだから。思えば、前年刊行の『新エロイーズ』は出版ほどなく大評判となり、旧体制の身分の差（特権身分・貴族、第三身分・平民、ブルジョワ）を越え、こぞって読まれたものだった。『エミール』で謳い上げた数多の理想や各層への批判は、身も焼き尽くすほどのまばゆい光線を放つ太陽光源でもあった。後年、一七七〇年以降、漸く追放令が緩和されてパリに戻り、ルソーはラ・プラトリエール街で隠棲する。その老齢の身は、老残の姿とも映ろう。理想は必敗し、社会や友人たちからも裏切られた痛切な思いが彼の身心に刻印されている。だがそれもやがて過ぎ去ろう。

『エミール』においては未だ『新エロイーズ』の余波を受け、田園生活を謳歌する夢想が谺《こだま》している。『エミール』と同年刊行の『社会契約論』の中に詳述されている「所有」をめぐる逆説が、「趣味」と並列して述べられる。小説仕立ての中に、市民の自由や幸福の実体が平明に描かれている。これは「共和国」が到来しようがしまいが、ルソーには自明な真理であろう。

〈楽しみは楽しみたいと思えば味わえるのだ。臆見だけが何もかもことを難しくして、幸福を先へ先へとかりたてていくのだ。そして幸福になるのは、幸福らしく見せかけるよりはるかにやさしいことなのだ。趣味の人、本当に快楽を愛する人には、財産など何の使いみちもない。自由で、自分を支配することができれば、それで十分なのだ。健康な体を持ち、生活に必要なものにこと欠かない人なら、自分の心から臆見にもとづく幸福を捨ててしまえば、十分豊かな人間になれる。それがホラティウスの「黄金の中庸」だ。〉

こんなことを述べながら、ソフィーなる娘を探しているのだが、なかなか出現しない。〈愛、幸福、汚れを知らない心を求めて〉、語り手とエミールは再びパリを離れることになる。この標語はルソーが愛読した、ドン・キホーテの旅さながらである。ここで長大であった第四篇が閉じられる。

四　ソフィー——女性についての章——

まず、女子の教育について、ルソーが理想とする娘に育ててあげるために、日常のいろいろな場面から実情を通して述べられる。その後、男性との関わりの中で起る一般現象の内に、男女間で形成される力学と均衡が分析される。

〈女の子にはいっそう早くから宗教の話をしてやるようにしたい。〔……〕男女の相互関係は驚嘆すべきものだ。その関係から一個の道徳的人格が生じ、女性はその目となり、男性はその腕となるのだが、しかし、両者は相互的依存状態におかれ、女性は見る必要のあるものを男性から教えられ、男性はなすべきことを女性から教えられる。だけど、もし、男女が互いに、相手の特質（物事の根源に迫ることや細事に気を配ること）も兼ね備えていて独立しているとする。そうなると、絶えず不和が生じ、相互関係を損なってしまう。順調に進む場合は以下のようになるだろう。

〈〔……〕両者の間を支配する調和の力によって、すべては共同の目的に向っていく。どちらがいっそう多く自分のものを用いるかはわからない。それぞれが相手の衝動に従っている。それぞれが服従しながら、両者ともに主人なのだ。〉

まるで、ルソー流の共和国と個人間で交わされる契約のようなものだ。

それまで女子教育の中幹を成していたカトリックの「教義」には疑義が呈されている。処女懐胎に始まり、イエスは神の子として生まれたとか、それとも単なる人間であった者に神が宿ったとか、三位一体における聖霊の「父」と「子」との関わりだとか、〈こういう問題の解決は、見た所重要なことのように思われるが、人類にとってそんなに大切なこととは考えられない。〉その上で、大事なのは〈人間の運命を支配するある者〉が存在し、正しい生き方を導き、互いに愛しあい、〈善行を好み、慈悲深くあるように命じている〉と感じることなのだ。〈この世の生活のあとに別の生活があって、そこで至高の存在者は善人に報い、悪人を裁く者となること〉、これらの教理が、子供たちに教えられ、市民すべてが納得することが必要なのだとされている。『エミール』に対して、パリの高等法院から有罪判決が下され、当時のカトリック教会は、サヴォワの助任司祭の告白と共に、こうした教義違反を断罪し、同書を禁書、焚書にした。この文中の特に前半部分が概当するだろう。因みに聖霊をめぐる三位一体はカトリックの核心である。同時代の無神論とも一脈通じる多くの理神論者たちの中で、大胆かつ率直に真の宗教の必要を訴えるルソーは、かえってここに逆説的にイエスのような受難者となって、国外逃亡の憂き目にあう。

〈だから、私たちにとって観念をともなわないことばにすぎない神秘な教理はすべて無視するのだ〔……〕少女たちのしつけにあっては、やがて向きあう神に対して、自分を顧みて満足できるようにさせること、〈これこそ本当の宗教だ。過ちにも、不敬虔にも、狂信にも陥ることのないただ一つの宗教だ。〉

これらはキリスト教もしくはあらゆる宗教に連なりながら、そのいずれもの中心をなす概念の発露であろう。今日でも数ある人々の中において、依前として有効な力を持つ信仰法が築かれているといえよう。家庭を離れた若い娘の早期の修道院教育では、世の中に出てからの免疫が養われないと危惧している。家庭教育の点でも、プロテスタントの方に、ヴァラン夫人と知りあう前の古巣の宗教の方に、自分の偏見を怖れつつ、サンパティーを感じているようだ。因みに彼は、一七四二年にカトリックの夫人と分かれた後、一七五四年に再会したが、夫人の余りにも落魄した有様に自責と深い悲しみを覚えている。その後、彼は新教に再改宗している。

当代十八世紀の恋愛感情をめぐるフランスの風俗にも手厳しい。

〈私たちは物語の騎士たちを嘲笑しているとすれば、それはその騎士たちは恋を知っていたが、私たちはもう放蕩しか知らないからだ。そういう物語ふうの格率が滑稽なことになりはじめた時、この変化は理性が作り出したものというよりも、むしろ忌わしい風俗が作りだしたものだったのだ。〉

近代人が神や道徳を忘れてしまった結果表われる、心象より遠望された中世の至純愛《フィナモール》世界。そこでの男女は〈人間の自我の卑劣さから離れることになるのではないか。愛する女のために自分の身を犠牲にしようとはしない本当の恋人がどこにいるのか。そして死を求める男のどこに粗野な官能的な情念があるのか。〉

ドン・キホーテのように、十七世紀にセルヴァンテスが造出した中世騎士道を憧憬、賛美している。しかし、中世は正にカトリック全盛期ではないか。カトリシスムの教理は批判しても、同時存在して不即不離のロマン主義的要素は、ルソーは受け次いでいるようである。近代人というべきか、ルソーに特有の感覚表出の主例と見做すべきか。

師と弟子エミールは、ソフィーを探すうちに、師（ルソー）は想像の中で彼女の像を作り上げてしまう。〈ソフィーは生まれのいい善良な天性を持つ女性である。非常に感じやすい心を持ち、並外れた強い感受性のために、いろいろ想像をめぐらして、それをなかなか押さえられないこともある。〉以下、彼女の印象に関する描写が続く。

〈〔……〕人は彼女に近づく時には無関心でいられるかもしれないが、彼女から離れていく時には感動せずにはいられない。〉

〈ソフィーは美人ではない。けれども、彼女のそばにいると、男性は美しい女たちのことを忘れてしまう。〔……〕ほかの多くの女性たちが失う所で彼女は獲得する。そして獲得されたものはもう失われない。〉

もっと美しい、人の目につく容姿の人はいるだろうが、〈より均整のとれた体、より美しい顔色、白い手、かわいい足、やさしいまなざし、印象的な容貌の人はいないだろう。〉〈彼女は人を眩惑させはしないが、人の関心を呼び起す。人を魅惑するが、人は、それはなぜなのか言うことはできない。〉

ざっとこんな調子で展開されていく。読者は果たして、これでソフィーの具体的なイメージを描けるのだろうか。ルソーの後を受けた近代ロマン派最大の実力者バルザックの描写とは何という相違であろう。彼なら延々と登場人物の顔立ち、服装、心の中、来歴等々を語り、その永劫のリズムで読者を揺蕩し続けるだろう。同じく脱ロマン派ともいえるスタンダールの描写に意外と近いかもしれない。姿形の具体的なバルザック風精密描写は殆どせず、素気ないほどに一筆で、人物の本質が鋭利に剔り出される。サンスヴリーナ侯爵夫人やクレリア・コンチは、自分なりの想像をめぐらす読者各人の胸の中で生き続けている。（スタンダールは『新エロイーズ』の影響から脱しようと心を砕いたものであったが。）もっともソフィー自体、まだ本物が登場していないのだから、リアルな描写にならないのも当然とはいえる。それにしても、作者が自分の理想像を語って倦まない創出力には一驚である。しかし、これには作者の巧妙な創作術の仕掛けが施されている。〈非常に成熟した判断力を持ち、あらゆる点で二十歳くらいの娘にできあがっている十五歳のソフィー〉にも青春期の悩みが訪れる。その時には、架空の彼女のこれもまた架空の父親が現われ、あらかじめまたしても、エミールと師の場合と同じく、フォローし、「やさしい、分別ある話」を聞かせてやるだろう。

〈運命がどうであろうと、人格的な関係によってこそ、結婚は幸福にも不幸にもなる。〔……〕災難にあった時、私たち（自分と妻）の心の結びつきがあらゆることで、私たちを慰めてくれた。〔……〕ソフィーは私たち二人の宝物だ。私たちは、こういう宝物を与えて、ほかのもの（富貴）をみな取り上げてしまった天に祝福を捧げている。〉

娘自身が結婚相手を選択して、親たちが相談を受けるという、今日の眼から見れば普通だが、当時の社会でしきたりとは異なる親子の取り決めを交わす手はずが述べられる。やがて、作者の想像の中から生み出され、架空の存在であったはずのソフィーと同じく架空の父が、娘は名前まで同じで師とエミールの前に登場する時、この親子の肖像と心情の紹介は、すでに作者の手で入念に成され終了していることを読者は知らされる。まるで夢の中で見た人々や物語が現実となって表れるような按配だ。ロマンスが手順通り運ぶ、以後のロマン主義の小説とは違って、創成期のこの小説は、充分漸新であろう。人物紹介の手間が省けるほか、想像（夢）と現実のソフィーがどう同じで、幾分かはどう異なり、そして愛すべき、ルソー自家製の一種の人造人間エミールとの恋の進行はどうなるのか、期待と興味をもたされる。作者は『テレマークの冒険』（フェヌロン）に因む現実の（あるいは想像上の）男女の恋のエピソードを導入したりしている。出会いの前に戻る。「ソフィー」を探す旅の途次、師弟は、とある山間で道に迷う。農夫のおかげで食事にありつけたところ、その農夫から、このさきにもっと豊かで親切な人たちがいると聞かされ、それをたよりに森の中をさ迷いながら、一軒の家に辿り着く。これは『告白』の中で、少年ルソーがジュネーヴを見捨てて放浪の途中、一人の神父から教えてもらった「親切な」女性ヴァラン夫人の家を尋ねてめぐりあう場面と似通っている。人生が大きく開ける前の迷走から序走へと舞台は転じる。疲労、空腹をかかえた二人は、家の老夫妻から心づかいに満ちた、まるで「ホメロスの時代にいるような」もてなしを受ける。夕食時、一人の娘が登場し、その名がソフィーということに、エミールははっとする。読者もやはりそう来たかと、作者の術中に幾分かははまる快さを知りつつ、少しははっとする。テレマーク（エミール）とメントル（師）とエウリカリウス

（ソフィー）が出揃っている。若者同士は、互いに強く惹かれあう。優しいが激しい気性をもつソフィーは、処女の警戒心もあり、容易に本心を明かさない。エミールのはやる気持に対し、自然な純真さと、師には一目瞭然な女心のたくらみが向いあう。師は手綱を引いたり、緩めたりしながら、二人の一進一退を詳述するが、どこか楽しげである。懐しげと言ってよいかもしれない。としたら、それはやはり自己の、ひいてはあらゆる大人の落し物でもするように忘れ果てた青春の回想に通じるものだからである。サンパティックな老夫婦も暖かく見守り続ける。エミールのことが気にいり、格好の婿候補と思い、エミールと師との関係も了承している気配である。〈こうして私は善良な（若い）二人の心の打ち明け相手になり、彼らの恋の仲介者になった。教師たる者にとってすばらしい役目だ！〉

『新エロイーズ』執筆動機の一つとされるものに、当時の現実でルソーによるウードト夫人への恋があった。これは実らず、夫人はルソーを、他の本当の愛人との恋の打ち明け相手とした。ルソー本人は、特権的だがある種微妙な地位を夫人との間に獲得する。かつて小論[2]で「覗見的」と名差したとおりである。ルソーはこの位置が好きなのだ。彼は人間の愛と信頼の絆に飢えている。（この場合、意識下では無論、自らの欲望の代償作用をもたらしてもいた。）『孤独な散歩者の夢想』の中の路上で触れあう少年少女たちへの愛情然り、民衆や農民に対して然りである。孤児に似た生い立ちや、実際に自分の赤ん坊を何人も養護院前に捨て子にしたことへの、意識の中に潜んでいるはずの贖罪感にもよるだろう。しかし、また、天性のものでもあろう。こうしてみると『エミール』は、本格的自伝『告白』や『夢想』に至る道標を示している。初々しく聡明な、互いに相手にとって不足はない若者たちの恋の始まりの描写が続く。共感の内に青春回顧の情が油然と湧いてくるが、それをここに辿り直すのは一寸煩わしい。〈エミールは初めて情念を感じている。それはおそらく彼にふさわしい唯一の情念である。もし彼が人間らしくそれを支配することができるなら、それはまた最後の情念ともなるだろう。〉しかし、恋に酔う頭を冷やすためか、男女の結びつきから真の幸福を得たり、有徳の身となるには修業が要ると、師は教えさとす。

〈自然は私たち自身から生じてくる苦しみに対しては、何も教えてくれない。私たち自身のするがままに任せ、私たちが情念の犠牲となって、空しい苦悩に屈服し、さらに恥としなければならない涙を流して、それを名誉に思っているのを黙って見ているのだ。〉

師はあくまでも「徳」の形成を人生の第一義としている。〈（エミールは）ほかの全ての情念を征服して、美徳に対する情熱だけに従うことになるだろう。〉〈私たちが押さえて（抑制して）いる感情は全て正しい感情なのだ。私たちを押さえつけて〉とりこにし狂奔させるような〈感情が全て罪になるのだ。〉

「死すべき存在」、「滅び去る存在」である自覚に立つ師にはそれがよく見えている。ここから「死が生の始まり」と連なっていく件りはキリスト教そのものである。

まだ、これらの哲理がのみこめていない、現在の恋の感情に盲目なだけの二十二歳のエミールと十八歳のソフィーに、師は厳しい判断を下す。これは「恋愛の時期」で「結婚の時期」とは到底いえない。二人は別れなければならない。二年間、別離に耐え、世の浮沈、男女間の心変わりにも思いをめぐらせ、確固たる心を持てるようにする。夫となり、子を持つ覚悟を定め、なお、女性の年少期妊娠の重荷を遅らせる要を説く。ここでまたしても行われるのが「旅」であるが、今度は、精神の、大人の旅を主目的とする。

五　エミールと社会思想形成

エミールは、結婚すると一家の主人であることにより家庭ができるが、それを包んでいるものに国の存在がある。それを構成する一員になろうとしている訳だが、その意味はわかっているのか。市民の義務というものを知っているか、政府、法律、祖国（国家）とはどういうものか、わかっているのか――現今の欧州国家の国民性による比較、ヨーロッパを決定した古代史と各民族の習俗を知ることが重要であるとされる。

〈エミールが、統治の問題、統治者の行動、彼らの色々な格率の全てに精通して（旅から）帰ってくることにならないとしたら、彼は知性を、あるいは私が判断力を全く欠いていると言わねばならない。〉

ここで、『エミール』出版後、近々に刊行予定（実際は『エミール』より先行される）の『社会契約論』の抜萃が書かれていく。個人の教育を扱う『エミール』と、個人をとりまく社会や国家を扱う『社会契約論』が、ルソーの中で車輪の両輪であったことが改めて知らされる。では、国家の指導者とは何なのか？〈為政者の一人一人の内にあって、本質的に違う三つの意志を区別しよう。〉それらの内でまず第一には「個別意志」が来る。〈個人に個有の意志、これは自分の個人的利益だけを目ざす。〉第二に為政者に共通する意志で〈これはひたすら統治者の利益に結びつく。団体の意志と呼ぶことができる。〉第三に「人民の意志」つまり、「主権者の意志」となり、ルソーの共和国概念の核心を成す「一般意志」が登場する。〈これは、全体的に考えられる国家にとっても、全体の一部と考えられる政府にとっても一般的な意志だ。〉〈完全な立法においては、個別的個人的な意志は殆どなくならなければならず、政府に固有の団体意志はほんの副次的なものとなり、従って、一般意志、主権者の意志が他のいっさいの意志を規制するものとなる。〉ところが、「自然の秩序」に従うと、これらの異なる三つの意志は集中され濃縮されるにつれてその力は増大していく。その結果〈一般意志はいつだって一番弱く、団体意志は二番目で、個別意志が何よりもさきに立つ。そこで、為政者の各々は、第一に自分自身で、次に為政者で、次に市民であることになる。これは「社会秩序」が求めている順序とは正反対の順序だ。〉

　為政者などではないエミールやソフィーにとっては、この一番人間本来の「自然秩序」（欲望）に則る「個別意志」の世界を、二人の良心と徳性により、損わず、放縦に流れず、その価値を如何にして、「一般意志」と対峙させるか。そこに、ルソー哲学の主力が注がれているようだ。（団体意志＝統治者＝政府の意志は、もとよりこのことと関わりを持てない。）

（政府＝）統治者の意志がただ一人の人間の手にあると、立法において、個別意志と（統治者の）団体意志が一体化し、団体意志は独裁に陥り、副次的なはずの「政府の絶対的な力」はさらに下位概念の各個別意志を圧迫する。これはルソーの共和国理念に影響を受けたとされる、フランス革命下の国民公会《コンヴァンション》時、公安委員会の長ロベスピエールの場合だ。粛清のギロチンは一個の情念（個別意志）がモンターニュ派議員（団体意志）と溶けあい、その他多数の市民の情念（各個別意志）の抹殺を図るオートマティスムにより発動される。その際、〈政府の絶対的な力〉は〈「人民」の絶対的な力〉をいつだって代表してしまうから、一般意志は、神のように沈黙したままである。しかし、このロベスピエールの図式は、個人の心が〈神のように自足する〉ことをもって、その境地が一般意志をも超えるかに見える、ルソーが晩年に辿り着き、待望する境地とは絶対にもって非なるものだろう[3]。

　また、これとは反対に、政府と主権（一般意志）とを一体にし、〈主権者（一般意志）を統治者にして、個人（個別意志）を皆、各人が独立している為政者じみた存在にしてみよう。そうなると、〈団体意志は完全に理念上の一般意志と溶けあい、一般意志が命じる以上の行動力を持たない〉ことになるから、その結果エア・ポケット状態が生じ、〈個別意志に完全な力を与えることになる。〉つまり一般意志は元来それ自体で見るならば観念であり、法的・政治的に無力であるので、政府（団体意志）はそれに縛られ、〈最小の行動力しか〉持てず、個人各人がてんでんばらばらな一種の無統治状態に陥り、国の力は低下する。それにまた、〈為政者が多数いれば、政府の活動は弱まるのであって、その力が増大することはありえない。〉かくして、多数の個別意志が弱くなれば独裁を招き、各個別意志が強くなると国力は落ちるという二種の危機事態が明示される。

そして、〈さまざまな国家において、為政者の数は市民の数と逆にならなければならないとするなら、一般に民主政は小国に、貴族政は中位の国に、君主政は大国に適当である〉と結論していく。このような思考を経て、「市民の義務と権利」、「祖国（国家）とはなにか」が明らかにされていくとする。

〈（現状の）社会制度のもとでは余りにも大きな自由がもたらされているのではないか。それとも、余りにも自由が失われているのではないか。〔……〕法律と人間に支配されている個人は、いつでも、二つの状態（自然と社会）から利益を受けることなく、それらの弊害に悩まされているのではないか。〔……〕こういう混合状態こそ、二つの状態の性格を持ちながら、どちらの状態も確実にしないで、「戦時の備えも許さず、平和な時代の安全も許さない」のではないか。こういう（自然と社会の）部分的で不完全な結合こそ、圧制と戦争を生み出すのではないか。そして圧制と戦争こそ人類のもっとも大きな災厄ではないか。〉

旧体制下で書かれたルソーのこれらの、個人の自由・権利と国の規制・支配――市民（国家）宗教に連なるもの

——をめぐる考察は、その後の近代から現代の社会や世界、国際関係にも鋭く通じているといえるだろう。以下は人口問題や都市と地方の関係——国の人口が減り、地方が栄えないなら、その国は滅ぶ——が述べられていく。自然と法に関する「自由」の逆説的獲得法——〈人間は束縛を脱しようとして、かえって奴隷になっていること、そして、人間に与えられている自由を確実にしようと空しい努力をすることによって、その自由さえ損なっていること〉等がエミールに了解されていると師は思う。だが、これは、ルソーの社会思想面においては従来知られているイメージの正反対ではないか。迫害を受ける前に既に存在していた、これらの自由（欲望）の追求や節抑をめぐる信条は『新エロイーズ』にも見られたが、その後の晩年に至る諸作に、より確証された形で表われていよう。

エミールにとっては、ソフィーが根源的に自分を束縛するただ一つのものだから、〈その束縛だけをいつまでも受けるつもりであるし、自分の名誉だとも考えることができる。〉そこで、最大の束縛を得てこそ、自由になれるのだと確信し、エミールはソフィーとの結婚決意を固めた。——なお、例によってこれは師がエミールの様子を見て、想像の中でエミールに語らせているのである。

師とエミールの精神の旅の終わりは近づいている。はたして、どこに帰って行くべきか。

〈ああ、エミール、自分の国に負い目を感じない有徳な人間がどこにいるだろう。それがどんな国だろうと、人間にとって何よりも大切なもの、その行動の道徳性と美徳に対する愛を、彼はその国から受けているのだ。〉

そうである以上、祖国に帰るべきだと師はエミールに伝える。それも、大都会より地方に、〈田園の質朴な生活、人間の最初の生活、一番平和で自然な生活〉に戻るようにとすすめている。人類の黄金時代を再現させる——不可能なことだと分かっているが——には、それを愛することにしか接近法はない。これはルソーの血肉を備えた観念と化した夢想である。

古代ローマの共和国にならい、「祖国への奉仕、市民の名誉あるつとめ」を果たすことも、結婚生活と両立させねばならない。それは厄介な仕事にもなるだろう。しかし、ルソーは〈エミールのような徳行高い、公正な市民にはこんにちのような人間がいるあいだは、国家のために働くことを頼みにくる者はいないだろう。〉とリアリストらしい面も見せる。

「二人の恋の終わり」というより、二人を結びつける夫婦の愛の始まりが素描される。師はここでも、夫婦の愛を性愛も含めて新鮮に保ち続けるために、男女の差異に因む奥義や秘訣をレッスンする。愛の指南書の趣きが醸成されるが、今度も素朴を主調としたルソー流愛の夢想である。浮（憂）き世の辛酸を舐めた五十歳の男のかくあれかし、あるいはかくありえたと願う夢想である。「自然」に対するにせよ人間の愛に対するにせよ、ルソーの夢想の力は時に現実を覆い尽くすほど強力・精緻である。彼は迫害、指命手配最中に、イギリスからフランスのトリーやモンカンなど小村を転々として、『告白《コンフェション》』を書き続けていた。現実の恐怖、迫害妄想の最中にあっても、青春時代の黄金郷シャルメットへの追想が勝ったのだ。さて、『エミール』では、話者《ナラトゥール》の語りだけで、話者の視線を通してのみ、これまで同様、二人の若者の新たな日々が描き出される。作者の視線の「束縛」を受けながら、エミールとソフィーは何と小説の中で、「自由」に躍動していることか。哲学、倫理学、宗教、社会思想、文学、科学が混在する無手勝流の、これこそ十八世紀的スケールの壮大な小説も大詰めを迎える。

数ヶ月後、エミールは「私」を抱擁してこう言う。自分がまもなく父親になること、今度は自分が「神聖な快い義務」によって、自分の子を育てる番だが、「あなた」が若い教師たちの先生になって、助言を与えてくれるように、「あなた」がいつまでも必要なこと、〈あなたは役目を果たされた、あなたを見ならわせてほしい。そして休息して下さい。もうその時が来たのです。〉

これを聞いた師の喜びと充息は小説とはいえ如何ばかりなことだろう。ルソーが、書き上げた満足と共に、いささか疲れた安堵の思いで、筆を擱く気配が伝わるようだ。

まさに、自身に向けた予言であるかの如く、ルソーの役目は終わった。現世での出番は終了したのである。『エミール』は彼の生前発表された最後の主要作品となった。後年の傑作は自己自身に対してと後世の読者に向けて書かれた。あと十六年、彼は過酷な生を引き摺り、さまざまな時や場所を通して生き切るであろう。

六　おわりに

ルソーの思想や信仰はやはり西洋のものであり、キリスト教の範疇を大きく越えてはいないのだろう。当時は王政権力・カトリック当局から忌避されたとはいえ、今日から見れば自由な自然宗教として収まって見える。その西洋文化の限界はあるにしても堂々たる偉容である。他方、ルソーが批判したカトリックの教義であるが、その歴史的大伽藍（大聖堂、僧院、修道院等）の中から発信される「恩寵」の世界は、依前として現代にまで照射され続けているのであろう。（だが、宗派の対立を超越している点で、ルネサンス・宗教改革時代のキリスト教とは異なっている。）ルソー思想とは、結局はキリスト教の霊性に、古代ギリシャ・ローマ以来の理性や近代科学精神が合体したものであろう。（だが、宗派の対立を超越している点で、ルネサンス・宗教改革時代のキリスト教とは異なっている。）ルソーはプラトンを承けながら、善を真と美の上位に置いた。それでいて、倫理上、道徳＝良心を基底に据えつつも、文学上から見れば、みずみずしいロマン主義の開祖となっている。欧州のもう一面、ケルト(4)や北欧（サガ、スコットランド、ゲルマン等）の神話や伝承文化の系譜とは異なっている。これらを近代において引き継いだのが、小説ではシャトーブリアンであり、理論ではスタール夫人であることは文学史の事績に属していよう。前者＝フランス・ロマン主義の父は、もとより開祖・ルソーの影響から生まれたが、スイス出身で異邦人ともいえるルソーとは違い、ケルトゆかりのブルターニュ出身であり、生粋・土着のフランス人貴族出身であった。彼はカトリック（歴史）の中に光彩と陰影に富む自然を見出した点が、大革命後の混迷した精神空白期には、復古と映らず、斬新かつ清新であった。ルソーや啓蒙主義者たちが、後代に対してフランス革命の種を播いたことは疑う余地もない。そこでは、宗教対立（王権神授説のカトリック対プロテスタント／無神論者）もあったが、近・現代のイデオロギー対立（自由主義対社会主義）の幕開けも告げられた。しかし、ジャコバン派やジロンド派らのこの凄惨な闘争劇はルソーたちの預り知らぬ所であった。[5]ルソーは最後に『孤独な散歩者の夢想』の中で、『エミール』の朝陽の圧倒的描写と比較すると、より微温的な自然との一体感（ビエンヌ湖での至福の一時）を表わしている。また、路上の見知らぬ子供たちへの溢るる愛情、ヴァラン夫人への追慕と綴られてきて絶筆を迎えた。この道程は象徴的である。「政治」――一般意志が導くはずの共和国のことも関心が失せていたのではないか。『エミール』が子供の教育に関する夢想であったように、『社会契約論』も政治上の夢想であった。そうであるとはいえ、確かに、ルソーの放った旧体制《アンシャン・レジーム》からの人間解放の矢は続く世代の人々の心に届いていた。[6]「もうどうでもいい」（現世も自分の作品のゆくえも）と疲れて諦念に達したルソー個人の肉体は消え去ったが、著作を通して、充分に生きたかつての日々の精神は後世に伝わったのである。近代へ向う時代の流れは（仮にロマン主義的と言おう）、仏革命を生み、産業革命と相まって転変を重ねた後、近代共和国、民主主義社会へ到った。しかし、ルソーはそれが出現、到来する以前より、近・現代社会の根底にあるブルジョワ精神を『学問・芸術論』以来批判し続けてきた。時代の外衣は移れど、常に変わらぬ人間と社会の不徳性、功利性を指弾していたのである。この面のルソーの後継はロマン派から近代の終焉期、十九世紀末へ連なっている。即ち、シャトーブリアンからユゴー、又、バルザックやネルヴァルの水脈へ。一方で批判者スタンダールの脱ロマン主義の流れもあり、豊穣な子孫たちの世界が展開されていく。さらに、時代を経て、無私たらんとする異様な熱中が核を成し、逆説的にロマン主義の総体が浮かび上がるフロベールのレアリスム、またボードレールからマラルメ、ランボーら、サンボリスムの詩人たちにまで、批判的形承としても、俗悪なブルジョワ文化を撃つ想像力主体のこの流れは及んでいよう。

革命の敵、イギリスでは、近代的自我の分裂とロマン風憂愁をアイロニカルな叙情にのせたバイロンや、悲痛な人生苦の中で、革命思想と共にピュアーな自然を切望したシェリーらのイギリス・ロマン派[7]がルソーの衣鉢を受け継いでいる。ドイツでは、ルソーの道徳精神をめぐる哲学にカントが傾倒し、ドイツ観念論の道を開いた。文学では、ヘルダー、ゲーテ、シラーを経て、ヘルダーリン[8]の「聖なる自然」にルソーの夢想から導かれた精華が表われる。彼らは、いずれも、大革命後出現した近代市民社会のブルジョワ性、紋切型、偽善、欺瞞をルソーにならい、批判し、呪詛し続けたのであった。ルソーの影響は二十世紀以降にも及び、その不滅の作品への旅は未だに終わらない。小論――『エミール』への旅――は、ルソーの複雑かつ多面的な要素の内、「教育」をめぐる一節についてのものであり、ルソー世界の全貌――近代人の自意識の暗闘、カルヴィニスムとの関わり、精神の魔的認識と跳梁等には触れ得ていない。他論を期したい。

注

（1）以下の文が後出する。〈ニュートンは引力の法則を発見した。しかし引力だけでは、宇宙はやがて不動の塊りになってしまうから、この法則に抛射力を付け加えて天体に曲線を描かせなければならなかった。デカルトはどんな物理法則が彼の渦動を生じさせたか言ってみるがいい。ニュートンは惑星をその軌道の切線の上に投げた手を示してくれるがいい。〉

（2）「楽園と革命――〈新エロイーズ〉から〈未成年〉へ」、『ロマン主義文学の水脈』（浜田　泉著・参照）。

（3）「ルソーからロベスピエールへ――〈自然〉の変容」、『ブルジョワと革命』（同・参照）。

（4）「ガリア＝ケルトからフランス革命期」、『夢の代価』（同・参照）。

（5）「啓蒙と革命の断層」――ルソーの反映」、同右・参照）。

（6）ルソーの肖像と一眼の「目」が拡大されて画面上空に現われ、革命の各種シンボルと共に屹立して、見る者を凝視している図がある。（ジョラ画）、『絵で見るフランス革命』、多木浩二。

（7）「フランス革命後の英仏詩人」——ロマン的自我の楽園疎外（『ロマン主義文学の水脈』参照）。

（8）「楽園憧憬と詩的離脱」——ドイツ詩人の宿命（同右・参照）。

主要テクスト

J.J.Rousseau : Œuvres complètes IV, *Emile*, O.C.I, *Les Confessions*, *Les rêveries du promeneur solitaire*, Bibliothèque de la Pléiade.

『エミール』ルソー著、今野一雄訳。（論中、引用に際し、適する語句・表現に変更したり、付加した箇所がある。）

参考図書

E.Faguet : *Rousseau penseur.* 『考える人・ルソー』E・ファゲ、高波　秋訳。

J.Starobinski : *J.J.Rousseau–La transparence et l'obstacle,* 『ルソー、透明と障害』、J・スタロバンスキー、山路　昭訳。

J.M.Goulemot : *La litterature des Lumières en toutes lettres.*

『十八世紀フランス思想——ヴォルテール、ディドロ、ルソー』、D・モルネ、市川・遠藤訳。

『ルソー』、桑原武夫。

『ルソー』、林　達夫。

『ルソー』、平岡　昇他訳、世界の名著。

『ルソー　自然と社会』、平岡　昇編。

『ルソー全集』、（小林善彦他訳）。

『ルソー——ロマン主義とは何か』、現代思想増刊号。

第二章　『東方紀行』素描

一　ネルヴァルの夢と旅

(1) はじめに

ネルヴァル

ジェラール・ド・ネルヴァル（一八〇八―一八五五）は大著『東方紀行』を幾多の困難を乗り超え、一八五一年、上・下二巻で、パリのシャルパンティエ書店から刊行した。彼は、オリエント（エジプト、シリア、トルコ）の何にそれほど惹かれたのだろう。フランスで、十九世紀中葉の「異邦」とは、まず、アラブ圏からインドあたりまでであろう。フランスの異国紀行文学はロマン派以降、この地方を目指す。シャトーブリアン、ラマルチーヌを先例として、ネルヴァル、ボードレール、フロベールが続く。ロマン主義の始祖ルソーにはこの傾向はなく、書物の中で古代ギリシアやローマの精神、哲学を探求した。地中海に開けた古代文明の中で、ロマン派作家たちは、西洋人のルーツとなるギリシア・ローマを含むケルト人やゲルマン人たち、すなわち白人＝キリスト教文化圏の末裔でありながら、もう片方の古代エジプトに発するアラブ人＝イスラム文化圏を意識し、強く牽引されていく。フランス革命が起こり、近代国家確立を成し終えた後の、急激な大変化＝近代化の中で、西欧諸国の中には、意識的であれ、無意識の深層であれ、どこか空虚感が拡がる精神的欠落部分が存在した。そこにこそ、いわば腹違いの異兄弟たるべき、非近代のまま半永久的にとどまるように見えたアラブ＝イスラム圏へ吸い寄せられる主因があるといえる。二十世紀も進むと、アラブ諸国は遅ればせながら、近代化の外貌をイスラムの教えは頑なまでに信奉するとはいえ、少しく纏い始めていた。二十世紀後半になると、例えば、ル・クレジオには、現代テクノロジーが支配する西欧の影響から完全に逃れるためには、アフリカの砂漠文明や大西洋を隔てたメキシコなどの中南米大陸の一廓で、原始古来の風習を伝えるインディオ文化が必要であった。因みに、このインディオ（仏語ではインディアンも含む）はアジア・モンゴル系のＤＮＡを、極東の日本と同じく持っている。西洋の是正、救済としての、広域にわたる「東洋《オリエント》」は、まだ存在し、有効でありえるのか？

その点からも、今日の世界規模の危機状況から見ると、未だ世界が一応は確固とした基盤の上に展開していた当時の時代に書かれた、ネルヴァルのオリエント紀行が、悠然たる、二度と来らぬ、まことに羨むべく滔滔とした近代人間精神の流浪の記念碑と見えてくる。作品の実情は、揺れ動く精神が引き起す未知の文学手法の集積であったが、その独創性は比類なく、豊かなものである。

エドワード・Ｗ・サイードの『オリエンタリズム』発刊の年が一九七八年であるのは非常に象徴的である。この書では、過去、中世よりみても一千年以上もの長きにわたり、西洋《オクシダン》が東洋《オリエント》を真に理解し、東洋人の心を推し測ろうともせず、専ら、自己を移す鏡としてのみ東洋を扱ってきたとされる。その歴史や言説が舌鋒鋭く批判、論証された。すなわち、西洋人にとっては、西洋と比べれば、東洋は常に後進的であり、専制的であり、自我を持たぬ曖味な存在であり、エキゾチックで歪曲された官能世界が、その代償価値であるかのように求められている。サイードはそう論じるのだ。フランス革命から二百年近く、東洋（サイードは主にアラブ・イスラム圏を対象に考察する）は、政治的、軍事的に西欧列強の足下にあり、東洋に対する文化的好奇心に満ちた西洋の著作家や芸術家でも、優越意識を免れることは難しかった。（彼が例外として論及するのが、二人の「天才」作家ネルヴァルとフロベールである。）

一九七八年は、その長年の支配の歴史に、イスラムの逆襲によりヒビがはいり始めた頃である。（数年来の石油《オイル》ショックや長びくパレスチナ紛争の下地もあった。）従って、奇くもサイードの書は、それまでの時代の真実を抉り出した総決算書となった訳であり、新たな危機の時代突入の瀬戸際に置かれた、前時代の記念碑ともいえる。一九七八年あたりから、イスラム諸国は欧米に対して公然と牙をむく。

正に『オリエンタリズム』に潜んでいた、パレスチナ出身のアメリカ人選良サイードの冷徹、博捜な分析による怒りの告発が、思いがけない形で、一部イスラム圏の過激かつ常軌を逸した叫びや行動となって表れてきた。

しかし、ここにきてまた、この二〇一一年は、イスラム自体の独裁体制が、その国民によって倒され続けている。チュニジアでは成功、エジプトでは一旦《いったん》は成功し（その後挫折）、リビア、シリアは波乱が続いている。従来のイスラムの法や政治と異なる民主化を求める「アラブ革命」の年となった変わり目の年でもあった。

この時代に、ネルヴァルの『東方紀行』の文言は如何に響いてくるのだろうか。改めて虚心に豊饒の旅を覗いてみよう。

（2）『東方紀行』序章――東方へ

ネルヴァルやフロベール以上に〈自らのオリエント訪問を個人的・審美的な目的のために利用したものはいなかった。〉とは、サイードの言である。

〈（二人には）オリエントとは既視の場所であり、偉大なる美的想像力すべてに見られる、あの芸術上の経済原理の働きによって、現実の旅行を完遂したあとも彼らが何度となく立ち戻ってゆく場所なのであった。オリエントを題材とした両者の作品の中には、失望や幻滅や脱神話化がしばしば特徴的に認められる。にもかかわらずオリエントとは、彼らにとって汲めど尽きぬ泉なのである。〉（E・W・サイード『オリエンタリズム』、板垣・杉田監修、今沢紀子訳）

さて、今は、ネルヴァルに絞って、サイードの文を見ていこう。

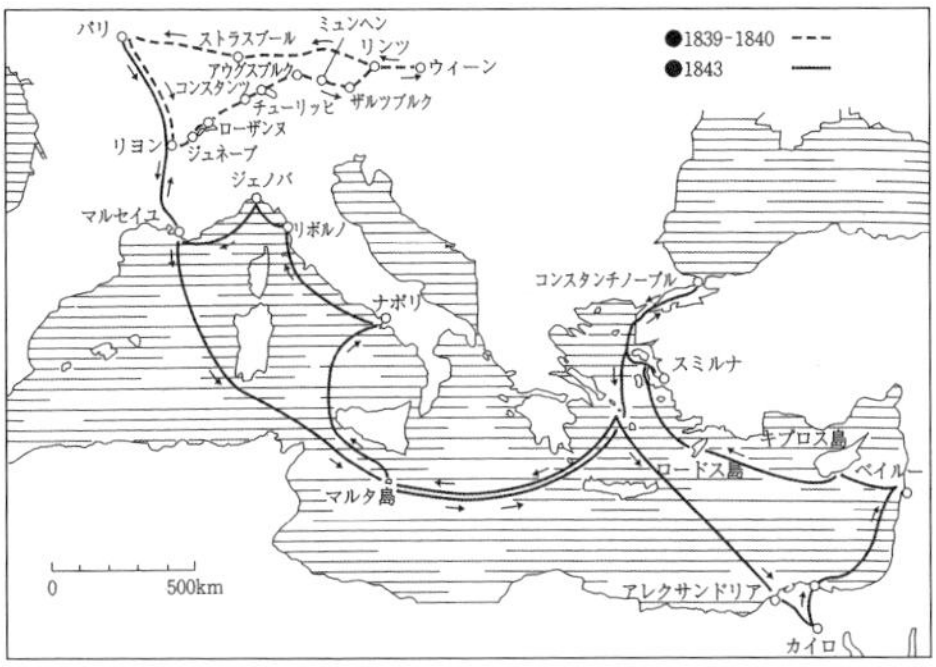

ネルヴァルの旅（同訳書より）

〈ネルヴァルは元来、「夢と理想の国」オリエントがカイロの至る所に見かけるヴェールに象徴されるが如く、深く豊かな女性の性の貯えを隠し持っているということを認めずにはいられない性質の人間であった。〉

〈ネルヴァルは、精神と肉体的行動を融合させるために自らをオリエントに投資し、そこから、小説的に語るということよりむしろ、永遠に持続する――決して完全に実現されることのない――目標を作り出したのである。この反＝物語り、この変則巡礼は、先行する作家たちがオリエントについて具象化してきたような言説的完結性からの逸脱行為にほかならない。〉

以下、その「変則巡礼」ぶりを具体的に、虚構の「旅程」に従い辿っていく。

ネルヴァルは、『東方紀行《オリエント》』を周到に構成している。まず、彼の人生の分岐点となる、一八四一年二月から三月にかけての精神惑乱の発作（発狂の相を帯びる）に至る前、一八三九年から四〇年の、四ヶ月間を要す、スイス、ドイツ、ウィーンへの欧州旅行がある。次いで、治癒後、一八四二年末から四三年末まで文字通りの東方旅行。この二回に及ぶ旅行を一時期に仕立て、一つながりの旅行記のようにして出版した。序章「東方へ」のメインにはウイーンを据え、ウィーンを東方への旅の出発点とする。これには、四十年一月に、ウィーンからドナウ河を下ってコンスタンチノープルに行く予定だったが、〈冬場の河の凍結のため、かなわなかった〉（ゴーチエ宛て書簡）ため、虚構の中でそれを実現したいことが前提としてある。だが何よりも、彼にとっては、ウィーンが、〈東方の門〉を意味していたからである、それは東方への入口であると同時に、西洋の出口であったことでもある。ウィーンでは、当然パリと違いフランス語は通ぜず、オーストリア語、ドイツ語、ハンガリー語、ギリシア語、トルコ語、チェコ語、ロシア語等々がいりまじる。精々、少々のドイツ語しか言葉を聞き分けられないフランス人旅行者にとっては、まるで、言語が通じないオリエントに行く下準備の様相を呈することになる。ここでは、パリ以上に、詩人にとっては「群衆の中に沐浴《ゆあみ》する孤独」（ボードレール）が果たされるのであった。

それは、また、同国人同士ではないエトランジェとしての解放感、現実脱出感にもつながる。ウィーンの街を「遊歩する人《フラヌール》」、すなわちネルヴァル分身の主人公、その解き放たれた水魚の如き、自由闊達な遊泳ぶりはどうだろう。夢見心地に、建物や盛り場をさ迷い歩く。パリを出てからここウィーンに至るまで、まずマコン（ラマルチーヌの出身地、一八三五年に、ネルヴァルに先駆けて『東方紀行』を著した。）に寄っている。次いでスイスにはいり、ジュネーヴで、敬愛するルソーを偲ぶ。ローザンヌ、レマン湖を経る。最新の鉄道ではなく、昔ながらの馬車や蒸気船による、成り行き任せの旅である。やがて、ライン河に注ぐドイツのコンスタンツ湖（公会議の会場、ヤン・フスの火刑場跡などの歴史懐古）、ミュンヘン（教会建築の変遷やルーベンスの絵画などの考察）を見て回る。未知の東洋に向うにあたって、自らなじんだ西洋の文芸や歴史、美術、建築のおさらいをしているかのようだ。たんに一本に仕立てて読みものとしてのまとまりをつける以上に、ここにはネルヴァルの強い文化意志や信念を感じる。一人の文化濃度の高い西洋人の肉体や精神の中に、オリエントを体内の血管の隅々に至るまで、まるごと通過させ、自らをも読者をも、別世界の渦中に導き入れ、夢見ながら、覚醒もさせ、東西の対比の図をゆるやかな波動状態のまま、現前させるためには、自らが拠って立つ西洋文化を今一度復誦してみせるのである。

しかしながら、そんな文化意志はどこへやら、「ウィーンの恋」と題される「序章」——東方へ——の六節目の文章において、主人公の旅人はどこか軽快に、待っていたかのように、女人の探求を開始する。〈女の匂い《オドール・ディ・フェミナ》〉（モーツァルト作曲のオペラ『ドン・ジョヴァンニ』の歌詞）に、彼は全身が引きつけられてゆく。この具体的有様は以下の文節で、「日記の続き」として連綿と語られる。しかし、主人公——作者の「自我」を貸与されているが、掴み所のない、空気の精のような不可思議な存在、『失われし時を求めて』の話者マルセルの先触のような、ひたすら、物語る存在——は、「ドン・ファンにも（カサノヴァにも）到底成り得ない。始まりこそ果敢にカティとかヴァービーといった〈金髪太り肉《ビヨンダ・エ・グラッソッタ》〉の美女たちにアタックしていく。実際、巧みに偶然をいかしたつきあいから、女性のフトコロへ飛びこんでゆくさまは、どこにでもいそうな単なるフランスの若者さながらである。だが、すべて、「尻切れトンボ」に終わってしまう。事の経過自体を楽しむ、波に翻弄される小舟のような気配すら漂う。これは、ただの洒落者やモテない男のそれではない。舞台を東方《オリエント》に移しても同様に発揮される、無限に躍動し続ける、ある無私ともいえる熱情に突き動かされ、人事、天地を全霊で抱擁しようとする者の存在証明、時には微苦笑を誘う自己紹介みたいなものである。それでも、現実にウィーンで遭遇して、ネルヴァル本人がのぼせ上がった美貌のピアニスト、マリー・プレイエル（リストやショパンと浮き名を流した）を思わせる〈褐色の髪で色黒〉の美女が登場する件りは——〈おっと、手掛かりになるような文を書いてしまうところだった。〉——と、自身の関わった実際の様子はボカしてしまっている。（現実には、恋の痛手を負い、後の発狂に至る数々の混乱の一つと思われるが、その顛末を奇怪かつ魅惑的ファンタスムに結晶させた小説『パンドラ』は、結局、未完に終わっている。）

「追伸」――これらの旅の文は友人である「きみ」に宛てる手紙の体裁で語られている――で〈このとりとめのない手紙のことをあまり責めないでほしい……。ウィーンでこの冬、ぼくはずっと夢の中で暮してきた。すでにして東方の甘美な雰囲気がぼくの頭と心に影響を及ぼしているのだろうか？　しかし、まだ道の半ばでしかないのだが〉と虚構化されている。このウィーンの旅の後でまだオリエントへは向ってないことは前述した通りである。実際の東方行は約一年十ヶ月後のことであった。

　さて、作中では旅は進み、ヨーロッパの陸地を離れて、アドリア海からエーゲ海に至り、セリゴ島（ナポレオン以後、一八一四年に英領）に向かい、船は沖へとさしかかる。

　〈わが夢はここまで……そしてここからが目覚めだ！　空も海も変わらない。オリエントの空とイオニアの海は毎朝聖なる愛の口づけを交わしている。だが、大地は死んだ、人間の手にかかって死んだのだ。そして、神々は飛び去ってしまった！〉

　古代と現代の落差の大きさに旅人は呆然とし、憤激する。古代ギリシャで美神ウェニス（アフロディテ）を祭って大いに栄えた、美と愛と信仰が誇らかに奏でられた、文明の島シテール。今やただの石塊と化した落魄の姿を現す。ヴィクトル・ユゴーも後に、『静観詩集』（一八五五）に収めた「セリゴ島」を詩作、かの「シテール」の栄華の光景を叙し、それを失っている現状を「セリゴ」に向け非難し、慨嘆を久しうした。古代ギリシアの栄耀の地を訪ねて、トルコの圧政に屈している当代ギリシア人の不甲斐なさ、無力ぶりを指弾するのは、バイロンのチャイルド・ハロルドを一典型とする、ロマン派詩人の常套詩境であった。しかし、現実には、ネルヴァルのセリゴ島上陸はない。船中、食卓を共にした、東インド会社の英人士官を襲った不慮の死から、ネルヴァルの意識に侵入する「死」の強迫観念が立ち上がり、美と愛の島のイメージに凶々しくはいりこむ。その結果、この島への、弔いのためと称する、架空の上陸となるのだ。ネルヴァルの暗色の想像力により、三つの絞首台が島内にかかげられる不吉な映像が創作される。後年、ボードレールが、この美と死が逆転する圧倒的イメージに着目し、シテールの住人の「汚らわしい礼拝」に対する批判と、腐乱しハゲタカに啄ばまれる死体の醜悪《グロテスク》さを強調し、『シテール島への旅』を詩作した。ネルヴァルはこの件りに〈イギリスの支配に対する批判〉をこめたと手紙で告げている。

想像を深め文献渉猟に没頭する中で、ウェヌス（ヴィーナス、前出アフロディーテ）のミサの模様が、詩情豊かに十五世紀末の奇書『ポリフィルの夢』を巡って、語られる。

キクラデス諸島で、住民たちの古色豊かな装束と比べて、自分の当代パリ風の衣装の醜悪さに思い至る。〈そのとおりだ、諸君！　このぼくこそが野蛮人、粗野な北方出の人間であり、諸君の多彩な群衆の中では何とも場違いな存在なのだ。……〉それでも、島民たちからは、……異邦人！……「カトリコス！」と呼ばれ歓迎される。旅人にはそのカトリックの意識もない。〈実際、自分がカトリックだということを、ぼく自身忘れていた。あれほど多くの崇高な天才……高貴な徳を導いた不滅の（古代の）神々のことばかり考えていたのだ。〉唯一神の護教の旅を続けた先達詩人、シャトーブリアンやラマルチーヌとは何という違いだろう。

『ポリフィルの夢』も、実は、作者フランチェスコ・コロンナが作り出した夢の中の話が中心である。魂の恋人、愛するポリアと共にシテール島へ向い〈巡礼の旅に出て、女神のもとで結ばれようとする〉夢……ポリアを求めて眠った夢の中で、ポリフィルは薄暗い森に迷い込む。そのような主人公の話が展開されてゆく。冒頭は『神曲』さながらである。――『神曲』といえば、サイードは、ダンテがマホメットをも、第何位だかの地獄に落とし、その状況を克明に描写していることを取り上げる。ダンテが、初期ルネサンス期にあって、イスラムの大預言者を蔑視する明確な意識のうちに作劇を進めていると断じ、サイードの反・オリエンタリズム論調は沸騰していく。従来、白人たる西欧キリスト教知識人たちの間で暗黙の了解とされてきたところにまで踏み込んで告発している。ところが、ネルヴァルは逸早く、〈イスラムのおかげで、ヨーロッパはキリスト教支配の中世から脱し、古代ギリシア、ローマの人文科学的知の伝承を受け取ったばかりだというのに。〉と論じ、東方《オリエント》を擁護する文明・宗教の壁にとらわれない自在な境地を述べている。この東西隔絶の淵源を今日に続く、文化の覇権争いの歴史上の一景と見做しているだけではもはや済まないほど、現代の情勢は切迫しているのであろう――。

それはさておき、ネルヴァルは、この「夢の旅行記」の「壮麗なヴィジョンが可能になる」のは、「『ポリフィルの夢』の作者＝主人公が、キリスト教の厳めしく不寛容な掟の支配を離れ、異教の神々に、とりわけウェヌス神に帰依した」（『異邦の香り』――ネルヴァル「東方紀行」論、野崎歓）ところから由来すると考える。この自らの「誤読」を積極的に発展させる「信念」が、ネルヴァルの中に芽生えてしまった。ここには明らかに「聖母マリア像が、キリスト教の聖母から古代の女神へ至る道が一瀉千里に開け、（キリスト教の）「神」による、（古代の）「神々」の抑圧も解けるだろうというファンタスム」、生死を超えてなお共有される「連続性の夢の重要部分」（『異邦の香り』）が形成されている。ただし、ネルヴァルは、この「はっきりと異教的な官能を謳歌した物語り」の中に、「プラトニックな女性思慕の書」（『胡桃の中の世界』――ポリュフィルス狂恋夢――澁澤龍彦）も読み取らずにはいられない。それ以外にも『夢』の作者フランチェスコ・コロンナは、〈実際に見ることなしに描写し〉、想像を巡らしただけなのだが、ネルヴァルの方は、『東方紀行』で主人公＝旅人がセリゴ島に降りた体裁にして、自分は〈触れてみなければ信じられず、過去を夢想するにはその廃墟に立つ必要のある……幻想を絶たれた世紀の子ではないのか〉と、虚に虚を重ねながら自著の逆説的立場を貫こうとしている。サイードにはネルヴァルの全作にも通じるこの虚構の巡礼の姿ははたして見えていたのだろうか。

あたかも、ウィーンで三組の女たちを二種に分けて追いかけたように、「旅人はウェヌスが〈三人〉だったことを検証しようとする。……高所を目指して最後は地底に至るという（ネルヴァルの）道筋の秩序」のままに、「天上のウェヌス」、そして「地下の「ウェヌス」へと探索は成された。つまり、「山（神殿跡）から海岸、そして地下（地下墳墓から洞窟）へと。」（前出『異邦の香り』）『ポリフィルの夢』に託して書きつけられたネルヴァル扮する旅人の一節、

〈神秘の闇を横切って、彼らは最初のイシスのもとにまで辿り着いたのであろうか、永遠のヴェールで包まれ、変化する仮面をつけ、片手にT十字を持ち、膝の上には救世のみどりごホルスを乗せたあの女神にまで？〉

これは、ネルヴァルが発狂当時、病院の壁に書きつけた古代エジプト神イシスのイメージに近いのであろうか。彼の浮遊し苦悩する魂の安息する帰着点、彼を大きく包み込む女神の存在なのであろう。若死し、生前一度も顔も覚えず、肖像も見ていない亡き母、幼時憧れたアドリエンヌの面影、青年時熱愛した女優ジェニー・コロンの面貌等々が、（息苦しい近代ヨーロッパ・ブルジョワ社会をなお宰領しているキリスト教の）聖母マリア像を突き抜けてしまう。そこから、ネルヴァルは深遠な宇宙原理の根源探求に向い、古代ギリシアの神々から、さらに古代エジプトのイシス神に向った。このことは、狂気の進行とあわせて確かなことのようだ。最初に狂気の発作が起きたとき――深夜、パリの路上で――自らすでに〈故国東方へ（向かって行く）〉と友人に告げていた。「〈東方へ〉の歩みだしが、そのまま〈現実生活の中への夢の氾濫と重なり合った〉」（『ネルヴァル覚書』入沢康夫）

この観念や夢の中での東方希求は、秘めた彼の個人史であったが、また時代の精神史を彩る一傾向でもあった。

（3）「カイロの女たち」

旅人は、船で、〈広大な墓〉エジプトに、アレクサンドリアからはいり、カイロまでナイル河を遡っていく。カイロは女たちが、ヴェールで覆われ、街自体も〈その奥まった部分、もっとも魅力に富む内側をほんの少しずつしか明かしてくれない。

カイロに着いた晩、ぼくは死ぬほど寂しく意気沮喪していた。……何と！　これが『千一夜物語』の都、ファーチマ王朝のカリフやスルタンたちの首府なのか、とぼくは独りごちたのだった……。〉

現実の街の味けなさは、セリゴ島の荒廃同様（実際の上陸はしてないのだが）、友人たちにしきりに手紙などで訴えられている。しかし、旅人の耳目を引きつけるできごとが、出来する。「カイロの女たち」の第Ⅰ章、コプト式結婚で描かれる、夜分の花嫁行列である。これは旅人が、消灯時間後、床に入り、眠りに引き込まれてゆく、半覚半睡の状態の中で、耳にし、目で見たものである。後年の『シルヴィー』における、夜半、眠れぬ夜、ヴァロワの幼時の思い出を辿るうち、往時見たドルイド教のお祭の行列が浮かび上がることに連なる心の作用である。後者では、ケルトの昔に寄せる、民族の純粋なる先祖としての、ガリア（ゴール）＝ケルト追慕が溢れていた。やがて、その中から、アドリエンヌやシルヴィーが現れてきたのであった。同じ『シルヴィー』の「シテールへの旅」の章中の場面にも、古代ケルトやギリシアの様式を借りたか、白い装束に身を包み舟中の花束につき従う乙女たちの〈古き時代を今によみがえらせる優雅な祭列の影〉（入沢康夫訳）が〈静かな湖水の面〉に映っていた。

ネルヴァルにとって、ご先祖ガリア＝ケルトの血は、フランス人として、体内深く潜んでいて当然のことであり、アニミスム的深まりはあるとしても、これ以上深層分析の追求対象にはならないようだ。自ら、王家に連なる血を引くと信じるゲルマン系の血統は、ドイツ・ロマン派への親近と、ゲーテ『ファウスト』の翻訳、ハイネとの交友などで、生涯にわたり、実り豊かな結実を遂げた。

さて、そのカイロの花嫁行列の模様は次の如くである。

同行者が太鼓を打ち鳴らし、剣闘士たちが、武闘の型を演じつつ歩む〈裸同然の男たちが古代の闘士のように冠をかぶって、群衆のまん中で剣と楯を持って戦っている。〉顔をヴェールで隠した〈カシミアの長い衣に足先まですっぽりと包みこまれている〉花嫁が、黒衣の二人の中年婦人に付きそわれ、ゆっくりと、〈煌々と照る松明や燭台や火壷のもと〉行列を進める。これらは西洋の風俗ではない。〈花嫁の頭上に奴隷が四人がかりで深紅の移動式天蓋を掲げ、ほかの連中は歩みに合わせてシンバルやダルシマーの伴奏をつける。〉

〈賛嘆する人々を後ろに従えて、女王然とした緋と宝石の装いを見せつけながら、ヴェールに覆われて誰に正体を知られることもなく、まるで古代ナイルの女神イシスのように神秘を保っている。〉花嫁は実は〈薄目の布地ごしに人に見られることなく外を見ることができるようになっているらしい。〉

異趣の女性美に打たれた旅人は、そこに時空が入り混じる広大な旅を続ける主要目的を見出す。

「ウェヌスからイシスへ、女神の導きのもと、以後旅人は、驚いたことに、カイロの地で自分の花嫁探しに追われる日々を過ごすことになる。」（『異邦の香り』）

東西の風土、文化の違いに圧されながら、旅人は、ネルヴァル生来の感情に支配される。

〈ぼくの人生は何と不思議なものだろう！毎朝、半覚状態のうちに理性が少しずつ突飛な夢のイメージに打ち勝っていくとき、……うら淋しい一室で、想像力は閉じ込められた虫みたいに窓ガラスにぶつかってしまう。それがパリ生まれの自分にとって自然かつ必然的であり、またふさわしいことにも思われるのだ。ところがいま自分は祖国を千里も離れた土地にいるのだと気づいて、……驚きは、日々いっそう強まるばかりである。……人々のわめきや鳴りものの雑然とした音が空気や木々、壁を震わせ、天上には暁の光が窓の切れ込みの影を無数に映し出し、強く香る朝の微風が戸口の垂れ箱を持ち上げて、椰子の木の頂きが揺れる様子を中庭の壁越しにかい間見せてくれる。

こうしたすべてが、ぼくを驚かせ、夢中にさせ……日によっては悲しい気分にさせる。というのも永遠に続く夏というものは、こちらの気持をつねに弾ませてくれものではないからだ。アルブレヒト・デューラーの夢見る天使の額に暗い光線を投げかけているあの憂愁の黒い太陽（「メランコリア」）は、ドイツ・ライン沿岸の寒々しい風景の中と同じように、ナイル川の輝かしい平原にも時として昇るのだ。……〉

音、光、香（匂）に、ボードレールのコレスポンダンスさながら慰撫されても、暗い狂気の影につきまとわれる詩人がいる。しかし、全体を見れば、『東方紀行』にはそのような要素は慎重に排されているといえるだろう。そもそもの旅の目的の主因として、前年におこった、発狂、再起不能の風聞を打ち消したいという強い希求があった。充分な健康を証明する長旅と宿願のオリエント探訪が同時に果たせたのだから、（金銭の工面の謎は残るにせよ）、ネルヴァルはよほどの強運と奇縁の持ち主だと言ってもよかろう。追いつめられた果てに、最大の独創ともいえるオリエント参入がかなったのだから。例え、狂気が彼を導き、後に破滅させたとしても。

さて、『東方紀行』は、「カイロの女たち」第Ⅱ章女奴隷たちにはいっていく。ここでは、一夫多妻や女奴隷に対する西洋人の通念が悉く破られる。イスラムの奴隷は一つの身分であり、型の中とはいえ、自由や安全が保証されている。売買される身とはいえ、したたかに損得勘定をし、生活をエンジョイしようと意欲的でさえある。（搾取を専らとする西洋の植民地や、アメリカの黒人奴隷のような苛酷な状態にはいない。）また、一般の女性がヴェールをするのは、夫あるいは恋人以外の男に顔を見せないためである。彼女らにすれば、顔を見せたくもない、見られたくもないその他多勢の男たちに、平然と顔をさらしていられる西洋白人キリスト教徒たちの気が知れない、ということになる。その代わり、ヴェールの中で唯一光る、瞳の強度と艶気はただならないものがある。

男が結婚もしないで一人暮らしをするのは奇異なこととされる。旅人が買った女奴隷はアラブ人ではなく、美貌でスタイルの良いジャワ（インド）娘であった。しかし、言語、習慣、文化が違う娘は、悉く異教徒である「主人」に反発し、ひるむことがない。覚えたてのフランス語でいえば、petite sauvage である。本人はその意味を知ると「私が野蛮人だなんてとんでもないわ」と笑う。その笑顔が可愛いいと旅人は思う。珍しくコミュニケーションの通じる場面である。東と西で孤立した（女にはそんな意識もなく売られてきたのだが）二者が、宇宙軌道上、一時、接近して周囲を回り、また永久に離れていく星々のような出会いをする。この女奴隷ゼイナブや好意的奴隷商人アブド・アルカリームや親身な通訳アブド・アッラーたちが目一杯しゃべる奴隷市場の実態や、ハーレムの様子が昨日のことのように活写され、引きこまれる。

この旅人には異人種（イスラムや黒人）に対して上から見おろすような差別意識はない。それでもなお、好奇心や違和感が時おり顔を出すのはやむを得ないことであろう。この友朋ぶりは、あたりの空気も変えてしまう。この旅行記の、時に思惟は深遠だが、対人では肩の凝らない、気取りのない関係が生み出す、停滞しない流れるような調和と律動は魅力的である。この旅人の態度、物腰はフランス国内でも、もとより変わらぬ詩人のものだったらしいから、ネルヴァルその人の生得のものであろう。ボードレールやランボーのような狷介さを欠く詩人、それでいて、たんなる気の良さの範疇を越え、不思議な慎ましさの中に、底の知れない発熱体を潜めた詩人であったようだ。『東方紀行』はそれを過不足なく後の世に伝えてくれている。ここで旅人は街中から、念願のピラミッド探索へと乗り出していく。

〈ピラミッド〉

旅人は、ピラミッドの外面的、表層的巨大さに、通常の旅人のようにただ圧倒されているだけではない。ナポレオンにしても地上から見上げて名文句を吐いただけである。次の段に上るまで一メートルある階段を、実際に、四人のアラブ人に手助けされ、引張り上げられ、型通り、頂上まで登攀を果たす。そこから、さすがに景観を楽しみ、感慨に耽った後、頂上から二分の一ほど降りてピラミッド内部に、ガイド役と共にはいりこむのである。しかし、内部は何もなく、空間が開けているだけなのに拍子抜けする。だが、かつてここで、古代イシス教の土、水、火、風の関門を通過する秘儀参入［イニシアシオン］が行われていたことを、同行のドイツ人近衛隊士官から聞かされ、大いに興が湧く。これは『創世記』の「大洪水」や「アダムとイヴ」より以前の話であり、かくて古代エジプトから、ユダヤのモーゼ、ギリシャのトリプトレノス（エレウシス教）、サモア人ラケのオルペウス（カベイロス教）、ピタゴラス（レバノンの秘密結社の開祖）までも、この同じ試練を受けたとされている。その伝承の模様が古代の風趣豊かに物語られる。

古きカイロの町は、今や廃墟と化そうとしている。当代では、ヨーロッパの風が、オリエントを吹き抜ける中、しかし、〈砂漠に守られた古代の遺蹟は、死者崇拝の風習と共に、永久に保存されていく〉ことを旅人は確認する。

〈帆かけ舟〉

六ヶ月目のカイロ滞在後、旅人は、ダミエッタまで「帆かけ舟」で運ばれた。家財道具一式と奴隷商人から買った〈金色の肌をした女奴隷〉ゼイナブを相変わらず引き連れて。ナイル河を下り、遠ざかるピラミッドの眺めを嘆賞しつつ、街に着く。途中、船長の自宅に招かれる。マタリーリャへ行き、「聖家族」のヨセフとマリアの住まいとされた宿を尋ねたりする。蔓延しているペストの検疫の中で、フランス領事官宅に昼食に招かれる。ゼイナブにも、女主人から食事が別の小テーブルで出される。書記官が街を案内してくれる。〈十字軍の建てたビザンチン様式の古い教会〉や、〈全部が聖ルイの軍隊の遺骨でできているという市外の丘〉などが目につく〈荒涼とした町〉である。ここには西欧中世の歴史と時間が静まりかえって淀み止まっている。夕方、旅人は、シリアに迎う小型帆船に、好運にも乗り込めることになった。

〈サンタ＝バルバラ号〉

サンタ＝バルバラ号で出帆する。「オデュッセイア」、「アエネイス」のような放浪の旅に思いを寄せる。旅人が、通訳として船に乗りこます便を図ったアルメニア人青年が、ゼイナブに向かってアラビア語で話しかけているる。オリエントでは信仰は当然のことであり、当代の不信心者であるこの〈ヴォルテールの息子〉たる我が身をふり返る。ギリシャ人船長が自分の所有物である少年水夫とゼイナブの交換を申し出ていると、アルメニア人から知らされ、憤激する。異国人同士の船旅は言葉や通念、しきたり上の誤解が、さざ波のように連動する。今度は、乗りあわせたイスラム教徒たちから、ゼイナブは旅人のものではないと言われる。イスラムの女はローマ人（キリスト教徒）と親しんではならないということらしい。正当な取り引きだったと娘に確認させようとする。その後、禁じておいたのに、ゼイナブと一座の中心の老水夫が、また宗教談義をしている。怒って、止めさせ、乱暴に腕を引っ張ると、娘に「ジャウール」（不信心者）と叫ばれ、ののしられる。アラブ人たちが数名近づいてくる。旅人は思わず、腰のピストルに手をかける（弾ははいってないが）と、アルメニア人に止められる。ここで格好のタイミングで、パシャ（トルコ高官）への紹介状を持っていることを思い出す。それを読ませると、一同は静まる。ゼイナブは自分の出身が、「ヒンディ」（インド）であり、あなたの奴隷であると、諦めたように言った。彼女は旅人の命令を受けて、〈何も答えずにヴェールをかぶると、船長の小部屋の中に入って坐った。〉

〈折々の鮮烈な印象に流されるまま、生意気になるかと思えば卑屈にもなるこうした連中に対して強く出たいという欲望に、ぼくはいささか負けてしまったのかもしれないが、しかし、彼らを実際に知ると、専制主義がオリエントではごく当然の統治形態であることが理解できる。……アラブ人、それはこちらが後ずさりすると噛みつき、叩こうとすれば手を舐めにくる犬だ。……！〉

こんなことを書いて、厳格な検察官、サイードのお目溢《めこぼし》に預ったのも、ネルヴァルゆえであろうか。フランスの読者を多分に意識した書きぶりの中に、体験からきた、作者の本音も透けて見えるのは事実だろう。サイード自体、民族の負の属性として認めつつ、ネルヴァルに対して免責しているのかもしれない。しかし、長い歴史を通じ、西欧（オクシダン）に対して、執拗に、激しく抵抗してきて、今日、なお過激に抗う視点のあること、同じ東洋とはいえ、現代の日本とは随分色合が異なる。

さて、旅人はパレスチナ沿岸を通り、ベイルートに至る。〈スイスの湖水に映るアルプスの眺め、それが穏やかな天候のもとでのベイルートだ。ここでは、ヨーロッパとアジアが優しい愛撫のうちに溶け合っている。……〉東方の朝の太陽が照らし出す雲の魅力を称え、その中から〈今にも朗らかな神々が現れ出て来るかのよう〉な気配を感じている。

検疫を済ます。パシャへの紹介状を見せた後、ギリシャ人のニコラス船長と船員たちは愛想よく、礼儀正しくなった。相変わらず、親しげなアルメニア人青年とゼイナブを結婚させてやろうと、旅人は寛大さを発揮する。青年は〈度胆を抜かれた様子〉で猛然と身の潔白を抗議し、娘も〈ユダヤ人みたいな輩〉に気があると思われて傷ついた様子である。

〈山岳地帯〉

検疫後、旅人は、マロン派キリスト教徒（東方キリスト教の一派）の家に一ヶ月暮らす。かつて、ラマルチーヌと会ったイエズス会神父と話し、ゼイナブの身の振り方を相談したが、彼女の改宗を目論む気配を感じ、迷う。マロン派とドルーズ派（イスラム少数派）の争闘が起きている。ロンドン福音教会の宣教師とも語りあう。

〈イギリスは、一八三一年にドルーズ派に肩入れして、この血の争いに介入し、定着していた。〉

フランスは当然マロン派寄りであった。十七世紀に、トルコのスルタンと戦ったレバノンの英雄、ファフル・アッディーンの境涯を辿る。

〈彼はフィレンツエ（メディチ家の朝廷）では、アラビア語翻訳を通してローマ帝国末期のギリシャ諸学を継承した哲学者とみなされた。数多くの貴重な書物はアラビア語翻訳によって保存され、後世にその恩恵が伝えられたのである。フランスでは、人々は彼を聖王ルイの時代にレバノンに避難した十字軍の末裔と考えたかった。〉

しかし、実際にはこのドルーズ派の代表者は、〈いにしえのレバノン王、ソロモンの友にして神秘的結社の英雄であったヒラム（アドニラム）の理想を実現する人物〉かと思われていた。ドルーズ教とは〈現代風に言うならば、一種のフリーメイソン〉ではないかと、旅人は考える。

……あのアルメニア人青年がパシャに翻訳係としてやとわれていた（『法の精神』と近来起ったユダヤ人事件の報告書の訳出）。パシャはシャイフにしか会わないと聞かされ。旅人は落胆する。

バザールと港を散策、カフェで、群衆の様子、山岳民族の様々な衣装を見る。ベイルートは小説や芝居で、ヨーロッパ人にお馴染みな〈昔ながらの近東の寄港地のイメージ〉どおりな街であった。〈ドルーズ派やマロン派の女たちが頭につける、高さ一尺以上もある金銀細工の角（タントゥール）をしきりに振りたてている……あの想像上の一角獣のような趣きがある。〉

サントン（托鉢僧）の葬式光景に出くわす。デルウィーシュ（修業僧）により、遺体をくるくる回転させながら、同行者の歌声の中、墓穴に投げ込もうとする。うまくいくまで何度も繰り返された奇妙な埋葬風景を目にする。この死者の最後の抵抗とも見まがう様子から、旅人は、〈シリアのアポロン青銅像が同様の気まぐれを起こし〉、人々の肩の上で暴れたという〈ルキアノスの一節〉を思い出し、また、古代の考証が始まる。聖書や古代ギリシャに思いが及ぶ。〈フェニキア人の移住とともに広まった信仰を、ギリシャ人が受け入れ、作り変えたのである。この森と山々に、アドニスを偲んで泣くウェヌスの叫びが響き渡った。〉古代の女神の叫びが、今なお女たちの涙や祈りとなっている。シリアのキリスト教徒たちも、さすがにウェヌス相手ではないが〈形態上の類似〉が著しい儀式をとり行っている。旅人は〈古代の記憶やら宗教的夢想やらはこの辺りで切り上げよう〉とする。しかし、〈近代的な考え方の影響〉により、古代の活気は町から去り、現実は〈静かで味気ない〉し、〈実際に観察しえた者はごく少ない面白い風習や奇妙なコントラスト〉を求めて、旅人はさらにレバノン山中にはいりこんでいくのである。

………〔ここで上巻は閉じられる。〕

Voyage en Orient.／『東方紀行』、引用は『ネルヴァル全集Ⅲ』野崎歓・橋本綱訳による。

二　ネルヴァルとコンスタンチノープル

ロマン主義の情念はルソー、仏革命、ナポレオンから最大の敵国イギリスの詩人バイロンへと伝播していった。バイロンのうたったナポレオンの栄光と流謫のイメージはフランスのロマン派作家、ジェラール・ド・ネルヴァル（一八〇八―一八五五）の初期詩集『ナポレオン、戦うフランス』の中に色濃く表れる。やがて、作家が後年になるにつれ、神格化され、「復活」の心象に先導されていく。それと共に、ネルヴァルは、ヨーロッパ大陸の根元を成したケルトやゲルマンの古代世界にも魅入られながら、地中海文明の象徴として、エジプト古代の女神イシスやイエメンのシバの女王の伝説を切望する。後年、それらを求めてオリエントに旅立つのは一八四二年、三十四歳の時である。エジプトのカイロやトルコのコンスタンチノープル（イスタンブール）に主として滞在する。旅の動機は、前年に変調をきたした（一時、錯乱＝発狂が昂じて入院）彼の精神の立て直しにあった。何もかも――創作、経済生活、恋愛等々――が行き詰まっていた。しかし、それはまた乾坤一擲の大きな賭けでもあった。西洋近代ブルジョワ社会からの疎外感と表裏する、古代への夢想と東方《オリエント》（近東）イスラム圏への親しみは固執ともいえるものである。帝国主義に巣食うオリエンタリスム――白人の植民地政策と一体化した――とはもとより無縁であろう。文字通り flâneur《フラヌール》（遊歩者）として、異文化の中へ悠然とはいりこんでいく。夢こそ第二の人生である彼には、旅もまた夢のように展開していった。バイロンのような悲憤慷慨はない。意志的生活の設計もない。約半世紀後一八九〇年、極東の日本に四十歳で到来したラフカディオ・ハーンのように、そこに骨を埋め――国籍を取り、結婚し、子を成した――訳ではない（ハーンはネルヴァルを最初期に英語圏、アメリカのジャーナリズムに紹介した作家であり、日本の帝大でも力をいれて講義した）。ネルヴァルは、古代文明発祥のオリエントで、キリスト教以外に「宇宙創造の神話」を尋ねたいと志す身であった。しかし、大望は高くあっても、眼前に開けた現実のオリエントの混沌とした生活情景の大海の中では、波に身を任すように漂っていく。その無限ともいえる脱力した繰り返し運動には独特な味わいがある。古代から中世への時間を蘇らせ、夢想や体感の内で再びそれを生き直す所に、彼の旅の凄みや妙味がある。対象に溶け込み同化するそれは、バイロンのようなまた先輩の仏ロマン派詩人たち――ユゴー、ヴィニー等のような、どこか高所から冷静に自他を弁別し、孤立するロマン主義ではない。また、バイロンやボードレールに見られる、己れの純潔を守るための偽悪的韜晦趣味《ミスティフィカシオン》に向かうダンディーとしての生活者、旅人ではない。

それではネルヴァルの浩瀚な『東方《オリエント》紀行』（三年前のウィーン旅行を冒頭に据え、カイロやコンスタンティノープルへの旅を自在に重層的に物語った）から、筆者が一度旅して多少は知る所のあるトルコの件《くだ》りを辿ってみたい。コンスタンチノープル（イスタンブール）滞在は、断食月《ラマダン》の夜を中心に語られる。ネルヴァルは今日の通常の旅行者のように、ヨーロッパ・サイドの旧市街の観光中心地、ブルー・モスク（スルタン・アフメット・ジャーミィ）、アヤ・ソフィア、トプカプ宮殿などに深入りし、調査探訪に精出す訳ではない。そもそも作家はカイロからシリアのベイルートへ行き、そこからトルコのスミルナ（イズミール）経由でコンスタンチノープルにはいっていた。スミルナ近辺の古代の都エフェソス遺跡へ足を伸ばすこともなかった（現在そこには、イシス神から発したアルテミス女像が豊饒かつ神秘な佇まいを見せている）。コンスタンチノープルでの当初の住まいは、金角湾をはさむ他岸の新市街・ペラ地区にとり、次いで旧市街・スタンブール地区の「イルディス＝ハン」（星の宿）に一人住まいとなった。

グラン・バザールの入り口（著者撮影）

御存知でしょう（中略）ぼくは文学的旅人としての素養を全く持ち合わせていないのです。遺跡だの芸術品だのにはほとんどお構いなく、ひとたび町中に入ってしまえば、あとは偶然まかせ、ぶらぶら歩きの暇人に、興味の種はいつだって尽きないものです。（中略）旅でぼくが特に好きなのは（中略）曲がりくねった道を行き当たりばったり歩き回り、不思議な言語を話す雑多な群衆に混じって、一日、その永遠の生に仲間入りすることです。これは好奇心をそそる試練であり、束縛多い日々の惰性を抜け出すことのできる者にとって、孤独の中で健康を取り戻す術となるのです。
（『ネルヴァル全集』Ⅲ「東方紀行」野崎歓・橋本綱訳、以下同）

このような信条から、ネルヴァルは、歴史の都、かつて千年の繁栄を誇ったビザンチン帝国、ついでオスマン・トルコの四百六十年の首都であるコンスタンチノープルの古来分厚く堆積された人間模様の中に、ラマダンの夜、何を見たのか、再認してみよう。まず前口上から。

コンスタンチノープルは不思議な町だ！　華麗と悲惨、涙と喜びが共存し、どこよりも専制的で、どこよりも自由。——トルコ人、アルメニア人、ギリシャ人、ユダヤ人という異なる四つの民族が、それほど憎みあうことなく、一緒に住んでいる。同じ土地の子である彼らは、ぼくらの国の出身地や党派を異にする人々よりも、はるかによく互いを受け入れあっている。

詩人である作家の地理の描写も平明で、この三方を海に囲まれた特異な都市の光と影をよく描き出している。

町なかのカフェで、かつてロシアのエカテリーナ女王の小姓をつとめていたと自称する老人と知り合う。彼はコンスタンチノープルにおける往時の「故宮の冒険」を語る。ベシク＝タシュ宮殿のスルタンの妃から、彼はひょんなことから招かれる。事件が起こり、男は地下室から命からがら、ボスポラス海峡より脱出する。こうして秘密の宮殿の奥で代々ひそかに行われていたかのようなアヴァンチュールの内幕に作者は思いが及んでいく。正史からの逸脱に読者も興を共にする。

次のⅡ章「劇場と祭り」もネルヴァルの面目躍如である。「カラギョズ」というマリオネットの奇態な伝承劇の模様が見物の民衆ともども活写される。まるで一夕、あの闊達で心優しいイスタンブールの人々が集う客席にいるような気分になる。トルコ人からすればどう見ても信頼できそうにない友達のカラギョズに、自分の留守中、美人の女房の貞操を守ってもらおうとするトルコ人の話である。友情と誘惑に悩むありきたりの話では無論ない。カラギョズ（黒い目の意）は「素晴らしき体つきの美男子」だが、プルチネッラのような「特異な体型」で、友人の女房のまなざしを逃れるため（！）、人やアラバ（車）までも載せる「橋」になったり、あはやという時、救いのフランス式四輪馬車で大使ともども、女たちのもとから消え失せたりする。戻ってきた友人は「清純なるカラギョズ」の友情のおかげで「女房も純潔のまま保たれた」ことを喜ぶ。ナンセンスの色濃いシュールで荒唐無稽な風俗劇であるが、評判の出し物である。ここでネルヴァルは、カラギョズの役回りとは、要するに当代では反体制側に立ち、時に「冷笑家のブルジョワ」だったり、小役人を批判する「平民」だったりする、権力をも怖れぬ永遠不変の庶民の願望の表徴であると考察する。

次の『二人の未亡人の夫』の話もイスラムの一夫多妻制の下でしか起こり得ぬ風俗劇である。ネルヴァルはそこにも「ギリシャ・ローマの戯曲に見られるような喜劇的センス」を認めるが、二つともそれ以上のものではなく、「イスラム社会のあり方は、まともな演劇が根付く妨げとなっている」とする。ここでは、フランス近代演劇世界へ一身を賭して（熱愛する女優ジェニー・コロンの存在も大きいが）没入したネルヴァルの現実的活眼が、イスラム社会永遠の閉鎖性を突いている。

六節の「デルウィーシュ」では宗教を考察する。「エシュラキすなわち幻視者は数や形や色のうちに神を見ようとする」、「精神主義的な独断論者エシュラキが物質主義的な汎神論者（魂の輪廻転生を信じる）であるムナシヒと仲良く暮らし、懐疑論者であるハイレティも、ほかの連中とのどを嗄《か》らして議論しようとはしない」。以上のように修道僧のデルウィーシュは「三つの哲学的立場に分かれている「特別な聖性」と特権を持った人々であることが詳細に考察されていく。ところでここは、正統派イスラム教の町スクタリ（中世の名、アジア・サイドの現ユスキュダル）である。「青白い山並みを背に浮かび出るスクタリの町、その墓地のイチイと糸杉の長い並木道を遠望すると、バイロンのこんな文章が思い出された。」

「おおスクタリよ！　幾千の墓を見下ろす白亜の家々、――その上に聳えるのは常緑の木、ほっそりとした黒い糸杉。受け入れられずに終わった恋さながら、終わりなき喪の悲しみを葉むらに宿して。（『アビドスの花嫁』）」

実際にスクタリには、「死者たちの大苑」、同「小苑」が広がっている。

Ⅲ章、講談師たち――カフェの中で聞いた伝説――で、不朽の名作『朝の女王と精霊たちの王ソリマンの物語』が挿入される。これはネルヴァルの遺作『オーレリア』の精神の地獄下りにも似た、地球内部の「青銅の海」へと下降していく、溶岩が放つ青や赤の火花に眩惑される物語である。それまでのいわば現地ルポルタージュの後で、歴史と神話が巨大な幻想のヴェールを剥いで読者の現前に屹立する。人間男女の運命を巡り、思考の深淵を窺わせると共に、華麗かつ力動感溢れる地底深部のみごとな描写が展開されていく。異邦の美女、心聡いシバの女王（バルキス）の魅惑と誠実な超人アドニラム――バイロンのイメージとも評される――が織り成す恋物語であり、邪悪な王ソリマン（ソロモン）に抗するカインの末裔に連なる者たちの悲劇である。そのため、前章までの民間の庶民たちの繰り広げる、どこか幻想的ながら人間くさい逸話や民間伝承の人情喜劇との対比が、鮮やかな構成を成している。

　やがて、終章に至り、ラマダンの三十夜を見聞きできたことに満足しつつ、作者は『オリエント紀行』そのものの巻を閉じる。昔から今日まで、一都市をその歴史も人間も、精神も肉体も丸ごと――上天から地上（浮世）の営み、はてはその地帯の地下の物質現象や不可視の世界をも視野にいれ、味わい究めた旅人は、ネルヴァルのほかには存在するだろうか。勿論、実際の旅から書物へ結実するには八年もの歳月を要している。フランス・ロマン派の人性探求家《モラリスト》としての人間味、イギリス・ロマン派の脱俗の理想主義の要素のほかに、ドイツ・ロマン派（ノヴァーリス、ホフマンら）の内的神秘精神を体現した所に、ネルヴァルのロマン派詩人としての汎ヨーロッパ精神がある。それが、長旅の中で、オリエントの懐に慰撫されていく記念碑的大作を生んだといえるだろう。そして旅人のその後の人生を決定づけてしまう、ゆっくり時の海の中を泳いでいくようなアナログの旅の本質が確かにここには存在している。スピードと電子時代に生きる我々は、改めて懐かしいような、魂が鼓舞されるような不可思議な憧憬を抱いてしまう。味読するうち、そのことにはっきりと気づかされ、改めて心打たれるのである。

第三章　M・デュラス小説のモデル成立を巡って
――『愛人《ラマン》』から『エミリー・L』へ――

一　『愛人《ラマン》』の内部の影
――M・デュラス『戦争ノート』と新刊伝記から見えてくるもの――

デュラスのいわゆるヴェトナム三部作は、フィクション化へのヴェクトルを一段と深めながら展開されていく。すなわち、『太平洋の防波堤』（一九五〇）、『愛人』（一九八四）、『北の愛人』（一九九一）の順である。これに近年刊行された『戦争ノート』のヴェトナム篇「インドシナにおける子供時代、青年時代」を序説として付加することも可能であろう。この該当する『ノート』はおそらく、一九四三年以降、デュラス二十八～二十九歳、戦時中占領下のパリで、当時から十三年前のヴェトナムの日々が記録されたものである。この『ノート』のヴェトナムものには、他に四種の『太平洋の防波堤』草稿なども含まれている。この「終わることなき少女時代」執筆動機をデュラスはこう語っている。

この発掘本能以外に〔これらの思い出を〕私に書かせる理由は何もない。しごく単純なことなのだ。書かないでいたら、こういうことを次第に忘れてしまうだろう。〔……〕わが少女時代は、夢からはこの上なく遠く離れた、砂漠のようなどぎつい光の中で繰り広げられていった。夢は、私の若かりし年頃からは排除されている。(1)

M. デュラス

この『ノート』には、デュラスの特異で原色の不幸ともいうべき家族の姿が、ほぼ忠実に記されているといえよう。一例として、少女デュラスは、長兄――つとに暴力をふるい、マニアックな犯罪者の素質を持つ――からだけでなく、母からも頻繁に殴打されていたことが背後から浮かび上がってくる。

一方、『愛人』のモデルは、レオという名のアンナン人が相当するというべきであろうか。中国人ではなかったということか。父親が中国系という記述もことさらない。大金持のあと取り息子で、パリ帰り、大型のダイヤモンドの指輪を身につけ、絹の薄絹服《タッソー》を着て、最新の豪華なリムジン（モーリス・レオン＝ボレ）を乗り回すことは同じである。後年の決定稿『太平洋の防波堤』[2]では、この男は、ムッシュー・ジョーとなって現れる。両篇のこの「愛人」は一口で言えば、ひどく冴えない黄色人種の男であることが共通している。卑屈なほどおどおどした物言い、不格好なスタイル、猿のような顔貌、富の力を後光として、白人の少女に言い寄るが、かなり真剣な恋心とかなわぬ欲情の切なさに喘いでいる。温厚で優しい所もあるのに、無力で滑稽な青年として描かれる。『ノート』と完成小説に差異はもちろんあるが、共通なトーンとしてそう書き留められている。『愛人』[3]の格好いい中国青年とは随分かけ離れている。『愛人』の彼は少女に対しては躊躇《ためら》いも見せるが、神秘的に滑らかな肌をした東洋の性愛のヴェテランの面貌も併せ持つ。外面にも内面にも滲み出る弱さが一種の魅力を成していた。それが冷静、早熟な少女を無関心とも見える冷淡さと惑溺の葛藤の中で次第にとりこにしていったのであった。そもそもこの主人公の原型モデルの青年は、『ノート』では、彼の懇願の末に、別れ際に一回のみ、『太平洋の防波堤』では、ついに関係すら結べずに少女に翻弄され続ける戯画的ともいえる役廻りであった。『愛人《ラマン》』では一種聖像《イコン》化されている箇所もあることと比較すると、時の経過と共に、執筆時の感興も加わり、デュラス側の完璧なフィクションへ向けて根源的転換が計られたといえよう。

『北の愛人』(4)では更に虚構化が推進される。それは映画台本から発したシネ・ロマンの体裁を取りながら、作者自ら、自身である十五歳の少女が、外からのカメラを通して見たスタイルで、つまり、客観的に眺められる三人称の呼称（彼女）と視点で描写されている。エクリチュールはさらに柔軟、奔放、その格率から脱した自在なものとなっていく。

一方、「少女」の現実の姿はどうであったのか。『愛人』の、時に傲慢、不逞ともいえるほど、ソフィスティケイティッドで、男を男とも思わないような十五歳の娘は、『ノート』に描かれた少女像とやはりかなり異なっている。『太平洋の防波堤』のヒロイン・シュザンヌに近接している所もあるが、小説の中では作為化され、より強化された自我を感じさせる。いわば、『ノート』の無名の一少女から、小説構築意志をこめて、作者が決然とした一歩を踏み出している趣きがある。『ノート』では、その差異のナイーヴな実例として、性に対する少女の過敏な処女独自ともいえる潔癖性が強調されている。現実に肉体が、レオの不意のキスによる、唾液という粘着物質を通して意識されると、男への激しい嫌悪が、露骨に溢出してしまう(5)。これは、通念上からは、思春期の娘としては当然起り得る反応の類例といえるかもしれない。だが、ヴェトナムでの現実生活の意識下深く潜んだ、人種差別、または人種異和からの視点もあるいは見えてこよう。貧しい家族と共有する富への渇望の最初の竹篦返し《しっぺ》を屈辱の思いの中で味わったのかもしれない。ことほどさように少女はナイーヴかつ鋭敏であり、シュザンヌや特に『愛人《ラマン》』の少女とは相似ていない。少女には、自分の家族の恐ろしい、荒れた姿もはっきり甦る。〈私はこのレオという醜い存在とともに人生に巻き込まれ、そこから抜け出せなくなっている。私はどんなことからも抜け出せなくなっていて、それがおそらく《おしまい》ということであり、私にはもう何一つ残されていない。〉と、一瞬ここまで思いつめる。彼女はある面でひた向きに、生きることに必死なのだ。『ノート』に記されるのは、無器用だが執拗な男の、悲鳴にも似たラヴ・コールと、観念と現実の狭間《はざま》で揺れる等身大の十五歳の少女マルグリッドである。この二十八歳頃のノート記述から約五十年後、七十七歳の『北の愛人』では、いわば、想念が現実を食い破った感がある。ヒロインとして、この少女像の定立まで、デュラスが駆使する豊饒な小説世界の転変を眺望できることは興深いものである。戦争を始め実人生の劇的通過、それに伴うエクリチュールの多様な変遷等々が、作家を遥かな地点にまで導いていった。『北の愛人』ではその一例として、次兄ポールとの関係がある。それまではどこか近親相姦を思わせはするが、緊張を孕んだ聖愛に留め置かれたのに、最終作では実際に彼と、涙とともに寝てしまうことなどがあげられよう。ここでは過去の現実と、結構化された夢想を隔てる根拠がもはやないことに私たちは気づかされる。時の膨大な経過の意味と、叙述を進める「流れゆくエクリチュール」の魔術にとらわれ、不思議な感動を覚えさせられる。(6)

『愛人』執筆時に作者の傍らに存在した重要な人物がいる。デュラス六十六歳から死の八十一歳まで、晩年を共にした、実際の若き愛人ヤン・アンドレアである。彼自身もそうだが、彼自身とデュラスの関係も謎めいている。『愛人』は彼との共同制作の一面もあるが、刊行後、書物に献辞の名を捧げたのは別人男性（デュラス映画の撮影監督・ブルーノ・ニュイッテン）であり、ヤンの名はどこにも見当たらず、結果的に、匿名の口述筆記担当者の役割だけに限定されている。このことにヤンは納得できず、黒子扱いに僻み、屈折した感情を一時味わったようだ。結果的に、両者の関わりは他の作品でも微妙な軌跡を辿る。しかし、デュラスの死後、廃人同様の世捨て人生活から立ち直り、書きあげた“Cet amour-là”は『愛人』やその他の小説執筆状況を巡る貴重な証言である。

メコンの流れを船で渡っていき、豪華な高級車からは北の中国人の青年、最初のアマンになる男が降りてくると、その青年との出会い、ふたりの出会いの写真はないが、それでもあなたは今再現しようとしているところだ。僕は次に発せられる言葉を待っていて、あなたがこれは戦時中のものよ、といっていた黒い、高目の、僕がとても愛着を持っているタイプライターを使って打っている。〔……〕そうした素材を下地にして、世界の読者の心を魅了するあの作品を、今書き上げようとしているところだ。憐みを誘うストーリー。ありふれた筋立て。それでいて繊細な感性に満ち、六十年の歳月を経たというのに、それを書き、書き続け、それも執筆にすっかり打ち込んでいる。あなたの傍らにいる僕は、いわれるままにタイプを打ち、一言半句もきき漏らさないように、ミスを犯さないようにと気を配り、あなたが小さな兄ポールに注いでいる情愛や、この下の兄の死について語り出したりすると、胸塞がれる思いがして気持ちが高ぶってくる。それ以上あなたは続けられなくなり、声もかすれてきて、はらはらと涙が頬を伝わってくる。それをみて僕も胸を打たれる。タイプを打つ手を止める。〔……〕(7)

デュラスは時に、なぜ、ヤンが自分と暮しているのか理解できず、その愛を疑い、〈あなたは何者なの？ あなたのこと、私なにも知らないわ〉と問いかける。デュラスの熱烈な愛読者としてスタートしたヤンは、やがて愛人、酒や話の相手、車の運転手、料理人、看護士 etc. として、自分の時間を全て捧げるようになる。己れの存在理由が分からなくなり、叫び続けたり、激しい喧嘩を繰り返し、たびたびデュラスのもとを脱出する。しかし、時を経て、彼女の所に戻ってくるしかないことは、互いにわかっている(8)。

この「愛人」自体がヤンの存在から作り上げられたのではないのか、とは当時から言われていたらしい。ヤンとの現在進行形の交情を、若い（出会った時のヤンと同年令の）二十八歳の中国人青年に託し、そこにヤンの肉体及び精神の躍動と絶望を封じこめる。本人は、自身を思わせる十五歳当時と同年の少女に扮装し、二人の間に発する火花ともども、克明に描出しようとしたのであろうか。いずれにせよ、同性愛者でもあったヤンとの危《あや》うい強靭な関係が生じなかったならば、五十年昔のヴェトナムの回想物語は生じなかったろう。また、その愛人（レオ）と少女の関係を改変するリアリティーも保証され得なかったであろう。世界文学の殆どの傑作と同じく、事実と虚構との間に絶妙の振幅で揺れ、モデルと状況が絡む、場の置き換え魔術が生じている。（デュラスの場合、時の自在な往き来、転換が現代文学に新たな扉を開いたことは言うまでもない。）『失われし時を求めて』の話者マルセルとアルベルチーヌとの関係は、プルースト自身と彼の車の運転手アゴスチネリの関係を反映させていた。

また、そもそも、ロマン主義小説の発祥作品、『新エロイーズ』における若き主人公たち、ジュリーとサン・プルーの配置には、中年期の作者ルソーとウードト夫人の関わりが、まるで異なる相のもとに写し出されていた。これらは、いずれも作者の成熟した変幻自在なロマン的「自我」が若き主役たちに乗り移って、縦横に感性の劇を繰り広げ、古典を思わせる沈着、堅牢な行文に新たな感情のうねりを表出している。時代を画する作品例といえよう。

二　『エミリー・L』の多層構造

デュラスの晩年のもう一つの代表作、『エミリー・L』（一九八七）[9]の世界に目を転じてみよう。この作品では、冒頭から現れ、作者と文学的哲学的深みに触れる対話する相手は、献辞を捧げた実の息子ジャン・マスコロかとも思えるが、実際はヤンの姿形を通して発言されているようだ。通常の読者にとっては、『愛人』のモデル同様、実際の創作現場など、どうでもいいことであるには違いない。デュラスの作劇に心地良く、化《ば》かされていればいいのだろう。親子関係のとも愛人関係のともとれる危機を巡ってかわされるスリリングな対話の実情は如何であったろうか。

あなたはあの時すでにわたしを愛していなかったのだ。それまでだってきっと愛してはいなかったのだ。わたしを捨てるつもりでいたのだが、それはあなたにとって金銭問題、金を稼ぐことに結びついていた――あなたは「生活費を稼ぐ」という言い方をしたことがなかった。そしてわたしのほうは、あの日あなたに話した、この物語（『エミリー・L』）を書く計画にすでにとりかかっており、まだあなたに寄せている愛情にひっかかって、本腰を入れて集中しきれないでいたのだが、それでもいつかはそれに着手するのだと、心はすでにその方向をむいていたのだった。そして、その計画のことも、その感情のことも知悉していたあなたは、絶対にその話をわたしにしかけてこなかった。(10)

この最終節近くまで、「あなた」vous と呼びかけているのは、息子ではなくヤンに対してだろう。だが、また、すべてもしくは大半がデュラスの想像の産物、架空の対話であったとも考えられる。小説進行上、作者が分身となり、顔を出すのは彼女の小説ではよく見られる。また、古代ギリシャの哲学問答や悲劇の場の趣きもある。（デュラスは十七世紀の古典劇作者ラシーヌや哲学者パスカルに強く惹かれている。）

デュラスは感情の作家であることは無論だが――そこにデュラスをケルトからミスティックなロマン主義文学の系列に置く私見がある訳だが(11)、西洋ディアレクティックの素養も充分備えていることは看過され得ない所である。もう一人のマルグリット、ほぼ同時代を生き、豊饒な古典の知を独自の情念で染めあげた、ユルスナールとは、また、異風であるとはいえるが。

「不可能な愛」を巡って、ヤン出現以後は――その直前も予感するかのように『船舶ナイト号』、『陰画の手《ネガ》』、『セザレ』などを書いていたが――『死の病』、『アガタ』、『青い目、黒い髪』、『エミリー・L』等々の著作がある。『エミリー・L』の場合は「若き管理人」との過ぎし日の秘められた、許されぬ愛である。盲目的といえるほど、自分を熱愛している夫《キャプテン》を絶望させることはできないジレンマ、葛藤。かつて、この夫は、彼女・エミリー・Lの詩心を理解できない絶望の中で、疎外感と嫉妬心にかられ、詩を暖炉に投じてしまっていた。
　エミリー・Lは米国詩人、エミリー・ディキンスンをデュラスがいわば超モデルにした存在で、作中でディキンスンの詩二五八番「冬の午後」を主人公自ら書きあげてしまう設定となっている。これは、エミリー・Lが出産後、子供が亡くなり（これはデュラスと同体験）、生死の境をさ迷った後、霊感にかられて冬のある日書き出されたものである。

〈それは、非常に寒くて暗い冬の期間のある午後、ある時機に差す光に関する詩であった。〔……〕〉

冬の午後にさす
一条の斜めの光――
大伽藍にひびく重厚なしらべのように
光が胸をふたぐ

それが授けるのは天空の傷
だが傷跡はどこにもなく
ただ意味にかこまれたさなかで
心の変様が生じてくる

その正体はなんぴとにも皆目不明
それは絶望という封印

虚空から送られてきた
荘厳な苦悩である

それが訪れてくる時、風景は耳をそばだて
もの影は息をひそめる
たち去ってゆく時は、死者の相貌にあらわれる
遠ざかりを思わせる(12)

〔エミリー・Lの〕〈筆跡の明瞭な部分で述べられていたのは、この太陽の同じ剣がわれわれに与える傷は、天から課せられたものであること。それは、われわれの生身の体にも、その思考にも、なんの跡、眼に見えるようななんの瘢痕《はんこん》も残さない。それはわれわれを痛めつけるわけでもなく、慰めてくれるわけでもない。問題はそんなことと別なのだ。場所もまた違っている。別の場所、予測しうるどんなところからも遠くへだたった場所でのことなのだ。それらの傷は、神の支配するなかでのなんらかの教訓、なんらかの挑発の対象となりうるようなことはなにひとつ告知もしなければ、確証もしない。そうではなく、窮極的な差異――意味にかこまれたなかでの内面的差異の知覚にかかわるものであった。〔……〕その内面的差異は至高の絶望によって獲得されるものであり、差異がいわば絶望の証となっていること、もしくはそれに近いことが述べられていた(13)〉。

ディキンスンのこの詩を、エミリー・Lは全く異なった場――生家付近の光景から発想させたことになっている。

冒頭部では、冬のある午後の異様な光線がとりあげられていた。それはその日の光線そのものだった。血を思わせるヨード色がかった黄色い光。その光が、ワイト島の庭園、冬の地平線、港内の停泊区で氷づけされている船を染めあげていた。まるで彼女がたった今書きあげたかのように。(14)

異常な事態（エミリー・Lでは子供の死、ディキンスンでは不明）を経るが普通の人間にも目撃される、自然のある瞬間や日常の出来事が、ある種の人間（卓越した詩人、宗教者など）には、この世の秘密、宇宙の仕組、生と死の根本の流れを知らしめることになる。絶対者（神）との単独交渉の道も開けてくる。

作中ではこの未完とされる詩は、彼女の外出中、夫に破棄された。この詩は、詩作を長らく中断していたエミリー・Lが、赤ん坊の死を経て生み出したものである。夫は詩中に、自分のことも死んだ子のことも書かれていないことに、前にもましてショックを受ける。彼はその詩稿を暖炉の火の中に投げこむが、〈自分がそれ以上苦しみたくないからそうしたのだ〉と自分に言い聞かせる。

彼女は帰宅後、詩稿を探すが見つからない。それまでとは違ったタイプの詩だったのにと嘆じつつ、あきらめて彼に言う。〈あの詩はあなたに、わたしに対する恐怖感を与えただろうと思っているの。こうなった方がかえっていいかもしれない。〉妻の無心さを夫は発見している。

この小説作者である「わたし」は「あなた」と対話しながら、エミリー・Lと夫の身の上話を作っていっている。読者はcaféで目撃されているある老夫婦の本当の話のようにつりこまれてゆく。

「わたし」は「あなた」に言う。「（詩の喪失後、彼女に）二度ともどってこなかったのは、神への信仰ね」

ディキンスンは詩作を持続させていたから、「隠れています神」（教会無用のパスカリアン）を生涯持つことになろう。デュラスも無信仰を表明していたが「神なきキリスト教徒」として、パスカルからボードレールへ流れるミスティックな傾向を帯びている。

エミリー・Lは、今では自身、大病後の不安定な時期の作のこともあり、その詩の存在さえ不分明なものとなっている。彼女の他の詩の才能を認め、ひそかに出版もさせていた父の死の直前から屋敷に出入りした「若き管理人」は偶然手にした彼女の詩本を読み、感興を覚えた。後にエミリー・Lを訪ね、忘れ難い時間を過ごした。彼女は未完の「冬の午後」の話もする。若き管理人は直観で詩の紛失の事情が分かり、彼女はやはりその詩を書いていなかったと優しくさとす。その後、エミリー・Lは愛を覚えた彼や最高の作品と思えるその詩や詩作そのものを忘れるため、いわば心貧しき夫《キャプテン》と共に、半生を以前にもまして舟旅で過ごすことになる。もはや互いに別れることができない、仲睦まじいが腐れ縁の極致みたいなこの老残の夫婦もまた、一種の「不可能な愛」を生きている存在である。デュラスの鍾愛するディキンスンの詩に触発されて、この不可能な愛の物語が生れたのは、ルーアン近郊のセーヌ川沿岸の街キーユブフの港湾バーで、酒浸りのあるイギリス人老夫婦の印象深い様子を、デュラスが実際に（ヤンと共に）見た時のことであった。見つめるデュラスとヤンをいれると、現実と虚構織りまぜた三組のカップルが交差する場となる。これにプラス・アルファーでディキンスンの詩と存在がある。彼女は神との不可能な愛の接点を生涯にわたりうたい、生前一冊の詩集も刊行しない十九世紀の詩人であった。エミリー・Lが別離の思いの中で、公証人に託して、若き管理人宛に書いた手紙の次の文言。――

〈〔……〕私は今も変わらぬ自分の思いを言いたかったのですが、それは、どんな場合でも自分の心のうちに――これが思い出した言葉なのですが――ある場所、そうなのです、ひとりきりになって愛するための、一種の個人的な場所を保持しておかねばならぬということなのです。愛するといっても、対象がはっきりしているわけではなく、誰を、どのように、どれほどの期間愛するのかはわかりません。愛するため、ここで突然言うべき言葉が全部浮かんできました……自分の内に、まさかの時にそなえる待機の場、ある愛、まだ誰を愛するのかは不明でも、そのための、ひたすらそのための、愛を待つための場を保持することが眼目なのです。私が言いたかったのは、あなたがその期待となっていることでした。あなたは単独で、私の生の外に現れた面、私の眼には絶対に見えない面となられてしまい、今後もずっと、私にとっての未知な人となった状態のままでいられ、それが私の死まで続いてゆくことでしょう。御返事はくださいますな。私に会いたいなどという望みは決して抱かれませんようお願い申し上げます。エミリー・L〉[15]

この手紙中の「待機する場」こそ、ディキンスンがうたいあげていた、神と対面する際の場に相通じるものではないだろうか。ディキンスンの詩の精髄を光輪のように小説に浮かび上がらせるデュラスの作意は、鮮かに成就されていよう。

小説の終盤は、この手紙の存在を知らずに——八年後に漸く読むことになるが——若き管理人が、エミリー・Lを船で南半球まで探し求める切迫した激情の日々が明される。（『ジブラルタルの水夫』のモチーフが甦っている。）彼は、赤道直下で、対向する船上のダンス・パーティーで踊るエミリー・Lを見つけ、一晩中見つめ続ける。翌朝その船を見失い、絶望し（アンヌ＝マリー・ストレッテルと自分のフィアンセ・マイケル・リチャードソンが踊るのを見つめるロル・V・シュタインのように）、金も盗まれ、呆然と船上で数日間、日に晒された挙く、人事不省に陥る（ロルは発狂していく）。覚醒後、やがて送還された南米で時のたつうちに、結婚し、別の暮らしを送る。一年以上、エミリー・Lを忘れていたが、ある夜、彼女との物語がまた流れ始め、その手紙と同じく〈死よりも強い力を獲得していった。〉この後、一生、エミリー・Lと若き管理人は会うことはないように、デュラスは設定する。不安定だが情念が熾火のように静まる境地は『ロル・V・シュタインの歓喜』や『愛』の狂気の世界からは随分かけ離れてきている。小説の中で、青春の象徴（愛と詩）ともいえる男は、遠方に去り、作者デュラスの眼前には、喪失感を胸打つ悲哀で漂わせる老夫婦の姿がいっぱいに広がっている。

彼らがデュラスが想像で作り上げた物語とは異なる、どんな実際の人生を生きてきたのか、誰の知る所でもない。

> 彼がまた黒ビールを飲み、ジョッキをからにする。今日は彼女は手を出さず、バーボンを取らなかった。二人のあいだには、相互の交流にまだアルコールという懸け橋がある。彼の態度はいくらか月並で、おそらくは、彼女が船の件にこだわり続けることと、この年をして人前で体を自分の体にあずけているささやかな不作法さに、いささか閉口しているのであろうが目につくほどではない。
>
> あなたが言った。「彼女は余命いくばくもないな」[16]

デュラスはエミリー・Lと一体化したこの老夫人の内に自らの死を垣間見ている。それに抵抗するかのようなエクリチュールへの覚悟を秘めた結語の文が記される。その夜、宿で「わたし」は「あなた」を起してこう語りかける。

> 上手に書くか下手に書くかとか、すばらしいもの、非常にすばらしいものを書くというのでは十分じゃない。共通の渇きではなく、独自の渇きのなかで読まれる本にするのは、そんなことじゃ十分じゃない……。狂気の動きを見張っている思考だけを念頭において書いてゆくのがゆきすぎなのと同じように、なんの考えもなく、手だけに導かれ

デュラス

て書いているのだと思いこませるような書き方をするのも、これまた十分ではない。〔……〕湧き出るままに、自分が今その瞬間に通過している時に従い、書くということを外に投げ出し、それをほとんど傷めつけ、そう、それを虐待し、書くという役にもたたぬ総体からなにひとつ取り除かず、ほかのこといっしょにそっくりそのままにして、書く速度、緩慢さも含めてなにひとつ手加減せず、すべてを現れるがままの状態にしておかなければならない……。(17)

『エミリー・L』の中で、エミリー・ディキンスンではありえない、マルグリット・デュラスが、ディキンスンの詩を題材にして、この詩人とは異なった角度から、ディキンスンの詩の本質を分かち持っている。酒場の老いたイギリス女性（エミリー・L）は、書くことと、多様な愛を生きることを断念したもう一人のデュラスであり、また、もし、ディキンスンが詩を離れ、生き長らえたとしても、その対極の姿であろう。ディキンスンは詩を書き続け、一生独身で世間との交わりを避け、二、三の実らぬ内面の愛に、往時、従ったとされている。小説のこのイギリス人女性（エミリー・ディキンスン）は、若き管理人とのある午後の時間の共有（詩と唇の触れあい）だけで、愛を封印した点では、エミリー・ディキンスンの生涯を幾分なぞっている。しかし、『エミリー・L』では未完に終わった「冬の午後」は未発表とはいえ、ディキンスンの完成された詩そのものである。ディキンスンは、アメリカ・ピューリタニスム運動転換期の困難な時代、十九世紀半ば、ホーソンとエマーソンの時代に、詩人として自ら孤立を深め、前代のポーの衣鉢を継ぐ形で、形而上、内省詩人の宿命に一人ひそかに殉じたのであった。

デュラスは対極的なディキンスンの世界を理解し、愛し、『エミリー・L』の超モデルとしてしまった。ディキンスンはアメリカ北東部ニューイングランドのピューリタニスムを離れ、無教会派を貫くが、この世の人の気づかぬ美や自然をうたい、愛と死の直截でナイーヴな、時には逆説も駆使する省察を通して、神との対話を展開する。敬虔で真摯な遥けき静けさを湛えるディキンスンを処女にして聖母なるマリア像に準《なぞら》えてみる。一方、デュラスは「恩寵忌避者」の如く、神を回避しながら、若年の頃より旧約聖書に親しみ、奔放に生きつつ、絶望的孤独に嘖《さいな》まれる。不可能な愛の中に、救いと破滅と導者を同時に求めてしまう。デュラスは、娼婦にして聖女、マグダラのマリアといった役どころかもしれない。

エミリー・Lは新たな愛に走らなかったことで、自分を熱愛する夫《キャプテン》の破滅を救った。もしかして、新たな恋人・若き管理人の人生をも。しかし、自身は前途に光を失った緩慢な破滅の人生を、夫をも巻きこんで送っている。作者デュラスは、存在を賭した書くこと《エクリチュール》自体が、エロティックなまでに生命の燃焼と化し、完全に自らの愛と死に拮抗している、現代文学中、無比の規範となった。フロベール、プルーストの系譜に連なるといえよう。

三　その他の主要作品の虚構化過程

ヤン出現以前の二十数年前の代表作『モデラート・カンタービレ』の場合、モデルとなった現実の情痴殺人事件の当事者男女二人もこの「不可能な愛」に該当しよう。だが小説の前面で、その事件の経過模様をカフェーで対話するアンヌとショーヴァンが主役であった。彼らは想像世界で事件の男女二人に乗り移って、目の前の相手を互いに求めあう。アンヌには夫の属する堅固なフランス・ブルジョワ階層の軛がある。

そして、彼女には現状脱出願望から生まれる想像界での官能地獄への誘引(18)とその不毛な結末が待っている。すなわち、全てを捨て去る性愛の道行の底にある破滅願望を、ショーヴァンに見抜かれた上、峻拒され、行き場の無い空虚の深淵に立たされる。この後の主人公の姿を留める系譜は、『ロル・V・シュタインの歓喜』、『愛』（『ガンジスの女』として映画化）などの「白骨の西洋」の浜辺をさすらう狂女へと変貌深化していった。『ロル』の場合、婚約者M・リチャードソンと、彼女から彼を奪ったアンヌ＝マリー・ストレッテル両名に対して、分裂した愛と執着がある。『副領事』（映画では『インディア・ソング』）の場合、アンヌ＝マリー・ストレッテルに向けるラホールの副領事の歪んでいる、切実だが同じく不毛な、まさに「不可能な愛」がある。映画脚本では『モデラート』とほぼ同時期の『ヒロシマ・モナムール』が想起されよう。戦時、フランスを占領中のドイツ軍兵士とヌヴェールのフランス人女性。男は占領終了、解放後、フランス人住民に狙撃され女の目の前で死亡、女はコラボ狩りにあう。父に監禁された自宅地下室で狂気に陥り、生死の境界をさ迷う。それを戦後の広島で回想する「彼女」と、日本人・ヒロシマの男「彼」。二人の束の間のしかし、互いの生の深部に触れた結合と対話は、女の側から終止符を打つように見える。これも『モデラート』同様、どこかギリシャ悲劇を思わすような対話の劇であった。もちろん、女の戦時中の禁忌に触れた恋情の原型は、デュラス自身のヴェトナム時代の「愛人」体験を発想源とし、それを想像界でさらに深め、別次元に置き換えたものにほかならない。

そもそも、デュラスの性愛遍歴の出発における中国／ヴェトナムの愛人との関わりも、成就は見こめないものであった。愛の物語の中に、それを絶えず引き裂きにかかる、越え難い人種や国家の壁を意識させられる。これが顕著な作品は先にあげた愛人三部作と『ヒロシマ・モナムール』、同じく映画シナリオ『かくも長き不在』などだろう。帰国したパリでユダヤ人青年に教えられた旧約聖書に若い頃より惹かれたデュラス。彼女には一さいを空無に帰する「伝道の書」の調べが晩年まで鳴り響くが、その戒律に背反する近親相姦の主題も重く持続する。下の兄ポール（『北の愛人』ではポーロ）への熱情こそが生涯の根底にあった。『北の愛人』（原題は『中国北部出身の愛人』）の終章近くにこう記される。

この午後、この突然の幸福の惑乱においてだった、どこかからかうようで優しい小さい兄ちゃんの微笑に包まれてだった、少女が、自分はサデックの中国人と永遠の小さい兄ちゃんとのあいだで、たったひとつの愛を生きたのだと発見したのは(19)。

つまり、十代の少女時代で、彼女の人生の基底部、重大経験は成されてしまったということを、虚構とはいえ、人生最後の小説の中で、夢のように描いている。誰しも老いが深まり、死の足音が背後に迫ると、自らの生のより若い時代、幼年期から思春期――青春初期《アドレッサンス》が心の中心を宰領してしまうものなのか。晩年のデュラスにはこの北中国の青年にも『愛人』同様、現実のヤン・アンドレアのイメージが補填《てん》され、聖化といえるまでに強化されているのだろう。

戦後何年かたったころ、飢えと、数知れぬ死者たちと、いくつもの強制収容所と、何度かの結婚と、何度かの離婚と、何冊かの書物と、政治と、共産主義とののちに、男は電話をかけてきた。ぼくです。声を聞いたとたんに、女はあの人だとわかった。ぼくです。あなたの声が聞きたかっただけでした。女は言った。こんにちは《ボンジュール》。男は以前のように、何かにつけて怯えていた。男の声がふるえた、そのとき、あの中国東北部の訛《なまり》だ、と女にわかった。〔……〕男は言った、自分としては、この点は不思議だなと思っているのだけれど、ふたりの物語は、いまも、以前と同じままに残っている、自分はまだあなたを愛している、生涯をとおして、あなたを愛することをやめるなんて、けっして自分にはできないだろう。死ぬまであなたを愛するだろう。男は電話をとおして女の泣き声を聞いた。
　それから、その声はもっと遠くなったけれど、おそらく女の部屋から――女は電話を切らなかったのだ――男は、また、女の泣き声を聞いたのであった。それから、男は、何とかしてもっと聞きたいと思った。女はもはやいなかった。女は眼に見えぬもの、到達できぬものと化していた。そして、男は泣いた。とてもつよく。自分のもっともつよい力をこめて(20)。

これらの文勢は、エミリー・Lと生き別れになってから時がたって、「若き管理人」の心にある晩不意に甦る思いと同一だ。エミリー・Lはデュラスの老残の写し絵であった。「若き管理人」からエミリー・Lに後年、このように電話はかからず、小説は終わったが、「死よりも強い力」で愛は持続することが暗に示されていた。ここにデュラスの愛をめぐる秘儀の中核を成す精神的外傷《トラウマ》の浄化作用《カタルシス》がある。女は〈眼に見えぬもの、到達できぬものと化し〉ながら、闇の中の大地母神のように神秘に強く、男を呪縛し続けるのである。

注

（1）Marguerite Duras, *Cahiers de la guerre et autres textes — Enfance et adolescence en Indochine*, pp. 73-74, P. O. L / IMEC, 2006.
　マルグリット・デュラス、『戦争ノート』田中倫郎訳――「インドシナにおける子供時代と青春時代」pp. 74-75、河出書房新社、二〇〇八。
（2）M. Duras, *Un barrage contre Pacifique*, Folio / Gallimard, 1978.
（3）M. Duras, *L'Amant*, Les Editions de Minuit, 1995.
（4）M. Duras, *L'Amant de la Chine du Nord*, Folio / Gallimard, 2008.
（5）*op. cit.* p. 86. 前掲書 p. 86.
（6）*op. cit.* p. 87. 前掲書 pp. 87-88.
（7）Yann Andréa, *Cet Amour-là*　la Libraire Arthème Fayard, 1999.　ヤン・アンドレア、『デュラス、あなたは僕を（本当に）愛していたのですか。』、村上香住子訳、pp. 51-52.　河出書房新社、二〇〇一年。
（8）M. Duras, *LA PUTE DE LA CÔTE NORMANDE*, Les Editions de Minuit, 1986.
（9）M. Duras, *EMILY, L.* Collection "double" Les Edition de Minuit, 2008.
（10）*idem.* p. 144. 同右、p. 173.

(11) 浜田泉、『夢の代価』、第三章「マルグリット・デュラスのフランス・アジア幻景」一、花と残軀、二、記憶と亡却の劇、成文堂、二〇〇七年。

(12) Emily Dickinson. *Poems, No. 258, Winter Afternoons.* 田中倫郎訳、前掲書 pp. 186-188. 本文にはこの詩は一部しか引用されていない。ディキンスンに関しては、同訳者解説のほか、『ディキンスン詩集』新倉俊一訳編、思潮社、二〇〇三年、『エミリ・ディキンスン詩集』——自然と愛と孤独と——中島完訳、国文社、一九九五年、等を参照した。

(13) *op. cit.* p. 85. 前掲書、p. 99.

(14) *op. cit.* pp. 83-84. 前掲書、p. 97.

(15) *op. cit.* pp. 135-136. 前掲書、pp. 161-162.

(16) *op. cit.* pp. 141-142. 前掲書、p. 170.

(17) *op. cit.* pp. 153-154. 前掲書、pp. 183-184.

(18) この頃、現実に、デュラスのエロティックな性愛と死の願望体験があった。(『語る女たち』、グザヴィエール・ゴーチェとの対談集、参照。田中倫郎訳、河出書房新社、一九七五年。)

(19) *op. cit.* pp. 209-210. M・デュラス、『北の愛人』、清水徹訳、p. 244、河出書房新社、一九九二年。

(20) *op. cit.* pp. 241-242. 同右、pp. 281-282.

第四章　ケルト・ブルターニュからインディオ世界へ

——ル・クレジオ作品巡礼——

序[1]

ル・クレジオの祖先は、フランス・ブルターニュ（ケルト系）出身である。七代前の祖先は、フランス革命下、愛国者——共和国側——として志願兵になるが、革命や戦時の有様に失望幻滅して、一七九〇年、地方伝統の長髪が禁止された法令を契機に除隊する。インド洋を逃亡途中、モーリシャス島に上陸し、家族と以後住みつく。以上は半自伝風小説 *"Révolutions"* の中で物語られる。この小説は複数の一人称と三人称の混在した目録風独白で、祖先の若者や作者自身と覚しき少年・青年の現代版『感情教育』ともいえる精神彷徨を主軸に綴られている。また、島の黒人の娘たちの反乱の模様なども織り込まれ、全体が時や場を自在に往き来して描かれる。作者の父方の祖父は『黄金探索者』に描出されるが、夢想（島の昔の海賊の財宝探し）を平穏単調な現実を破る梃子《てこ》にして五十歳で実行に移したロマン派風奇抜な人物である。父は医師で、作家がニースで過ごした幼年時代、アフリカの英領ナイジェリア勤務で不在であった。

ル・クレジオ

当時の植民地行政に怒りを覚えつつ、専ら黒人原地人たちの医療を広大な地域で独力で行った。その生涯は祖父と比して、自然主義《ナチュラリスム》風渋みに充ちている。この父の圧倒的存在感と幼時訪れたアフリカの大自然は少年に衝撃を与えた。これは後年の一九六〇年代後半、メキシコでインディオの文化に触れ、深甚な影響を受けたことに繋がっていく。デビュー作『調書』は現代文学最先端と目され、難解かつ言語実験を究める代表作であったが、次第にその西欧近代文明への異和と批判は、アメリカ大陸先住民社会との接触、調査を深めるにつれ、形を変え、独自の光彩を放ち出す。十六世紀スペイン人コルテスらによる、アステカ王国征圧の暴虐と強奪の滅亡悲劇が、古記録や遺物により想像豊かに再現される。彼はインディオの神話や自然観にこそ、現代の混迷を解く鍵を見出している（『メキシコの夢』、『歌の祭り』）。『古事記』を民族の叙事文学の最大傑作の一つとして高評価し、来日の際は先住民文化の残るアイヌの地や奄美大島を訪ねた。後者では神道、カトリック、シャーマニスムが共存する「間文化的痕跡」に瞠目した。

一

ル・クレジオとは異なった面からとはいえ、精神の流浪を「もう一つの場所」から描いた、一世代上の作家、マルグリッド・デュラスはヴェトナムで育ち、少女期以来、現実になじめず、作家を志望した。一九三一年、パリに帰国し、折しも両大戦間の文学の影響を受けた。小説技法では、野性的かつ原色の生々しさを持つアメリカ二十世紀小説のリアリズムと、フランス近・現代文学に流れる細微な心理分析を身につけ、感情の奥深い陰影世界に分け入った。中期以降、そのエクリチュールは現代文学の最前衛に進み、変貌を遂げつつ果てまで達した。晩年には、古代ローマの力と物質の文化より、遠い祖先のケルトの文化に親近を寄せた。(2)

ル・クレジオは、元来ケルト出身の血が流れ（「クレジオ」とはケルト語で「生垣」を意味する）、南仏ニースで成長した。この都市から逃亡し、単純なモノへの合体と没入を繰り返す、特異な現代青年心理の明暗を精密かつ熱烈に分析した。(3)

以後、現代文学の最前衛を示す作品群を矢継ぎ早に放ち続けた。だが、二十代後半頃から、アメリカ大陸のインディオ文化に触れ、その精髄を今日の世界になお、知らしめている。彼の先祖はブルターニュ人であったが、フランス革命に相遇し、戦闘参加後、幻滅し、祖国フランスを離れ、逃亡した。(4)インド洋上のモーリシャス島に住みついて、一族は代を重ねてきた。ル・クレジオは、インディオ文化に深甚な影響を受けるが、そもそもそれは自身の根源に元々あった性向や素質の発見であったといえよう。そのため、近・現代西洋文化の世界から、次第にますます遠去かり、その揺るぎない批判者となる。すなわち、精神面から見れば、当代のブルジョア的価値感、政治社会上では帝国主義的国勢などに対してである。常に、敗れた民族、弱者、植民地側に立つ。この姿勢はデュラスの立ち位置と不思議に似通う。mai '68（五月革命）の頃、デュラスは前夫たち、D・マスコロ、R・アンテルムやM・ブランショらとともに抗議活動の前面に立った。〈ソルボンヌの〉敷石をめくれば、下は砂浜〈(5)という彼女作と見られる壁書きの掲示があった。物質文明の既存価値を覆そうとするデュラスのアナーキーな真意がよくわかる。当時、ル・クレジオはメキシコにいて、もっと本物の苛酷な学生運動弾圧を真近に見ていた。彼はそこに四五〇年前のヨーロッパ人によるインディオ征圧の影を見る。これに比すれば、パリの五月革命は、ずっと取るに足らないものだと、後年彼は述べている。(6)

さて、ル・クレジオの小説は、初期の難解なエクリチュールの冒険突破を脱し、一九七八年の『モンド、その他の短篇』(7)、詩的散文エッセイとしては『地上の見知らぬ少年』(8)あたりから、平明、至純なフランス語に転じた。インディオ文化を主題にした翻訳やエッセイを核に持つ一方、一九八〇年作『砂漠』(9)では、妻の出自であるベルベル人の国モロッコの風土や大自然を、祖国とフランスを行き来する現代の娘ララの行状を通し描いた。小説の中ではそれと平行して、過去の歴史も想起され、フランスの植民地化に激しく抵抗し、全滅に至る二十世紀初頭のベルベル人の戦闘も織り込まれている。その登場人物である大族長《シェイク》、マ・エル・アイニーンや若き戦士ヌールらの生死の動向を現代のララたちと時間を交差させて夢幻かつ精妙なリアリズムで描出した。

〈砂漠の民は物質文明に依拠せず、それゆえ、西欧の武力によって滅ぶしかないのだが、この小説は彼らのあくまでも敬虔で高貴な精神を称えている[10]。〉これは「妻ジェミアの父祖の物語」であった。ララはフランスへ行くが、マルセイユの〈奴隷の街での生活〉を味わう。マルセイユの貧民窟の描写の迫力、移民のアラブ人たちと娼婦たちとのすさんだ性交渉、また、この世にありうる限りの貧困と空虚と底無しの絶望の澱む都市の最底辺光景。これらが北アフリカの豊かな自然と対比される。作者がアフリカの海や山野を神の恵みのようにここまで過度と思えるほど描写した意味が際立つ。かつてララと青年ハルタニはこの自然の中を駆け巡り、飛翔し、抱擁しあう仲であった。フランスでララは偶然有力カメラマンの目にとまり、グラビアモデルとして大評判となるが、やがて街を去る。彼女の部族のしるしをサインのように写真家のもとに残して、列車の旅を重ね、船出し、アルヘシラスからタンジール、故郷モロッコへ帰る。海、河、砂丘……ララはハルタニの子を妊娠しており、出産の時を迎えていた。大自然の中、夜明けまで痛みと戦い、ハルタニの名を絶叫する。フランス軍との戦闘時、死が一面を蔽う場面の後、誕生する命の光景が鮮烈である。大地の上、いちじくの大木の枝につかまり、立産する。大空では「赤い」時間が始まる。日の出と共に赤ん坊が生まれ、泣き声がひびきわたる……一九一二年、最後の戦争（アガディル）、〈獅子《ムーライ・セバー》〉（青い民）の戦士たち、ヌールら残存兵はマンジャン大佐率いる四個大隊（四千人の混合部隊）に河岸で包囲される。これらは〈キリスト教の兵隊〉であり、全滅を前に〈獅子は為すすべもなく、悲嘆の涙が溢れる。〉（一分間六百発という弾丸が発射）、〈千人の人や馬を殺すのに、数分で足りる時、時間など存在するだろうか。〉……すべてが終わると、わずかに生き残った〈青い民〉は〈砂漠の方を向き、言葉のない祈りを捧げた。……それから夢の中のように出発し、(南の方に向い)、姿を消していった。〉[11]

中南米でかつて、スペイン人たちにより全滅したインディオたちのように、西欧の圧倒的火力兵器に敗れ、ここにまた一つ、近代帝国主義時代の征服が成されていた。ル・クレディオの小説にとっては、『砂漠』は、記憶の彼方にあった近代の歴史をあらたに小説世界に導入し、砂漠、海、山野の鮮やかな描写の中から甦らせ、子孫である現代の者たちとも一体化させた新境地であった。

モロッコについては、フォト・エッセイとして妻ジェミアと共著で、王族の末裔である妻の先祖の地や人々を訪ね、砂漠を巡る『雲の人々』[12]（一九九七年）がある。

アフリカではさらに、父が軍医として長期に赴任した英領ナイジェリアを舞台に、少年時の旅の体験を昇華させた『オニチャ』（一九九一年）を書き、後年、その父の若き日々から晩年まで、アフリカの原始の野生に満ちた自然と植民地状況を背景に『アフリカの人』[13]（二〇〇四年）を刊行した。

祖父の数奇な半生は、モーリシャス島やロドリゲス島を舞台に『黄金探索者』[14]（一九八五年）、『ロドリゲス島への旅』（一九八六年）など、一族にまつわる要素をからめ、虚実あわせた小説で描かれた。ル・クレジオ自身の青春と、フランス革命下の祖先――作中では、ジャン・ウッド・マロ――の青春は、モーリシャス島の黒人解放闘争時の娘、キアンベたちのそれとクロスさせた形で、“*Révolutions*”（二〇〇三年）で描出された。原題には「革命」とともに、地球が太陽を一年かけて公転し、もとに戻る「回帰」の意味もこめられている。この半自伝小説は、ル・クレジオの生きた時代の二十世紀中盤西欧社会を色濃く抽出した集大成といえよう。この小説の中では、主人公は医学生として、アルジェリア戦争下、兵役を逃れ、イギリスへ移り住み、都市の底に沈淪していく。主人公ジャンのロンドン遍歴時代が大部に語られている。テームズ川近く、ジャマイカ・イースト二三七の下宿、医学生仲間とつきあわず、ソーホーの地下室に出入りし、主人公ジャンは、ここの〈多くの世界の根っこに触れる気がする〉[15]雰囲気を好んだ。これは、一八四八年二月革命前後の青春群像を多面的に描いた、フロベールの『感情教育』[16]の二十世紀版陰画のような味わいがある。革命はとうに去り、青年たちは身辺のアルジェリア独立戦争におびえ、自堕落な日々を過ごす。〈あれこれの議論や観念論でないものをジャンは求めた。〉あたりの地形は丘が少々、〈かの地ギリシャに似ていた。それは知と力と過ちと、それ故の美で輝いていた。〉ジャンはジャマイカ・ロードで生きる以外は考えられなくなった。〈こんなふうに、人生が決定したみたいな暫定期間を生きるのは奇妙なことだった。〉[17]やがてアルジェリア戦争終結、〈ド・ゴール将軍がＦＬＮと交渉、停戦と引き換えにサハラ砂漠を譲渡〉。アルジェリア独立宣言。ジャンはこの日の熱気をロンドンで感じるとともに〈途方もない虚しさと疲れを感じた。〉友人サントスたちは戦死していた。〈そして周期の終わりにいったい何が起きたのか？ほんの少しの知識、ほんの少しの知恵すらも増えたのか？町は病院の老人病棟によく似た縁に置かれていた。絶壁。男たちと女たちは忘却の海上にぶら下がってその縁にしがみつき、元気な者たちの手が彼らを容赦なく突き落していた。毎日、毎晩、毎刻と。〉[18]かくしてジャンの「煉獄時代」は終わりを告げる。ロンドンの五年間は、時節の嵐の中、数多の仲間たちとの交友、決裂や二、三の女性たちとの感情教育（＝性愛修業）が織りこまれていた。

小説では、帰国後パリでアルジェリア人の娘マリアムとの出会いが設定される。この娘とは結ばれた後一時別れ、ジャンは兵役義務の代行としてメキシコにわたる。オリンピックが開かれる都市の街ゲレーロ地区で、語学校の教師をしたりしながら、図書館でインディオの歴史世界に浸り、現実に〈インディオの歴代史からひょっこり抜け出てきたみたいな娘〉[19]パメラや弟のホアキンと親しくなる。パリの五月革命 mai '68の頃の世界的時代相が写し取られていく。

ル・クレジオの実際の人生と時と人と場所が交差している。一九六〇年にロンドンに留学し（専攻は英語文法・文献学）、前夫人と結婚、翌年には娘が生まれる。作家デビューを経て、兵役義務代行としてタイのバンコクで大学教員を一年半やり、タイの少女売春を告発したため追放され、メキシコに移っている。ベルベル人のジェミアとの出会いは一九六八年とされている。

ル・クレジオはまだ現役の作家なので、今後の文学活動は未知である。しかし、核を成すのは、祖国ヨーロッパでは、ローマ帝国以降の西欧文化ではなく、ケルトの心象であり、また、太陽や風の砂漠の民、海を巡る島の人々らであろう。それに伴い、自伝回想の形式を借りた、一族の過去への旅である。例えば最近作 *Raga*（二〇〇六年）では海洋上に浮かぶ巨大なオセアニア（オーストラリア）発見時の昔日の姿が描かれ、*Ritournelle de la faim*（二〇〇八年）では、冒頭から少年時代の貧しさ、飢えが想起されているというように。

インディオ文化そのものへの親近は当然だが、そこに発し、モンゴロイドの共通祖先を持つ、黒髪、黒い目のアジア文化も加わることであろう。大陸から海に突き出た半島の韓国とともに、島国日本の古代や辺境文化にも深い関心を寄せている。

二

これまでも見てきたように、ル・クレジオの小説のさまざまな要素をつなぐものとして、まず、海と太陽がある。子供たち――モンドや地上の見知らぬ少年――や思春期の若者たちとともに、老境の身心も取り巻くものとして、風、雲、森、山、砂漠などが確固として存在する。ケルトの木洩れ陽は森林を揺曳するが、インディオの密林や砂漠の太陽はギラギラと一帯を照らしつくす。北ヨーロッパの日の光の静かな移ろいと、熱帯の密林に差しこむ強烈な太陽とは、生物や人間に与える影響が著しく異なるのは当然に過ぎることであろう。

ル・クレジオの多様な小説世界に描き出される現代生活の諸相の下でも、繰り返し表われるのは、これらの自然現象や効果を最大限に取り入れ、登場人物と一体化するまでに強弱巧みに調節した、変幻自在なエクリチュールである。そして、それに基く豊饒かつ精力的生命の詩である。

例えば、"*Le hasard*"[20]『偶然』（一九九九年）における、地中海沖合から大西洋を越えて往還する南米への船旅がある。海や風や太陽に晒されながら、そこに、人の一生の要を成す時期の劇が展開される。十代半ばの少女、フランス人と黒人の混血娘ナシマの通過儀礼《イニシアチオン》のモチーフがある。それと、中年から初老に達した辣腕のもと映画プロデューサー、モゲルのアイデンティティー・クライシスが同列に描かれる。大海原にしても、大嵐の暴圧や凪時の静安な表情との両面がある。人世においても、現代社会の入り組んだ網の目のもと、彼らの身にさまざまの事象がふりかかる。そこでは、激しい後悔を伴う心の傷や意識の葛藤に責め苛まれざるをえない。海洋の動きと現代人の苦しみが重ねあわされる。自然の異変や暴虐とは、私たちの心象と呼応しあうものであり――古代人はそのことを知悉していた――、この世の終わりの予感とは、個人としての人間の生体衰滅に至る危機の最大投影にほかならない。このような現代人の生命や感情の奥底に潜む不安を鮮明に抽出するのに秀でたこの作家は、人生の若い時期に、インディオ文化に心身ともに浸り、同時代人としては例外的な啓示を得た。それは大戦後の勢猛な物質主義の価値観とことごとく真向から対立するものであった。だが、ここが肝心な所だが、ル・クレジオは現代世界や人々に背を向け、否定し去ることはない。つまり、彼はインディオの世界に帰依はしても、いわば帰属はしていないのだ。

『偶然《ル・アザール》』と相前後して執筆された、既出の"*Révolutions*"にその間の消息が伺える。そこでは、主人公は青年期二十代後半にメキシコにわたり、かの地の文化にのめりこむように牽引されていくのだが、前述したように、同時に、遠方フランスにいるアルジェリア人の娘との恋も成就すべく、フランスでの生活に指針を求め、道筋が付けられていく。帰国後、再会したこの娘との仲が深まるにつれ、白人（ヨーロッパ人）として、祖先の在り処《か》を求め、ブルターニュを尋ねたりする。〈もっと遠く、過去へと、ブルターニュにおける民族大移動の起源の方へ戻らねばならない。レンヌ駅…祖先が一七九二年に戦地に赴任した時に辿った道を走った。[21]〉ラヌエの森、パンポンの森・ブロセリアンドの森（円卓の騎士物語の伝説の森）を抜けた。さらに昔、一四七八年七月二十八日には、ブルトン人たちは激戦の末、シャルル八世軍に敗北、やがて独立を失う。兵士たちの思い出、幻影……、〈ブルターニュの経済的かつ精神的崩壊が起った。彼らは英、独と貿易し、スペイン、ポルトガルとともに帆布、ロープ、船の木材を生産していた。〉それまでは中南米やアフリカのように「自由な国」であった。〈戦敗後、賦役を課せられた被支配国となり、〔……〕もっとも身棄てられた土地に成り果てた。三〇〇年後フランス革命下「最も貧しい地方」（英国人アーサー・ヤングの紀行文）となった。〔……〕静寂は荒地を覆い、静寂は歴史を覆う。[22]〉ル・クレジオはインディオ文化を謙虚に誠実にまず他者として受容し、それから自らの根源《ルーツ》に向いあったのである。

小説ではその後ジャンとマリアムはパリで結婚し、一九六九年、モーリシャス島へ行く。ジャンはおよそ百五十年前に始祖ジョン・ウッド・マロが〈隠遁地《テーバイ》を求めてここにやって来た時に見たものを、始祖の目で見る思いがする。〉さらに大叔母カトリーヌの「人生が途切れた場所」を訪ねる。彼女は二十歳の頃、島を退去せざるをえなくなり、年老い、パリで困窮、衰弱していくため、かの島から「楽園追放」されたと思いこんでいる。彼女の代わりとなり、〈〝世界の果て〟の池の水に洗われたように、幸せと自由を感じる。[23]〉若い二人にとってこの島で愛を深めることは格別に快かった。J・ウッドと妻マリアンヌが眠る海辺の墓地を訪ねた。「マロ」とただ彫られた玄武岩の平石、〈神秘的であると同時に素朴な感じ〉がする。[24]〈これより単純で美しい墓石〉はない。[25]海風と陽射しを浴びる黒い大きな平石。ここには、革命を離れて遥ばる辿り着いた、ブルターニュ・ケルトへの遠く、しかし力強い石の記憶がある。夜、小部屋の中で二人の抱擁、「光の震え」に達せば、ジェミマ・ジムが後日誕生するはずだ。……これは『砂漠』の終盤のララの出産の場面と呼応している。ここでは『砂漠』の山野ではなく、海に面した基地に近い風吹く夜の小屋だが、生と死の無限の循環の中、自然と合一を果たし、両作ともいわば、独特の「永劫回帰」が遂げられている。*Révolutions* はひとまずここで巻を閉じられる。

メキシコで得た「野生の思考」を精神に刻印しつつ、すでに同時に相対化されていたことが、三十五年後に書かれたこの半自伝的主人公の心の遍歴を通して見てとれよう。ル・クレジオのこれまでの境涯もまさしくそのようなものなのであろう。インディオやアフリカなどの強烈な異文化と西洋文化の対立、すなわち、想念と生活、歴史と現代、自然と都市文化の衝突を経ながら、対立の中に調和を模索してきたのである。しかしながら、これは相当に困難で際どい芸当でもある。普通、あれだけ文字通り異文化に身心ともに没入すれば、西欧文化への帰路は著しく難渋するはずである。西欧近代の根底を徹底して批判、非難した作家であればなおさらである。ノーベル文学賞受賞当時の記事に、「断絶」rupture の作家という一節があった。これは、地球上の東西か南北の断絶を告発し、なおかつそれを調和して生きる作家の意味であろうか。それに又、絶えず過去の作品から断絶し、新たな出発を繰り返す変貌する作家の意味もこめられているのであろうか[26]。いずれにせよ、彼の好むランボーやロートレアモンの単独行の果ての早逝や、アンリ・ミショーの特権的孤立性に比せば、同時代人、しかも出身地ヨーロッパからの名声や世界的評価と成功は際立っている。また、十九世紀最大の西洋ブルジョワ文化批判者であり、異郷オリエントへの脱出願望を生涯胸底に秘めたフロベールやボードレール、ネルヴァルなどの、疲弊困窮し、失意にもまみれた困難な晩年も想起される。地球上の文学の大洋を抜き手も鮮かに泳ぎきる、ル・クレジオの存在は、ここでもやはり特別味を帯びたものである。

その作品群、特に一九七〇年半ば以降のものは、近代西欧文化――ルネサンス期から産業革命やフランス革命を経たブルジョア文化——の諸矛盾や軋轢が危機的状況に陥っている時代に、深々と差し込む一条の光の様相を呈している。だが、それにしても、と人は問うであろう。インディオ的発想とは、もはや、今日の世界にかなわぬ昔日の夢ではないのか、と。これは換言すれば、衰滅に向っている地球や現代文化にそれはまだ有効であり、果たして間にあうものなのか、ということである。

西欧の中世が、ホイジンガの説く如く、生物に例えるなら、二度と再現されえない有機体としての生命の終焉であるとしたら、インディオ世界の終焉も、文明史にとって、最大かつより強度の平行化現象である。インディオの世界も、まさに西洋中世衰退と同時期に、こちらは文字通り、終末を迎えていたのであった。それも中世の次に到来するルネサンス期の上げ潮に乗りながら、実体は反宗教改革の拠点となっている、かつての中世を主導したキリスト教カトリックがその時なお盛旺な国——スペインやポルトガル——の手によって滅亡するのである。もっとも、北米、中米にかけては、その後、プロテスタント国イギリスや一時代はフランスが覇権を競い、かの地を征圧してしまうのだが。ともかく、十六世紀初頭から中葉にかけて、それまでヨーロッパ中世同様千年ほど続いた〈比類ない首尾一貫した達成度を持ち、今まさに完全開花の絶頂を迎えようとしていた文化〉[27]が、近代テクノロジーで武装した、中世を脱したばかりの文化により、消滅させられてしまう。今日では彼ら生粋のインディオたちは、近代の自前の国家としては存続していない。アメリカ大陸の局限化された一地帯にわずかに生息するのみである。若年の頃、その生粋なインディオの部落（パナマのエンベラ族など）に調査体験とはいえ、直接はいりこみ、彼らと接触を図ったル・クレジオは、当時なお、肉体や習俗に残存する、その異形異彩ぶりに、昔代のたんなるシンボルや記号を越えた、強烈な衝撃を受け、やがてはそれを手掛かりにして、時間をさか上り、インディオ文化の全貌に迫ろうとした。（一九七一年のエッセイ *“Haï”*『悪魔祓い』を嚆矢に、一九七六年『マヤ神話』（チラム・バラムの予言）や一九八四年『チチメカ神話』（ミチョアカン報告書）——後者二作はスペイン語で書かれていた伝承神話からの翻訳——で、紹介、解説に努めた。後にはその集大成として、一九八八年にエッセイ“*Le rêve mexicain*”『メキシコの夢』（アステカ文化中心）、一九九七年に同、“*La fête chantée*”[28]『歌の祭り』（プレペチャ文化中心）を著した。間断ない探求であり、その粘り強い達成に驚かされる。小説における変化もこれを受けるかのように、一九七五年“*Voyage de l'autre côté*”『向う側への旅』を経て、一九七八年『モンド、その他の短篇』から本質的変化を静かに遂げた。およそ肩の力の脱けた、平明な瑞々しい、それでいて揺るぎない世界が開かれていく。それでも、その基底には、やはり、インディオの呪術や沈黙の持つ意味あいが感じとれる。そこには、短篇“*Hazaran*”「アザラン」などにも顕著であるが、〈地水火風の運動に強く反応しつつ、失われた土着の宇宙とその残照が想起され〉[29]ている。

十九世紀中葉、フロベールの聖アントワーヌ[30]が発する「物質になってしまいたい。」という言葉が、二十世紀半ば過ぎに甦ったかのような初期作品群——個人の自意識の解体・爆発や現実界からの逃亡——をもはや離れて、中期以降の作品には、自ら目指す広々とした魂の共同体に、詩の刻印が透明な熱情となって溶かしこまれている。ただ、重苦しく攻撃的で、無垢な者を圧迫する都市文化回避の主題は、生成変化を遂げつつも脈々と受け継がれているのである。

三

ル・クレジオは、一九七一年執筆の“*Haï*”『悪魔祓い』[31]で早くも今日に通じる問題提起を行っている。四十年後の今日、改めて読んでみると、この書の先駆性に驚かされる。『調書』から八年後の作品だが、形式を変えてなお、その根底に、西欧文化呪詛は続いていた。このまことに独創に富んだ書の探求は、初期作品群の新たな読解とあわせて次稿を期したい。ただ確かな事実が現前にある。“*Haï*”に収められている「現代」を象徴するポスターの宣伝内容やモデルたちを、時間が経過した今見ると、当時は最先端であっただろうに、如何《いか》にも古びて見えてしまう。今では過ぎ去った一時代、流行遅れの品々の感が漂い、ほとんど済んでしまった現象である。それと比べて、収録されているインディオのシンボルやデザインの何と勁く鋭く新鮮なことか。それは永遠に新しく、生命に充ちており、私たちの目を奪い、胸を衝く。

では"*Haï*"から十数年後の新展開に目を転じてみよう。

ル・クレジオのメキシコやインディオの探求は、一九八八年"*Le rêve mexicain*"『メキシコの夢』や、一九九七年"*La fête chantée*"『歌の祭り』へ結晶していく。

『メキシコの夢』(32)
征服者の夢

ルネサンスが全ヨーロッパに拡がり、M・ルターがまさに宗教改革を進めた一五一七年。大西洋をわたり、北アメリカ大陸へユカタン半島からはいった、スペインのコルテス一隊はメキシコのアステカ王国を征服した。ベルナール・ディーアスの回想記『メキシコ征服記』を、ル・クレジオが巧みに要約しつつ、往時の一大悲劇を再現する。

二つの対立――「近代個人主義・資本主義（黄金）対呪術・神秘文明」――が起る。時のアステカ王モクテスマの最初のと惑いと怖れは次第に絶望へと変じていく。その状況は刻明な筆致のもと生生しく伝わってくる。王らは当初、東の海上から現われるのは大いなる変化のもたらす吉兆、先祖の予言の実現かと期待し、むしろ歓迎していた。だが、スペイン艦隊は徐々に侵力者としての正体を表わしていく。近代火力（大砲、銃）による、徹底した殲滅に至るまで事態は突き進む。アステカ側は、古代から伝わる強力な弓矢、刀剣、槍で応戦するが、敗退を重ねて、一五二一年、全滅してしまう。一五三三年には、南米ペルーに栄えていたインカ帝国が、ピサロ率いるスペイン軍により滅亡された。

ディーアスはヨーロッパ人が忌避し怖れ、キリスト教の見地から蛮民征伐の根拠にあげた、マヤ文明やメシーカ（アステカ）の生贄供犠の強烈凄惨な有様を伝えている。彼らは生きたまま生贄の人間の胸を切り開き、心臓を取り出し、太陽に連なる神（偶像）に捧げる。神官は生皮を剥ぎ、それをかぶって踊る。しかし、こうした今日の目から見れば、陰や負の面も持ちながら不滅の価値を有するインディオ文化の本質を、ル・クレジオはこのディーアスの書物から読みとっている。

天体観測の比類ない技術、農耕の繁栄を誇った文化には、近・現代人の迷いや煩悩を全て覆す、独自の死生観、宇宙観があった。それが絶頂を迎え、まさに完成されようとしている時に、あと方もなく滅ぼされてしまうのだ。

〔……〕

征服者の思考の世界とインディオの世界との間には深淵が存在しているのは勿論だが、彼らの態度、物腰の間にも別の深淵がある……。それは中部アメリカで最も文明化された民の精神的な首長（モクテスマ）と、コルテスやその部下たちの野蛮人とを分つ深淵である。モクテスマの宮廷には東洋の貴人――たとえば日本のミカド――のように、統治すべく育てられた人間の自然の高貴さと合わさった自然の洗練がただよっている。……（ディーアスやコルテスたち）征服者の誰にもとりわけ理解できないことがある。それはモクテスマが単に一人の人間、軍団の統帥であるばかりではなく、大地を支配する神々の代理、〈偶像〉であることである。それゆえに誰も彼を顔を上げて見ることも、近寄ることもできないのだ。彼は神のようにさまざまな儀式に囲繞されているし、食事のさいは衝立《ついたて》によって隠される。野蛮人だけに考えられる大胆さで、スペイン人がその宮殿の中で捕え、人質にしようとしたのは、この超自然的な帝王だった(33)。

ル・クレジオが日本の天皇《ミカド》にまで連想を及ぼすとなると、遥か昔の遠い国のできごとと片づけるのは安易に過ぎよう。近・現代とはいえ、日本の幕末や特に第二次大戦時、全滅に向う日本の運命は天皇も含めてかなり危うかったと思える。武士や軍人の切腹の供犠も欧米から見れば、非文明国の忌むべき怖しさを一般には持っていた。ル・クレジオから見ればアステカの場合、野蛮人は西洋人たちなのである。彼の発想は自在で広大である。

次にインディオの神々に対して考察が進む。

メシーカの神々はマヤの神々同様、妥協しない、恐しい神々である。……ディーアスはトラテロルコやウィツィロポチトリ神殿で初めてアステカの神々を見た時、その恐ろしい姿に身の毛がよだった。半人間、半野獣の姿をしたそれらの影像は、ヨーロッパの中世の恐しい影像そのものである。なぜならばルネサンスの芸術の規準ではインディオの芸術の象徴性を認めることはできないからだ(34)。

ここで、ヨーロッパにおいてルネサンスが否定した「中世の恐しい影像」とは、ロマネスク教会のケルト及びゲルマン系列の影像装飾群であろうか。それならば、当時から四・五百年前の、ディーアスらヨーロッパ人の経てきた文化自体ではないか。それは、キリスト教による「創造前夜に神の見給うた夢」として、ケルト世界の名残りであり再現であった(35)。いかに、怪異、グロテスクを含むとも、混沌とした宇宙や野生の生命に充ちている。この四・五百年の時間のずれは、対立悲劇を生む最大の要因であった。

やがて起るトラテロルコ神殿内のインディオ殺戮は、「両世界断絶の瞬間」であり、インディオが異邦人（スペイン人）を追放し、〈彼らの安定、権力や神々を取り戻そうとするための容赦なき戦いの開始の合図〉となる。

神殿内に閉じこめられたコルテス軍は、捕えたモンテスマを城壁へ連れてゆき、スーパー・パワーの失墜した姿をアステカ軍に見せると、アステカ王は自軍の戦士から投石を受け、死に至る。この亡骸《なきがら》をアステカ軍のもとへ届ければ、彼らは喪に沈み、城内脱出の数日間の時間が稼げる、とコルテスは考えた。

ラス・カサスが〈まことの正義と神聖な戦い〉と記した、コルテスの一時的な敗北、スペイン軍の「不名誉な逃亡」（「悲しみの夜《ノーチェトリステ》」）もあって、メシコ・テノチティトラン（アステカ王都）は三ヶ月間抵抗した。ここに新しい王である、「伝説的な英雄」が登場する。モクテスマの甥クアウテモクであり、後年、「メキシコ独立運動の象徴の一人」になる。コルテスは懐柔しようとするが、王は拒絶した。「沈黙の英雄」たる新しき王は真のインディオにふさわしい、礼儀正しい、二十五歳くらいの男であった。彼は言う、〈我々を奴隷にし、黄金のために拷問にかけるような人々の慈悲にすがるより、この都で全員死んだ方がよい……[36]。〉

全滅前に、絶望した人々は、スペイン人の大殺戮に抗するかのように、呪術に耽る。スペイン兵士らを血の儀式の生贄として、心臓を神に捧げ、神の供物として腕や脚を食する。胴体、足、内臓はジャガーやピューマの餌となった。〈メシーカ人の血なまぐさい陶酔。メシーカの首都のこの悪夢は、この死の陶酔につながっているようだ。〉やがてクアウテモクは絞殺され、一五二一年、アステカ王朝は終焉する。すでに彼が捕われた直後から、沈黙があたり一体を支配した。〈この沈黙こそ、一民族の死の沈黙である。〉

インディオの喚声、呪詛、「口笛」、ウィツィロポチトリの神殿の太鼓の耳にこびりつくリズムの後、沈黙がこの遺滅した世界をふたたび蔽った。その秘密、神話、夢、また征服者《コンキスタドール》たちがよく分らぬながらも感じていた優越感とともに、わずかに覗き見た破壊以前のいっさいの姿を擁したまま、沈黙は今後、その世界を支配するのである[37]。

この間の経緯は、B・ディーアスがはるか後年に書いたこの回想記には次のように記されている。〈……メシーコに服属するあらゆる領国と町から集まってきた兵の大方がこの都で命を失った。〔……〕地面も湖も櫓の上も、すべて死骸で埋まり、そのすさまじい異臭〉が、たちこめた。ル・クレジオの文を続ける。

その言葉、その真理、その神々、その伝説を擁した世界で最も偉大な文明の一つを蔽った沈黙は、ある意味では近代史の開始でもある。アステカ、マヤ、プレペチャの幻想的、呪術的、残酷な世界の後に、近代文明と呼ばれる――奴隷制度、黄金、土地と人間の搾取等、産業時代を告げるあらゆるもの――が続く[38]。

しかし、沈黙の中に消えたインディオの世界の「伝説と夢」は、〈いにしえの神々の姿、英雄たちの顔、舞踏やリズムや言葉への不滅の欲求〉となって、今もなお、〈廃墟や時間の真只中に征服者たちが消滅させることができなかったもの〉を、永遠に脈々と語りかけてくる。このように、ル・クレジオはB・ディーアスの記録をもとに、確信こめて述べている。*“Haï”* で彼が現代のインディオ部落の様態から直観でとらえたものが、歴史をさか上って具体的に検証されつつ、想像力の結実のもと、真のすがたを示している。

そのインディオの伝説と夢を幾許か、ル・クレジオの目を通してさらに見ていこう。

原住民の夢（『メキシコの夢』続）

当時、メキシコに派遣されていたフランシスコ会士、ベルナルディーノ・デ・サアグンが、現地のナワトル語で書き残した『ヌエバ・エスパーニャ全史』は「メシーカの言語の宝庫」である。ここには二つの夢の出会いがある。一つは、失われた世界・滅ぼされた民族の〈世界を再創造しようとするスペイン人記録者《クロニスタ》の夢〉である。もう一つは、メシーカの最後の生き残りたちがフランシスコ会士の前で語る〈永遠の生命の夢〉である。両者の夢はどちらが欠けても、この類い稀な書物となって結実はしなかった――と、ル・クレジオは確信こめて書いている。『全史』は〈あまたの国々の中で最も不幸で最も不運な国〉に対する編著者の哀惜の念と、敗北の絶望の中で、祖先の歴史を何としても伝えたい現住民の熱情双方から生まれたのであった。サアグンは、キリスト教会士として、

〈呪術――際限なき信仰によって異教の神々と結ばれて生きたこの民の神秘――〉がもたらす災いを難じている。彼は〈火、精霊、風、星辰の循環、洪水、太陽、月は、宇宙を支配する神々〉とインディオたちが信じたことを非難する。聖書による一神教を奉ずる身としては当然至極な批判と思えたことであろう。「キリスト教のしもべ」でもあるコルテスらにアステカ王国が滅亡させられたこともむべなるかなと、生き残った語りべたちにさとし、自らそう納得しようともする。〈しかし、インディオの狂信への無理解、宗教の血なまぐさい残酷さへの嫌悪も〔……〕時おり呪術の美と力によって眩惑されてしまったかのように好奇心と入れ替わる。それはおそらくすでに老いた西欧社会の真只中に、生活や信仰がまさに新鮮、真実に思われる「原始の《プリミティフ》」民の魅力が初めて浮び上がってきた〉からであろう。ル・クレジオはサアグンの衝撃にわが身を晒け出しているかのようだ。さらにル・クレジオは、アステカの血の祭儀は〈単なる装飾〉ではなく、〈仮面、衣裳、羽根飾り、黄金、トルコ石とともにある荘重華麗な生であり、死である〉とする。「征服」の衝撃は、それが余りに完全な滅亡の道筋となったせいか、このサアグンなる〈陰うつで厳格なキリスト者〉にとっても大きい。心は揺れながら、〈荒々しく、不安定な自然の中で、突然、祭儀によって神々と一体化する民と出会う。〉そこに〈不安と同時に陶酔〉をサアグンは覚えたはずである。ル・クレジオは作家としての直観からそう洞察している。

次にインディオの自然観の考察に移る。ル・クレジオの文の要約を中心にサアグンの『全史』の行文と交えて進めていく。

太陽

インディオたちの最大の崇拝対象である。……「この世がある限り毎日、彼らは太陽に対して血と香の奉納をした。」

（サアグン）……テルポチカリ（若者の家）の儀式のさい、若者が太陽に捧げられる。なぜならば彼は「太陽と大地に、敵の血と肉という飲みものと食べものを捧げることを約束するからである。」そもそも、新生児は太陽神からの授かりものであり、将来、敵と戦うための認定を得ていたのであった。テオティワカンで神々が集い、最初の光が創造されると、二つの神が化身し、まず最初の神が火焔の中にはいり真赤な光になって太陽となり、あとの神が月となって現れたという、夜の悪魔の作った〈滑稽な寓話〉もある。

ル・クレジオは一九七〇年のインタビューですでにこう語っていた（人生で何が本質的なものか？という問いに答えて）。

太陽です。何の疑いもありません。それはわれわれが生まれた時から確認したことであり人生を送るにつれ死に到るまでにますますはっきりすること、つまり太陽の現存、太陽を中心とする組織なのです。太陽に属さぬものはありません。宗教だって　哲学だって　それから社会だってそうです。太陽が一年の大部分のあいだ出ている国に住む機会があれば　自然のある真理をよりよく理解する機会が与えられるというものです。社会から生じる多くの人工的なもの　教育から生じる多くのものがありますが　毎日もどってきてわれわれ、われわれがぜったいに見ることをやめぬあの孤独で燃えさかる現存、あれこそ唯一無二の現実です。(39)

火

火の神を崇拝する。それは「不安に充ちた効力」を持つ。〈神話的な重要さが祭祀を支配している。……八月の祭には最も残酷な生贄が行われた。〉（各世紀）五十二年周期の結末、最も特異な祭儀が行われる。トシウ・モルピリア（我らの火はつながっている）、古い火の消滅は新しい火の祭を用意し、村から村へ燃え上がる無数の火が現われる。

水

世界破壊神話と天地創造神話の中心。トラロックの神々の妹、チャルチウトリクエ女神が楽園トラロカンに住んでいる。河や洪水の誕生神話に関わる。雨季入りの際〈捕虜たちが生贄にされ、その身体がテスココ湖の渦の中に投げこまれた。……最初の雨が降るまで多くの幼児が生贄にされた。〉

血

ケルトを始め、古代文明に流血の人身供犠はつきものであるが、一時期のインディオは世界で一番〈血の虜となった民族〉である。スペイン人から見て、〈血への妄執〉は、〈悪魔との契約〉を示すとされた。スペイン人よりある面ではすぐれた文明水準に達した、この民族の持つこの半面性。それは後世まで〈堕落の証拠、道徳的劣性のしるし〉として、今日でもその末裔の人々に〈暗くのしかかり続けている。〉しかし〈(古代)ローマ人が闘技場の格闘に見せた残酷さのような例は決して作らなかった。〉インディオの残酷さは、無目的でただの気晴らしのためのものではない。〈神々だけに気に入られるように宿命づけられた神聖かつ神秘的な残忍さである。〉

彼らはスペイン人により、「血」(の妄執)に復讐され、流血の中で全滅した。

〈血は宗教的熱情の、また天空あるいは冥界の主人公たちを前にしての人間の屈従のしるしである。……アステカの民にとっては激痛の中における神人一致であった。……十六世紀ヨーロッパに生まれつつある人文主義《ユマニスム》は、この祭儀の呪術的な徳性や宇宙と関連する残酷さを認識することができなかった[40]。〉

しかし、宗教戦争下、当時ヨーロッパ最大の知性、モンテーニュに次の一節がある。(新大陸の生贄、人肉嗜食の風習について〉……彼らは死んだ人間の肉を食べるが、ヨーロッパ人は、〈まだ十分に感覚の残っている肉体を責め苦と拷問で引き裂いたり、じわじわと火あぶりにしたり、犬や豚に噛み殺させたり〉している。その方がずっと「野蛮」ではないのか……[41]

また、ドイツの画家、A・デューラーは、一五二〇年、コルテスが略奪したインディオの収集品をブリュッセル宮廷で見て、〈太陽をかたどった金細工、月をかたどった銀細工、武具、衣服、家具のおどろくべき芸術価値に感嘆した。〉[42]と伝えられている。

死

インディオにとって、〈人生とは短い一経過にすぎず、虚無は世界を包んでいる。〉……〈死と彼岸の妄執は今日でも「変身信仰《ナワリスム》」、つまりさまざまな動物の形をとって死者の霊が実在するという信仰に表われている。〈太陽の館（天空）、トラロカン（地下楽園）、ミクトラン（冥界）という三つの死の領域は、インディオの宇宙創世の三つの層に対応〉する。キリスト教のような〈いかなる懲罰の観念も持たず、ただ段階的区分に応じているだけ〉とされる。……死者にとっての長い旅……紙のお守りと食物を持って、死者は無数の山々を越え、蛇とショチトナル（花のしるし）という名の架空のトカゲが番をしている道を通って行かねばならない。……やがて死者はギリシャ神話のアケロンの河（冥界の河）を思わすチコナワパンの河の岸辺に辿りつく。[43]

この条りは、ケルトの冥界にも似通っている点があろう。[44]ケルトの風習では、死への旅立ちに食糧を持たせる。ブルターニュのディナンやドルでは、パンや菓子、ワインを入れる（コインを一枚持たせることもある）。いずれにせよ、これらは「古代からの普遍的民間信仰」であろう。また、ドルイドの「転生による生命の不滅思想」では、あの世からの帰還者は動物の姿——羊、カラス、カッコウ、蝶、野兎、ガチョウ、ヒキガエルとなって現われ、稀に木（ブナ）や石にも変身する、とされている。ブルターニュでは、キリスト教化された後では、これらは「ミサをあげてもらいに来た先祖」なのである。ルネサンスや宗教改革で拍車がかかった、キリスト教の人間中心主義の世界では「創生期」この方《かた》、確かに異色であったろう。さて、インディオ（アステカ）の死の神話では、ル・クレジオの看破した如く、〈葬式は人間の生存の終りを示すのではなく、人間の到達点、新しい生の出発点を示す〉ものであった。また、サアグンの書には「（古人の言うところによると）人間は死んでも消えてしまうのではなく、まるで夢から覚めるかのように新しい生活を始めるのであり、精霊または神々に生れ変る」とある。このインディオの死生観は、明らかに、精霊や妖精の住む国ケルトとも通じあい、また、死者は野にも山にも草ばの陰にも遍在し、私たちを見守り、八百万《やおよろず》の神々の列に加わるという、古代からの日本の死生観にも響くものがあるのではなかろうか。

神々

次にル・クレジオは神々の考察にはいる。（ここではその一々は割愛する。）十六世紀の合理的欧州から来たスペイン人にとって、インディオが奉じる神々への狂信は、しばしば愚弄の中心となった。しかし、「精霊であり、空気であり、闇である」神々は〈強烈で現実的な生を営んでおり、それが記録者を当惑させる。〉アメリカ・インディアンにとってと同じく、それらは〈……宇宙創成を主宰し、……山河の魂であり……宇宙の一刻一刻に、幸運のまた不幸の意味を与える……彼らにはこの超自然的なもののそばにいるという信仰〉がもたらされていたのである。一例を挙げれば、ケツァルコアトルは魔術使いの王であり（もと人間であったが）、トゥーラの民の主要神となった。記録者サアグンは彼をヘラクレスに、次にアーサー王になぞらえた。〈マヤのククルカン（羽毛ある蛇）の循環暦の中で緑の鳥ヤシュムの名で現れる……この伝説はおそらく古代のアニミスム的な宗教や五百十日の金星暦の発見と結びついた中央アメリカで最も古い伝説の一つ〉なのだろう。

〈世界の東にあるトラパランという真紅の国に姿を消したケツァルコアトルの武勲詩は終りをつげるが、メキシコのインディオはその再来を待っていた。〉(45)

これは、ケルト系ブリトン人が待望した、中世のアーサー王伝説——ナヴァロンの島に漂着し、いつか来りて、アングロ・サクソン族に戦いを挑む——に近いと、サアグンやル・クレジオには見られていたのだろう。

王

アーサー王を崇めたヨーロッパ中世と同じくメシーカの生活のすべてが〈聖なるもの〉に満ちていた。王は選択される時、〈……神殿に導かれ、人骨模様で飾られたくすんだ緑色の胴衣《ヒコリ》を着せられる。〉〈衣裳や羽根細工の趣味……この動物世界の表現——毛皮、装飾、入墨、羽根細工——〉の魅力と卓越性、〈メシーコのインディオ世界の崩壊は、戦士や首長を超自然界の代表たらしめた肉体と芸術の崩壊でもあった。〉

民衆

人々は階級よりむしろ一種のカースト制の下で暮らしていた。王、神官があり、貴族らは戦士となり、サアグンは「中世騎士」に比較した。〈鷲、ジャガー、オセロットの名を帯びるエリート集団〉であった。商人は〈……戦士のそれに匹敵する名誉と勇気の規範や、ヨーロッパのユマニストの手本たりえたかもしれない寛容の理想〉を持っていた。大部分の中流階級が属した職人は、さまざまな生活の網目の中に配置され、法に従い、調和された〈黄金時代の幸福〉を授かっていた。ケツァルコアトル神がインディオに伝えたとされる神聖文字や一千年にわたる年代記によって、この〈寓話的な時代〉の様子を幾許か伺うことができよう。そこにはまた、インディオ世界崩壊の〈神のお告げの夢〉が記されていた。

『メキシコの夢』の終章に、「アメリカインディアンの中断された思考」が来る。そこにはインディオの〈時のサイクル〉についての独得な観念が記されている。

時間の円環的概念は疑いもなくインドや中国の偉大な哲学と同じ完成を目指し、さらに複雑となる哲学の発端であった。輪廻の思想は、いにしえの無数の神話や祭儀、たとえば人間と神々がいっしょになって踊ったイネシュティワ（サアグン神父によると〈冒険を探す〉の意）の祭、ケツァルコアトル、テスカトリポカという呪術的なコンビをめぐって作られた変身信仰《ナワリスム》の伝説の中に表現されている。同じように車輪のテーマは世界の四方囲、つまりは運命の軸のテーマと結ばれている。[46]

これは、一サイクルの終わりに抗して、この世は〈運命の軸〉を回る〈車輪〉に乗って回転し続けるよう願う心持から発想されている。しかし、最終的破局は訪れる。〈ヨーロッパ・ルネサンス世界の理想主義者たち〉による〈調和と黄金時代に成立する世界〉という思想がかつて在った。それとインディオの世界は次のように対極に位置する。

創造を破局の連続、つまりは非連続、渾沌と考えた。この概念はキリスト教の概念と全く対立している。[47]

確かに後者では、父なる神が世界を創造した後、この世を秩序立て支配し、あの世とも連続してつながっている展開がある。しかし、大洪水の神話と破壊の神話では意味あいが異なると、ル・クレジオは考察する。そもそもインディオにとっては、〈この世の生命とは最初の渾沌と最後の渾沌の間のわずかな時にすぎない〉からである。

次にインディオの宗教的美意識をル・クレジオは述べている。

いにしえのメキシコの民にとって、世界は人間の理解力に応じて造られてはいないので、そんな理想的な形など有り得るはずがなかった。[48]

〈アメリカインディアンの宗教における〉〈神人同形論拒否〉の〈非常な深遠さ〉が、ここでル・クレジオは触れていないが、古代ギリシャ、ローマのリアリズムに抗して抽象文様に徹したケルトの信条――神々を人間の顔や形で彫刻したりしない――と、やはり呼応しあっていると思われる。インディオの彫刻・絵画、文様は、シュール・レアリスムの原像であり、より野生的生命美に充ちている。

最後にル・クレジオは、アメリカ大陸のインディオたちを絶滅させたスペイン、ポルトガル、遅れてフランス、アングロ・サクソンらヨーロッパ人たちが、その偉大な文化を破壊した責任があるばかりでなく、〈彼ら自身想像もできなかった反作用により、彼ら自身の文化における深い変化の原点に立たされる始末になった。〉と説く。すなわち、この破壊がその後の歩みの分岐点となったと考えるのである。もう一度、西欧はここからやり直さねばならなくなってしまった。

やがて全世界に広がり、他の全ての哲学と入れ替わる物質主義、オポチュニスムの文明、彼らはそれらの最初の策謀家となった(49)。

ル・クレジオはここに、後の植民地政策、帝国主義、世界大戦、全体主義化する革命、イデオロギー抗争、人種差別、民族対立、宗教戦争など、近・現代の火種の淵源を見ている。古代ローマとケルト（ガリア）の対立と支配、混合に比較すれば、それは圧倒的に野蛮な征服であった。十六世紀以降には、一人のカエサルも、スペイン並びにヨーロッパにはいなかった。これは白人同士（ローマ対ケルト）の場合と、白人対インディオの差であろうか。ケルト出自のル・クレジオは、一介の作家だが、アメリカのインディオに無限に惹かれていった(50)。現在は、彼らと同じDNA配列を持つ、黒髪、黒い眼のモンゴロイドである韓国や日本の歴史文化に親近している。いずれにせよ、現代の喫緊の課題である、世界を救い得る根源的発想や価値観が問題とされている。すなわち、自然や神々との共生である。西欧人はその一部でも決して取り入れることなく、あの時インディオとともにそれらを全滅させてしまった。その負債が今日まわってきているのであろうか。これはインディオの呪縛であり、古代マヤの予言書では、近年中にもこの世は三千年周期《サイクル》の終了にはいるとあるのが何かしら不気味な昨今である。

〈（インディオの）神話と現実の一体性、夢と肉体の一種の調和は打ち砕かれた。〔……〕自然の力への畏敬、人間世界内への均衡の探求は西欧世界の技術的進歩にとって必要なブレーキたり得たかもしれなかった。〔……〕インディオのシャーマニスムの相続が魔術絶滅者たちによって打倒されなかったら、日常生活における夢と恍惚を統合し、ある均衡に到達することが託されたであろう。[51]〉

このル・クレジオの口跡は、かつてのヨーロッパ中世を叙するホイジンガ――中世人の「夢と遊戯」を称えた――にまた近づく。しかし、ここで、中世の思念や諸価値を否定し、ある面では乗り越えた後にルネサンス以降の西欧の歴史が存在することを考えてみる。すると、十六世紀のヨーロッパ人たちが、アメリカ大陸の他人種の〈活動と精力〉に充ちた〈夢と恍惚〉の「中世」を滅し去ったことも、必然の経路と見做されてしまわないだろうか。そのような見方もまた今日、数多いのである。その中でこそ、ル・クレジオの書は一際《ひときわ》静かに力強く、現代にその意義を失うことなく存在し続ける。

ル・クレジオは常に、今の文明・文化とは異なる、現にある此所《ここ》ではない〈もう一つの場所[52]〉――『砂漠』の彼方や『偶然』の世界、『回帰』の循環等々――の時間を生き、その精華を切望する。その作家にふさわしい、『メキシコの夢』掉尾を飾る「フィレンツェ絵文書」中のメキシコの民遺言書の一節を引用して、小論の結びとしたい。

もう一度そうなるであろう、もう一度、別の時、別の場所で、物事はそうなるであろう。昔そうだったもの、今もはやそうでないものは、あたかもはるかに遠い時代にあるかのように、もう一度なされるであろうし、もう一度

そうなるであろう。今日生きている人びとはもう一度生きるだろうし、もう一度存在するであろう。(53)

注

（1）日本仏学史学会例会（市川慎一会長〈当時〉、第四一五回、二〇一〇年四月）発表、『ル・クレジオ、彷徨と文学』の要旨。

（2）Marguerite Duras, *Ecrire*, Gallimard, 1993.

（3）J.M.G. Le Clézio, *Le procès-verbal*, Gallimard, 1970.

（4）革命政府によるブルターニュへの弾圧も起っている。〈（一七九四年夏）……私は又、エヌボンのそばで展開されてしまった光景、及びブルターニュで行われている全体的虐待のことを考えた。ブルトン語はグレゴワール神父（共和国側司祭）により、国民公会《コンヴァンシオン》で禁じられてしまったではないか?コロレールとドラヴィルが立法議会《レジスラティヴ》の政令はブルトン語へ訳されるよう、勇敢にも公然と求めた時、彼らは嘲笑されなかったか?そこで私にはもはや、大革命に何一つ期待することはできないと思われた。〉"*Révolutions*", p.171, Folio/ Gallimard, 2008.

（5）Alain Vircondret, *Marguerite Duras — Vérité et Légendes*, Éditions du chêne- Hachette Livre, 1996.

（6）L'interview du Nouvel Observateur, 2003. 1. 30.　小説"*Révolutions*"では、当時、主人公はフランスの「学生側」に立っている。

（7）J.M.G.Le Clézio, *Mondo et autres histoires*, Folio plus classiques/Gallimard, 2008.

（8）J.M.G. Le Clézio, *L'inconnu sur la terre*, L'imaginaire/Gallimard, 2010.

（9）J.M.G. Le Clézio, *Désert*, Gallimard, 1980.『砂漠』望月芳郎訳、河出書房新社、一九八三年。

（10）ル・クレジオ『黄金探索者』中地義和訳・解説、p.501. 河出書房新社、二〇〇九。

（11）*Op.cit.* p.330. 前掲書 p.342.

（12）Jemia et J.M.G. Le Clézio, *Gens des nuages*, Folio/Gallimard, 2005.

（13）J.M.G. Le Clézio, *L'Africain*, Mercure de France, 2004.

(14) J.M.G. Le Clézio, *Le chercheur d'or*, Gallimard, 1985.
(15) *Op.cit.* p.303.『はじまりの時』村野美優訳、下巻 p.43. 原書房、二〇〇五年。
(16) Gustave Flaubert, *L'Education sentimentale*, Garnier Frères, 1968.
(17) *op.cit.* pp.308-309. 前掲書 pp.49-50.
(18) *idem.* pp.314-316. 同右 pp.55-57.
(19) *idem.* p.422. 同右 p.179.
(20) J.M.G. Le Clézio, *Le hasard*, Folio/Gallimard, 2008.『偶然』菅野昭正訳、集英社、二〇〇二年。
(21) *op.cit.* p.513. 前掲書 p.280.
(22) *idem.* pp.515-516. 同右 p.283.
(23) *idem.* p.520-522. 同右 pp.289-290.
(24) *idem.* p.532. 同右 p.301.
(25) *idem.* p.532. 同右 p.300.
(26) 前掲書（『黄金探索者』）解説参照、p.499.
(27) J.M.G. Le Clézio, *Le rêve mexicain*, Folio/Essais, 2008.『メキシコの夢』望月芳郎訳、新潮社、一九九一年。〈訳者あとがき〉に、「人類にとっての理想的な文明というものが考えられるとすれば、それは西欧とインディオの文明の綜合的なものであり、ル・クレジオはそれぞれについて見事な思索を行っている」とのレヴィ＝ストロースの同書評文がある。
(28) J.M.G. Le Clézio, *La fête chantée*, Gallimard, 1977.『歌の祭り』管啓次郎訳、岩波書店、二〇〇五年。
(29) 同右、後書文中より。
(30) Gustave Flaubert, *La tentation de Saint Antoine*, Garnier Frères, 1968.
(31) J.M.G. Le Clézio, *Haï*, champs/Flammarion, 1987.『悪魔祓い』高山鉄男訳（スキラ社「創造の小径」叢書）新潮社、一九七五年。

(32) *op.cit.* p.9.
(33) *idem.* pp.39-40. 同右 p.35.
(34) *idem.* pp.42-43. 同右 pp.37-38.
(35) 浜田泉『夢の代価』、第一章三、フランス史・文化に浮かぶケルト・ブルターニュ、p.63. 成文堂、二〇〇七年。
(36) *op.cit.* p.54. 前掲書 p.48.
(37) *idem.* p.58. 同右 p.51.
(38) *idem.* pp.58-59. 同右 p.52.
(39) 『ル・クレジオは語る』望月芳郎訳、p.102. 二見書房、一九七二年。
(40) *op.cit.* pp.89-90. 前掲書 p.89.
(41) 樺山紘一『ルネサンスと地中海』、p.368. 中央公論社、一九九六年。
(42) 同右 p.366.
(43) *op.cit.* p.94. 前掲書 p.95.
(44) このケルトの死後世界は以下の書に拠る。原聖『ケルトの水脈』、pp.61-64. 講談社、二〇〇七年。
(45) *op.cit.* pp.109-110. 前掲書 p.109.
(46) *idem.* p.257. 同右 p.271.
(47) *idem.* p.260. 同右 p.273.
(48) *idem.* p.260. 同右 p.273.
(49) *idem.* p.270. 同右 p.281.
(50) メキシコ古代の別の王国プレペチャ建国神話を「ミチョアカン――神々への征服」の章でル・クレジオは再現している。プレペチャの英雄たち（カツォンシの祖先たち）が神々の領土を森の中で踏査した時、このチチメカ人の戦士たちは神クリカウエリに霊感を受けて、パックアロ湖畔で立ち止まる。〈森の中……彼らは夢にまで見た彼らの寺院のための場所に出会い、そこをペタツェクァすなわち「寺院の土台」と呼ぶ。巨石が混沌と積み重なり、……（祖先ゆかりの場所を）思い出させる神秘的な地点だ。〉これなどはル・クレジオならずとも、ケルトの遺跡を連想してしまうだろう。〈「偶像のように、ただし人工ではなく」立つ石の巨人たちを見て、これが最初の神、四柱の守護神たちの像であることを知っていた。……（プレペチャの古代叙事詩『ミチョアカン報告』によれば）「この場所、他のどこでもなくここに、空への扉、神々が降りてきてはまた上ってゆく扉が存在する。」〉また、以後のパックアロの町の創設に因む〈王家の血を引く二人の子供の伝説は、妖精物語のように〉美しく、〈光輝に達する前に疑念と不幸の試練を受けなくてはならない、アーサー王武勲詩〉さながらである、と記される。（*La fête chantée*, pp.53-65. 前掲『歌の祭り』pp.43-55.）

（51）*op.cit.* pp.271-273. 前掲書、pp.282-284.

（52）J.M.G. Le Clézio, *Ailleurs*, Seuil, 1988. 同インタビュー集の中で、ル・クレジオはこの想念を巡って縦横に語っている。一例を引く。〈私がこの文明（アステカ）の中にかい間見たもの、それはヨーロッパ・ルネサンスの世界よりもはるかに強力ではるかに情熱に富んだ世界だった。理性にも人文主義者《ユマニスト》たちの大思想——矛盾が絶えないが——にも基かず、他のものに立脚した世界。魔術、超自然に向けてのあの舞踏、あの飛翔、それは、世界のもう一つ別の知覚、より直観に根差す知覚に基いているのだ。〉（pp.36-37.）

（53）*op.cit.* p.274. 前掲書 p.285.

参考図書（注解引用以外）

Magazine littéraire, *J.M.G.Le Clézio　errances et mythologies* <y compris "me chercher l'aventure"(de Le Clézio)>, No362, 1998.
Gérard de Cortanze, *J.M.G. Le Clézio Le nomade immobile*, Folio /Gallimard, 2008.
『ル・クレジオ——地上の夢』、現代詩手帖特集版、思潮社、二〇〇六年。
『ラテンアメリカ世界のことばと文化』、畑恵子・山崎眞次編著、成文堂、二〇〇九年。
『スペインの新大陸征服』、ルイス・ハンケ著、染田秀勝訳、平凡社、一九七九年。

『インディオ文明の興亡』、増田義郎著、世界の歴史、第七巻、講談社、一九七七年。

『メキシコ美術』、石田英一郎編著、世界美術大系・別巻、講談社、一九六四年。

『悲しき熱帯』、クロード・レヴィ＝ストロース著、川田順造訳、中公クラシックス、二〇〇九年。

『中世の秋』、ヨーハン・ホイジンガ著、堀米庸三訳、中央公論社、一九六七年。

『古代メキシコ・オルメカ文明展――マヤへの道』、京都文化博物館、二〇一〇年。

『アステカ王国――文明の死と再生』、セルジュ・グリュジンスキ著、落合一泰監修、齋藤晃訳、創元社、二〇〇七年。

結びとして

本書の中の作家たちは、近代ロマン主義以前の中世も含めた古代世界のエスプリが現代文明の毒素を払うのに有効であると信じている。徹底した合理主義者で理智の批評家と見られた中村光夫が晩年近くみせた、雅楽や神事への傾倒・関心と「古代の心」への思いを考え合わせると興深い。日本の因習、封建の残滓を糾弾しながら、彼にとって、明治の「文明開化」と第二次大戦後の「戦後社会」はともに乗り越えるべき壁であった。前者の最大の批判者であった二葉亭四迷や北村透谷は中途で倒れ、中村はその意志を引き継ぎ、昭和の世に活かそうとした。昭和の大戦後、盟友ともいえた三島由紀夫や川端康成は偽りの昭和元禄の喧騒の中で憤死、自裁した。M・トゥルニエは三島と同世代だが、ゲルマニストとして、古代ゲルマン神話やドイツ・ロマン派の豊饒な養分蓄積があった。晩年、呪術的なものに興味を持った三島が、一時期の日本を超えた、より広大な古代の世界を知ってくれる時間があったらと思わずにいられない。しかし、三島には戦後社会の偽善の中で、古来の武士道こそが死に導く最大の契機となった。中村が兄事した小林秀雄には本居宣長を通して、源氏物語や古事記の世界が豊かに開けていた。はるか、ルソーやフロベールの後継者である、二十世紀のデュラス、ル・クレジオ、小林、中村らの描いた夢や理想は、果たして、今後さらに実現・解放を目指して、輝きと価値をましていくであろうか。

ルソーには、キリスト教や古代ギリシャ・ローマへの関心に比してオリエント志向はないと言えよう。ネルヴァルのエジプトやピラミッドとイスラム文化探索は、フロベールのオリエント探求の感興とも並存している。また、ル・クレジオのメキシコ（アステカ）・テオティワカンのピラミッドとインディオ文化への合体・追求は西欧近代脱出願望で彼らと通底している。デュラスが晩年の「陰画《ネガ》の手」に於いて表した幻視と想像の中で、古代人が洞窟内で示す手と叫びへの共鳴も強烈な印象を残す。いずれもこれらは、キリスト教化以前のケルトも含む古代世界であった。どうやら、ロマン主義の最後尾は、中世から、呪術的・神話的ともいえる失われた古代の精神に向かっているようだ。

しかし、それにしても、ルソーは何て魅力的なほど鮮明に、近代の人間の生きる根本条件に迫るのだろう。なぜ、ネルヴァルやフロベールは近代西欧ブルジョワ社会を逃れ、オリエントに美と魂の根源を見たのか。何と、デュラスは現代人の繊細な感情を太古から引き継ぐように、魂の震えるまま語れるのであろう。なぜ、ル・クレジオは、現代西欧文明の外に、もう一つ別の古代世界が生きているのを感じられるのだろう。ロマン主義以後の多様な精神作用はまだ終焉をきたしていない。未来に向けて、各人の内に拡がっていく可能性を信じたい。

最後に、翻ると、まるで、中村光夫の一生は近・現代日本の運命に翻弄されるまま、定められた軌道を精一杯、誠実に辿るよう、宿命づけられていたのではないだろうか。中村論では、世界史でも稀な日本の近代の問題点が西欧のフロベールなどを媒介として、列挙、論証を試みようとした。この日本独自の課題は依然として今日まで残されているだろう。だが、また一方で、日本だけの反省、転開のみでは、今日の時代は乗り越えられないものともなっている。即ち、地球規模の諸問題が山積している。従って、ここで扱った各作家の主題は、現代の日本とリンクするものと考える。そう強く実感されてくる思いの中で筆を置くことにする。以上、ここに合わせて一本とし、刊行する由縁を改めて述べた次第である。

後　記

中村光夫先生に初めて、直接お会いしたのは、明大大学院で、聴講生として一九七二年のことでした。時に、先生六十一歳、筑摩書房から、全集が刊行され始めていました。厳父のようでもあり、時に、慈父のようでもありました。程なく、人生の岐路となりました。それから、幾星霜、当方がその同じ年齢に達した頃より、先生の著作が深所で身近になり始め、改めて、読み直す日々が続きました。感興は尽きないものでしたが、一応、これまでの所をまとめることにしました。結果的に、「序にかえて」で述べたようになりましたが、先生の戦後の〈栄光と名声〉の時代——文学界の重鎮として——は、今後、じっくりと、尋ねたいと考えています。

各論の初出を補記します。

第一部・第一章　『祈りと再生のコスモロジー』～比較基層文化論序説——池田雅之先生古稀記念（成文堂、二〇一六年）。

第二章　『ラルシュ』（明治大学大学院仏語仏文学研究会）二十六号（二〇一六年）。

第三章　『仏蘭西学研究』（日本仏学史学会）四十三号（二〇一七年）。（日本仏学史学会、二〇一六年三月、月例会発表に基づく。）

第四章　同・四十四号（二〇一八年）。同・第四十一回全国大会（二〇一七年六月二十四日）シンポジウム

「パリ万国博と日本・一八六七年」にパネリストとして参加した際の発表に基づく。

第二部・第一～第三章のフロベール論は、著者が、明大大学院で、先生のご指導を受けていた頃、主に書かれたものです。当時、中村先生に読んで頂きたい一心で書きました。フロベールと先生の姿が時折重なって見えたこともありました。修論を再構成し、削除したり、別論を加えたりしましたが、基本的には若いころの筆致のままです。直截で生硬な観念も目につきますが、今日ではもはや書き得ない一対象に向けた熱情と意欲が注がれて居るので、収録した次第です。

今では、半ば失われた一九七〇年代の文芸思潮もそこには流れていると思われます。そこで、人名の筆記も当時行われていた「フローベール」をこれらの章に限り用いました

第四章の「ブルターニュ紀行」論は、最近書いたものです（『ラルシュ』二十七号、二〇一七年）。第五章は、M・トゥルニエの翻訳が事情により収められなかったのが残念ですが、大意はまとめられたと思います（『ラルシュ』十三号、二〇〇二年）。

第三部は全て、近作の中村論の前に書かれています。これらを書き上げた後、漸く、中村先生の実像が浮かんできたと言えるかも知れません。これらは、第二章（2）が、『彷書月刊』（二〇〇九年一月号）に掲載（編集の目時美穂さんにお世話になりました）以外はすべて、左誌に執筆されました。

第三部・第一章　『ラルシュ』二十五号（二〇一四年）。
　　　第二章　同、二十四号（二〇一三年）。
　　　第三章　同、二十一号（二〇一〇年）（一部、割愛）。

第四章　同、二十号（二〇〇九年）。

この本の全編（第二部フロベール論　一〜三を除き）について、いえますが、各々、独立もしているので、別々に読んで頂けることも可能です。なお、フロベールとルソーはこれまでの三冊の小著（『ブルジョワと革命』、『ロマン主義文学の水脈』、『夢の代価』）に、ネルヴァル、デュラスは『夢の代価』にも書かれているので、興味を持たれた方は、参照して頂けるなら幸いに存じます。

前著『夢の代価』刊行時、フランス文学者で、ケルト文化に関する、東西の両碩学である、故・田辺　保先生と故・篠沢秀夫先生から、懇篤なお手紙や精彩な書評を頂いたことも、その後の大きな励みになりました。お二人のご意志も継ぎたく考えます。

『ラルシュ』の刊行に長らく携わる、七月堂の知念社長、編集の内山さん、また、『仏蘭西学研究』の編集役、高村雅一氏には、原稿進行の上で、お世話をおかけし、便宜も図ってもらえたこと忝く思います。支援者の方々にも感謝します。

この書の刊行を慫慂され、助言された、仏学史学会前会長でビゴー研究家の清水　勲先生に御礼申し上げます。同・池村俊郎現会長には、活動の折にふれ、支援を受けております。

また、劇作家であり、中村先生の奥様・木庭久美子夫人からは、執筆中、感想を寄せられ、鼓舞して頂いた上、神奈川近代文学館・中村光夫文庫閲覧の許可を拝しました。改めて、謝辞を述べさせて頂きます。それと共に、不肖の弟子の今後の展開も見守って下されますよう願っています。

本書の刊行を快諾された、成文堂 阿部成一社長、編集部の篠崎雄彦氏に深謝致します。製作に携わった方々の労を多とします。

長い大学生活の終わりを、このように、通過していくのは、著者にとって、感慨深いものがありました。

最後に、本書を、中村光夫先生の没後三十周年と、母・浜田絹子の七周忌の霊前に心より捧げます。

平成三十年十二月二十一日

浜　田　　泉

著者紹介
浜 田　　泉（はまだ いずみ）
1949年　東京生まれ
1972年　早稲田大学文学部フランス文学科卒業
1978年　明治大学大学院仏文学専攻博士課程修了
1978年　フランス・ルーアン大学大学院留学（1980年まで）
現　在　比較文芸史家
明治大学文学部フランス文学科講師
元・早稲田大学国際言語文化研究所招聘研究員
日本仏学史学会副会長，学術委員長

主要著書
『ブルジョワと革命』（成文堂，1991年）
『ロマン主義文学の水脈』（緑地社，1997年）
『夢の代価』（成文堂，2007年）
『海を越えた日本人名事典』（共著）（日外アソシエーツ，2005年）
『ラフカディオ・ハーン著作集 9巻・人生と文学』（共訳）（恒文社，1988年）

中村光夫とフロベール
――ロマン主義のあとさき

2019年7月1日　初版第1刷発行

著　者　浜　田　　泉
発行者　阿　部　成　一

162-0041　東京都新宿区早稲田鶴巻町514
発行所　株式会社　成　文　堂
電話 03(3203)9201(代)　FAX 03(3203)9206
http://www.seibundoh.co.jp

製版・印刷　藤原印刷　製本　弘伸製本

ISBN978-4-7923-7109-8　C3097　検印省略
定価（本体6800円＋税）